VILÃO

OBRAS DA AUTORA PUBLICADAS PELO GRUPO EDITORIAL RECORD:

Série Vilões
Vilão
Vingança

Série Os Tons de Magia
Um tom mais escuro de magia
Um encontro de sombras
Uma conjuração de luz

Série A Guardiã de Histórias
A guardiã de histórias
A guardiã dos vazios

Série A Cidade dos Fantasmas
A cidade dos fantasmas
Túnel de ossos
Ponte das almas

A vida invisível de Addie LaRue

V.E. SCHWAB

VILÃO

Tradução de
Flavia de Lavor

14ª edição

Galera
RIO DE JANEIRO
2024

CIP-BRASIL. CATALOGAÇÃO NA PUBLICAÇÃO
SINDICATO NACIONAL DOS EDITORES DE LIVROS, RJ

S425v
14ª ed.

Schwab, V. E., 1987-
Vilão / V. E. Schwab; tradução de Flavia de Lavor. – 14ª ed. – Rio de
Janeiro: Galera Record, 2024.
364 p.

Tradução de: Vicious
Continua com: Vingança
ISBN 978-85-01-11372-6

1. Ficção americana. I. Lavor, Flavia de. II. Título.

19-56015

CDD: 813
CDU: 82-3(73)

Leandra Felix da Cruz – Bibliotecária – CRB-7/6135

TÍTULO ORIGINAL:
VICIOUS

Copyright © 2013 by Victoria Schwab

Texto revisado segundo o novo Acordo Ortográfico da Língua Portuguesa.

Todos os direitos reservados. Proibida a reprodução, no todo ou em parte,
através de quaisquer meios. Os direitos morais da autora foram assegurados.

Publicado mediante acordo com a autora a/c BAROR INTERNATIONAL, INC.,
Armonk, Nova York, EUA.

Direitos exclusivos de publicação em língua portuguesa somente para o Brasil
adquiridos pela
EDITORA GALERA RECORD LTDA.
Rua Argentina, 120 – Rio de Janeiro, RJ – 20921-380 – Tel.: (21) 2585-2000,
que se reserva a propriedade literária desta tradução.

Impresso no Brasil

ISBN 978-85-01-11372-6

Seja um leitor preferencial Record.
Cadastre-se no site www.record.com.br
e receba informações sobre nossos
lançamentos e nossas promoções.

Atendimento e venda direta ao leitor:
sac@record.com.br

*Para Miriam e Holly, por provarem repetidas vezes
que são ExtraOrdinárias*

A vida — como ela realmente é — é uma batalha não entre
o Bem e o Mal, mas entre o Mal e o Pior.

Joseph Brodsky

1

Amigos, família e outros laços mais fortes

I

NOITE PASSADA

CEMITÉRIO DE MERIT

Victor ajeitou as pás no ombro e pisou com cuidado num túmulo antigo, meio afundado. Seu sobretudo se agitava um pouco ao vento e roçava no alto das lápides, enquanto ele caminhava pelo Cemitério de Merit, cantarolando baixinho. O som era levado como o vento na escuridão e fazia Sydney estremecer dentro do casaco grande, da legging colorida e das botas de inverno, enquanto caminhava com dificuldade atrás dele. Os dois pareciam fantasmas ziguezagueando pelo cemitério, ambos loiros e brancos o bastante para que se passassem por irmãos, ou, talvez, pai e filha. Não eram nem uma coisa nem outra, mas sem dúvida a semelhança era conveniente, considerando que Victor não podia sair por aí dizendo que tinha apanhado a garota ensopada de chuva na beira de uma estrada alguns dias antes. Ele havia acabado de fugir da cadeia. Ela havia acabado de ser baleada. Um encontro do destino, ou pelo menos era o que parecia. Na verdade, Sydney era a única razão pela qual Victor começava a acreditar em destino.

Ele parou de cantarolar, descansou o pé levemente numa lápide e sondou a escuridão. Não exatamente com os olhos, mas com a pele, ou com o que rastejava sob ela, dissimulado em sua pulsação. Victor podia até ter parado de cantarolar, mas a sensação continuou, um ligeiro zumbido elétrico que apenas ele conseguia ouvir, sentir e interpretar. Um zumbido que o avisava quando alguém estava por perto.

Sydney o viu franzir de leve a testa.

— Tem mais alguém por aqui?

Victor piscou, e a preocupação desapareceu, substituída pela serenidade que ele costumava exibir. Escorregou o pé de cima da lápide.

— Só nós e os mortos.

Eles continuaram caminhando até o centro do cemitério, as pás quicando suavemente no ombro de Victor no ritmo dos passos. Sydney chutou uma pedra solta que tinha se desprendido de um dos túmulos mais antigos. Dava para ver letras, pedaços de palavras, gravadas num lado. Queria saber o que estava escrito, mas a pedra já havia rolado por cima do mato e Victor ainda avançava depressa por entre os túmulos. Ela correu e quase tropeçou várias vezes no terreno congelado até alcançá-lo. Victor havia parado, examinando um túmulo. Era recente, a terra revirada e uma estaca temporária fincada no chão até que uma lápide fosse providenciada.

Sydney emitiu um ruído, um gemido de desconforto que não tinha nada a ver com o frio cortante. Victor olhou para trás e lhe ofereceu um leve sorriso.

— Se anima, Syd — disse ele, despreocupado. — Vai ser divertido.

Na verdade, Victor também não era muito chegado a túmulos. Ele não gostava dos mortos, em grande parte porque não tinha nenhum efeito sobre eles. Sydney, por sua vez, não gostava deles por ter um efeito muito óbvio. Ela manteve os braços cruzados bem apertados, o polegar coberto pela luva esfregando a área do braço onde tinha sido baleada. Isso estava se transformando num tique.

Victor se virou e enfiou uma das pás na terra. Então jogou a outra para Sydney, que descruzou os braços a tempo de pegá-la em pleno ar. A pá era quase do tamanho dela. A poucos dias do aniversário de 13 anos, e mesmo para alguém com 12, Sydney Clarke era pequena. Sempre foi baixinha, mas sem dúvida não ajudou nem um pouco ela mal ter crescido um centímetro desde o dia em que morreu.

Sydney ergueu a pá, fazendo uma careta por causa do peso.

— Você só pode estar de brincadeira — comentou Sydney.

— Quanto mais rápido cavarmos, mais cedo vamos para casa.

Casa não era exatamente uma casa, e sim um quarto de hotel que continha apenas as roupas que Sydney havia roubado, o achocolatado de Mitch e os arquivos de Victor, mas essa não era a questão. No momento, casa seria qualquer lugar que *não* fosse o Cemitério de Merit. Sydney olhou para o túmulo, segurando com força o cabo de madeira. Victor já havia começado a cavar.

— E se... E se os outros acordarem por acidente? — perguntou ela, e engoliu em seco.

— Isso não vai acontecer — respondeu Victor, com a voz suave. — Se concentra *nesse* túmulo aqui. Além do mais... — Ele ergueu os olhos. — Desde quando *você* tem medo de cadáveres?

— Não é medo — retrucou Sydney, rápido demais e com a intensidade de uma pessoa acostumada a ser a irmã caçula. O que ela de fato era. Não de Victor, entretanto.

— Olha, pensa assim — provocou ele, jogando um punhado de terra na grama. — Mesmo que você acorde os outros, eles não têm como sair de onde estão. Agora, começa a cavar.

Sydney se inclinou para a frente, os cabelos loiros e curtos caindo por cima dos olhos, e começou o trabalho. Os dois cavaram na escuridão, o ar preenchido somente pelo cantarolar esporádico de Victor e pelo baque das pás.

Tchac.

Tchac.

Tchac.

II

DEZ ANOS ANTES

UNIVERSIDADE DE LOCKLAND

Victor cobriu a palavra "maravilha" com uma linha preta, grossa e reta.

O papel no qual o texto havia sido impresso era grosso o bastante para impedir que a tinta manchasse o outro lado, contanto que ele não pressionasse com força demais. Victor parou para reler a página alterada e se retraiu quando um dos ornamentos de metal da cerca de ferro da Universidade de Lockland cutucou suas costas. A universidade se orgulhava daquela atmosfera que era um misto de country club e mansão gótica, mas a grade enfeitada que a cercava, embora se empenhasse *muito* para evocar tanto a natureza exclusiva da universidade quanto a estética do Velho Mundo, conseguia apenas parecer sufocante e pretensiosa. Fazia Victor pensar numa gaiola elegante.

Ele mudou de posição e ajeitou o livro nos joelhos, admirado com o tamanho do volume enquanto girava o marcador permanente nos dedos. Era um livro de autoajuda, o mais recente de uma série de cinco, escrito pelos mundialmente famosos dr. e dra. Vale. Os mesmos dr. e dra. Vale que, no momento, estavam em uma turnê internacional. Os mesmos dr. e dra. Vale que reservaram um pouquinho do tempo de sua agenda cheia — mesmo antes de se tornarem best-sellers como "gurus do empoderamento" — para conceber Victor.

Ele voltou a folhear as páginas até encontrar o início do seu mais novo projeto e começou a ler. Era a primeira vez que não rasurava um livro dos Vales apenas por prazer. Não, dessa vez aquilo valia créditos. Victor não conseguia conter o sorriso. Ele se orgulhava imensamente de fazer esses cortes nas obras dos pais, resumindo os longos capítulos sobre empoderamento a mensagens simples e perturbadoramente eficazes. Fazia mais de uma década que ele os emendava, desde os 10 anos; era um trabalho meticuloso, mas recompensador, embora até a semana anterior jamais tivesse conseguido usá-lo para algo útil, como conseguir créditos na faculdade. Naquela semana, depois de esquecer seu último projeto no ateliê do campus durante o almoço — a Universidade de Lockland tinha uma disciplina obrigatória de artes, mesmo para médicos e cientistas em formação —, voltou e encontrou o professor debruçado sobre o trabalho. Victor achou que receberia uma reprimenda, um sermão sobre o custo cultural de se danificar um livro ou talvez sobre o custo material do papel. Em vez disso, o professor interpretou aquela destruição literária como arte. Ele forneceu praticamente toda a explicação, preenchendo quaisquer lacunas com termos como "expressão", "identidade", *ready-made*", "ressignificação".

Victor se limitou a acenar positivamente com a cabeça e ofereceu uma palavra perfeita para o fim da lista do professor — "reescrita" — e, dessa maneira, seu trabalho de arte do último ano foi decidido.

O marcador permanente chiava conforme ele cobria outra linha, eliminando várias frases no meio da página. Seu joelho estava ficando dormente com o peso do livro. Se *ele* precisasse de autoajuda, procuraria um livro fino e simples, cuja forma se assemelhasse à proposta. Por outro lado, talvez algumas pessoas precisassem de mais. Talvez algumas pessoas esquadrinhassem as prateleiras em busca do livro mais grosso, presumindo que mais páginas equivaliam a mais ajuda psicológica ou emocional. Deu uma lida rápida e sorriu ao descobrir outro trecho para cortar.

Quando o primeiro sinal bateu, o que indicava o término da aula de arte, ele havia transformado as palestras dos pais sobre como começar o dia em:

"Perca-se. Desista. entregue-se. no fim das contas, Seria melhor se entregar antes de começar. perca-se. Perca-se E então você não vai se importar se for encontrado."

Ele precisou marcar parágrafos inteiros para tornar a frase perfeita depois de cobrir um "importar" sem querer e teve que continuar até encontrar a palavra de novo, em outro trecho. Mas valeu a pena. As páginas cobertas por linhas pretas que se estendiam entre "se", "importar" e "se for" davam às palavras uma sensação adequada de abandono.

Victor ouviu alguém se aproximar, mas não tirou os olhos do livro. Folheou as páginas até chegar ao fim, onde estivera trabalhando num projeto independente. O marcador permanente atravessou outro parágrafo, linha por linha, o som lento e regular como a respiração. Certa vez, ele havia ficado admirado ao perceber que os livros dos pais serviam de fato como autoajuda, embora não da forma como eles pretendiam. Victor achava tão reconfortante destruí-los, era uma espécie de meditação.

— Destruindo propriedade da universidade de novo?

Victor olhou para cima e deparou com Eli de pé à sua frente. A capa de plástico da biblioteca que cobria o livro ficou enrugada sob a ponta dos seus dedos quando ele inclinou o livro para mostrar a lombada para Eli, onde VALE estava impresso em letras maiúsculas e negrito. Ele é que não ia gastar vinte e cinco dólares e noventa e nove centavos quando a biblioteca de Lockland possuía uma coleção curiosamente extensa da doutrina de autoajuda do dr. e da dra. Vale. Eli pegou o livro da mão de Victor e o folheou.

— Talvez... seja... do... nosso... interesse nos... nos entregar... desistir... em vez de gastar... saliva.

Victor deu de ombros. Ainda não havia terminado.

— Tem um "nos" a mais, logo antes de "entregar" — avisou Eli, jogando o livro de volta.

Victor o pegou e franziu o cenho, passando o dedo pela frase que tinha criado até encontrar o erro e cobrir a palavra de modo sistemático.

— Você tem muito tempo livre, Vic.

— É preciso encontrar tempo para aquilo que importa — recitou ele —, para as coisas que o definem: suas paixões, sua evolução, sua caneta. Pegue sua caneta e escreva sua própria história.

Eli o encarou por um bom tempo, de cenho franzido.

— Que baboseira.

— É da introdução — explicou Victor. — Não precisa se preocupar, eu já risquei tudo. — Ele folheou as páginas, uma trama de letras estreitas e linhas pretas e grossas, até chegar ao início. — Eles praticamente assassinaram Emerson.

Eli deu de ombros.

— Eu só sei que esse livro é o sonho de todo cheirador — comentou ele.

Eli tinha razão: os quatro marcadores permanentes que havia gastado para converter o livro em arte o deixaram com um cheiro bem forte, que Victor achava ao mesmo tempo hipnotizante e desagradável. A destruição por si só era suficiente para deixá-lo chapado, mas supôs que o cheiro fosse um acréscimo inesperado à complexidade do projeto, ou pelo menos essa seria a interpretação do professor de artes. Eli se recostou na grade. Seu cabelo castanho reluziu com os raios de sol, que realçaram tons de vermelho e até mesmo fios dourados. Já o cabelo de Victor era de um loiro pálido. Quando a luz do sol o atingia, nenhuma cor se destacava; apenas era acentuada a *falta* de cor, o que o fazia parecer mais uma foto antiga que um estudante de carne e osso.

Eli continuava olhando para o livro nas mãos de Victor.

— O marcador não mancha o outro lado da folha?

— Era o esperado — respondeu Victor —, mas eles usam um papel com uma gramatura absurdamente alta. É quase como se quisessem que o livro tivesse um peso real na vida dos leitores.

A risada de Eli foi sufocada pelo segundo sinal ecoando no pátio, que começava a esvaziar. Os sinais não eram campainhas, é claro — Lockland era civilizada demais para isso —, mas eram *bem* altos e quase agourentos, e vinham de um único sino de igreja com um tom grave no centro espiritual localizado no meio do campus. Eli xingou e ajudou Victor a se levantar, já se virando para o conjunto de prédios de ciências, com fachada de tijolos vermelhos para que parecessem menos estéreis. Victor não teve pressa nenhuma. Eles ainda tinham um minuto antes que o último sinal tocasse, e, mesmo que chegassem atrasados, os professores nunca os castigariam. Eli só precisava sorrir. Victor só precisava mentir. Ambos os métodos se revelavam espantosamente eficazes.

Victor se sentou nos fundos da sala do seminário geral de ciências, uma matéria criada para reintegrar alunos de várias disciplinas científicas e prepará-los para o trabalho de conclusão de curso, na qual aprendiam métodos de pesquisa. Ou pelo menos *ouviam* o professor falar de métodos de pesquisa. Angustiado pelo fato de a aula depender de laptops, e já que rasurar uma tela não era tão satisfatório, Victor passou a observar os alunos dormir, desenhar, se estressar, prestar atenção e trocar mensagens no laptop. Como já imaginava, isso não prendeu sua atenção por muito tempo, e logo seu olhar passou por eles, pela janela, pela grama. Por tudo.

Sua atenção, enfim, voltou à aula quando Eli ergueu a mão. Victor não tinha ouvido a pergunta, mas viu o colega de quarto dar o seu sorriso perfeito e charmoso antes de responder. Eliot — Eli — Cardale foi um estorvo no começo. Victor não ficou nem um pouco feliz ao ver o rapaz esguio de cabelos castanhos parado à porta do dormitório um mês depois do começo do segundo ano. Seu colega de quarto anterior pensou melhor na primeira semana de aula (não por culpa de Victor, é claro) e largou a faculdade prontamente. Por causa da escassez de estudantes ou talvez de um erro de arquivamento facilitado pelo seu colega do segundo ano, Max Hall, que era incapaz de resistir a qualquer desafio que envolvesse hackear Lockland, o estudante nunca foi substituído. O quarto duplo minúsculo de Victor foi convertido num quarto de solteiro muito mais adequado. Até o começo de outubro, quando Eliot Cardale — que, Victor logo concluiu, sorria demais — apareceu carregando uma mala no corredor.

A princípio, Victor se perguntou o que seria necessário para o quarto voltar a ser só seu naquele mesmo semestre; entretanto, antes que levasse a cabo qualquer um dos planos, algo estranho aconteceu. Ele começou a... gostar de Eli. O colega era precoce e estranhamente charmoso, o tipo de cara que se safava de qualquer situação, graças a bons genes e perspicácia. Ele havia nascido para fazer parte de algum time e frequentar boates; no entanto, para a surpresa de todos, principalmente de Victor, não parecia se interessar por nenhuma dessas coisas. Esse pequeno ato de rebeldia às expectativas dos outros o fez ganhar muitos pontos com Victor e o transformou em alguém muito mais interessante.

Porém, o que *mais* deixou Victor fascinado era o fato de que definitivamente havia algo de *errado* com Eli. O rapaz era como uma daquelas ilustrações cheias de pequenos erros, do tipo que só era possível encontrar examinando a imagem de todos os ângulos, e, mesmo assim, alguns passavam despercebidos. À primeira vista, Eli parecia bem normal, mas de vez em quando Victor notava uma falha, um olhar de soslaio, um instante em que o rosto e as palavras do seu colega de quarto, seu olhar e seu significado, não se encaixavam. Esses pequenos deslizes intrigavam Victor. Era como observar duas pessoas distintas, uma se escondendo sob a pele da outra. E essa pele vivia bem seca, prestes a rachar e revelar o que havia por baixo.

— Muito astuto, sr. Cardale.

Victor havia perdido a pergunta *e* a resposta. Ele ergueu o olhar no momento em que o professor Lyne voltou a atenção para os outros alunos e bateu palmas uma vez, concluindo o assunto.

— Certo. Chegou a hora de anunciar o tema dos trabalhos.

A turma, composta em sua maioria de estudantes de medicina, um punhado de aspirantes a físicos e até uma engenheira — mas não Angie, que tinha sido designada para uma seção diferente —, por uma questão de princípios, deu um suspiro coletivo.

— Ora, vamos lá — disse o professor, interrompendo o protesto. — Vocês sabiam no que estavam se metendo quando se inscreveram nessa matéria.

— A gente não sabia, não — apontou Max. — Essa matéria é obrigatória. — A observação o fez receber murmúrios de encorajamento da turma.

— Eu sinto muito por isso, então. Mas, já que estamos aqui... Chegou a hora.

— Semana que vem seria melhor — comentou Toby Powell, um surfista de ombros largos, estudante de medicina e filho de um governador.

Max havia recebido apenas murmúrios; porém, agora os alunos riam de modo proporcional à popularidade de Toby.

— Silêncio — pediu o professor Lyne. A turma se aquietou. — Olhem só, Lockland incentiva um certo nível de... diligência e oferece uma liberdade proporcional no que se refere aos trabalhos de conclusão, mas ouçam um conselho meu. Faz sete anos que dou essa matéria. Vocês não vão conseguir muita coisa se escolherem um tema seguro e ficarem à sombra; *entretanto*, um trabalho ambicioso não vai ganhar pontos somente pela ousadia. As notas dependem da execução. Encontrem um tema relacionado à sua área de interesse o suficiente para que sejam produtivos sem escolher algo em que já se considerem especialistas. — Ele lançou um sorriso desdenhoso a Toby. — Pode começar, sr. Powell.

Toby correu os dedos pelo cabelo, enrolando para responder. A advertência do professor havia claramente abalado sua confiança no tema que estivera prestes a anunciar. Ele emitiu uns resmungos inaudíveis enquanto folheava as anotações.

— Hum... Linfócitos Th17 e imunologia.

Ele tomou cuidado para não subir o tom de voz para uma interrogação no fim da frase. O professor Lyne o deixou aguardando por um momento, e todo mundo esperou para ver se ele encararia Toby com "o olhar" — o queixo levemente erguido e a cabeça inclinada pelos quais havia ficado famoso; um olhar que dizia: "O senhor por acaso não gostaria de tentar outra vez?" —, mas, por fim, ele o honrou com um leve aceno.

Seu olhar mudou de direção.

— Sr. Hall?

Max abriu a boca no instante em que Lyne o interrompeu.

— Nada de tecnologia. Ciência, sim; tecnologia, não. Escolha com sabedoria.

A boca de Max se fechou enquanto ele pensava no que dizer.

— A eficácia elétrica na energia sustentável — disse depois de uma pausa.

— Hardware, não software. Uma escolha admirável, sr. Hall.

O professor continuou com o interrogatório.

Padrões de hereditariedade, equilíbrios e radiação foram aprovados, enquanto efeitos de álcool, cigarros e substâncias ilícitas, propriedades químicas da metanfetamina e resposta sexual do corpo receberam "o olhar". Um por um, os temas foram aprovados ou revisados.

— Próximo — ordenou o professor Lyne, o senso de humor já minguando.

— Pirotecnia química.

Uma longa pausa. O tema tinha vindo de Janine Ellis, cujas sobrancelhas ainda não haviam se recuperado totalmente das últimas pesquisas. O professor Lyne deu um suspiro, acompanhado pelo "olhar", mas Janine se limitou a sorrir, e não havia nada que ele pudesse fazer. Ellis era uma das alunas mais jovens da sala e, no primeiro ano, descobriu um novo e vibrante tom de azul que as empresas de fogos de artifício do mundo inteiro passaram a usar. Se estava disposta a perder as sobrancelhas, era problema dela.

— E você, sr. Vale?

Victor olhou para o professor, considerando as opções. Ele nunca foi muito bom em física, e, embora química o divertisse, sua paixão era a biologia — anatomia e neurociência. Queria escolher um tema que tivesse potencial para experimentos mas também gostaria de manter as sobrancelhas intactas. E, apesar de querer manter a posição no departamento, há semanas vinha recebendo pelo correio propostas de escolas de medicina, programas de pós-graduação e laboratórios de pesquisa (e outras, de natureza confidencial, há alguns meses). Victor e Eli começaram a decorar o hall de entrada do alojamento com as cartas. Não com as propostas, mas com as cartas que as precediam, repletas de elogios e charme, flertes e bilhetes escritos à mão. Nenhum dos dois precisava mover mundos com o trabalho de conclusão de curso.

O professor Lyne pigarreou.

— Indutores ad-renais — respondeu Victor, fazendo um gracejo.

— Sr. Vale, eu já recusei uma proposta que envolvia intercurso sexual...

— Não é isso — retrucou Victor, balançando a cabeça. — Adrenalina, seus indutores emocionais e físicos e suas consequências. Limiares bioquímicos. Luta ou fuga. Esse tipo de coisa.

Ele observou a expressão do professor, à espera de um sinal, e Lyne por fim concordou com um aceno.

— Não faça com que eu me arrependa disso.

E então se virou para Eli, o único que ainda não havia respondido.

— Sr. Cardale?

Eli sorriu, tranquilo.

— EOS.

A turma inteira, que se distraía cada vez mais em conversas abafadas enquanto os alunos anunciavam os temas, parou de falar. Os papos, o barulho de pessoas digitando e a agitação nas cadeiras foram interrompidos enquanto o professor Lyne estudava Eli com um olhar diferente, que estava entre a surpresa e a confusão, moderado apenas pelo conhecimento de que Eli era um dos melhores alunos da turma, talvez até mesmo de todo o departamento de medicina — bem, dividindo com Victor os primeiro e segundo lugares, de todo modo.

— Temo que o senhor precise elaborar melhor — pediu Lyne, devagar.

O sorriso de Eli não fraquejou.

— Uma discussão sobre a possibilidade teórica da existência de pessoas ExtraOrdinárias a partir de critérios biológicos, químicos e psicológicos.

O professor Lyne inclinou a cabeça e ergueu o queixo, mas, quando abriu a boca, tudo o que disse foi:

— Cuidado, sr. Cardale. Como avisei, ninguém vai ganhar pontos apenas pela ousadia. Espero que não transforme a minha aula numa palhaçada.

— Isso é um "sim"? — perguntou Eli.

O primeiro sinal tocou.

A cadeira de alguém arranhou o chão, mas ninguém ousou se levantar.

— Tudo bem — respondeu o professor Lyne.

O sorriso de Eli ficou mais largo.

Tudo bem?, pensou Victor. Examinando os olhares dos outros alunos, viu reações que iam da curiosidade à surpresa e à inveja exibidas naqueles rostos. Era uma piada. Tinha que ser. Porém, o professor Lyne se limitou a se empertigar e voltou à compostura de sempre.

— Vão em frente, alunos — disse ele. — Façam acontecer.

A sala irrompeu em movimento. Cadeiras foram arrastadas, mesas, jogadas para o lado, mochilas, erguidas, e a turma seguiu para o corredor como uma onda, levando Victor consigo. Ele olhou ao redor, à procura de Eli, e viu que ele ainda estava na sala de aula, falando baixo mas animado com o professor Lyne. Por um instante, a serenidade constante desapareceu e seus olhos reluziram com energia, um lampejo voraz de ambição. No entanto, depois que ele deixou o professor Lyne e se juntou a Victor no corredor, aquele brilho havia sumido, escondido por trás de um sorriso despreocupado.

— Que merda foi aquela? — inquiriu Victor. — Eu sei que o trabalho de conclusão de curso não importa muito a essa altura, mas, ainda assim... Era para ser uma piada?

Eli deu de ombros, e, antes que Victor pudesse insistir no assunto, o celular do amigo começou a tocar um electro-rock dentro do bolso. Victor se encolheu perto da parede enquanto Eli o atendia.

— Oi, Angie. Sim, a gente está indo. — Ele desligou sem esperar a resposta. — Fomos convocados. — Eli passou o braço pelos ombros de Victor. — Minha bela donzela está com fome. Não me atrevo a deixá-la esperando.

III

NOITE PASSADA

CEMITÉRIO DE MERIT

Os braços de Sydney estavam começando a doer por causa do peso da pá, mas, pela primeira vez no ano, não estava com frio. Suas bochechas ardiam, ela suava debaixo do casaco e se sentia viva.

Até onde sabia, essa era a *única* parte boa em desenterrar um cadáver.

— A gente não pode fazer outra coisa? — perguntou ela, apoiando-se na pá.

Sydney sabia qual seria a resposta de Victor, podia sentir a paciência dele se esgotando, mas ainda assim tinha que perguntar, porque perguntar era conversar, e conversar era a única maneira de distrair a mente do fato de que ela estava de pé sobre um cadáver, cavando para chegar até ele em vez de se afastar.

— A mensagem precisa ser enviada — respondeu Victor, sem parar de cavar.

— Bem, talvez a gente pudesse mandar uma mensagem *diferente* — sussurrou ela.

— Isso tem que ser feito, Syd — reforçou ele, por fim erguendo o olhar. — Por isso tenta pensar em algo divertido.

Sydney suspirou e voltou a cavar. Alguns punhados de terra depois, ela parou. Quase tinha medo de perguntar.

— No que *você* está pensando, Victor?

Ele deu um sorriso discreto e perigoso.

— Em como a noite está agradável.

Ambos sabiam que era mentira, mas Sydney decidiu que preferia não saber a verdade.

Victor não estava pensando no clima.

Ele mal sentia o frio atravessando o casaco. Estava ocupado demais tentando imaginar a cara que Eli faria quando recebesse a mensagem. Tentava imaginar o choque, a raiva e, no meio de tudo isso, o medo. Medo por saber que aquilo só podia significar uma coisa.

Victor havia escapado. Victor estava livre.

E estava indo atrás dele — como havia prometido que faria.

Enfiou a pá na terra gelada com um baque satisfatório.

IV

DEZ ANOS ANTES

UNIVERSIDADE DE LOCKLAND

— Você não vai mesmo me dizer o que foi aquilo? — perguntou Victor enquanto seguia Eli pelas enormes portas duplas que davam para o Salão Internacional de Refeições de Lockland, mais conhecido como SIR.

Eli não respondeu, ocupado em sua busca por Angie no refeitório.

Na opinião de Victor, o lugar parecia um parque temático, com toda a parafernália de uma praça de alimentação oculta sob painéis de plástico e gesso do tamanho errado e no lugar errado, uma ao lado da outra. Ao redor do pátio quadrangular onde ficavam as mesas havia onze opções de restaurante com menus diferentes grafados em fontes variadas e com decoração diversa. Perto das portas duplas havia um bistrô que tinha um pórtico baixo usado para organizar a fila de espera. Ao lado, ouvia-se música italiana, e havia vários fornos de pizza atrás do balcão. Na extremidade oposta do pátio ficavam os restaurantes de comida tailandesa, chinesa e japonesa, com suas lanternas de papel em cores primárias, vibrantes e convidativas. Além deles, havia um fast-food, uma churrascaria, um restaurante de comida caseira, outro de saladas, uma loja de *smoothies* e um café.

Angie Knight estava sentada perto do restaurante italiano, enrolando macarrão no garfo, os cachos acobreados caindo por cima dos olhos enquanto lia um livro preso debaixo da bandeja. Victor sentiu um formigamento percorrê-lo ao avistá-la, aquela sensação voyeurística de ver alguém antes de ser visto, de poder simplesmente ficar observando. Esse instante acabou quando Eli também a viu e chamou a atenção de Angie sem dizer uma palavra. Os dois eram como ímãs, pensou Victor, cada um com o próprio campo magnético. Todos os dias, durante as aulas, ou pelo campus, as pessoas eram sempre atraídas *para* eles. Até mesmo Victor sentia isso. E então, quando eles se aproximavam... Bem, num instante os braços de Angie envolviam o pescoço de Eli, seus lábios perfeitos tocando os dele.

Victor desviou o olhar para dar aos dois um pouco de privacidade, o que era absurdo, considerando que a demonstração pública de afeto deles era bastante... pública. Uma professora várias mesas à frente tirou os olhos de um relatório dobrado ao meio e ergueu a sobrancelha antes de virar a página com violência, para que todos ouvissem. Por fim, Eli e Angie conseguiram se desgrudar, e ela cumprimentou Victor com um abraço, um gesto simples, mas genuíno, toda a afeição, porém sem o tesão.

Mas não tem problema. Ele não estava apaixonado por Angie Knight. Ela não lhe pertencia. Apesar de tê-la conhecido primeiro, apesar de já ter sido como um ímã para ela, e de ela ter ficado atrás dele no SIR naquela primeira semana da faculdade, e de os dois terem tomado *smoothies* porque ainda estava absurdamente quente mesmo que já fosse setembro, e de o rosto dela estar corado por causa do treino de corrida e o dele, por causa dela. *Apesar* de ela sequer *conhecer* Eli até o segundo ano, quando *Victor* levou o novo colega de quarto para jantar com os dois porque parecia bom para o carma.

Maldito carma, pensou enquanto Angie se desvencilhava e voltava a se sentar.

Eli pegou uma sopa e Victor comprou comida chinesa, e os três se sentaram para comer na algazarra crescente do refeitório e conversar sobre coisas sem importância, embora Victor estivesse desesperado para descobrir no que raios Eli estivera pensando ao escolher os EOs como tema do trabalho. Apesar disso, Victor sabia que era melhor não interrogá-lo na frente de Angie

Angie Knight era uma *força da natureza*. Uma força da natureza de pernas compridas e com o caso mais sério de curiosidade que ele já havia conhecido. Tinha apenas 20 anos e foi cobiçada pelas melhores faculdades desde que aprendeu a dirigir, recebeu dezenas de cartões de visita, seguidos por dezenas de propostas e da mesma quantidade de contatos posteriores para perguntar o que achava delas, de subornos sutis e outros não tão sutis assim, e ali estava ela, em Lockland. Fazia pouco tempo, havia aceitado a oferta de uma empresa de engenharia; depois de se formar, iria se tornar a funcionária mais jovem — e mais inteligente, Victor podia apostar — do lugar. Angie sequer teria idade para comprar bebidas alcoólicas.

Além do mais, a julgar pelos olhares que Eli recebeu dos alunos ao escolher o tema do seu trabalho, ela logo ficaria sabendo.

Enfim, após um almoço pontuado por pausas e ocasionais olhares de advertência de Eli, o sinal tocou e Angie se dirigiu para a próxima aula. Ela nem *devia* ter mais aulas, mas havia se inscrito numa eletiva extra. Eli e Victor continuaram sentados, observando a cabeleira ruiva se afastar balançando com a alegria de alguém que está prestes a comer um bolo e não explorar casos de química forense ou a eficácia mecânica ou seja lá qual era o hobby de Angie agora.

Ou melhor, Eli a observou, e Victor observou Eli observando-a enquanto algo se revirava em seu estômago. Não era só o fato de Eli ter roubado Angie de Victor — isso já era ruim —, mas, de certa forma, Angie também roubara Eli dele. O Eli mais interessante, de qualquer maneira. Não aquele com dentes perfeitos e sorriso fácil, mas o Eli sob a fachada, aquele reluzente e afiado como cacos de vidro. Naqueles cacos pontiagudos, Victor via algo que reconhecia. Algo perigoso e voraz. Só que, quando Eli estava com Angie, essa faceta nunca dava as caras. Nessas situações, ele era o namorado perfeito, afetuoso, atencioso e *sem graça*, e Victor pegou a si mesmo analisando o amigo enquanto Angie se afastava, em busca de algum sinal de vida.

Vários minutos se passaram em silêncio enquanto o refeitório se esvaziava, até que Victor perdeu a paciência e deu um chute em Eli por baixo da mesa de madeira. Os olhos dele se ergueram da comida preguiçosamente.

— O que foi?

— Por que os EOS?

Aos poucos, o rosto de Eli começou a se abrir, e Victor sentiu o aperto no peito diminuir com alívio ao ver o lado sombrio de Eli à espreita.

— Você acredita que eles existem? — perguntou o amigo, desenhando padrões nos restos da sopa.

Victor hesitou enquanto comia um pedaço de frango com limão. EO. *ExtraOrdinário.* Tinha ouvido falar deles da mesma forma que se ouve falar de qualquer fenômeno, em sites de pessoas que acreditavam nisso e num eventual documentário de madrugada, no qual "especialistas" analisam a imagem granulada da gravação de um homem levantando um carro ou de uma mulher envolta em fogo sem se queimar. *Ouvir* falar dos EOS e *acreditar* neles eram duas coisas bem diferentes, e, pelo tom de voz de Eli, Victor não saberia dizer de qual lado o amigo estava. Tampouco saberia dizer de qual lado Eli queria que *ele* estivesse, o que tornava a busca por uma resposta uma tarefa muito mais difícil.

— Então — provocou Eli —, você acredita?

— Não sei bem se é uma questão de acreditar... — respondeu Victor, com sinceridade.

— Tudo começa com a crença — retrucou Eli. — Com a fé.

Victor fez uma careta. Da forma como ele via Eli, esse amparo que o amigo encontrava na religião era uma falha. Victor fazia o possível para relevar a questão, mas era uma barreira constante nas conversas que tinham. Eli deve ter percebido que Victor estava perdendo o interesse.

— Com a reflexão, então — emendou ele. — Você costuma *refletir* sobre as coisas?

Victor refletia sobre muitas coisas. Sobre si mesmo (se era imperfeito, especial, melhor, pior) e sobre as outras pessoas (se eram todas tão estúpidas quanto pareciam). Refletia sobre Angie — sobre o que aconteceria se contasse a ela como se sentia, sobre como seria se ela escolhesse ficar com ele. Refletia sobre a vida, as pessoas, a ciência, a magia, Deus e se acreditava em qualquer uma dessas coisas.

— Sim — respondeu, lentamente.

— Bem, quando você pensa em alguma coisa — continuou Eli —, não significa que parte de você *quer* acreditar naquilo?

— E você quer acreditar em super-heróis.

Victor tomou cuidado para falar sem emitir julgamento, mas foi incapaz de suprimir o sorriso que surgia aos poucos em sua boca. Ele esperava que Eli não se sentisse ofendido, que encarasse aquilo com bom humor — com leveza, não zombaria —, mas não adiantou. O rosto do amigo voltou a se fechar.

— Tudo bem, é idiotice, não é? Você me pegou. Eu estou pouco me fodendo para o trabalho. Só queria ver se Lyne deixaria eu me safar com essa — declarou Eli, abrindo um sorriso claramente superficial e se levantando da mesa. — Só isso.

— Espera — interveio Victor. — Não é só isso.

— É *só* isso.

Ele se virou, deixou a bandeja no lixo e saiu do refeitório antes que Victor pudesse dizer mais alguma coisa.

Victor sempre carregava um marcador permanente no bolso de trás da calça.

Enquanto ele perambulava pelos corredores da biblioteca em busca de livros que o ajudassem a começar o trabalho, seus dedos coçavam para pegá-lo. A conversa fracassada com Eli o deixou tenso, e ele ansiava pela calma, pela paz, pelo zen particular que encontrava na lenta supressão das palavras de outra pessoa. Ele conseguiu chegar à seção de medicina sem causar nenhum incidente e acrescentou um livro sobre o sistema nervoso humano ao de psicologia que já tinha escolhido. Após encontrar alguns textos menores sobre glândulas ad-renais e impulso humano, foi fazer o registro de saída dos livros, tomando o cuidado de manter a ponta dos dedos — permanentemente manchadas por causa dos projetos de arte — escondidas nos bolsos ou sob a beirada do balcão enquanto o bibliotecário conferia os livros. Houve algumas reclamações durante a época em que estudava em Lockland sobre livros que eram "vandalizados", isso quando não eram completamente "destruídos". O bibliotecário olhou para Victor por cima da pilha de livros como se os crimes estivessem escritos no rosto dele em vez de nos dedos, antes de, por fim, registrar a saída dos livros e devolvê-los a ele.

De volta ao quarto do alojamento que dividia com Eli, Victor tirou as coisas da mochila. Ele se ajoelhou e colocou o livro de autoajuda todo rasurado numa prateleira baixa, ao lado de outros dois que tinha pego emprestado e alterado, satisfeito por ainda não ter recebido nenhuma ligação pedindo para devolvê-los à biblioteca. Deixou os livros sobre adrenalina na mesa. Ouviu a porta ser aberta e fechada, e alguns minutos depois foi para a sala de estar, onde encontrou Eli jogado no sofá. Ele havia colocado uma pilha de livros e impressões grampeadas na mesinha de centro feita de madeira, propriedade da universidade, mas, ao deparar com Victor, pegou uma revista e começou as folheá-la, fingindo estar entediado. Os livros em cima da mesa eram sobre assuntos tão variados quanto função cerebral sob estresse, força de vontade nos seres humanos, anatomia, respostas psicossomáticas... No entanto, as impressões eram outra história. Victor pegou uma delas e afundou numa poltrona para ler. Eli franziu o cenho de leve, mas não o impediu. Eram capturas de sites, comunidades e fóruns da internet. Essas coisas nunca seriam aceitas como fonte.

— Me conta a verdade — pediu Victor, e devolveu as páginas para a mesa entre os dois.

— Que verdade? — perguntou Eli, distraído.

Victor o encarou, os olhos azuis fixos e sem piscar, até que Eli, por fim, colocou a revista de lado, endireitou-se no sofá e se virou, com os pés firmes no chão, para espelhar a posição de Victor.

— Eu acho que talvez eles existam — declarou Eli. — *Talvez* — enfatizou —, mas estou disposto a considerar a possibilidade.

Victor se surpreendeu com a sinceridade na voz do amigo.

— Continue — pediu, com sua melhor expressão de *confie em mim*.

Eli correu os dedos pela pilha de livros.

— Tenta encarar as coisas da seguinte forma: nas histórias em quadrinhos, existem duas maneiras de se tornar um herói. Ou é inato ou é adquirido. Há tanto o Superman, que nasceu daquele jeito, quanto o Homem-Aranha, que se tornou o que é. Está me acompanhando?

— Sim.

— Se você fizer uma busca rápida na internet pelos EOS — ele indicou as impressões —, vai encontrar a mesma divisão. Alguns afirmam que os EOS já nascem extraordinários, enquanto outros sugerem que eles se tornam depois do contato com coisas que vão desde uma gosma radioativa e insetos venenosos até o puro acaso. Digamos que você consiga encontrar um EO e a prova de que eles *realmente* existem. Então a pergunta passa a ser: como? Eles nascem assim? Ou são *criados*?

Victor observou como os olhos de Eli brilhavam enquanto ele falava dos EOS, como a mudança em seu tom de voz — mais baixo e urgente — combinava com os movimentos dos músculos do seu rosto ao tentar esconder a empolgação. O entusiasmo se infiltrava nos cantos da sua boca, o fascínio nos seus olhos, a energia na mandíbula. Victor observava o amigo, hipnotizado com a transformação. Ele mesmo era capaz de imitar a maior parte das emoções e passá-las como suas, mas uma imitação tinha certo limite, e ele jamais seria capaz de alcançar esse... *fervor*. Sequer tentou. Em vez disso, Victor se manteve calmo e ouviu, com os olhos atentos e reverentes para que Eli não se sentisse desencorajado e recuasse.

A última coisa que Victor queria era fazer com que ele recuasse. Tinha levado quase dois anos de amizade para conseguir quebrar a casca de charme e doçura de Eli e encontrar o que ele sempre soube que espreitava sob a superfície. E agora, curvado sobre uma mesa de centro cheia de capturas de tela em baixa resolução de sites criados por homens adultos que moravam no porão dos pais, parecia que Eliot Cardale havia encontrado Deus. Ou melhor: parecia que havia encontrado Deus e quisesse manter isso em segredo, mas não conseguisse. Essa sensação brilhava através da sua pele como se fosse luz.

— Então — disse Victor lentamente —, vamos supor que EOS existam. Você precisa descobrir *como*.

Eli lhe lançou o tipo de sorriso que o líder de um culto gostaria de ter.

— Essa é a ideia.

V

NOITE PASSADA

CEMITÉRIO DE MERIT

Tchac.

Tchac.

Tchac.

— Quanto tempo você passou preso? — perguntou Sydney, tentando preencher o silêncio. O som das pás, combinado ao cantarolar distraído de Victor, estava lhe dando nos nervos.

— Tempo demais.

Tchac.

Tchac.

Seus dedos doíam de tanto segurar aquela pá.

— E foi lá que você conheceu Mitch?

Mitch — Mitchell Turner — era o homem enorme que esperava por eles no quarto de hotel. Não porque ele não gostava de cemitérios, como fez questão de enfatizar. Não, era só porque *alguém* tinha que ficar e cuidar de Dol, e, além do mais, havia trabalho a ser feito. Muito trabalho. A decisão não tinha nada a ver com os cadáveres.

Sydney sorriu ao se lembrar de Mitch tentando arrumar desculpas. Ela se sentiu um pouquinho melhor ao pensar nele, que tinha quase o tamanho de um carro — e que provavelmente conseguia erguer um com facilidade —, todo receoso com a morte.

— A gente dividiu a cela — explicou ele. — Tem muita gente ruim na cadeia, Syd, e só umas poucas pessoas decentes. Mitch era uma delas.

Tchac.

Tchac.

— Você é um dos ruins? — perguntou Sydney.

Seus límpidos olhos azuis o encaravam, sem piscar. Ela não sabia bem se a resposta tinha importância, para falar a verdade, mas achou que seria bom saber.

— Algumas pessoas diriam que sim — respondeu Victor.

Tchac.

Ela continuou olhando para ele.

— Eu não acho que você seja uma pessoa ruim, Victor.

Ele continuou cavando.

— É tudo uma questão de opinião.

Tchac.

— Sobre a prisão. Você... Você foi solto? — perguntou ela, baixinho.

Tchac.

Victor enfiou a pá no chão e ergueu o olhar para ela. Em seguida, sorriu, o que Sydney notou que ele costumava fazer antes de mentir, e disse:

— É claro que sim.

VI

UMA SEMANA ANTES

PENITENCIÁRIA DE WRIGHTON

A prisão em si não era tão importante quanto o que ela havia proporcionado a Victor: tempo.

Cinco anos de isolamento lhe deram tempo para pensar.

Quatro anos de integração (graças aos cortes orçamentários e à falta de provas de que Vale fosse, sob qualquer aspecto, anormal) lhe deram tempo para treinar. E quatrocentos e sessenta e três detentos para praticar.

E, nos últimos sete meses, teve tempo para planejar aquele exato momento.

— Você sabia — disse Victor, consultando um livro da biblioteca da prisão sobre anatomia (ele achava bem idiota oferecer aos detentos o conhecimento da posição exata de órgãos vitais, mas fazer o quê?) — que quando se tira o medo de sentir dor de alguém, também desaparece o medo da morte? As pessoas passam a se achar imortais. O que não é verdade, mas, bem, como é mesmo o ditado? Somos todos imortais até que se prove o contrário.

— Alguma coisa assim — respondeu Mitch, um pouco preocupado.

Mitch dividia a cela com Victor na Penitenciária Federal de Wrighton. Victor gostava dele, em parte porque Mitch não se interessava nem um pouco pela política da prisão, em parte porque ele era *inteligente*. As pessoas pareciam não notar isso por causa do tamanho do sujeito, mas Victor percebeu o talento e fez bom uso dele. Por exemplo, no momento Mitch tentava provocar um curto-circuito numa câmera de segurança com uma embalagem de goma de mascar, um cigarro e um pedaço de arame que Victor conseguiu para ele três dias antes.

— Consegui — avisou Mitch alguns minutos depois, enquanto Victor percorria com o dedo o capítulo sobre sistema nervoso. Ele deixou o livro de lado e estalou os dedos ao ver o guarda vindo pelo corredor.

— Vamos começar? — perguntou ele quando o ar começou a vibrar.

Mitch olhou longamente a cela e assentiu.

— Você primeiro.

VII

DOIS DIAS ANTES
NA ESTRADA

A chuva atingia o carro em ondas. Era tanta água que o para-brisa não conseguia dar conta de limpar o vidro e acabava só jogando água de um lado para o outro, mas nem Victor nem Mitch reclamavam. Afinal de contas, o carro era roubado. E, sem dúvida, tinha sido um *belo* negócio — já estavam rodando com o veículo sem incidentes fazia quase uma semana, desde que o afanaram numa parada de estrada a poucos quilômetros da prisão.

O carro passou por uma placa que dizia MERIT — 37 QUILÔMETROS.

Mitch dirigia e Victor encarava o mundo que passava velozmente através da tempestade. Parecia tão rápido. Tudo parecia rápido depois de se ter passado dez anos numa cela. Ele se sentia livre. Nos primeiros dias, eles dirigiram sem rumo, pois a necessidade de se deslocar superava a necessidade de um destino. Victor não sabia para onde estavam indo. Ainda não havia se decidido por onde começar a busca. Dez anos era tempo suficiente para planejar os mínimos detalhes da fuga. Em uma hora, conseguiu roupas novas; em um dia, dinheiro; mas uma semana se passou sem que ele soubesse onde começar a procura por Eli.

Até aquela manhã.

Comprou um exemplar do *National Mark*, um jornal de circulação nacional, num posto de gasolina e estava folheando as páginas, distraído, quando a sorte sorriu para ele. Ou pelo menos *alguém* sorriu para ele. Sorriu ao ver uma foto impressa à direita de uma matéria intitulada:

HERÓI CIVIL SALVA BANCO

O banco ficava em Merit, uma enorme metrópole que se estendia a meio caminho entre o arame farpado de Wrighton e a cerca de ferro de Lockland. Ele e Mitch estavam seguindo nessa direção por nenhum outro motivo além de ser um lugar para onde ir. Uma cidade cheia de pessoas que Victor podia interrogar, persuadir, coagir. E uma cidade cheia de promessas, pensou, erguendo o jornal dobrado.

Ele havia comprado o *National Mark*, mas só levava aquela página, guardando-a em sua pasta quase com reverência. Era um começo.

Nesse momento, Victor fechou os olhos e reclinou a cabeça no encosto, enquanto Mitch dirigia.

Cadê você, Eli?, perguntou-se.

Cadê você cadê você cadê você cadê você?

A pergunta ecoava em sua mente. Ele pensou nisso todos os dias dos últimos dez anos. Alguns dias, distraidamente; outros, com uma necessidade tão profunda de saber que chegava a doer. *Doía* de verdade, o que, para Victor, queria dizer muita coisa. Ele voltou a se recostar no assento enquanto o mundo passava voando do outro lado da janela. Eles não pegaram a autoestrada — a maior parte dos fugitivos não seria idiota de fazer isso —, mas o limite de velocidade da estrada era mais que suficiente. Qualquer coisa era melhor que ficar parado.

Um tempo depois, o carro passou por um pequeno buraco, e o solavanco tirou Victor do devaneio. Ele piscou e virou a cabeça para observar as árvores na beira da estrada. Abriu a janela até a metade para sentir a velocidade, ignorando os protestos de Mitch sobre a chuva molhar o interior do carro. Ele não se importava com a água nem com os assentos. Precisava *sentir* aquilo. Estava anoitecendo, e, nos últimos momentos do dia, Victor avistou uma forma se movendo ao lado da estrada. Era pequena e, de cabeça baixa, abraçava o próprio corpo enquanto caminhava pelo acostamento. O carro passou por ela antes de Victor franzir o cenho e falar:

— Mitch, volta.

— Para quê?

Victor voltou a atenção para o homem enorme ao volante.

— Não me obriga a pedir de novo.

Mitch não o obrigou. Deu ré, fazendo os pneus cantarem no asfalto molhado. Voltaram a passar pela figura. Mitch pôs o carro de novo na primeira marcha e dirigiu devagar ao lado da forma. Victor abriu o restante da janela, a chuva entrando com vontade.

— Está tudo bem? — perguntou ele, falando mais alto que o barulho da chuva.

A figura não respondeu. Victor sentiu algo formigar nos seus sentidos, com um zumbido. Dor. Não dele.

— Para o carro — mandou, e dessa vez Mitch pisou no freio prontamente; prontamente até *demais*.

Victor saiu, fechou o casaco até o pescoço e começou a andar ao lado da estranha. Ele era uns três palmos mais alto.

— Você está ferida — disse ele para o monte de roupas encharcadas.

Não descobriu isso por causa dos braços cruzados sobre o peito, nem por causa da mancha escura na manga, mais escura até que a chuva, ou porque a figura recuou de repente quando ele estendeu a mão para tocá-la. Victor sentia o cheiro de dor da mesma forma que um lobo sente o cheiro de sangue. Estava em sintonia com ela.

— Para — pediu, e dessa vez os passos da pessoa diminuíram até parar. A chuva caía, incessante e fria sobre os dois. — Entra no carro.

Então a figura ergueu o olhar para ele e o capuz do casaco molhado baixou sobre os ombros estreitos. Límpidos olhos azuis, ameaçadores sob o lápis preto borrado, o encararam de um rosto jovem. Victor conhecia muito bem a dor para se deixar enganar pelo olhar de desafio, pela mandíbula cerrada no rosto emoldurado por cabelos loiros e encharcados. Ela não devia ter mais de 12 anos, talvez 13.

— Vem — apressou Victor, gesticulando para o carro parado ao lado deles. A garota se limitou a ficar encarando-o.

— O que poderia acontecer com você? — perguntou Victor. — Não pode ser pior do que o que já aconteceu.

Como ela não fez nenhum movimento em direção ao carro, Victor suspirou e apontou para o braço dela.

— Me deixa dar uma olhada nisso.

Ele estendeu a mão, resvalando os dedos no casaco da garota. O ar ao redor da sua mão estalou como sempre fazia, e a garota deixou escapar um gemido de alívio quase inaudível. Ela esfregou a manga.

— Ei, para com isso — advertiu ele, e afastou a mão da garota da ferida. — Eu não curei você.

Os olhos da garota dançaram entre a mão dele e a manga dela.

— Estou com frio — comentou ela.

— E eu estou com Mitch — disse ele, apontando para o carro. Ela lhe ofereceu um leve sorriso, exausto. — Eu me chamo Victor, aliás. Então, o que você acha de sairmos da chuva?

VIII

NOITE PASSADA

CEMITÉRIO DE MERIT

— Você não é uma pessoa ruim — repetiu Sydney, jogando terra na grama iluminada pelo luar. — Mas Eli é.

— Sim. Eli é.

— Mas ele não foi preso.

— Não.

— Você acha que ele vai receber a mensagem? — perguntou ela, apontando para o túmulo.

— Com certeza. E, se ele não receber, a sua irmã vai.

O estômago de Sydney se revirou à menção da irmã. Para ela, a irmã mais velha era como duas pessoas diferentes, duas imagens sobrepostas de tal forma que ambas ficavam borradas e que a deixavam tonta, enjoada.

Havia a Serena anterior ao lago. A Serena que se ajoelhou diante dela no dia em que partiu para a faculdade — ambas cientes de que ela estava abandonando a irmã numa casa vazia e tóxica — e secou as lágrimas do rosto da caçula com o polegar, dizendo repetidas vezes: "Eu não vou sumir, eu não vou sumir."

E havia a Serena posterior ao lago. A Serena de olhos frios e sorriso vazio, e que fazia coisas acontecerem usando apenas palavras. A mesma que atraiu Sydney para o campo com um cadáver e insistiu para que ela mostrasse o dom para em seguida ficar triste quando o fez. A Serena que simplesmente virou o rosto quando o namorado apontou a arma.

— Eu não quero ver a Serena — declarou Sydney.

— Eu sei — disse Victor —, mas eu quero ver Eli.

— Por quê? — perguntou ela. — Você não tem como matar ele.

— Pode até ser verdade. — Seus dedos apertaram o cabo da pá. — Mas tentar faz parte da diversão.

IX

DEZ ANOS ANTES
UNIVERSIDADE DE LOCKLAND

Quando Eli foi buscar Victor no aeroporto alguns dias antes do início do semestre, na primavera, ele exibia um sorriso que deixou o amigo nervoso. Eli tinha tantos sorrisos quanto sabores de sorvete numa sorveteria, e esse em particular significava que ele estava escondendo alguma coisa. Victor queria não se importar, mas se importava. E, como aparentemente não conseguia evitá-lo, decidiu ao menos não demonstrá-lo.

Eli passou as férias no campus, realizando pesquisas para o trabalho final. Angie reclamou, pois os dois tinham feito planos de viajar juntos; a garota, como Victor previu, não era uma grande fã do trabalho de Eli, nem do tema nem do tempo que demandava. Eli alegou que o período de pesquisa das férias serviria para apaziguar o professor Lyne, para provar que estava levando o trabalho de conclusão a sério, mas Victor não gostou disso, porque significava que Eli estava em vantagem. Não gostou porque, é claro, tinha pleiteado ficar durante as férias também, pedindo a mesma bolsa que Eli havia conseguido, mas ela lhe fora recusada. Ele precisou exercer todo o autocontrole para esconder a raiva, a vontade de rasurar a vida de Eli e reescrevê-la como sua. De algum modo, conseguiu apenas dar de ombros e sorrir, e Eli prometeu mantê-lo informado caso fizesse algum progresso na área de interesse deles — Eli disse "deles", o que ajudou a acalmar Victor. Entretanto, Victor não recebeu nenhuma notícia durante as férias; então, alguns dias antes de voltar ao campus, recebeu uma ligação de Eli, que disse ter descoberto alguma coisa, mas se negou a lhe contar o que era até os dois se encontrarem pessoalmente.

Victor quis adiantar o voo (mal podia esperar para escapar da companhia dos pais, que no começo insistiram em comemorar o Natal juntos e depois passaram a lembrá-lo diariamente do sacrifício que estavam fazendo, já que as festas de fim de ano era o melhor período para as turnês), mas não queria parecer ansioso, por isso esperou que os dias passassem e trabalhou arduamente na própria pesquisa sobre glândulas ad-renais, o que parecia um trabalho retificativo em comparação, uma simples questão de causa e efeito, com tantos dados documentados que não havia nenhum desafio real envolvido. Era só regurgitação. A pesquisa podia até ser organizada com competência e escrita com elegância, sim, mas era pontuada por hipóteses que lhe pareciam pouco inspiradas, *monótonas*. Lyne havia elogiado o esboço, dissera que ele tinha saído com vantagem na corrida. Porém, Victor não queria correr enquanto Eli estava ocupado tentando voar.

Por isso, assim que se sentou no banco do carona do carro de Eli, Victor tamborilou sobre os joelhos de empolgação. Ele se espreguiçou numa tentativa de fazer os dedos pararem, mas, quando eles voltaram a tocar suas pernas, recomeçaram o movimento irrequieto. Tinha passado a maior parte do voo ensaiando uma indiferença calculada para que, quando visse Eli, as primeiras palavras que saíssem de sua boca não fossem "me conta", porém, agora que estavam juntos, ele se via perdendo a compostura.

— E aí? — perguntou Victor, tentando, sem muito sucesso, parecer indiferente. — O que você descobriu?

Eli segurou o volante com firmeza enquanto dirigia o carro até Lockland.

— Trauma.

— O que é que tem?

— Foi o único traço em comum que consegui encontrar em todos os casos mais bem documentados de EOS. De qualquer forma, o corpo reage de um jeito estranho sob estresse. Adrenalina e coisa e tal, *como você sabe muito bem.* Cheguei à conclusão de que um trauma poderia fazer o corpo se modificar quimicamente. — Ele começou a falar mais rápido. — Só que "trauma" é uma palavra tão vaga, não é? É como um cobertor inteiro, e eu preciso isolar apenas um fio. Milhões de pessoas são traumatizadas todos os dias. Emocional e fisicamente, tudo o que se pode imaginar. Se mesmo uma fração dessas pessoas se tornasse ExtraOrdinária, elas constituiriam uma porcentagem considerável da população humana. E, se esse fosse o caso, os EOS seriam mais do que algo entre aspas, mais do que uma hipótese; seriam uma realidade. Eu sabia que tinha que ter algo mais específico.

— Um tipo específico de trauma? Como um acidente de carro? — perguntou Victor.

— Exatamente. Exceto que não havia nenhum indicador de algum trauma em comum. Nenhuma fórmula óbvia. Nenhum parâmetro. Não no começo.

Eli deixou as palavras surtirem efeito. Victor desligou o rádio, que já estava num volume baixo. Eli quase pulava de empolgação no assento.

— Mas aí...? — incitou Victor, e ficou envergonhado ao evidenciar seu interesse.

— Mas aí eu comecei a investigar, e, nos poucos estudos de caso que consegui desenterrar, não oficiais, é claro, e foi um inferno encontrar, as pessoas não apenas sofreram traumas, Vic. Elas *morreram.* Eu não tinha percebido antes porque, na grande maioria das vezes que uma pessoa não permanece morta, o caso sequer é relatado como uma EQM. Ora, metade das pessoas nem percebe que *teve* uma EQM.

— EQM?

Eli olhou de relance para Victor.

— Experiência de quase morte. E se um EO não for produto de um trauma qualquer? E se os corpos deles estiverem reagindo ao maior trauma físico e psicológico possível? A morte. Pensa só, o tipo de transformação de que estamos falando não seria possível com uma reação fisiológica ou psicológica isolada. Seria preciso um fluxo enorme de adrenalina, de medo, de consciência. Eu estou falando de força de vontade, de poder da mente sobre a matéria, mas não é o poder de um sobre o outro: são os dois juntos. Tanto a mente quanto o corpo respondem à morte iminente e, nesses casos em que ambos são fortes o bastante, e ambos *têm* que ser fortes, algo como uma predisposição genética e um instinto de sobrevivência, acho que aí temos a receita para um EO.

A mente de Victor foi a mil conforme ele ouvia a teoria de Eli.

Victor flexionou os dedos e apertou a perna da calça.

Fazia sentido.

Fazia sentido, além de ser simples e elegante, e Victor odiou perceber isso, em especial porque era *ele* quem devia ter feito essa descoberta, devia ter sido capaz de elaborar a hipótese. Adrenalina era o tema da pesquisa *dele*. A única diferença era que vinha estudando o fluxo temporário, enquanto Eli tinha extrapolado a ponto de sugerir uma mudança permanente. A raiva irrompeu dentro de Victor, mas era um sentimento contraproducente, por isso ele a transformou em pragmatismo enquanto procurava uma falha.

— Fala alguma coisa, Vic.

Victor franziu a testa e manteve o tom de voz cuidadosamente destituído do entusiasmo do amigo.

— Você tem duas certezas, Eli, mas não faz ideia de quantas incertezas. Mesmo que possa afirmar com certeza que uma EQM e um forte instinto de sobrevivência sejam componentes necessários, pensa em quantos outros fatores poderiam existir. Ora, o sujeito pode precisar de uns dez outros itens na listinha de pré-requisitos. E os dois componentes que você tem são vagos demais. Só o termo "predisposição genética" engloba centenas de características, e qualquer uma ou até mesmo todas poderiam ser cruciais. O sujeito precisa possuir níveis químicos naturalmente elevados ou glândulas voláteis? A condição física atual faz diferença ou apenas as reações inatas do corpo à mudança? E quanto ao estado mental, Eli, como você poderia calcular os fatores psicológicos? Qual seria o conceito de força de vontade? São inúmeros problemas filosóficos. Isso para não mencionar toda a questão do acaso.

— Eu não estou desconsiderando nada disso — argumentou Eli, desanimando um pouco enquanto guiava o carro para o estacionamento. — É uma teoria aditiva, não dedutiva. A gente não pode comemorar o fato de que eu posso ter feito uma descoberta essencial? Os EOS precisam de uma EQM. Eu acho isso do caralho!

— Mas isso não basta — retrucou Victor.

— Não? — esbravejou Eli. — É um começo. Já é alguma coisa. Toda teoria precisa começar em algum lugar, Vic. A hipótese da EQM, esse coquetel de reações físicas e mentais ao trauma, tem fundamento.

Algo pequeno e perigoso tomava forma na mente de Victor enquanto Eli falava. Uma ideia. Uma maneira de fazer com que a descoberta de Eli fosse *dele*, ou pelo menos *deles*.

— E é um trabalho de conclusão de curso — continuou Eli. — Estou tentando encontrar uma explicação científica para o fenômeno dos EOS. Não é como se eu estivesse tentando *criar* um deles.

A boca de Victor se retorceu, então se transformou num sorriso.

— Por que não?

— Porque é suicídio — disse Eli entre uma mordida e outra do sanduíche.

Eles estavam no refeitório, ainda razoavelmente vazio pois o semestre ainda não tinha começado. Apenas o restaurante italiano, o de comida caseira e o café estavam abertos.

— Bem, sim, isso é inevitável — comentou Victor, tomando um gole de café. — Mas, se funcionar...

— Eu não acredito que você esteja mesmo sugerindo uma coisa dessas — retrucou Eli. Mas havia algo em sua voz, entremeado com a surpresa. Curiosidade. Energia. Aquele fervor que Victor sentiu antes.

— Digamos que você esteja certo — insistiu Victor — e seja mesmo uma equação simples: uma experiência de quase morte, com ênfase no *quase*, somada a certo nível de resistência física e instinto...

— Mas foi você que disse que *não* é tão simples, que tem que ter outros fatores.

— Ah, eu tenho certeza disso — declarou Victor. Mas agora ele tinha a atenção de Eli. E gostava disso. — Quem sabe quantos fatores? Mas estou disposto a admitir que o corpo seja capaz de coisas inacreditáveis em situações de vida ou morte. Esse é o tema da *minha* pesquisa, lembra? E talvez você esteja certo. Talvez o corpo seja capaz de promover uma mudança química fundamental. A adrenalina proporciona habilidades aparentemente sobre-humanas em momentos de necessidade. Lampejos de poder. Talvez haja uma maneira de tornar essa mudança permanente.

— Isso é loucura...

— Você pode até dizer isso, mas sei que não acredita. No fundo, você não acredita nisso. Afinal de contas, essa é a sua pesquisa — disse Victor. Ao olhar para a xícara de café, sua boca se retorceu. — Você poderia até ganhar nota máxima.

Eli semicerrou os olhos.

— Meu trabalho é teórico...

— Ah, é mesmo? — replicou Victor, com um sorriso de provocação. — Mas e aquela história de fé?

Eli franziu a testa. Ele abriu a boca para responder, mas foi interrompido por um par de braços esbeltos ao redor do seu pescoço.

— Por que os meus meninos parecem tão sérios? — Victor ergueu a cabeça e viu os cachos acobreados de Angie, as sardas, o sorriso. — Tristes com o fim das férias?

— De jeito nenhum — respondeu Victor.

— Oi, Angie — disse Eli, e Victor viu a luz se apagar nos olhos do amigo, assim que ele a puxou para lhe dar um daqueles beijos de cinema.

Victor xingou mentalmente. Havia se esforçado tanto para fazer Eli se abrir, e Angie estava acabando com toda a concentração dele com um beijo. Victor se levantou da cadeira, irritado.

— Para onde você vai? — perguntou Angie.

— Foi um dia longo — respondeu Victor. — Eu acabei de chegar, ainda preciso desfazer as malas...

Ele parou de falar. Angie não estava mais prestando atenção. Beijava Eli enquanto passava os dedos pelos cabelos dele. De uma hora para a outra, havia perdido ambos.

Victor se virou e foi embora.

DOIS DIAS ANTES

HOTEL ESQUIRE

Victor manteve a porta do quarto do hotel aberta enquanto Mitch entrava carregando Sydney — ferida e ensopada. Mitch era enorme, tinha a cabeça raspada, quase cada centímetro de pele exposta era tatuado e sua largura era comparável à altura da garota. Ela conseguia andar, mas ele havia decidido que carregá-la seria mais fácil do que tentar fazer com que ela se apoiasse no seu ombro. Mitch também carregava duas malas, que deixou ao lado da porta.

— Acho que vai servir — comentou ele, animado, ao observar a suíte luxuosa.

Victor deixou outra mala, muito menor, no chão, e tirou o casaco molhado, pendurando-o, então arregaçou as mangas enquanto instruía Mitch a colocar a garota no banheiro. Sydney esticou o pescoço ao atravessar o quarto sendo carregada. O hotel Esquire, localizado no centro de Merit, tinha tão poucos móveis que ela se perguntara se não haviam jogado a mobília fora, e se pegou olhando para o chão para ver se havia marcas onde cadeiras ou sofás estiveram algum dia. Porém, o assoalho era todo de madeira, ou de algo feito para parecer madeira, e o banheiro era de piso frio e azulejo. Mitch a pôs debaixo do chuveiro — um espaço amplo de mármore sem porta — e deu o fora.

Ela tremeu, sentindo apenas um frio intenso e penetrante. Victor apareceu alguns minutos depois, trazendo várias roupas.

— Alguma dessas deve caber em você — sugeriu ele, e largou a pilha na bancada ao lado da pia.

Ficou do lado de fora do banheiro enquanto ela tirava as roupas molhadas e examinava a pilha, perguntando-se de onde aquelas roupas tinham vindo. Parecia que eles haviam roubado de uma lavanderia, mas elas estavam secas e mornas, então não tinha do que reclamar.

— Sydney — gritou ela por fim, a voz abafada pela camiseta que estava tirando, ainda presa na cabeça, e pela porta entre os dois. — É o meu nome.

— Prazer — respondeu Victor do corredor.

— Como é que você fez aquilo? — gritou ela enquanto vasculhava as camisetas.

— O quê?

— Você fez a dor passar.

— É um... dom.

— Um dom — resmungou Sydney com amargura.

— Você já conheceu alguém com um dom antes? — perguntou ele através da porta.

Sydney deixou a pergunta no ar, o silêncio que se seguiu pontuado somente pelo barulho das roupas que eram desdobradas, puxadas, jogadas de lado. Quando voltou a falar, tudo o que disse foi:

— Pode entrar.

Victor entrou e a encontrou usando uma calça de moletom larga demais e uma regata de alcinha longa demais, mas dava para o gasto. Pediu a Sydney que se sentasse na bancada e ficasse imóvel enquanto examinava seu braço. Depois de limpar os últimos vestígios de sangue, ele franziu a testa.

— O que foi? — perguntou ela.

— Você foi baleada.

— É óbvio.

— Você estava brincando com uma arma ou algo do tipo?

— Não.

— Quando isso aconteceu? — perguntou ele, pressionando os dedos no pulso dela.

— Ontem.

Victor não desviou os olhos do braço de Sydney.

— Você vai me contar o que aconteceu?

— Como assim? — perguntou ela, fazendo-se de desentendida.

— Bem, Sydney, você está com uma bala alojada no braço, sua pulsação está lenta demais para alguém da sua idade e sua temperatura corporal está cerca de cinco graus mais fria do que deveria.

Sydney se retesou, mas não disse nada.

— Você está ferida em algum outro lugar? — indagou ele.

Sydney deu de ombros.

— Não sei.

— Vou devolver um pouco de dor para você — avisou Victor. — Para ver se você tem algum outro ferimento.

Ela acenou positivamente com a cabeça, um gesto breve e tenso. Ele apertou firme o braço de Sydney, e o frio intenso e penetrante esquentou até se tornar uma dor, que dava fisgadas agudas em diferentes pontos do seu corpo. Ela arfou, mas suportou a dor enquanto dizia a ele todos os lugares onde doía mais. Sydney observou Victor trabalhar — seu toque era inacreditavelmente suave, como se ele tivesse receio de que ela fosse quebrar. Tudo em Victor era suave: a pele, os cabelos, os olhos, as mãos que dançavam no ar logo acima da pele dela, tocando-a apenas quando absolutamente necessário.

— Bem — concluiu Victor, depois de fazer os curativos nela e tirar o que havia lhe restado de dor —, fora o ferimento à bala e um tornozelo torcido, você parece estar bem.

— Fora isso — repetiu Sydney, num tom seco.

— Tudo é relativo. Você está viva.

— Estou.

— Vai me contar o que aconteceu com você?

— Você é médico? — retrucou ela.

— Era para ter sido. Há muito tempo.

— O que aconteceu?

Victor suspirou e se recostou no toalheiro.

— Vamos fazer uma troca. Uma resposta por outra.

Ela hesitou, mas por fim concordou.

— Quantos anos você tem? — perguntou ele.

— Treze. — Ela mentiu porque odiava ter 12 anos. — E você?

— Trinta e dois. O que aconteceu com você?

— Tentaram me matar.

— Isso eu percebi. Mas por que alguém faria isso?

Sydney balançou a cabeça.

— É a sua vez. Por que você não se tornou médico?

— Eu fui preso — respondeu ele. — Por que alguém tentaria te matar?

Ela coçou a canela com a sola do pé, algo que fazia ao mentir, mas Victor ainda não a conhecia o suficiente para saber disso.

— Não faço ideia.

Sydney quase perguntou sobre a cadeia, porém mudou de ideia no último instante.

— Por que você me deu carona?

— Eu tenho um fraco por vira-latas — disse ele. Então a surpreendeu ao perguntar: — Você tem algum dom, Sydney?

Após um longo tempo, ela balançou a cabeça.

Victor baixou os olhos, e ela viu algo atravessar o rosto dele como uma sombra. Pela primeira vez desde que o carro havia parado ao lado dela, Sydney sentiu medo. Não um medo arrebatador, mas um pânico leve e constante que começou a se espalhar por sua pele.

Então Victor ergueu o olhar e a sombra havia sumido.

— Você devia descansar um pouco, Sydney — sugeriu. — Fique com o quarto no fim do corredor.

Victor se virou e saiu do banheiro antes que ela pudesse agradecer.

Victor foi até a cozinha da suíte, separada do restante do quarto por apenas uma bancada de mármore, e se serviu de uma bebida do suprimento de garrafas que ele e Mitch juntaram desde que saíram de Wrighton e que Mitch tinha trazido do carro. Sabia que a garota estava mentindo, mas resistiu ao impulso de recorrer aos métodos de sempre. Ela era uma criança e claramente estava com medo. Além disso, já havia sido machucada o suficiente.

Victor deixou Mitch ficar com o outro quarto. O homenzarrão jamais caberia no sofá, e Victor dormia pouco, de qualquer forma. Se por acaso se sentisse cansado, não se importaria nem um pouco de ficar no sofá de veludo. Essa era a pior coisa da prisão. Não as pessoas, a comida ou mesmo o fato de ser uma *prisão*.

A merda do beliche.

Victor pegou a bebida e caminhou pelo chão laminado de madeira da suíte do hotel. Era notavelmente realista, mas não rangia, e ele conseguia sentir o concreto por baixo. Seus pés passaram bastante tempo sobre concreto para saber.

Uma parede inteira da sala era de janelas que iam do chão ao teto, e no meio havia uma porta dupla que dava para a varanda. Ele foi para o patamar estreito a sete andares do chão. O ar estava frio e Victor desfrutou dele, os cotovelos apoiados no parapeito de metal gelado enquanto segurava o copo, embora o gelo fizesse o vidro ficar frio a ponto de machucar seus dedos. Não que ele sentisse alguma coisa.

Victor observou Merit. Mesmo a essa hora, a cidade estava viva, um lugar pulsante e barulhento repleto de pessoas que ele conseguia sentir sem sequer estender a mão. Entretanto, naquele momento, cercado pelo ar frio e metálico da cidade e pelos milhões de corpos vivos, que respiravam e *sentiam*, ele não pensava em nada disso. Seus olhos pairavam acima dos edifícios, mas sua mente estava longe dali.

XI

DEZ ANOS ANTES
UNIVERSIDADE DE LOCKLAND

— E aí? — perguntou Victor mais tarde naquela noite.

Ele tinha bebido. Algumas doses. Os dois mantinham uma prateleira estocada com cerveja para reuniões de amigos e um suprimento de destilados na gaveta debaixo da pia do banheiro para os dias muito ruins ou muito bons.

— É impossível — respondeu Eli. Notou o copo na mão de Victor e foi ao banheiro para se servir de uma bebida.

— Isso não é verdade — retrucou Victor.

— É impossível ter controle suficiente — esclareceu Eli enquanto tomava um longo gole. — É impossível garantir a sobrevivência, muito menos qualquer tipo de habilidade. Experiências de quase morte ainda são de quase *morte*. É arriscado demais.

— Mas se der certo...

— Mas se não der certo...

— A gente pode ter o controle necessário, Eli.

— Não seria o suficiente.

— Você me perguntou se eu alguma vez quis acreditar em alguma coisa. Eu quero. Quero acreditar nisso. Quero acreditar que existe algo *mais*. — Vic derramou um pouco de uísque. — Que a gente pode *ser* mais. Cacete, nós podemos ser heróis.

— Nós podemos morrer — disse Eli.

— Para isso só basta estar vivo.

Eli passou os dedos pelos cabelos. Ele estava incomodado, indeciso. Victor gostava de vê-lo daquele jeito.

— É só uma *teoria*.

— Nada do que você faz é para ser teórico, Eli. Posso ver isso em você. — Victor ficou orgulhoso de conseguir verbalizar a observação na primeira tentativa, levando em conta seu nível de embriaguez. No entanto, tinha que ficar calado. Não gostava que as pessoas soubessem o quanto ele as observava, imitava e se comparava a elas. — Eu consigo ver isso — concluiu, em voz baixa.

— Acho que você já bebeu o suficiente.

Victor baixou os olhos para o líquido âmbar.

Os momentos que definem a vida de alguém nem sempre são evidentes. Nem sempre gritam "PRECIPÍCIO!", e nove em cada dez vezes não há corda para passar por baixo, não há linha a ser cruzada, nem pacto de sangue ou carta oficial em papel elegante. Nem sempre são demorados e repletos de significado. Entre um gole e outro, Victor cometeu o maior erro da sua vida, e consistiu em nada além de uma frase. Três pequenas palavras.

— Eu vou primeiro.

Ele havia refletido sobre o assunto na volta de carro do aeroporto, ao se perguntar: Por que não? Havia refletido sobre o assunto enquanto almoçavam e enquanto caminhava pelo campus, terminando o café, e por todo o caminho até o dormitório e os alojamentos dos veteranos logo à frente. Em algum momento entre o terceiro e o quarto copo, a interrogação tinha se tornado um ponto final. Não havia escolha. Não havia mesmo. Era a única maneira de não ser apenas um espectador dos grandes feitos de Eli. De participar. Contribuir.

— O que você tem? — perguntou Victor.

— Como assim?

Victor ergueu uma sobrancelha pálida, sem se deixar enganar. Eli não usava drogas, porém sempre tinha alguma coisa — era o jeito mais rápido de ganhar dinheiro e fazer amigos em Lockland, ou, como Victor podia apostar, em qualquer universidade. Então, Eli pareceu entender do que Vic estava falando.

— Não.

Victor já havia desaparecido no banheiro, e voltou de lá com a garrafa de uísque, ainda estava bem cheia.

— O que você tem? — perguntou de novo.

— Não.

Victor suspirou, passou por cima da mesinha de centro, pegou um pedaço de papel e começou a escrever um bilhete. "Veja os livros na prateleira de baixo."

— Pronto — anunciou ele, estendendo o papel para Eli, que fez uma careta.

Vic deu de ombros e tomou outro gole.

— Eu trabalhei duro naqueles livros — explicou ele, equilibrando-se no braço do sofá. — É poesia. E uma carta de suicídio melhor que qualquer coisa que eu seria capaz de escrever agora.

— Não — repetiu Eli, mas a palavra soou distante, baixa, e o brilho se intensificava nos olhos do amigo. — Isso não vai dar certo. — Entretanto, ao mesmo tempo que dizia isso, ia até a mesa de cabeceira do quarto, onde Victor sabia que ele guardava os comprimidos.

Victor se levantou do sofá e foi atrás de Eli.

Meia-hora depois, deitado na cama com uma garrafa de Jack Daniels e um frasco de analgésicos ambos vazios lado a lado na mesinha mais próxima, Victor começou a se perguntar se havia cometido um erro.

Seu coração batia forte, forçando o sangue a percorrer rápido demais as veias. Sua visão ficou turva e ele fechou os olhos. Um erro. Victor se sentou de súbito, certo de que iria vomitar, mas foi empurrado de volta à cama por mãos que o mantiveram deitado.

— Nada disso. — Eli, e ele só reduziu a pressão depois de Victor engolir em seco e se concentrar nos ladrilhos do teto. — Lembra o que a gente conversou — disse ele. Algo sobre lutar. Sobre força de vontade.

Victor não estava prestando atenção, não conseguia escutar muita coisa além da própria pulsação, e como seria possível seu coração bater ainda mais rápido? Ele não se perguntava mais se havia cometido um erro. Tinha certeza. Certeza de que, em seus 22 anos de vida, esse fora o pior plano que já concebera. Era o *método* errado, dizia a enfraquecida parte racional dele — a que vinha estudando a adrenalina, a dor e o medo. Não devia ter tomado anfetaminas com uísque, não devia ter feito nada para entorpecer os nervos e os sentidos, para facilitar o processo, mas se sentira ansioso... temeroso. Agora, a sensação era de estar anestesiado, e isso o assustava mais que a própria dor, porque significava que ele podia simplesmente... desvanecer.

Desvanecer até a morte sem que percebesse.

Isso estava muito errado... Mas aquela voz dentro dele adormecia aos poucos e era substituída por um crescente e ansioso...

Pode dar certo.

Ele se ateve a esse pensamento durante o pânico letárgico. Podia dar certo, e, se *desse*, queria a chance de deter o poder, a evidência, a prova. Queria *ser* a prova. Caso contrário, esse seria o monstro de Eli, e ele não seria nada além de um espectador. Porém, dessa forma, *ele* seria o monstro, parte essencial e indissociável das teorias de Eli. Tentou contar os ladrilhos, mas não conseguia se concentrar. Apesar do esforço do coração, os pensamentos escorriam feito um xarope, novas ideias jorravam antes mesmo de as antigas partirem. Os números começaram a se sobrepor, a se tornar indistintos. Tudo começou a ficar embaçado. A ponta dos seus dedos estava dormente de um jeito preocupante. Não era de frio, mas como se seu corpo estivesse começando a poupar energia, a desligar, iniciando pelas partes menores. A náusea também havia desaparecido. A pulsação agitada era a única coisa que o alertava de que o corpo estava falhando.

— Como você está se sentindo? — perguntou Eli, inclinando-se para a frente na cadeira que havia colocado ao lado da cama. Ele não tinha bebido, mas seus olhos brilhavam, reluziam como se dançassem. Ele não parecia preocupado. Não parecia com medo. Bom, não era ele quem estava morrendo.

A boca de Victor estava estranha. Ele precisou se concentrar muito para formar as palavras.

— Nada bem — conseguiu dizer.

Eles haviam se decidido pela boa e velha overdose por vários motivos. Se falhasse, seria mais fácil de explicar. Além disso, Eli podia esperar para chamar a ambulância só depois de entrarem numa zona crítica. Se Victor chegasse ao hospital cedo demais, não teria uma experiência de quase morte, apenas uma muito desagradável.

A dormência percorria o corpo de Victor. Os membros, a cabeça.

O coração ficou descompassado, então voltou a bater forte de maneira desconcertante.

Eli falava com ele de novo, num tom baixo e urgente.

Cada vez que piscava, Victor achava mais difícil voltar a abrir os olhos. E então, por um instante, o medo irrompeu dentro dele. Medo de morrer. Medo de Eli. Medo de tudo que poderia acontecer. Medo de que nada acontecesse. Era tudo tão repentino, tão forte.

No entanto, logo a dormência venceu o medo também.

O coração dele perdeu o compasso outra vez, e havia uma lacuna onde a dor deveria estar, mas Victor tinha bebido demais para conseguir senti-la. Ele fechou os olhos para se concentrar em lutar contra o que estava acontecendo; entretanto, a escuridão o engoliu por inteiro. Ele conseguia ouvir Eli falando, e devia ser importante, porque ele erguia a voz de um jeito que nunca havia feito antes. Mas Victor estava afundando na própria pele, atravessando a cama e o piso, até cair na escuridão.

XII

DOIS DIAS ANTES
HOTEL ESQUIRE

Victor ouviu algo se quebrar, baixou os olhos e percebeu que estava segurando o copo com muita força e o havia quebrado. Agora estava segurando cacos, e fios vermelhos escorriam pelos seus dedos. Abriu a mão, e o copo quebrado caiu da varanda em cima dos arbustos do restaurante do hotel sete andares abaixo. Ele examinou os fragmentos ainda incrustados na palma da mão.

Não sentia nada.

Victor entrou, parou diante da pia e tirou os cacos maiores da pele, vendo como os fragmentos reluziam na cuba de aço inox. Ele se sentiu desajeitado, entorpecido, incapaz de tirar os pedaços menores, então fechou os olhos, respirou fundo e permitiu que a dor voltasse. Sua mão começou a arder, a palma pincelada por uma dor fraca que o ajudava a determinar onde estavam alojados os cacos de vidro restantes. Terminou de arrancá-los e continuou de pé, olhando para a palma ensanguentada enquanto ligeiras ondas de dor subiam pelo pulso.

ExtraOrdinário.

A palavra que havia começado — arruinado, transformado — tudo.

Franziu o cenho e aumentou a potência dos nervos da mesma forma que se aumenta o volume do rádio. A dor ficou mais aguda e virou um formigamento intenso que irradiava da palma da mão para os dedos e para o pulso. Aumentou ainda mais a potência e estremeceu quando o formigamento se transformou num cobertor de dor sobre todo o seu corpo, não mais fraca, e sim afiada feito uma navalha. As mãos de Victor começaram a tremer, mas ele seguiu em frente, aumentando a potência em sua mente até começar a queimar, se partir, se despedaçar.

Seus joelhos se dobraram, e ele se apoiou na bancada com a mão ensanguentada. A dor foi desligada como um fusível queimado, deixando Victor no escuro. Ele se empertigou. Ainda sangrava e sabia que devia buscar o kit de primeiros socorros que trouxeram do carro para Sydney. Essa não era a primeira vez que Victor desejava poder trocar de habilidade com Eli.

Antes, porém, limpou o sangue da bancada e se serviu de outra dose.

XIII

DEZ ANOS ANTES
CENTRO MÉDICO DE LOCKLAND

Do nada veio a dor.

Não o tipo de dor que Victor mais tarde aprenderia a conhecer, conter e usar, mas a dor simples e humana de uma overdose malsucedida.

Dor e escuridão, depois dor e cores, seguidas por dor e luzes fortes do hospital.

Eli estava sentado numa cadeira ao lado da cama de Victor, como tinha feito no apartamento. Porém, agora não havia nem garrafas nem comprimidos. Em vez disso, máquinas barulhentas, lençóis finos e a pior dor de cabeça que Victor Vale já sentiu, incluindo o verão em que tinha decidido saquear a coleção especial de bebidas dos pais enquanto eles estavam em turnê pela Europa. Eli estava de cabeça baixa, os dedos entrelaçados frouxamente como quando rezava. Victor se perguntou se era isso que Eli estava fazendo agora, rezando, e desejou que o amigo parasse com isso.

— Você não esperou o suficiente — sussurrou ele quando teve certeza de que Eli não estava ocupado com Deus.

Eli ergueu o olhar.

— Você parou de respirar. Seu coração quase parou de bater.

— Mas não parou.

— Me desculpa — disse Eli, esfregando os olhos. — Eu não consegui...

Victor afundou de volta na cama. Supôs que deveria ficar agradecido. Era melhor errar para menos do que para mais. Ainda assim... Enfiou a unha por baixo de um dos sensores no peito. Se *tivesse* funcionado, será que ele se sentiria diferente? As máquinas enlouqueceriam? As lâmpadas fluorescentes iriam se estilhaçar? A cama pegaria fogo?

— Como você está se sentindo? — perguntou Eli.

— Como um idiota, Cardale — vociferou Victor, e Eli ficou surpreso, mais pelo uso do sobrenome que pelo tom de voz.

Depois de três doses de uísque e empolgados com a descoberta, antes de os comprimidos surtirem efeito, os dois decidiram que, quando o processo chegasse ao fim, Eli se chamaria Ever em vez de Cardale, pois era um sobrenome mais bacana e nas histórias em quadrinhos os heróis costumavam ter nomes imponentes, muitas vezes com aliterações. E daí que nenhum dos dois conseguira se lembrar de nenhum exemplo? Naquele momento, parecia importante. Pela primeira vez Victor tinha uma vantagem natural e, apesar de ser uma coisa tão pequena e irrelevante como a pronúncia de um sobrenome, gostava de ter algo que Eli não tinha. Algo que Eli desejava. E pode ser que Eli não se importasse *de verdade*, pode ser que ele só estivesse tentando manter Victor acordado, mas mesmo assim ele pareceu magoado quando Victor o chamou de "Cardale" e, no momento, isso bastava.

— Eu estive pensando — começou Eli, e se inclinou para a frente. Havia uma energia que não se continha em seus membros. Ele retorcia as mãos. As pernas se agitavam na cadeira. Victor tentou se concentrar no que Eli dizia com a boca em vez de com o corpo. — Na próxima vez, acho...

Ele parou de falar quando uma mulher pigarreou à porta. Não era médica — não estava de jaleco —, mas um pequeno crachá em seu peito a identificava como algo pior.

— Victor? Meu nome é Melanie Pierce. Sou a psicóloga residente aqui no Centro Médico de Lockland.

Eli estava de costas para ela e semicerrou os olhos para Victor, advertindo-o. Victor fez um gesto de desdém com a mão para Eli, tanto para pedir que ele saísse quanto para assegurá-lo de que não contaria nada. Então as coisas chegaram a esse ponto. Eli se levantou e murmurou alguma coisa sobre ligar para Angie. Fechou a porta ao sair.

— Victor.

A srta. Pierce pronunciou o nome dele devagar, suavemente, passando a mão pelos cabelos castanho-claros. Era volumoso, um penteado comum entre mulheres sulistas de meia-idade. Victor não conseguiu identificar o sotaque dela, mas o tom de voz era claramente arrogante.

— A equipe do hospital me disse que não conseguiu entrar em contato com a sua família.

Graças a Deus, pensou ele. Então disse:

— Meus pais, não é? Eles estão em turnê.

— Bem, nessas circunstâncias, é importante que você saiba que...

— Eu não tentei me matar. — Mentira parcial.

Uma contração indulgente nos lábios dela.

— Só exagerei nas festinhas. — Mentira completa.

A srta. Pierce inclinou a cabeça para o lado. O cabelo não se mexeu.

— Estudar em Lockland é muito estressante. Eu precisava de uma folga. — Verdade.

Ela suspirou.

— Eu acredito em você — disse a srta. Pierce. Mentira. — Mas, quando você tiver alta...

— E quando vai ser isso?

Ela fez beicinho.

— Somos obrigados a manter você aqui por setenta e duas horas.

— Eu tenho aula.

— Você precisa de tempo para repousar.

— Eu não posso faltar.

— Isso não é negociável.

— Eu não estava tentando me matar.

O tom de voz dela ficou mais rude, menos amigável, mais honesto, impaciente, normal.

— Então por que você não me conta o que *estava* fazendo?

— Cometendo um erro.

— Todo mundo erra — retrucou ela, e Victor ficou enjoado. Não sabia dizer se era efeito colateral da overdose ou da terapia padrão de fábrica da srta. Pierce. Apoiou a cabeça no travesseiro e fechou os olhos, mas ela continuou falando. — *Quando* você tiver alta, recomendo que marque uma reunião com o orientador pedagógico de Lockland.

Victor gemeu. O psicólogo Peter Mark. Um homem com nome composto, sem um pingo de senso de humor e um problema de sudorese.

— Isso não é necessário — balbuciou ele. Com os pais que tinha, Victor já fez terapia involuntária suficiente para a vida inteira.

A srta. Pierce voltou a lançar um olhar condescendente para Victor.

— Eu acho que é.

— Se eu concordar com a terapia, você me dá alta agora?

— Se você não concordar com a terapia, Lockland não vai recebê-lo de volta. Você vai ficar aqui por setenta e duas horas e, durante esse tempo, conversará comigo.

Victor passou as horas seguintes planejando como matar outra pessoa — a srta. Pierce, em particular — em vez de a si mesmo. Talvez, se dissesse isso a ela, a srta. Pierce poderia achar que essa mudança era um progresso, mas Victor tinha sérias dúvidas.

XIV

DOIS DIAS ANTES

HOTEL ESQUIRE

O copo pendia debilmente na mão recém-enfaixada de Victor enquanto ele andava de um lado para o outro. Não importava quantas vezes fosse de uma parede a outra do quarto de hotel, a agitação se recusava a diminuir. Pelo contrário, parecia energizá-lo como uma bateria, uma estática mental que zumbia na sua cabeça quando ele se movimentava. De repente, sentiu vontade de gritar, xingar ou arremessar o copo na parede mais próxima, então fechou os olhos e forçou as pernas a fazerem a única coisa que não queriam: parar.

Victor ficou completamente imóvel enquanto tentava absorver a energia, a desordem e a eletricidade e encontrar a *tranquilidade* que as substituiria.

Tivera momentos como esse na prisão, a mesma sombra de pânico assomando como uma onda antes de atingi-lo. *Acabe logo com isso*, a escuridão sibilara, o tentara. Quantos dias havia resistido ao impulso de usar não as mãos e, sim, essa *coisa* dentro dele para destruir tudo? E todos.

Mas não podia se dar a esse luxo. Nem antes nem agora. Só conseguira sair do isolamento ao convencer os funcionários da prisão, sem que restasse nenhuma sombra de dúvida, de que era normal, sem poderes, e que não representava nenhuma ameaça, ou pelo menos não mais que os outros quatrocentos e sessenta e três detentos. No entanto, trancado numa cela, nesses momentos de escuridão, era dominado pela vontade de destruir todos ao seu redor. Destrua todos e dê o fora.

Agora, assim como antes, ele se conteve, fazendo o possível para esquecer que sequer possuía um poder para exercer sobre os outros, uma força de vontade afiada feito uma navalha. Agora, assim como antes, ele ordenou que sua mente e seu corpo se aquietassem, se acalmassem. E agora, assim como antes, quando fechou os olhos em busca de silêncio, uma palavra veio ao seu encontro, um lembrete do motivo pelo qual não podia se dar ao luxo de perder o controle, um desafio, um nome.

Eli.

XV

DEZ ANOS ANTES
CENTRO MÉDICO DE LOCKLAND

Eli se jogou na cadeira do hospital ao lado da cama de Victor e deixou a mochila cair ao seu lado no chão laminado. Victor tinha acabado de encerrar sua última sessão com a psicóloga residente, a srta. Pierce, na qual haviam explorado a relação dele com os pais, de quem ela era fã — óbvio. A psicóloga saiu da sessão com uma promessa de um livro autografado e a sensação de que fizeram bastante progresso. Victor saiu da sessão com dor de cabeça e um bilhete para ir a, no mínimo, três consultas com o orientador de Lockland. Ele negociou a redução da sentença de setenta e duas horas para quarenta em troca do livro autografado. Agora tentava arrancar a pulseira do hospital, sem sucesso. Eli se inclinou, tirou um canivete do bolso e cortou o estranho material híbrido de papel e plástico. Victor esfregou o pulso e se levantou, então estremeceu. No fim das contas, quase morrer não tinha sido nada agradável. Sentia uma dor generalizada, fraca e constante.

— Pronto para dar o fora daqui? — perguntou Eli, colocando a mochila nos ombros.

— Por favor — disse Victor. — O que você tem aí dentro?

Eli sorriu.

— Eu estive pensando — comentou enquanto caminhavam pelos corredores estéreis — na minha vez.

Victor sentiu um aperto no peito.

— Hum?

— Essa experiência foi realmente um bom aprendizado — comentou Eli. Victor resmungou algo rude, mas Eli continuou. — Álcool foi uma péssima ideia. Assim como os comprimidos. Dor e medo fazem parte do pânico, e pânico ajuda na produção de adrenalina e de outros elementos químicos de luta ou fuga. Como você sabe.

Victor franziu a testa. É, sabia. Não que tivesse se importado com isso, bêbado como havia ficado.

— Existe um número bem limitado de situações — continuou Eli enquanto eles atravessavam uma porta dupla de vidro automática para encarar o dia frio lá fora — em que se pode induzir tanto pânico quanto ter controle suficiente. Na maioria das vezes, os dois são mutuamente excludentes. Ou, no mínimo, não acontecem ao mesmo tempo. Quanto maior o controle, menor a necessidade de pânico, e por aí vai.

— O que você está carregando aí?

Eles chegaram ao carro e Eli jogou a mochila no banco de trás.

— Tudo que a gente precisa. — O sorriso de Eli se alargou. — Bem, tudo, menos o gelo.

Na verdade, "tudo que a gente precisa" equivalia a algumas canetas de epinefrina autoinjetável, também conhecidas como EpiPens, e o dobro de compressas térmicas, do tipo que caçadores colocam dentro das botas e fãs de futebol americano usam dentro das luvas durante os jogos no inverno. Eli pegou três EpiPens e as alinhou na mesa da cozinha ao lado da pilha de compressas, então deu um passo para trás e fez um gesto amplo sobre os utensílios, como se oferecesse um banquete a Victor. Havia seis sacos de gelo encostados na pia, pequenos rios de água gelada condensada encharcavam o chão. Eles haviam parado para comprá-los no caminho de casa.

— Você roubou isso? — perguntou Victor, ao pegar uma das canetas.

— Peguei emprestado em nome da ciência — corrigiu Eli enquanto apanhava uma compressa térmica e a virava para examinar o revestimento de plástico removível que servia como mecanismo de ativação. — Eu faço estágio no Centro Médico de Lockland desde o primeiro ano. Ninguém percebeu nada.

A cabeça de Victor voltou a doer.

— Hoje à noite? — perguntou ele pela centésima vez, desde que Eli explicou o plano.

— Hoje à noite — confirmou Eli, arrancando a caneta da mão de Victor. — Pensei em dissolver a epinefrina numa solução salina e administrá-la de modo intravenoso. Isso garantiria uma distribuição mais confiável, mas seria mais lento que as EpiPens e dependeria de uma boa circulação. Além do mais, considerando a natureza do projeto, achei que uma opção mais acessível seria melhor.

Victor refletiu sobre os suprimentos. A caneta autoinjetável seria a parte fácil, as compressas seriam mais complicadas e perigosas. Victor fez treinamento de primeiros socorros e tinha um conhecimento intuitivo do corpo humano, mas ainda assim seria arriscado. Nenhum curso de medicina ou habilidade inata poderia preparar um estudante para o que eles estavam prestes a fazer. Matar algo era fácil, mas trazê-lo de volta requeria mais que planejamento e medicina. Era como cozinhar, não assar. Enquanto assar exigia ordem, cozinhar exigia paixão, um pouco de arte, um pouco de sorte. E cozinhar algo desse tipo exigia *muita* sorte.

Eli pegou as outras duas canetas de epinefrina e ajeitou as três na palma da mão. O olhar de Victor vagava entre as canetas, as compressas e o gelo. Instrumentos tão simples. Não era fácil demais?

Eli murmurou alguma coisa. Victor voltou a prestar atenção.

— O que foi?

— Está ficando tarde — repetiu Eli, e apontou para as janelas atrás dos sacos de gelo na pia, vendo a luz desaparecer rapidamente do céu. — É melhor a gente se preparar.

Victor mergulhou os dedos na água gelada e recuou. Ao seu lado, Eli cortou o último saco de gelo e o observou se romper e derramar seu conteúdo na banheira. Ao entrar em contato com a água, o gelo dos primeiros sacos havia estalado, quebrado e meio que se dissolvido, mas logo ela ficou fria o bastante para impedir que os cubos derretessem. Victor foi até a pia e se inclinou por cima dela, as três canetas roçando em sua mão.

Eles já haviam discutido a ordem do procedimento diversas vezes. As mãos de Victor tremiam um pouco. Ele segurou a beirada da bancada para fazer com que parassem enquanto Eli tirava a calça jeans, o suéter e, por fim, a camisa, deixando à mostra as várias cicatrizes antigas que cobriam suas costas. Eram tão velhas que pareciam pouco mais que sombras. Victor já as tinha visto antes, mas jamais fez qualquer pergunta a respeito. Agora, confrontado com a possibilidade real de essa ser a última conversa dos dois, a curiosidade falou mais alto. Tentou formular uma pergunta, mas não foi necessário, pois Eli respondeu antes que ele falasse.

— Foi meu pai que fez isso, quando eu era criança — explicou, baixinho. Victor prendeu a respiração. Em mais de dois anos, Eli jamais havia mencionado os pais. — Ele era pastor. — A voz de Eli parecia distante, e Victor não pôde deixar de notar o "era". No pretérito. — Acho que nunca contei isso para você.

Victor não sabia o que dizer, por isso disse as palavras mais inúteis do mundo:

— Eu sinto muito.

Eli se virou e deu de ombros, distorcendo as cicatrizes das costas com o movimento.

— Deu tudo certo no fim.

Ele foi até a banheira, os joelhos descansando no acabamento de porcelana enquanto olhava para a superfície cintilante. Victor ficou observando-o enquanto Eli observava a água do banho, e sentiu um misto estranho de interesse e preocupação.

— Está com medo? — perguntou Victor.

— Morrendo de medo. Você não ficou assim?

Victor conseguia se lembrar vagamente de uma centelha de medo, tão pequena quanto a chama de um fósforo, tremulando antes de ser consumida pelos efeitos dos comprimidos e do uísque. Deu de ombros.

— Quer uma bebida? — perguntou.

Eli fez que não com a cabeça.

— Álcool esquenta o sangue, Vale — retrucou, os olhos ainda fixos na água gelada. — Não é exatamente o que eu quero que aconteça aqui.

Victor se perguntou se Eli seria mesmo capaz de levar aquilo a cabo, ou se o frio racharia sua máscara de tranquilidade e charme e a despedaçaria para revelar o rapaz comum que havia sob a superfície. A banheira tinha alças em algum lugar sob a camada de gelo, e eles ensaiaram antes do jantar — nenhum dos dois estava com muita fome: Eli havia entrado nela, vazia naquele momento, segurado as alças e enfiado os pés debaixo da borda ao pé da banheira. Victor sugerira que usassem uma corda, alguma coisa para prendê-lo à banheira, mas Eli tinha recusado. Victor não sabia muito bem se fora uma mera demonstração de coragem ou preocupação com o estado do corpo caso o experimento desse errado.

— Estou quase lá — avisou Victor, tentando suavizar a tensão.

Como Eli não se mexeu, nem mesmo lhe ofereceu um sorriso fingido, Victor foi até o laptop, que estava em cima da tampa da privada. Abriu um programa de música e clicou no Play, preenchendo o pequeno cômodo azulejado com uma base pesada de rock.

— Espero que você desligue essa merda quando for verificar o meu pulso — comentou Eli.

Em seguida, fechou os olhos. Seus lábios se moviam levemente, e, ainda que suas mãos estivessem largadas ao lado do corpo, Victor sabia que Eli estava rezando. Ficava perplexo ao perceber que alguém prestes a brincar de Deus pudesse rezar para Ele, mas estava claro que isso não incomodava o amigo.

Quando Eli entreabriu os olhos, Victor perguntou:

— O que você disse para Ele?

Eli ergueu um pé descalço para a beirada da banheira, examinando o conteúdo dela.

— Coloco a minha vida em Vossas mãos.

— Bem — disse Victor, sério —, espero que Ele a devolva.

Eli assentiu e respirou fundo — Victor imaginou ter ouvido a mais leve hesitação na respiração — antes de entrar na banheira.

Victor estava empoleirado na banheira, segurando um copo de uísque enquanto olhava para o cadáver de Eliot Cardale.

Eli não havia gritado. A dor esteve estampada em cada um dos quarenta e três músculos que se entrelaçavam no rosto humano, de acordo com o que Victor havia aprendido na aula de anatomia, mas o máximo de reação de Eli fora deixar escapar um leve gemido entre os dentes ao atravessar a superfície da água gelada. Victor apenas roçou de leve os dedos na água, e o frio foi suficiente para gerar uma faísca de dor que subiu pelo seu braço. Quis odiar Eli pelo autocontrole, quase havia desejado — *quase* — que fosse demais para ele suportar, que ele fracassasse, desistisse, e que Victor o ajudasse a sair da banheira e lhe oferecesse uma bebida, e os dois se sentassem e conversassem sobre as tentativas fracassadas e, depois de um bom tempo, eles ririam de como tinham se sacrificado em prol da ciência.

Victor tomou outro gole. A pele de Eli estava com um tom azul esbranquiçado nada saudável.

Não demorou tanto quanto tinha previsto. Eli já estava imóvel havia vários minutos. Victor desligou a música, e a batida forte ecoava em sua cabeça até ele perceber que era o som do seu coração. Quando se atreveu a enfiar a mão na água para sentir o pulso de Eli — resistindo ao frio cortante —, não havia nada. No entanto, decidiu esperar mais alguns minutos, razão pela qual se servira de outra dose. Se Eli conseguisse escapar dessa, não poderia acusar Victor de ser apressado.

Quando ficou claro que o corpo na banheira não iria de algum modo reviver sozinho, Victor pôs a bebida de lado e começou a trabalhar. Tirar Eli da banheira foi a parte mais difícil, pois o amigo era muito mais alto que ele, estava rígido e submerso em água gelada. Após várias tentativas e uma boa dose de palavrões ditos em voz baixa (Victor já era quieto por natureza e ficava ainda mais sob pressão, o que causava a nítida impressão de que ele sabia o que estava fazendo, mesmo que não fosse verdade), ele desabou nos azulejos, e o corpo de Eli caiu ao seu lado com o baque seco de um peso morto. Victor estremeceu. Passou direto pelas canetas de epinefrina em busca da pilha de cobertores e compressas térmicas, seguindo as instruções de Eli, e secou o corpo rapidamente. Em seguida, ativou as compressas e as dispôs em pontos vitais: cabeça, nuca, pulsos, virilha. Victor precisava decidir quando o corpo estaria quente o bastante para começar a ressuscitação. Muito cedo seria o mesmo que frio demais e, nesse caso, a epinefrina exerceria pressão excessiva no coração e nos órgãos do amigo. Muito tarde seria o mesmo que tempo demais, então haveria uma chance maior de Eli estar morto de tal modo que não pudesse ser trazido de volta.

Victor ligou o aquecedor do banheiro, embora estivesse suando, então pegou as três canetas da bancada — três era o limite, e ele sabia que, se não houvesse resposta cardíaca na terceira, já seria tarde demais — e as colocou no piso ao seu lado. Ordenou as EpiPens uma ao lado da outra — a ação lhe dava a impressão de que estava no controle enquanto aguardava. A todo momento media a temperatura de Eli, não com um termômetro, mas com a própria pele. Durante os preparativos, eles perceberam que não tinham termômetro, e Eli, numa rara demonstração de impaciência, havia insistido para que Victor usasse o bom senso. Aquilo podia ter sido uma sentença de morte, mas a fé que Eli tinha no amigo girava em torno do fato de que todo mundo em Lockland acreditava que Victor tinha uma afinidade natural para a medicina, uma compreensão inata, quase sobrenatural do corpo humano (na verdade, não era nem um pouco inata, mas Victor tinha de fato um dom para palpites). O corpo era uma máquina que continha apenas peças necessárias, cada componente em cada nível, desde muscular e ósseo até químico e celular, operando no princípio de ação e reação. Para Victor, isso tudo simplesmente *fazia sentido*.

Quando Eli lhe pareceu quente o bastante, ele começou a ressuscitação. A carne sob suas mãos ganhava calor, fazendo o corpo parecer menos um picolé e mais um cadáver. Estremeceu ao sentir costelas rachando sob suas mãos entrelaçadas, mas continuou. Sabia que, se as costelas não se separassem do esterno, não estaria exercendo pressão suficiente para chegar ao coração. Depois de muitas séries de repetição, fez uma pausa para pegar a primeira caneta de epinefrina e espetá-la na perna de Eli.

Um, dois, três.

Sem resposta.

Começou a massagem de novo, tentando não pensar nas costelas e no fato de que Eli ainda parecia completa e inegavelmente morto. Victor, sentindo uma ardência nos braços, resistiu ao impulso de olhar de relance para o celular, que tinha caído do seu bolso durante o esforço para arrancar o amigo da banheira. Fechou os olhos e continuou a contar e pressionar os punhos de novo e de novo no coração de Eli.

Não estava funcionando.

Victor pegou a segunda EpiPen e a enfiou na coxa de Eli.

Um, dois, três.

Nada ainda.

Pela primeira vez, o pânico encheu a boca de Victor como bile. Ele engoliu em seco e voltou a fazer massagem cardíaca. Os únicos sons no banheiro eram da contagem sussurrada, da pulsação — *dele*, não de Eli — e das suas mãos, um ruído estranho, enquanto tentava desesperadamente ressuscitar o coração do melhor amigo.

Tentava. E falhava.

Victor começou a perder a esperança. Sua sorte estava acabando, assim como a epinefrina autoinjetável. Só restava mais uma. Ele afastou a mão do peito de Eli, os dedos tremendo enquanto se fechavam em torno da caneta. Ergueu a mão, então parou. Debaixo dele, esparramado no piso de azulejo, estava o corpo sem vida de Eli Cardale. Eli, que tinha aparecido no seu corredor no segundo ano da faculdade com uma mala e um sorriso. Eli, que acreditava em Deus e que tinha um monstro dentro de si assim como Victor, mas que conseguia escondê-lo melhor. Eli, que se safava de tudo, que havia entrado em sua vida e roubado sua garota, sua posição de melhor aluno e sua bolsa de pesquisa estúpida de férias. Eli, que, apesar de tudo, significava muito para ele.

Victor engoliu em seco e enfiou a caneta no peito do amigo morto.

Um, dois, três.

Nada.

Então, em algum momento entre Victor desistir e esticar a mão para pegar o celular, Eli arquejou.

XVI

DOIS DIAS ANTES
HOTEL ESQUIRE

Victor ouviu passos de pés descalços atrás dele pouco antes de Mitch entrar no quarto. Viu a figura grandalhona no reflexo da vidraça, sentiu-o da mesma forma que sentia todo mundo: como se estivessem debaixo da água, todos, inclusive ele próprio, e cada movimento produzia ondas.

— Você está viajando — comentou Mitch, ao encontrar o olhar de Victor na janela.

Era uma frase curta e familiar, que ele costumava usar quando encontrava Victor fitando o vazio entre as grades, semicerrando um pouco os olhos como se tentasse enxergar algo distante através das paredes. Algo importante.

Victor piscou, desviou o olhar da janela e do reflexo fantasmagórico de Mitch e passou a encarar o chão de madeira falsa. Ouviu Mitch voltar para a cozinha, o som suave da porta da geladeira sendo aberta, o amigo pegando uma caixa de leite. Achocolatado. Era tudo o que Mitch queria beber desde que tinha saído da prisão, já que não havia nada do tipo em Wrighton. Victor estranhara, mas não havia importunado o homem com seus caprichos. A prisão deixava qualquer um faminto, com desejos específicos. A natureza exata da vontade dependia da pessoa.

Victor também queria algo.

Queria ver Eli sofrer.

Mitch apoiou os cotovelos na bancada e bebeu seu leite em silêncio. Victor tinha imaginado que o colega de cela teria planos para depois da fuga, pessoas que gostaria de rever, mas ele apenas olhara para Victor por cima do capô do carro roubado e perguntara: "Para onde agora?" Se Mitch tinha um passado, era evidente que continuava fugindo dele e, nesse meio-tempo, Victor estava mais do que disposto a lhe dar um direcionamento. Gostava de fazer os outros se sentirem úteis.

Por fim, desviou o olhar do reflexo de Mitch e observou a noite de Merit, o gelo no copo quase vazio trincando quando trocou a bebida de mão. Os dois foram companheiros por muito tempo. Um sabia quando o outro queria conversar e quando queria pensar. O único problema era que Victor geralmente queria pensar e Mitch, conversar. Victor sentia que ele estava ficando inquieto sob o peso do silêncio.

— É uma vista e tanto — comentou, apontando para a janela com o copo.

— É mesmo — respondeu Mitch. — Faz muito tempo que não vejo uma coisa tão espetacular. Espero que tenha janelas assim no próximo hotel em que a gente ficar.

Victor fez que sim de novo, distraído, e encostou a testa no vidro frio. Ele não podia se dar ao luxo de pensar em "próximo" ou "depois". Havia passado tempo demais pensando no "agora", esperando pelo "agora". Os únicos "próximos" no mundo de Victor seriam curtos, rápidos, e o separavam de Eli. E estavam diminuindo bem rápido.

Mitch bocejou.

— Você está bem mesmo, Vic? — perguntou, devolvendo a caixa de leite para a geladeira.

— Estou ótimo. Boa noite.

— Boa noite — disse Mitch, e voltou para o quarto.

Pelo reflexo na vidraça, Victor observou Mitch sair antes que duas manchas pálidas — seus olhos, destacados contra os edifícios na escuridão — o fizessem se lembrar de algo. Victor se afastou da janela e terminou a bebida.

Havia uma pasta em cima da mesinha que ficava ao lado do sofá de couro, com um punhado de papéis escapando dela. Um rosto espiava de uma foto, a face e o olho direito ocultos pela pasta. Victor colocou o copo vazio na mesa antes de virar a capa com o polegar para revelar o restante do rosto. Era uma página do exemplar do *National Mark* que ele havia comprado na manhã daquele dia.

HERÓI CIVIL SALVA BANCO

Abaixo estava a matéria sobre o jovem precoce que estivera no lugar certo na hora certa e que arriscara a própria vida para impedir um assalto à mão armada na filial do banco na cidade.

O banco Smith & Lauder, um ponto de referência no setor financeiro na região nordeste de Merit, foi alvo de um assalto frustrado ontem quando um herói civil se colocou entre o assaltante mascarado e o dinheiro. O civil, que deseja permanecer anônimo, disse às autoridades que notou o homem agindo de modo suspeito a vários quarteirões de distância do banco e que um mau pressentimento o fez segui-lo. Antes de chegar ao banco, o sujeito colocou uma máscara e, quando o civil conseguiu alcançá-lo, o assaltante já havia entrado. Em uma demonstração de bravura, o civil foi atrás dele. De acordo com clientes e funcionários confinados no interior do banco, o assaltante a princípio parecia estar desarmado, mas logo começou a disparar uma arma não identificada no teto de vidro, o que o fez estilhaçar e causou uma chuva de cacos sobre as pessoas confinadas. Em seguida, o sujeito mirou no cofre do banco, mas a chegada do civil desviou sua atenção. O gerente relatou que o assaltante mirou a arma no civil quando este tentou intervir, então o caos começou. Tiros foram disparados, e, no meio da confusão, clientes e funcionários conseguiram escapar do edifício. Quando a polícia chegou ao local do crime, tudo já havia terminado. O assaltante, mais tarde identificado como um homem problemático chamado Barry

Lynch, morreu durante o confronto, mas o civil não foi ferido. Foi um dia ruim com um final feliz, uma demonstração notável de coragem por um cidadão de Merit, e não há dúvidas de que a cidade é grata por ter um herói em suas ruas.

Victor havia riscado a maior parte do artigo do jeito que costumava fazer, e isso foi o que sobrou:

um

alvo um

herói

civil, anônimo,

mau pressentimento

bravura,

desarmado,

caos começou.

não foi ferido. Foi

uma demonstração notável

Apagar as palavras tinha acalmado alguma coisa em Victor, mas a forma revisada do artigo não mudava o fato de que havia muita coisa esquisita ali. Primeiro, o assaltante. Barry Lynch. Victor havia pedido a Mitch que o investigasse e, pelo pouco que conseguiram descobrir, Barry tinha várias características de um EO — não apenas sofrera uma experiência de quase morte como também havia acumulado uma série de prisões nos meses seguintes, todas por assalto com uma arma não identificada. A polícia nunca encontrava a arma com o sujeito, por isso ele sempre era solto; Victor ficou se perguntando se Barry não seria *a própria arma*.

Algo ainda mais preocupante — e intrigante — que um EO em potencial era a foto do herói civil. Ele havia pedido para permanecer anônimo, mas anônimo e incógnito são coisas diferentes, principalmente quando se trata de jornais, e logo abaixo da matéria havia uma foto. Uma foto granulada de um jovem de costas para a cena do crime e para as câmeras, mas não sem antes lançar um último olhar quase arrogante para a imprensa.

O sorriso no rosto dele era inconfundível, jovem e orgulhoso — o mesmo sorriso que costumava exibir para Victor. *Exatamente* o mesmo.

Porque Eliot Cardale não tinha envelhecido um dia sequer.

XVII

DEZ ANOS ANTES

UNIVERSIDADE DE LOCKLAND

Eli respirou fundo várias vezes, com a mão no peito. Esforçou-se para abrir os olhos, para conseguir focalizá-los. Assimilou o cômodo ao redor, o chão cheio de cobertores, antes de, hesitante, erguer o olhar para Victor.

— Oi — disse ele, trêmulo.

— Oi — respondeu Victor, medo e pânico ainda estampados no seu rosto. — Como você está?

Eli fechou os olhos e virou a cabeça de um lado para o outro.

— Não... Não sei... Eu estou bem... Acho.

Bem? Victor quebrou no mínimo metade das costelas dele, pelo que sentiu, e Eli estava *bem?* Victor tinha se sentido morto. Pior que isso. Fora como se cada fibra do seu ser tivesse sido arrancada, retorcida, dobrada, contraída. Entretanto, Victor não havia *morrido*, não é? Não da mesma forma que Eli. Ele assistiu a tudo, se certificou de que Eliot Cardale não era nada além de um cadáver congelado. Talvez fosse o choque. Ou as três injeções de epinefrina. Tinha que ser isso. Porém, mesmo com o choque e uma dose nada saudável de adrenalina... *bem?*

— Bem? — questionou, por fim.

Eli deu de ombros.

— Será que você... — Victor não sabia como terminar a pergunta. Se a teoria absurda deles tivesse funcionado e Eli houvesse de alguma forma adquirido uma habilidade apenas por morrer e voltar à vida, será que estaria ciente disso? Eli parecia saber o fim da pergunta.

— Quer dizer, não estou colocando fogo em nada com a mente nem provocando terremotos ou coisa do tipo. Mas eu não estou morto. — Victor ouviu um leve tremor de alívio na voz de Eli.

Com os dois sentados numa pilha de cobertores molhados no chão encharcado do banheiro, o experimento todo pareceu *estúpido*. Como eles puderam se arriscar tanto? Eli respirou longa e pausadamente, então se levantou. Victor se apressou para segurar o braço dele, mas Eli se desvencilhou.

— Eu disse que estou bem.

Ele saiu do banheiro, tomando o cuidado de não olhar para a banheira, e desapareceu no quarto, à procura de roupas. Victor mergulhou a mão na água gelada pela última vez e puxou a tampa da banheira. Quando terminou de limpar tudo, Eli já estava de volta ao corredor, vestido. Victor deparou com ele se olhando num espelho de parede, franzindo levemente a testa.

Eli perdeu o equilíbrio e apoiou a mão na parede para se estabilizar.

— Acho que eu preciso... — começou.

Victor presumiu que a frase terminaria com "de um médico", mas, em vez disso, Eli encontrou o olhar dele no espelho, sorriu — não o seu melhor sorriso — e disse:

— De uma bebida.

Victor conseguiu exibir algo parecido com um sorriso também.

— Isso eu posso providenciar.

Eli insistiu em sair.

Victor achava que eles podiam muito bem se embebedar no conforto do apartamento, mas, considerando que Eli havia passado pelo trauma mais recente dos dois e parecia determinado a sair em público, talvez para aproveitar a vida, Victor foi indulgente. A essa altura, os dois estavam cem por cento embriagados — ou pelo menos Victor estava; Eli parecia incrivelmente lúcido, levando em consideração a quantidade de álcool que tinha bebido —, cambaleando pela rua que convenientemente ia do bar local ao prédio deles, o que eliminava a necessidade de um carro.

Apesar do ar de comemoração, ambos fizeram de tudo para evitar falar do que havia acontecido, e de como Eli — e, na verdade, Victor também — tinha dado sorte. Nenhum dos dois parecia disposto a falar a respeito, e, na falta de qualquer sintoma ExtraOrdinário — além de se sentirem extraordinariamente *sortudos* —, nenhum deles tinha do que se gabar. Deviam era agradecer à sorte, e isso não se cansaram de fazer, tirando chapéus imaginários para cumprimentar o céu enquanto caminhavam de volta para casa. Eles derramaram bebida invisível no asfalto como um presente à terra, a Deus ou ao destino, seja lá qual fosse a força que os deixara se divertir e viver para saber que não havia passado disso.

Victor se sentia aquecido apesar da nevasca, vivo, e até recebera de bom grado os últimos vestígios de dor da sua desagradável proximidade com a morte. Eli sorria para o céu noturno embevecido, então desceu da calçada. Ou tentou. Seu sapato ficou preso no meio-fio e ele tropeçou, caindo de quatro numa área coberta de neve suja, marcas de pneus e cacos de vidro. Ele rosnou e se encolheu, e Victor viu o sangue, uma mancha vermelha na rua coberta de neve. Eli se sentou no meio-fio e colocou a palma sob a luz de um poste para poder ver melhor o corte, que cintilava com as sobras de uma garrafa de cerveja que alguém tinha jogado ali.

— Ui — disse Victor ao se inclinar por cima de Eli para examinar o corte e quase perder o equilíbrio no processo. Ele se apoiou no poste ao mesmo tempo que Eli xingava baixinho e arrancava o caco maior.

— Você acha que eu vou precisar levar ponto?

Ele ergueu a mão ensanguentada para que Victor examinasse, como se a visão e a opinião do amigo fossem melhores que as suas naquele momento. Victor semicerrou os olhos, prestes a responder com o máximo de autoridade que conseguiu reunir, quando algo aconteceu.

O corte na mão de Eli começou a *se fechar*.

O mundo, que estivera girando aos olhos de Victor, parou de repente. Flocos de neve desgarrados ficaram suspensos no ar, a respiração deles pairava feito uma nuvem sobre seus lábios. Não havia nenhum movimento a não ser o da pele de Eli se curando.

E Eli deve tê-lo sentido, porque ele baixou a mão para o colo, e os dois observaram o corte, que ia do dedo mínimo ao polegar, se fechar sozinho. Em questão de segundos, tinha parado de sangrar — o sangue já derramado agora secava em sua pele — e o ferimento não passava de uma ruga, uma leve cicatriz, depois nem mesmo isso.

O corte simplesmente... desapareceu.

Horas se passaram num piscar de olhos enquanto os dois compreendiam o que tinha acontecido, o que aquilo significava, o que eles fizeram. Era extraordinário.

Era ExtraOrdinário.

Eli esfregou o polegar na pele nova da sua mão, mas Victor foi o primeiro a falar. Quando o fez, foi com uma eloquência e uma serenidade perfeitamente adequadas à situação:

— Puta merda!

Victor olhou para o alto, para o ponto onde a beirada do teto do prédio deles se encontrava com o céu noturno e nublado. Quando fechava os olhos, sentia como se estivesse caindo, aproximando-se cada vez mais do concreto, por isso tentava mantê-los abertos, focando no estranho desenho lá no alto.

— Você vem? — perguntou Eli.

Ele estava segurando a porta aberta, quase pulando de ansiedade para entrar e encontrar alguma coisa capaz de feri-lo. Seus olhos ardiam de empolgação. E, embora Victor não pudesse *culpá-lo* de fato, não estava com a menor vontade de ficar vendo Eli se apunhalar a noite inteira. Ele o observara tentar se machucar ao longo de todo o caminho de volta para casa, deixando uma trilha de respingos vermelhos na neve do sangue que escorria antes que a ferida conseguisse sarar. Ele havia presenciado a habilidade. Eli era um EO de carne (regenerativa) e osso. Victor tinha sentido algo quando Eli voltara à vida aparentemente sem as características de um EO: alívio. Com as novas habilidades de Eli esfregadas na sua cara durante todo o caminho para casa, o alívio que Victor sentira se dissolvera numa onda de pânico. Ele seria relegado a um mero parceiro, um anotador de observações, assistente para trocar ideias.

Não.

— Vic, você vai entrar ou não?

A curiosidade e a inveja corroíam Victor igualmente, e a única maneira que ele conhecia de conter ambos os sentimentos, de reprimir o ímpeto de machucar Eli ele mesmo — ou pelo menos tentar — era se afastar.

Victor balançou a cabeça e parou de repente, mas o mundo continuou balançando.

— Vai em frente — disse ele, exibindo um sorriso que passava longe dos olhos. — Vai brincar com objetos pontiagudos. Eu preciso dar uma caminhada. — Victor desceu as escadas e quase caiu duas vezes em três degraus.

— Você está em condições de sair por aí, Vale?

Victor acenou para que ele entrasse.

— Eu não vou dirigir. Só preciso de um pouco de ar.

E assim ele saiu para a noite com dois objetivos em mente.

O primeiro era simples: se manter o mais afastado possível de Eli antes que fizesse algo de que pudesse se arrepender.

O segundo era mais complicado, e seu corpo doía só de pensar, mas ele não tinha escolha.

Tinha que planejar sua próxima tentativa de morrer.

XVIII

DOIS DIAS ANTES

HOTEL ESQUIRE

Quero acreditar que existe algo mais. Que a gente pode ser mais. Cacete, nós podemos ser heróis.

Victor sentiu um aperto no peito quando viu o rosto imutável de Eli na foto do jornal. Era desconcertante; tudo que ele tinha de Eli era uma imagem mental de uma década atrás, e ainda assim a imagem se encaixava perfeitamente, como slides duplicados, naquela da página. Era o mesmo rosto em todos os aspectos... mas, ao mesmo tempo, não era. Os anos afetaram Victor de modo mais evidente, endurecendo-o, mas não deixaram Eli passar ileso. Ele não parecia nem um dia mais velho, entretanto o sorriso arrogante que costumava exibir na faculdade dera lugar a algo mais cruel. Como se aquela máscara que tinha usado por tanto tempo tivesse, enfim, caído e fosse isso que se escondesse por trás dela.

E Victor, que era tão bom em separar as coisas, em compreender como funcionavam, como *ele* operava, olhou para a foto e se sentiu... confuso. Ódio era uma palavra simples demais. Ele e Eli estavam *ligados* um ao outro, por sangue, morte e ciência. Eles eram iguais, agora mais do que nunca. E Victor sentia falta de Eli. Queria vê-lo. E queria vê-lo *sofrer*. Queria ver a cara de Eli quando ele o preenchesse de dor. Queria chamar sua atenção.

Eli era como uma pedra no sapato de Victor, e incomodava. Ele era capaz de desligar cada nervo do corpo, mas não conseguia fazer nada a respeito da pontada que sentia ao pensar em Cardale. A pior parte de se deixar entorpecido era que a habilidade lhe tirava tudo exceto isso, a necessidade reprimida de machucar, de quebrar, de matar, que se derramava feito uma calda grossa sobre ele até fazê-lo entrar em pânico e trazer as sensações físicas de volta.

Agora que estava tão perto era como se a pedra o cutucasse ainda mais. O que Eli estaria fazendo ali, em Merit? Dez anos era muito tempo. Uma década podia transformar um homem, mudar tudo nele. Havia mudado Victor. E Eli? Quem *ele* teria se tornado?

Ficou inquieto com o impulso repentino de queimar a foto, de rasgá-la, como se danificar o papel pudesse de algum modo causar danos a Eli também, o que era claro que não podia. Nada podia. Sendo assim, ele se sentou e deixou a página de lado, fora do alcance, para que não se sentisse tentado a destruí-la.

O jornal chamou Eli de *herói*.

A palavra fez Victor rir. Não só por ser absurda mas porque continha uma pergunta: se Eli fosse mesmo um herói e Victor estivesse determinado a pôr um fim nele, isso fazia *dele* um vilão?

Tomou um longo gole de uísque, apoiou a cabeça no encosto do sofá e concluiu que, se fosse esse o caso, não via problema nenhum.

XIX

DEZ ANOS ANTES
UNIVERSIDADE DE LOCKLAND

Quando Victor voltou para casa do laboratório no dia seguinte, deparou com Eli sentado à mesa da cozinha, trinchando a própria pele. Ele estava com a mesma calça de moletom e a mesma camiseta que Victor o vira usando na noite anterior, depois de voltar da caminhada, muito mais sóbrio e com o começo de um plano se formando na cabeça. Victor pegou uma barra de chocolate e pendurou a mochila no encosto da cadeira de madeira antes de se deixar cair nela. Abriu a embalagem e tentou ignorar a perda de apetite conforme observava o que Eli estava fazendo.

— Você não devia estar no seu estágio no hospital hoje? — perguntou Victor.

— O processo sequer é consciente — murmurou Eli com reverência enquanto subia a lâmina pelo braço, a ferida cicatrizando no rastro da faca, uma faixa vermelha que surgia e desaparecia, como um truque de mágica perturbador. — Eu não consigo evitar que o tecido se recomponha.

— Tadinho — provocou Victor com frieza. — Agora, se não se importa... — Ele ergueu a barra de chocolate.

Eli parou em meio ao corte.

— Ficou enjoado?

Victor deu de ombros.

— Só me distraio fácil. Aliás, você está com uma cara horrível. Chegou a dormir hoje? Ou a comer?

Eli piscou e deixou a faca de lado.

— Eu estive pensando.

— O corpo não se sustenta com pensamentos.

— Eu estive pensando nessa habilidade. Regeneração. — Seus olhos brilhavam enquanto ele falava. — Por que será que, de todos os poderes possíveis, eu acabei logo com esse? Talvez não seja aleatório. Talvez haja alguma correlação entre o caráter da pessoa e a habilidade que ela consegue. Talvez seja um reflexo de sua psique. Estou tentando entender como isso — ele ergueu a mão manchada de sangue, porém incólume — pode ser um reflexo de mim. Por que Ele me daria...

— *Ele?* — perguntou Victor, incrédulo. Não estava no clima para ouvir falar de Deus. Não hoje. — De acordo com a sua tese, um influxo de adrenalina e a vontade de sobreviver deram a você esse talento. Não Deus. Isso não tem nada de divino, Eli. É ciência e acaso.

— Talvez até certo ponto, mas, quando entrei naquela água, eu coloquei a minha vida nas mãos d'Ele...

— Não — esbravejou Victor. — Você colocou a sua vida nas *minhas* mãos.

Eli se calou, mas começou a tamborilar sobre a mesa. Após vários minutos, disse:

— Eu preciso é de uma arma.

Victor, que tinha mordido outro pedaço de chocolate, quase engasgou.

— Para quê?

— Para testar a velocidade da regeneração de verdade. É óbvio.

— Óbvio. — Victor terminou a barra no instante em que Eli se levantou da cadeira para tomar água. — Olha, eu também estive pensando.

— No quê? — perguntou Eli, recostando-se na bancada.

— Na minha vez.

Eli franziu a testa.

— Você já teve a sua vez.

— Na minha *próxima* vez — corrigiu Victor. — Eu quero tentar de novo hoje à noite.

Eli, com a cabeça um pouco inclinada, analisou Victor.

— Não acho que seja uma boa ideia.

— Por que não?

Eli hesitou.

— Ainda dá para ver a marca da pulseira do hospital no seu pulso — explicou ele, por fim. — Espera pelo menos até você se sentir melhor.

— Na verdade, eu estou bem. Mais que bem. Eu me sinto ótimo. Me sinto como rosas e luz do sol e purpurina.

Victor Vale não se sentia como purpurina. Os músculos doíam, as artérias ainda pareciam estranhamente privadas de oxigênio, e ele não conseguia se livrar da dor de cabeça que o acompanhava desde que tinha aberto os olhos sob a luz branca fluorescente do hospital.

— Dá um tempo para você se recuperar, ok? — recomendou Eli. — Aí a gente conversa sobre tentar de novo.

Não havia nada de errado com aquelas palavras, mas Victor não gostou do jeito como Eli as disse, no mesmo tom de voz cauteloso e calmo que se usa quando se quer deixar alguém na mão aos poucos, suavizando um "não" ao transformá-lo num "agora não". Havia algo errado. E a atenção de Eli já estava voltada para as facas. Longe de Victor.

Ele cerrou os dentes para conter o palavrão que estava prestes a soltar. Em vez disso, deu de ombros.

— Tudo bem — disse, recolocando a mochila nas costas. — Talvez você tenha razão — acrescentou com um bocejo e um sorriso preguiçoso. Eli retribuiu o sorriso e Victor se virou para o corredor que dava para o quarto.

Pegou uma caneta de epinefrina no caminho e fechou a porta ao sair.

Victor odiava música alta quase tanto quanto odiava multidões de bêbados. A festa reunia as duas coisas, e parecia ainda mais insuportável porque ele estava sóbrio. Nada de bebida. Dessa vez, não. Queria — precisava — permanecer focado, principalmente se fosse até o fim sozinho. Presumia que Eli não tinha saído do apartamento para ficar fatiando a própria pele, acreditando que Victor estava no quarto, mal-humorado ou estudando ou ambas as coisas. Na verdade, Victor saíra pela janela.

Ele sentira como se tivesse 15 anos de novo, um garoto saindo escondido para ir a uma festa durante a semana enquanto os pais estavam no sofá, rindo de alguma coisa idiota na TV. Ou, pelo menos, Victor imaginava que seria assim se ele precisasse sair de fininho, se alguma vez houvesse alguém em casa para pegá-lo no flagra.

Victor perambulava pela festa quase sem ser notado, mas não era indesejado. Recebeu alguns olhares surpresos, pois raramente comparecia a esse tipo de evento. Era um solitário por opção, um mímico bom o bastante para entrar nos círculos sociais quando queria, mas geralmente preferia se manter distante e apenas observar, e a maioria dos alunos parecia satisfeita em deixá-lo em paz.

No entanto, ali estava ele, num caminho tortuoso atravessando corpos, música e um piso grudento, a caneta de epinefrina no bolso interno do casaco e um Post-it colado nela no qual se lia: "Me usa." Agora, cercado de luzes, barulho e corpos, Victor tinha a sensação de que viajara para outro mundo. Era isso que os alunos normais faziam? Bebiam e dançavam com os corpos se encaixando feito as peças de um quebra-cabeça ao som de uma música alta o suficiente para abafar até os pensamentos? Angie o havia levado para algumas festas no primeiro ano, mas aquilo fora diferente. Ele não conseguia se lembrar de nada a respeito da música ou da cerveja, só se lembrava dela. Victor balançou a cabeça para afastar a memória. Ficou com a mão suada quando pegou um copo de plástico e esvaziou o conteúdo no vaso de uma planta murcha. Segurar algo sempre ajudava.

Em certo momento, ele se viu na varanda, encarando o lago congelado que ficava nos fundos das sedes das fraternidades. A visão o fez estremecer.

Ele sabia que, para ter os melhores resultados, deveria imitar Eli, recriar as condições que levaram o amigo ao sucesso, mas Victor não podia fazer isso — nem o faria. Tinha que encontrar o próprio método.

Ele se afastou do parapeito e voltou para dentro. Enquanto caminhava pelos cômodos, deu uma olhada ao redor, avaliando tudo. Ficou espantado com a miríade de opções de suicídio, e, ainda assim, não eram muitas as que tinham certa garantia de sobrevivência.

Victor, porém, tinha certeza de uma coisa: não sairia dali sem tentar. Não retornaria ao apartamento para ver Eli alegremente serrar a própria pele, fascinado com a estranha e nova imortalidade que ele nem se esforçara *tanto assim* para conseguir. Victor não ficaria lá torcendo e fazendo anotações para ele.

Victor Vale não era a porra de um assistente.

Na terceira volta pela festa, ele já havia descolado o que considerava cocaína suficiente para provocar uma parada cardíaca (não sabia ao certo, nunca havia tentado fazer isso). Precisou comprar de três estudantes diferentes, pois cada um estava com poucos gramas.

Foi na quarta volta, enquanto tomava coragem para *usar* a cocaína, que ele ouviu. A porta da frente foi aberta — não conseguiu escutar por causa da música alta, mas sentiu uma repentina rajada de ar frio do lugar onde estava, na escada —, então uma garota deu um gritinho e disse:

— Eli! Você veio!

Victor xingou baixinho e subiu as escadas. Ouviu alguém falar o nome dele enquanto abria caminho na multidão. Conseguiu atravessá-la e alcançou o patamar do segundo andar, então encontrou um quarto desocupado com banheiro nos fundos. No meio do quarto, parou. Havia uma parede coberta por uma estante de livros, e bem no centro seu sobrenome saltava aos olhos em letras maiúsculas.

Tirou o enorme livro de autoajuda da estante e abriu a janela. O sexto livro de uma série de nove sobre ação e reação emocional atingiu a fina camada de neve lá embaixo com um barulho gratificante. Victor fechou a janela e foi para o banheiro.

Ele dispôs as coisas em ordem na pia.

Primeiro, o celular. Escreveu uma mensagem de texto para Eli, mas não apertou Enviar, e colocou o aparelho de lado. Segundo, a EpiPen. Sua temperatura estaria normal, então com sorte uma única injeção direta seria suficiente. Seria péssimo para o corpo, como todo o resto que ele estava prestes a fazer. Victor colocou a caneta ao lado do celular. Terceiro, a cocaína. Ele fez um montinho e começou a separar as carreiras com um cartão de hotel que havia encontrado no bolso de trás da calça, uma relíquia da viagem de inverno para a qual seus pais o arrastaram. Apesar de ter sido criado num ambiente que faria a maior parte dos jovens usar drogas, Victor jamais se sentira muito tentado a fazê-lo, mas tinha uma boa ideia do processo graças a uma dieta saudável de filmes de investigação criminal. Depois de separar a cocaína em carreiras — sete ao todo —, tirou uma nota de um dólar da carteira e a enrolou num canudo estreito. Como na TV.

Ele se olhou no espelho.

— Você quer viver — disse para o próprio reflexo.

Seu reflexo não pareceu muito convencido.

— Você precisa sobreviver a isso — insistiu. — Precisa.

Em seguida, respirou fundo e se inclinou sobre a primeira carreira.

O braço surgiu do nada, se enroscou no seu pescoço e o jogou na parede oposta à pia. Victor recuperou o equilíbrio e se endireitou a tempo de ver Eli passar a mão sobre centenas de dólares de cocaína, jogando tudo dentro da pia.

— Que merda é essa? — sibilou Victor, e foi na direção do amigo. Não conseguiu ser rápido o bastante. A mão suja de cocaína de Eli o empurrou de novo e o pressionou contra a parede, deixando uma mancha branca na sua camisa preta.

— Que merda é essa? — repetiu Eli com uma calma surpreendente. — Que *merda* é essa?

— Não era para você estar aqui.

— As pessoas reparam quando *você* aparece numa festa. Ellis me mandou uma mensagem assim que você chegou. Aí Max me mandou uma mensagem falando que você estava comprando cocaína. Eu não sou idiota. O que você tinha na cabeça?

Ele pegou o celular da pia com a mão livre e leu a mensagem. Emitiu um som que parecia uma risada, mas apertou o colarinho da camisa de Victor enquanto com a outra mão jogou o celular no boxe, desmontando o aparelho.

— E se eu não ouvisse o meu telefone tocar? — Eli o soltou. — E aí?

— Aí eu morreria — respondeu Victor, fingindo estar tranquilo.

Victor olhou para a EpiPen. Eli fez o mesmo. Antes que Victor conseguisse se mexer, Eli agarrou a caneta e a enfiou na própria perna. Deixou escapar um leve gemido entre os dentes cerrados quando o conteúdo inundou seu sistema, irritando seus pulmões e coração, mas se recuperou em questão de segundos.

— Eu só estou tentando te proteger — disse ele, jogando a caneta usada fora.

— Meu herói — vociferou Victor, em voz baixa. — Agora se manda daqui.

Eli o analisou.

— Eu não vou deixar você sozinho aqui.

Victor olhou para a pia atrás dele, a borda ainda suja de cocaína.

— Eu encontro você lá embaixo — avisou ele, apontando para a camisa, para a pia, para o telefone — Eu tenho que me limpar.

Eli não se mexeu.

Os olhos frios de Victor se ergueram para encontrar os dele.

— Eu não tenho mais nada. — Então exibiu um levíssimo sorriso. — Pode me revistar.

Eli deu uma risadinha, mas logo ficou sério.

— Não é assim que se faz, Vic.

— Como é que você sabe? Só porque o gelo deu certo não quer dizer que outra coisa também não dê...

— Eu não estou falando do método. E sim de estar *sozinho*. — Ele descansou a mão limpa no ombro de Victor. — Você não pode fazer isso sozinho. Me promete que não vai fazer.

Victor o encarou.

— Eu prometo.

Eli passou por ele e foi para o quarto.

— Cinco minutos — gritou ao sair.

A festa inundou o quarto quando Eli abriu a porta e cessou de novo quando ele a fechou. Victor foi até a pia e passou a mão pela superfície dela. Ficou branca. Ele fechou a mão e deu um soco no espelho. O vidro rachou — uma linha comprida e perfeita bem no meio —, mas não se despedaçou. Os nós dos seus dedos latejaram, e Victor os colocou debaixo da água. Esticou a outra mão às cegas para pegar uma tolha enquanto limpava o restante do pó. Seus dedos roçaram em alguma coisa e ele sentiu um choque subir pelo braço. Recuou a mão e se virou, então deparou com uma tomada na parede com um Post-it afixado ao lado dela escrito: "Tomada com defeito não toque é sério."

Alguém havia acrescentado a pontuação com uma caneta vermelha.

Victor franziu a testa, os dedos formigando por causa do leve choque.

Então o momento ficou congelado no tempo. O ar nos pulmões, a água na pia, a nevasca além da janela no quarto ao lado. Tudo ficou congelado, como havia acontecido na rua noite passada com Eli, só que dessa vez não era a mão dele, e sim a de Victor, que ardia de leve com o choque.

Teve uma ideia. Recuperou as três partes do celular do chão do boxe, encaixou-os de volta e digitou a mensagem. Victor havia prometido que não faria isso sozinho. E não faria. Mas tampouco precisava da ajuda de Eli.

"Vem me salvar", digitou ele, junto com o endereço da sede da fraternidade.

Então apertou Enviar.

XX

DOIS DIAS ANTES
HOTEL ESQUIRE

No fim do corredor, atrás de uma porta, Sydney Clarke estava deitada, encolhida num ninho de lençóis. Ela ouvira os passos de Victor no outro cômodo, lentos, suaves e regulares como água pingando. Ouvira o copo se quebrar, ouvira o som da água da torneira correndo, e de novo os passos, *pinga pinga pinga*. Tinha ouvido Mitch, seus passos pesados, a conversa abafada, apenas murmúrios chegavam a ela através das paredes. Em seguida, o silêncio. O pinga-pinga dos passos de Victor substituído por uma estranha imobilidade.

Sydney não confiava na imobilidade. Ela havia passado a acreditar que era algo ruim. Uma coisa errada, artificial, morta. Sentou-se na cama estranha do hotel estranho, os límpidos olhos azuis não se focavam na porta, e ela se esticou para ouvir através da madeira e do silêncio mais além. Como ainda assim não ouvia nada, escorregou para fora da cama no moletom roubado e grande demais e caminhou devagar, de pés descalços, do quarto para a espaçosa sala de estar da suíte do hotel.

A mão enfaixada de Victor pendia do braço do sofá virado para a janela, um copo largo segurado sem firmeza pelos seus dedos, somente um gole dentro, a maior parte gelo derretido. Sydney deu a volta no sofá na ponta dos pés para encará-lo.

Ele estava dormindo.

Não parecia tranquilo, mas sua respiração era baixa e regular.

Sydney se empoleirou numa poltrona e observou o homem que a havia salvado — não, ela se salvara, mas ele a tinha encontrado e acolhido. Ela se perguntou quem era ele e se deveria temê-lo. Não estava com medo, mas sabia que não devia confiar no medo e muito menos na falta dele. Ela não temera a irmã, Serena, nem o novo namorado dela (pelo menos não o *suficiente*) e olha só no que deu.

Acabou levando um tiro.

Então, Sydney apoiou os calcanhares no assento da poltrona de couro e ficou observando Victor dormir, como se as marcas de expressão entre as sobrancelhas dele fossem mudar de posição e lhe revelar todos os seus segredos.

XXI

DEZ ANOS ANTES
UNIVERSIDADE DE LOCKLAND

No primeiro ano da faculdade, antes de Eli pisar no campus, Angie era atraída por Victor. De muitas maneiras, eles eram opostos — Angie parecia não levar nada a sério, Victor parecia não encarar nada com leveza —, mas eram parecidos em muitas outras coisas — os dois eram jovens, perigosamente inteligentes e não tinham paciência para os alunos normais da faculdade com suas reações juvenis à liberdade repentina do controle dos pais. Por causa desse sentimento, Victor e Angie viviam numa necessidade constante de encontrar uma saída, uma fuga na qual poderiam confiar para situações em que preferiam não se meter, de pessoas com quem preferiam não socializar.

Foi assim que, um dia, quando estavam sentados no restaurante de comida caseira do SIR, eles inventaram um código bem simples.

"Vem me salvar."

Os dois concordaram que deviam usar o código com moderação, mas sempre respeitá-lo. Salve primeiro, pergunte depois. Quando enviado por mensagem, junto com um endereço, significava que um deles precisava desesperadamente que o outro o ajudasse a cair fora, fosse de uma festa, de um grupo de estudos ou de um encontro ruim. O próprio Victor nunca chegara de fato a ter um *encontro* com Angie, ruim ou não, a não ser que fossem levados em conta os lanches que faziam depois que um resgatava o outro — e, por sinal, Victor levava em conta, sim. Noites passadas numa mesma hamburgueria fora do campus, dividindo milk-shakes. Ele preferia chocolate, mas ela sempre pedia alguma mistura horrível, com vários sabores e coberturas, e, no fim das contas, ele não se importava porque nunca se lembrava do gosto de qualquer jeito, apenas de como a bebida gelada deixava os lábios de Angie mais vermelhos, de como eles quase encostavam os narizes toda vez que tentavam beber ao mesmo tempo e de como conseguia ver as manchas verdes nos olhos dela assim tão de perto. Victor brincava com as batatas fritas e falava dos idiotas no grupo de estudo. Angie ria, tomava o restinho do milk-shake e falava de novo do encontro que havia tido, de como fora desagradável. Victor revirava os olhos enquanto ela relatava os detalhes problemáticos e pensava em como teria agido de forma diferente e em como estava agradecido por alguém ter feito com que Angie Knight quisesse ser salva.

Por ele, ainda por cima.

"Vem me salvar."

Fazia um ano e meio desde a última vez que Victor pensara em usar o código. Tinha sido antes de Eli — e claro que antes de Eli e Angie se tornarem uma entidade consolidada —, mas ainda assim ela veio salvá-lo.

Angie parou o carro no estacionamento da fraternidade, exatamente onde Victor estava aguardando depois de meio escalar e meio cair da janela pela qual havia jogado o livro dos pais. E por um instante, um ínfimo instante, depois de entrar no carro e antes de explicar tudo, foi como se tivessem voltado ao primeiro ano, só os dois fugindo de uma noite ruim, e ele quis muito deixar que Angie dirigisse até a lanchonete que frequentavam na época. Eles se jogariam num dos reservados e Victor contaria como as festas não haviam melhorado em nada, Angie riria e, de algum modo, tudo ficaria bem.

Mas então ela perguntou onde Eli estava, e o momento passou. Victor fechou os olhos e pediu a Angie que dirigisse até o laboratório de engenharia.

— Está fechado — avisou ela, embora estivesse dirigindo para lá.

— Você tem um cartão de acesso.

— O que você pretende fazer?

Victor se surpreendeu ao contar a verdade. Angie já sabia da tese de Eli, mas ele falou da descoberta mais recente, o papel da EQM. Falou da vontade de testar a teoria. Falou do plano. A única coisa que não falou foi que Eli já a havia testado com sucesso. Essa informação Victor guardou para si por um momento. E, em defesa de Angie, ela lhe deu ouvidos. Continuou dirigindo, os nós dos dedos ficando brancos ao volante, os lábios cerrados, e deixou Victor falar. Ele terminou quando ela estava entrando no estacionamento do laboratório de engenharia, e Angie não disse nada até estacionar, desligar o motor e se virar para ele, ainda no assento do carro.

— Você perdeu o juízo? — perguntou ela.

Victor conseguiu dar um sorriso tenso.

— Acho que não.

— Me deixa ver se eu entendi isso direito — começou ela. Os cabelos curtos e ruivos emolduravam seu rosto, arrepiados por causa do frio. — Você acha que, se morrer e conseguir voltar, vai se transformar no quê? Num X-Man?

Victor riu. Estava com a garganta seca.

— Eu estava torcendo para ser o Magneto.

A tentativa de aliviar a tensão fracassou; a expressão de choque e horror continuava fixamente estampada no rosto de Angie.

— Olha — disse ele, sério —, eu sei que parece loucura...

— É claro que parece. Porque *é* loucura. Eu não vou te ajudar a se matar.

— Eu não quero morrer.

— Você acabou de me dizer que queria.

— Bem, eu não quero ficar morto.

Ela esfregou os olhos, descansou a testa no volante por um momento e deixou escapar um gemido.

— Eu preciso de você, Angie. Se você não me ajudar...

— Não se *atreva* a colocar as coisas dessa forma...

— ... eu vou acabar tentando sozinho de novo...

— De novo?

— ... e fazendo algo estúpido do qual *não* vou me recuperar.

— A gente pode procurar terapia para você.

— Eu não sou suicida.

— Não, você está delirando.

Victor recostou a cabeça no assento. O bolso dele vibrou. Eli. Ignorou a ligação, sabendo que não demoraria muito para que ligasse para Angie. Ele não tinha muito tempo. Nem de longe o suficiente para convencê-la a ajudá-lo.

— Por que você não... — balbuciou Angie para o volante — ... sei lá, provoca uma overdose? Algo tranquilo.

— A dor é importante — explicou Victor, e se sentiu estremecer por dentro. Isso quer dizer que o problema para Angie não era o que ele ia fazer, e sim tê-la envolvido. — Dor e medo — acrescentou. — São dois fatores. Ora, Eli se matou numa banheira de gelo.

— *O quê?*

Um sorriso triunfante e sombrio se insinuou em seus lábios quando ele jogou essa cartada. Victor sabia que Eli ainda não devia ter contado para Angie. Estava torcendo para isso. A traição ficou estampada nos olhos dela. Angie desligou o motor, saiu, bateu a porta e se encostou no carro. Victor saiu em seguida e deu a volta. Ele desenhou uma trilha na neve conforme andava. Pelo vidro escurecido, pôde ver o celular dela no banco do motorista. Uma luz vermelha se acendeu na frente do aparelho. Victor voltou a atenção para Angie.

— Quando ele fez isso? — perguntou ela.

— Noite passada.

Ela olhou para a película de neve no concreto entre os dois.

— Mas eu vi o Eli essa manhã, Vic. Ele parecia bem.

— Exatamente. Porque deu certo. *Vai* dar certo.

Angie suspirou.

— Isso é loucura. Você é louco.

— Você sabe que isso não é verdade.

— Por que ele faria...

— Eli não te contou nada? — cutucou Victor, tremendo dentro do casaco fino.

— Ele tem agido de forma estranha ultimamente — balbuciou ela. Então se concentrou. — O que você está me pedindo para fazer... é loucura. Isso é *tortura*.

— Angie...

Ela ergueu o olhar, os olhos em chamas.

— Eu nem acredito em você. E se der errado?

— Não vai dar.

— E se *der*?

O telefone dele vibrou furiosamente no bolso.

— É impossível — retrucou Victor do modo mais calmo que pôde. — Eu tomei um comprimido.

Angie ergueu as sobrancelhas.

— Eli e eu — começou a explicar — isolamos alguns dos compostos ad-renais que são liberados em situações de vida ou morte. A gente sintetizou isso. Basicamente, funciona como um gatilho. Um empurrão.

Era tudo mentira, mas Victor percebeu que a existência inventada do comprimido teve um impacto sobre Angie. A ciência, mesmo que completamente fictícia, tinha peso. Ela xingou e enfiou as mãos nos bolsos do casaco.

— Merda, como está frio — resmungou ela, e se virou para a porta do edifício.

Victor sabia que o laboratório de engenharia por si só representava um problema. Câmeras de segurança. Se algo desse errado, haveria uma gravação.

— Onde Eli está agora? — perguntou ela ao passar o cartão de acesso. — Se vocês estão juntos nessa, por que você está aqui comigo?

— Ele está ocupado saboreando o novo status de divindade — respondeu Victor com amargura enquanto a seguia pela entrada protegida por senha e esquadrinhava o teto à procura da luz vermelha de uma câmera. — Olha, tudo o que você precisa fazer é usar a eletricidade para me desligar, depois me ligar de volta. O comprimido faz o resto.

— Eu estudo correntes elétricas e os efeitos que elas têm em aparelhos, Victor, não em pessoas.

— O corpo é uma máquina — comentou ele em voz baixa.

Ela o levou até um dos laboratórios de engenharia elétrica e virou um interruptor com o polegar. Metade das luzes se acendeu. O equipamento estava enfileirado ao longo de uma parede, toda uma variedade de máquinas, algumas com aspecto médico, outras com aspecto técnico. A sala era repleta de mesas, longas e finas, mas largas o bastante para caber um corpo. Ele sentiu Angie hesitando ao seu lado.

— Seria melhor a gente planejar isso direito — sugeriu ela. — Me dá umas duas semanas e talvez eu consiga modificar algum equipamento daqui para...

— Não — interrompeu Victor, cruzando a sala e indo até as máquinas. — Precisa ser hoje.

Angie pareceu horrorizada, mas, antes de conseguir protestar, ele aproveitou a mentira que havia contado e seguiu em frente.

— O comprimido de que eu te falei... Eu já tomei. É como um interruptor, fica ligado ou desligado de acordo com o estado do corpo. — Ele encontrou o olhar de Angie, encarou-a e rezou em silêncio para que ela não soubesse nem metade sobre compostos ad-renais hipotéticos do que sabia sobre circuitos. — Se eu não fizer isso logo, Angie — ele estremeceu para causar efeito —, o composto vai me matar.

Ela empalideceu.

Victor prendeu a respiração.

O telefone dele voltou a vibrar.

— Quanto tempo? — perguntou ela, por fim.

Victor se aproximou de Angie, deixando uma das pernas vacilar sob o peso de alguma pressão imaginária. Ele se apoiou na beirada de uma mesa, fez uma careta e encontrou o olhar dela ao mesmo tempo que seu celular parou de vibrar.

— Minutos.

— Isso é loucura — sussurrou Angie repetidas vezes enquanto ajudava a amarrar as pernas de Victor à mesa.

Receando que mesmo a essa altura, com as máquinas ao redor deles zumbindo, vivas, e Angie ocupada enroscando a correia de borracha em volta dos seus tornozelos, ela pudesse desistir, Victor se retorceu com uma dor fingida e se encolheu.

— Victor — chamou ela, com urgência. — Victor, você está bem? — Havia dor e pânico na voz de Angie e ele teve que lutar contra o ímpeto de parar aquilo, acalmá-la e prometer que ficaria tudo bem.

Em vez disso, fez que sim com a cabeça e disse entre os dentes:

— Rápido.

Angie se apressou em terminar os nós e mostrou a ele as barras cobertas de borracha na mesa onde poderia colocar as mãos. O halo dos cabelos ruivos dela sempre parecera eletrificado, mas hoje à noite ele se erguia ao redor daquelas bochechas. Victor achava que os cabelos a deixavam com uma aparência misteriosa. Linda. Ela estava assim no dia em que se conheceram. Era um dia quente para os padrões de setembro. Ele vira o rosto de Angie corado, a umidade emprestando vida própria aos cabelos dela. Victor havia erguido os olhos do livro e a vira, parada na entrada do SIR, segurando uma pasta de encontro ao peito enquanto seus olhos vagavam pelo lugar, avaliando — perdidos mas despreocupados. Então eles pousaram em Victor sentado à mesa com um livro e seu rosto havia se iluminado. Não com um brilho ofuscante, mas contínuo enquanto ela cruzava o refeitório e se sentava sem preâmbulo na cadeira do outro lado da mesa. Eles nem chegaram a se falar naquele primeiro dia. Só passaram a mesma hora no mesmo espaço. Mais tarde, Angie tinha se referido aos dois como frequências concordantes.

— Victor. — O som do seu nome na voz de Angie o trouxe de volta à mesa fria do laboratório. — Eu quero que você saiba — disse ela, quando começou a fixar os sensores em seu peito — que eu nunca, nunca vou te perdoar por isso.

Ele estremeceu sob o toque de Angie.

— Eu sei.

O casaco e a camisa dele foram deixados sobre uma cadeira, o conteúdo dos seus bolsos disposto por cima das roupas. Entre as chaves, uma carteira e um crachá do laboratório de medicina estava o celular, sem som. Ele piscava com raiva para Victor, alternando entre uma luz azul e uma vermelha, sinalizando que tinha tanto mensagens de voz quanto de texto à espera.

Victor deu um sorriso lúgubre. *Tarde demais, Eli. Agora é a minha vez.*

Angie estava de pé ao lado de uma das máquinas, roendo as unhas. A outra repousava sobre um painel de controle. A máquina em si estava chiando, gemendo e piscando. Uma linguagem que Victor não conhecia — isso o deixava assustado.

Os olhos de Angie recaíram sobre alguma coisa, então ela pegou o objeto e atravessou a sala de volta para perto dele. Era uma tira de borracha.

— Você sabe o que tem que fazer — disse Victor, surpreso com a calma na voz. Sob aquela superfície de tranquilidade, ele tremia. — Começa na regulagem baixa e vai aumentando.

— Desligar, ligar — sussurrou ela, antes de segurar a tira perto da boca de Victor. — Morde isso.

Victor respirou fundo uma última vez e se esforçou para abrir a boca. A tira ficou entre seus dentes, seus dedos testaram a firmeza nas pequenas barras da mesa. Ele levaria isso até o fim. Eli conseguiu se manter debaixo da água. Victor faria o mesmo.

Angie estava de novo ao lado da máquina. Eles se entreolharam e, por um instante, todo o resto desapareceu — o laboratório, as máquinas barulhentas, a existência dos EOs, Eli e os anos desde que Victor e Angie dividiram um milk-shake. Victor ficou feliz pelo simples fato de ela olhar para ele. De ela enxergá-lo.

Então Angie fechou os olhos e virou o botão, um só clique, e a única coisa em que Victor conseguiu pensar foi na dor.

Victor caiu na mesa, suando frio.

Não conseguia respirar.

Respirou fundo, antecipando uma pausa, um momento para se recuperar. Esperando que Angie mudasse de ideia, que parasse, que desistisse.

Mas ela aumentou a voltagem.

O enjoo foi superado pela necessidade de gritar, e ele mordeu a tira de borracha até achar que seus dentes iam rachar, mas deixou um gemido escapar ainda assim. Imaginou que Angie tivesse ouvido e que desligaria a máquina agora, mas ela só girou o botão mais um pouco.

E mais um pouco.

E mais um pouco.

Victor achou que desmaiaria; entretanto, antes de perder a consciência, o botão girou de novo e o espasmo de dor o trouxe de volta ao seu corpo, à sala, e não pôde fugir.

A dor o mantinha acordado.

A dor o aprisionava ao mesmo tempo que atravessava cada nervo de cada um dos seus membros.

Ele tentou cuspir a tira, mas não conseguia abrir a boca. Seus dentes estavam trincados.

O botão foi girado.

O tempo todo Victor achava que o botão não tinha mais para onde ir, que a dor não poderia piorar, então piorava e piorava e piorava, e Victor conseguia se ouvir gritando embora a tira continuasse entre os seus dentes e sentia cada nervo em seu corpo se partindo e queria que aquilo parasse. Ele queria que aquilo *parasse*.

Implorou a Angie, mas as palavras não saíram por causa da tira, do botão que era girado mais uma vez e do som no ar feito gelo se quebrando, papel rasgando e estática.

A escuridão piscou ao seu redor e ele a desejou, pois significava que a dor acabaria, porém não queria morrer e temia que a escuridão fosse a morte, por isso se afastou dela violentamente.

Sentiu que estava chorando.

O botão foi girado.

Suas mãos apertavam as barras da mesa e doíam, contraídas.

O botão foi girado.

Victor desejou, pela primeira vez na vida, acreditar em Deus.

O botão foi girado.

Ele sentiu o coração palpitar, sentiu-o se apertar e então duplicar de tamanho.

O botão foi girado.

Ouviu uma das máquinas emitir um alerta e então soar o alarme.

O botão foi girado.

E tudo parou.

XXII

DOIS DIAS ANTES
HOTEL ESQUIRE

Sydney observou as rugas no rosto de Victor se aprofundarem. Ele devia estar sonhando.

Era tarde. A noite além da janela que ia do chão ao teto estava escura — ou tão escura quanto poderia estar numa cidade como essa. Ela se levantou e se espreguiçou, pronta para voltar para a cama, quando viu o pedaço de papel e gelou.

A matéria do jornal estava aberta ao lado de Victor no sofá. As linhas pretas pesadas foram a primeira coisa que chamaram sua atenção, mas a foto abaixo foi o que a manteve. Sydney sentiu um repentino aperto no peito; não conseguia respirar. Parecia estar se afogando *de novo* — Serena a chamando do quintal, uma cesta de piquenique pendurada no braço do seu casaco de inverno, dizendo a Syd que se apressasse senão o gelo derreteria todo, e derreteu mesmo, sob aquela casca quebradiça de geada e neve —, porém, quando fechou os olhos bem apertados, não foi a água quase congelada do lago que a engoliu, mas a lembrança do campo um ano mais tarde, o pedaço de grama congelada, o corpo, o incentivo da irmã e, então, o som do tiro ecoando em seus ouvidos.

Dois dias diferentes, duas mortes diferentes, sobrepondo-se e se fundindo num só. Ela balançou a cabeça para afastar as duas lembranças, mas a foto permanecia ali, encarando-a, e Sydney não conseguia desviar o olhar e, antes de perceber o que estava fazendo, estendeu o braço por cima de Victor para alcançar o jornal e o homem sorridente impresso nele.

Tudo aconteceu muito rápido.

Os dedos de Sydney começaram a se fechar ao redor da página de jornal, mas, ao erguer a mão, seu braço roçou no joelho de Victor. Antes que pudesse se equilibrar ou recuar, Victor arremeteu sobre ela, os olhos abertos, porém vazios, a mão se fechando com firmeza ao redor do pulso fino de Sydney. Sem aviso, a dor subiu pelo braço dela e se espalhou por todo o seu pequenino corpo, arremetendo sobre a garota feito uma onda. Era pior que se afogar, pior que ser baleada, pior que qualquer coisa que ela já havia sentido. Era como se cada um dos seus nervos estivesse sendo dilacerado, e Sydney fez a única coisa que podia.

Ela gritou.

XXIII

DEZ ANOS ANTES
UNIVERSIDADE DE LOCKLAND

A dor o havia seguido de novo, e Victor recobrou a consciência, gritando.

Angie mexia nas mãos dele, tentando fazer com que elas soltassem as barras. Ele se levantou de repente com as mãos na cabeça. Por que a eletricidade ainda estava fluindo? A dor era uma onda, um muro, destruindo seus músculos e seu coração. A pele dele se rasgava junto, e Angie estava falando, mas Victor não conseguia ouvir nada em meio à agonia. Ele se encolheu e sufocou outro grito.

Por que a dor não parava? POR QUE NÃO PARAVA DE DOER?

Então, de modo tão repentino quanto um interruptor sendo desligado, a dor desapareceu e Victor não sentia mais... nada. As máquinas estavam desligadas, as luzes que pareciam salpicar os painéis todas apagadas. Angie continuava falando, as mãos percorrendo a pele dele, desafivelando as correias dos seus tornozelos, mas Victor não escutava enquanto olhava para as próprias mãos e se perguntava sobre o vazio súbito, como se a eletricidade tivesse arrancado seus nervos e deixado só a casca.

Vazio.

Para onde foi a dor?, perguntou-se Victor. *Será que vai voltar?*

Na súbita ausência de dor, ele se viu tentando lembrar como ela era, tentando evocar a sensação, uma sombra dela, e, ao fazer isso, o interruptor voltou a ligar e lá estava a energia, estalando feito estática pela sala. Ele ouviu o ar se encrespar, então um grito. Perguntou-se por um instante se o som vinha dele, mas a dor estava além de Victor agora, fora dele, zumbindo na sua pele sem tocá-lo.

Ele se sentia lento, desorientado, enquanto tentava compreender a situação. Não sentia nada doer, quem estava gritando? Foi então que o corpo desabou no chão do laboratório ao lado da mesa, o espaço entre os pensamentos dele entrou em colapso e Victor caiu em si.

Angie. *Não.* Ele pulou da mesa e deparou com ela se contorcendo no chão, gritando de dor. Ele pensou *Para!*, mas o zunido elétrico na sala continuava aumentando ao seu redor. *Para.* Ela apertou o peito.

Victor tentou ajudá-la, mas Angie gritou ainda mais alto ao ser tocada. Victor recuou, cambaleando, e foi dominado pela confusão, pelo pânico. *O zumbido*, percebeu. Tinha que desligá-lo. Ele fechou os olhos e tentou pensar no som como um interruptor, tentou imaginar que estava desligando algum aparelho invisível. Tentou ficar calmo. Entorpecido. Ficou surpreso com como a calma lhe ocorreu com facilidade em meio a todo o caos. Então percebeu como a sala havia ficado terrivelmente silenciosa. Victor abriu os olhos e viu Angie estirada no chão, a cabeça para trás, os olhos abertos, os cabelos ruivos feito uma nuvem em volta do seu rosto. O zumbido no ar havia diminuído até se tornar um formigamento e logo parou, mas já era tarde demais.

Angie Knight estava morta.

XXIV

DOIS DIAS ANTES

HOTEL ESQUIRE

O quarto do hotel era só dor, barulho e caos.

Victor acordou, desorientado, preso entre o laboratório da faculdade e o quarto de hotel, o grito de Angie ecoando em sua mente e o de Sydney, em seus ouvidos. Sydney? A garota não estava em lugar nenhum, e Mitch o prensava contra o sofá, o corpo inteiro tremendo nitidamente com o esforço, mas sem sair do lugar enquanto a sala zumbia ao redor deles.

— Desliga isso — rosnou Mitch entre os dentes, e Victor despertou por completo. Seus olhos se semicerraram, o zumbido morreu, e Mitch relaxou, sem nenhum sinal de dor. Ele largou os ombros de Victor e se deixou cair numa poltrona.

Victor respirou fundo para se acalmar e passou a mão lentamente pelo rosto e pelo cabelo antes de voltar a atenção para Mitch.

— Você está bem? — perguntou.

Mitch parecia cansado, aborrecido, mas a salvo. Não era a primeira vez que precisara intervir. Victor sabia que, quando tinha pesadelos, outras pessoas sempre sofriam.

— Eu estou ótimo — avisou Mitch —, mas não sei bem se ela está.

Ele apontou para uma forma ali perto num moletom grande demais, e o olhar de Victor vagou até Sydney, que estava sentada no chão, atordoada. Ele havia desligado os nervos dos dois no instante em que tinha percebido o que estava acontecendo, ou pelo menos os embotara tanto quanto era seguro, de modo que sabia que ela estava fisicamente bem. Mas a garota parecia abalada. Uma pontada de culpa, algo estranho depois de uma década na cadeia, cutucou suas costelas.

— Me desculpa — disse ele baixinho.

Estendeu a mão para ajudá-la a se levantar, mas pensou melhor, se levantou e foi até o banheiro no corredor.

— Mitch — disse, da porta. — Certifique-se de que ela vá para a cama.

Então entrou e fechou a porta.

XXV

DEZ ANOS ANTES
UNIVERSIDADE DE LOCKLAND

Victor não reviveu Angie. Não tentou. Sabia que devia tentar, ou pelo menos devia querer tentar, mas a última coisa de que precisava era de mais provas de que estivera na cena do crime. Ele engoliu em seco, estremecendo tanto com sua capacidade de ser tão racional num momento como esse quanto com o termo que havia lhe ocorrido. Cena. Do. Crime. Além do mais, ele *sentia* que Angie estava morta. Não havia carga. Não havia energia.

Sendo assim, fez a única coisa em que pôde pensar. Ligou para Eli.

— *Onde* você está, Vale?! — Uma porta de carro bateu ao fundo. — Você acha essa merda engraçada?

— Angie morreu.

Victor não sabia ao certo se contaria isso ou não, mas as palavras se formaram e saíram da sua boca antes que ele conseguisse impedi-las. Tinha imaginado que elas fossem machucar sua garganta, abrigar-se em seu peito, mas fluíram sem restrições. Sabia que devia estar em pânico, mas se sentia entorpecido, e aquele entorpecimento o acalmava. Será que era o choque, perguntou-se Victor, essa segurança que lhe ocorria agora, que havia sido tão fácil evocar enquanto Angie agonizava aos seus pés? Ou seria algo diferente? Ele ficou escutando o silêncio do outro lado da linha até Eli quebrá-lo.

— Como?

— Foi um acidente — respondeu Victor, segurando o celular de modo que conseguisse vestir a camisa. Ele precisara dar a volta no corpo de Angie para pegá-la. Não olhou para baixo.

— O que foi que você fez?

— Ela estava me ajudando com um experimento. Eu tive uma ideia e deu certo, e...

— O que você quer dizer com "deu certo"? — O tom de voz de Eli ficou gélido.

— Eu quero dizer... Eu quero dizer que deu certo dessa vez.

Deixou Eli absorver a informação. Era evidente que ele tinha entendido, porque ficou em silêncio. Estava ouvindo. Victor conseguira a atenção dele e gostava disso. No entanto, ficou surpreso por Eli parecer mais interessado no experimento que em Angie. Angie, que sempre mantivera seus monstros longe dele. Angie, que sempre ficava no caminho entre os dois. Não, ela havia sido mais que uma distração para ambos, não é? Victor baixou os olhos para o corpo, esperando sentir alguma sombra da culpa que o inundara quando havia mentido para ela antes, mas não sentiu nada. Perguntou-se se Eli também sentira esse distanciamento incomum ao acordar no chão do banheiro. Como se tudo fosse real, mas nada importasse.

— Me conta o que aconteceu — pressionou Eli, perdendo a paciência.

Victor passou os olhos pela sala, observando a mesa, as correias, as máquinas que antes zumbiam, mas que agora pareciam estar com os fusíveis queimados. O lugar estava todo às escuras.

— Onde você está? — esbravejou ele depois de perceber que Victor não responderia à primeira pergunta.

— No laboratório — respondeu Victor. — A gente estava...

A dor surgiu do nada. Sua pulsação acelerou, o ar se agitou e, no segundo seguinte, Victor se curvou para a frente. A dor crepitava sobre ele, através dele, iluminava sua pele e seus ossos e cada centímetro de músculo no caminho.

— Vocês estavam *o quê*? — exigiu saber Eli.

Victor se apoiou na mesa, sufocando um grito. A dor era terrível, como se cada músculo do seu corpo estivesse contraído. Como se ele estivesse sendo eletrocutado outra vez. *Para*, pensou Victor. *Para*, implorou. Quando por fim imaginou a dor como um interruptor e a desligou, ela desapareceu.

Sua pulsação diminuiu, o ar ficou rarefeito, e ele não sentiu *nada*. Victor ficou ofegante, atordoado. Tinha deixado o telefone cair no chão de linóleo. Estendeu uma mão trêmula e levou o aparelho de volta à orelha.

Eli estava praticamente aos gritos.

— Olha — dizia ele —, só fica onde está. Eu não sei o que você fez, mas fica onde está. Está me ouvindo? Não sai daí.

E Victor poderia até ter obedecido, se não tivesse ouvido o clique duplo.

A linha telefônica do apartamento deles tinha sido fornecida pela universidade. Ela emitia um clique duplo baixinho quando alguém tirava o gancho da parede. Nesse momento, enquanto Eli falava com ele no celular e o mandava ficar onde estava e Victor tentava vestir o casaco, ele conseguiu distinguir aquele clique duplo ao fundo. Franziu o cenho. Um clique duplo seguido por três teclas tonais: 9-1-1.

— Não sai daí — pediu Eli de novo. — Eu já estou a caminho.

Victor assentiu com cautela, esquecendo-se de como era fácil mentir quando não tinha que encarar o rosto de Eli.

— Tudo bem. Eu te espero aqui.

E desligou.

Victor terminou de colocar o casaco e deu uma última olhada na sala. Tudo estava muito confuso. Exceto pelo corpo, não parecia ter ocorrido um assassinato ali, mas o cadáver contorcido de Angie indicava que a morte não havia sido natural. Ele pegou um lenço umedecido de uma caixa no canto e limpou as barras da mesa, resistindo ao impulso de limpar cada objeto da sala. Se o fizesse, *aí sim* pareceria a cena de um crime. Sabia que suas digitais estavam nesse laboratório, em algum lugar, apesar de ter sido bastante cauteloso. Sabia também que provavelmente estaria na gravação das câmeras de segurança. Entretanto, não havia mais tempo.

Victor Vale saiu do laboratório e correu.

Enquanto voltava às pressas para o apartamento — precisava falar com Eli pessoalmente, tinha que fazê-lo entender —, ficou maravilhado com seu estado físico: se sentia ótimo. Inebriado pela perseguição e pela matança, mas livre da dor. Foi então que, sob a luz de um poste, baixou o olhar e viu que sua mão estava sangrando. Devia ter batido com ela em alguma coisa. Não havia sentido nada, no entanto. E não era como quando a adrenalina ameniza ferimentos leves; não tinha sentido *nada*. Tentou evocar aquele zumbido estranho no ar, tentou diminuir um pouquinho de nada a resistência à dor, só para ver como estava *de fato*, e acabou se encolhendo de agonia, apoiando-se num poste.

Não tão bem, então.

Sem dúvida a sensação era a de que tinha morrido. Outra vez. Suas mãos doíam de segurar com tanta força as barras da mesa, e Victor ficou se perguntando se por acaso tinha fraturado algum osso. Cada músculo do seu corpo reclamava, e sua cabeça doía tanto que ele achou que fosse vomitar. Quando a calçada começou a parecer se inclinar, foi desligando as sensações de novo. A dor desapareceu. Deu a si mesmo um momento para respirar, se recuperar, e se endireitou sob o foco de luz. Não sentia *nada*. E, agora, nada parecia maravilhoso. Nada parecia divino. Inclinou a cabeça para trás e riu. Não uma daquelas risadas maníacas. Nem mesmo uma risada alta.

Uma risada que parecia mais uma tosse, uma baforada de espanto.

Porém, mesmo que tivesse sido alta, ninguém a ouviria por causa do som das sirenes.

As duas viaturas derraparam até parar na frente dele, e Victor mal teve tempo de compreender o que estava acontecendo quando foi atirado no concreto, algemado e encapuzado. Ele se sentiu sendo jogado no banco de trás do carro.

O capuz era um adendo interessante, mas Victor odiava a sensação de estar vendado. Sempre que o carro fazia curvas e seu centro de equilíbrio mudava de posição, sem nenhum aviso visual ou desconforto físico para se orientar, ele quase caía. Parecia que estavam fazendo as curvas rápido de propósito.

Victor percebeu que poderia reagir. Revidar sem nem precisar tocá-los. Sem nem precisar *vê-los*. Mas se conteve.

Parecia um risco desnecessário ferir os policiais enquanto dirigiam. Só porque podia desligar a própria dor não significava que não morreria caso o carro batesse, então se concentrou em permanecer calmo. O que foi fácil demais, levando em consideração tudo o que tinha acontecido. A calma o preocupava; a noção de que a ausência física de dor pudesse suscitar tal ausência mental de pânico era ao mesmo tempo perturbadora e fascinante. Se Victor não estivesse no banco traseiro de uma viatura, iria querer fazer anotações para o trabalho final.

O carro fez uma curva fechada, e Victor bateu com força na porta. Ele xingou, não por causa da dor, mas por força do hábito. As algemas apertavam seus pulsos, e, quando Victor sentiu algo quente escorrer entre seus dedos, decidiu diminuir a resistência à dor. Não sentir nada poderia ocasionar ferimentos, e ele não era Eli. Não era capaz de se curar sozinho. Tentou sentir. Só um pouco...

Victor arfou e deixou a cabeça tombar no encosto do banco. Uma dor quente rasgou seus pulsos onde a algema apertava, amplificada, a resistência despencando. Ele cerrou a mandíbula e tentou encontrar o equilíbrio. Encontrar a normalidade. Sensações tinham nuances. Não eram ligadas ou desligadas, havia todo um espectro, era um botão giratório com centenas de posições, não um interruptor. Ele fechou os olhos apesar da escuridão do capuz e encontrou um lugar entre o entorpecimento e a normalidade. Passou a sentir uma dor leve e constante nos pulsos, algo mais próximo de um retesamento do que de uma dor aguda.

Teria que se acostumar com isso.

Por fim, o carro parou, a porta se abriu e duas mãos o conduziram para fora.

— Podem tirar esse capuz de mim? — perguntou para a escuridão. — Vocês não têm que ler os meus direitos? Vocês esqueceram essa parte?

A pessoa que o conduzia o empurrou para a direita e seu ombro esbarrou numa parede. Seriam da segurança do campus? Ele ouviu uma porta ser aberta e sentiu uma ligeira mudança nos sons ao redor. Percebia pelo eco que essa nova sala tinha paredes lisas e quase nenhum móvel. Uma cadeira arranhou o chão ao ser arrastada para trás e alguém fez Victor se sentar nela, tirou a algema de um dos seus pulsos e a prendeu de novo numa mesa de metal. O som de passos diminuiu e então parou.

Uma porta se fechou.

A sala ficou em silêncio.

Uma porta foi aberta. Passos se aproximaram. E, em seguida, finalmente alguém tirou o capuz dele. A sala era bem iluminada, e havia um homem sentado à sua frente, um sujeito de ombros largos, cabelos pretos e expressão de aborrecimento. Victor deu uma olhada na sala de interrogatório, que era menor do que havia imaginado e um pouco mais decrépita. Também estava trancada por fora. Qualquer truque ali seria perda de tempo.

— Sr. Vale, eu sou o detetive Stell.

— Eu achava que só usavam capuzes em espiões, terroristas e em filmes de ação ruins — comentou Victor, referindo-se ao monte de tecido preto entre os dois. — Isso sequer é legal?

— Nossos policiais são treinados para decidir o melhor curso de ação para se proteger — explicou o detetive Stell.

— A minha visão é uma ameaça?

Stell suspirou.

— Você sabe o que é um EO, sr. Vale?

Victor sentiu o pulso acelerar ao ouvir a palavra, o ar zumbiu de leve ao seu redor, mas ele engoliu em seco e disse a si mesmo que permanecesse calmo. Em seguida, assentiu vagamente.

— Já ouvi falar.

— E você sabe o que acontece quando alguém grita "EO"?

Victor fez que não com a cabeça.

— Sempre que alguém faz uma ligação para a emergência e usa essa palavra, eu tenho que sair da cama e vir até a delegacia verificar. Não importa se for só um trote de adolescentes ou uma alucinação de um sem-teto qualquer. Eu tenho que levar o assunto a sério.

Victor franziu o cenho.

120

— Sinto muito que alguém tenha feito o senhor perder tempo.

Stell esfregou os olhos.

— Eu perdi mesmo, sr. Vale?

Victor deu uma risada contida.

— O senhor não pode estar falando sério. Alguém disse que eu sou um EO — Victor já sabia quem, é claro — e o senhor acreditou? Que merda de ExtraOrdinário eu devo ser então, hein? — Victor se levantou, mas as algemas estavam firmemente presas à mesa.

— Sente-se, sr. Vale. — Stell fingiu examinar alguns documentos. — O estudante que fez a ligação, um tal de sr. Cardale, também disse que você confessou o assassinato da estudante Angie Knight. — Seus olhos se acenderam. — Agora, mesmo que eu queira ignorar essa história de EO, e não estou dizendo que queira, eu levo um cadáver muito a sério. E é com isso que estamos ocupados lá na faculdade de engenharia de Lockland. Então, existe alguma verdade nisso tudo?

Victor se sentou e respirou fundo. Em seguida, balançou negativamente a cabeça.

— Eli estava bêbado.

— É mesmo? — Stell não pareceu muito convencido.

Victor observou uma gota de sangue pingar das algemas em cima da mesa. Ele teve o cuidado de observar a primeira, a segunda, a terceira gota enquanto falava.

— Eu estava no laboratório quando Angie morreu. — Ele sabia que as câmeras de segurança mostrariam ao menos isso. — Eu precisava escapar de uma festa e ela foi me buscar. Não queria voltar para casa, e ela disse que tinha trabalho a fazer... A gente está na época dos trabalhos de conclusão de curso, sabe? Então eu fui com ela para o laboratório de engenharia. Saí da sala por alguns minutos, para beber alguma coisa, e, quando voltei... eu vi Angie no chão e liguei para Eli...

— Você não ligou para a emergência.

— Eu estava transtornado. Agoniado.

— Você não parece agoniado.

121

— Não, agora eu estou puto. E em choque. E algemado a uma mesa. — Victor ergueu a voz, porque parecia o momento apropriado para fazê-lo. — Veja bem, Eli estava bêbado. Talvez ainda esteja. Ele ficou falando que a culpa era minha. Eu tentei explicar que tinha sido um infarto, talvez uma falha no equipamento, já que Angie sempre fazia experiências com eletricidade, mas ele não quis saber. Ele falou que ia chamar a polícia. Por isso eu dei o fora e estava indo para casa *conversar* com ele. Era isso que eu estava fazendo quando a polícia apareceu. — Ele olhou para o detetive e gesticulou para a situação atual de ambos. — Quanto a essa história de EO, eu estou tão confuso quanto o senhor. Eli tem trabalhado demais. Por acaso ele falou que o trabalho dele é sobre os EOs? O cara anda obcecado por eles. Paranoico. Fica sem comer e sem dormir, só trabalhando mais e mais nas teorias dele.

— Não — respondeu Stell do outro lado da mesa, fazendo uma anotação. — O sr. Cardale se esqueceu de mencionar isso. — Ele terminou de escrever e deixou a caneta de lado.

— Isso é loucura — continuou Victor. — Eu não sou um assassino nem um EO. Eu sou um estudante de medicina. — Pelo menos a última afirmação era verdadeira.

Stell olhou para o relógio.

— Vamos manter o senhor numa cela até amanhã — explicou ele. — Enquanto isso, eu vou enviar alguém para dar uma olhada no sr. Cardale, testar o nível de álcool no sangue dele e pegar um depoimento completo. Pela manhã, se tivermos provas de que o testemunho do sr. Cardale está comprometido e se não houver nenhuma evidência de que o senhor tenha ligação com a morte de Angela Knight, nós o deixaremos ir embora. O senhor ainda será um suspeito, está entendido? É tudo o que posso fazer no momento. Está bom assim?

Não. Não estava nada bom. Mas Victor teria que se contentar com isso. O capuz ficou na mesa enquanto um policial o levava para a cela. Durante o caminho, ele prestou bastante atenção ao número de policiais e de portas e no tempo que levava até chegar à área de encarceramento. Victor sempre foi bom em solucionar problemas. Os dele certamente haviam aumentado, mas as regras ainda se aplicavam. Os passos para solucionar um problema, fosse de matemática elementar ou a fuga de uma delegacia, continuavam os mesmos. Era uma simples questão de entender o problema e escolher a melhor solução. Victor se encontrava numa cela. Era pequena, quadrada e vinha acompanhada de grades e de um homem com o dobro da idade dele, cheirando a urina e tabaco. Havia um guarda lendo jornal no fim do corredor.

A solução mais óbvia era matar o colega de cela, chamar o guarda e matá-lo também. A alternativa era aguardar até o dia seguinte e torcer para que Eli falhasse no teste do bafômetro, que as câmeras de segurança se limitassem à entrada do laboratório e que ele não tivesse deixado nenhuma prova material que o ligasse à morte na cena do crime.

Escolher a melhor solução na verdade dependia da definição que se tinha de "melhor". Victor estudou o homem jogado na cama e começou a pensar.

Ele voltou para casa pelo caminho mais longo.

As primeiras luzes do amanhecer aqueciam o céu enquanto ele caminhava, esfregando o sangue seco dos pulsos. Pelo menos, disse a si mesmo para se consolar, não tinha matado ninguém. Victor na verdade se sentia muito orgulhoso do próprio autocontrole. Tinha chegado a pensar, por um momento, que seu colega de cela fumante pudesse ter morrido, mas o sujeito ainda estava respirando da última vez que Victor verificou. Admitia que não quisera chegar muito perto. Ao caminhar para casa, sentiu algo molhado no rosto e tocou na pele logo abaixo do nariz. A mão saiu vermelha. Victor limpou com a manga e fez uma anotação mental para tomar mais cuidado. Havia feito muito esforço numa só noite, ainda mais levando em consideração que tinha morrido pouco antes.

Dormir. Dormir ajudaria. Mas isso teria que esperar.

Porque, primeiro, precisava lidar com Eli.

XXVI

DOIS DIAS ANTES
HOTEL ESQUIRE

Victor ficou de pé no banheiro e esperou que o hotel se silenciasse ao seu redor. Através da porta, ouviu Mitch levar Sydney de volta para a cama, murmurando um pedido de desculpas em nome dele. Os dois nunca deviam tê-la apanhado, mas Victor não conseguia evitar a sensação de que ela se revelaria útil. Aquela garota tinha alguns segredos, e ele pretendia descobrir quais eram. Ainda assim, de fato não tivera intenção de machucá-la. Victor se orgulhava do autocontrole, mas, apesar de todos os esforços, ainda não havia encontrado um jeito de conter seu poder durante o sono. Por isso ele não dormia, ou, pelo menos, não muito.

Ele jogou água fria no rosto e lavou as mãos na esperança de que o leve zumbido elétrico parasse. Como não parou, fez com que ele se voltasse para dentro de si, e estremeceu quando o zumbido desapareceu do ar e reapareceu nos seus ossos e músculos. Agarrou a bancada de granito enquanto seu corpo aterrava a corrente e, alguns minutos depois, o tremor passou, deixando Victor exausto, mas estável outra vez.

Ele olhou para seu reflexo no espelho e começou a desabotoar a camisa, revelando, uma de cada vez, as cicatrizes das balas da pistola de Eli. Ele as percorreu com os dedos, tocando as marcas dos tiros como alguém que fizesse o sinal da cruz. Uma bala abaixo das costelas, outra acima do coração e mais uma que, na verdade, o havia atingido pelas costas, mas, como fora à queima-roupa, tinha atravessado seu corpo. Memorizara a posição das cicatrizes para que, assim que reencontrasse Eli, pudesse retribuir o gesto. Ora, se as balas se alojassem no corpo de Eli, era possível que ele se regenerasse em volta delas. Victor sentia certo prazer com essa possibilidade.

Os ferimentos poderiam ter lhe ajudado a conquistar algum respeito na prisão; entretanto, quando ele enfim havia se entrosado, as cicatrizes já tinham desbotado havia muito. Além do mais, Victor encontrara outras maneiras de se impor em Wrighton, do desconforto sutil que os detentos sentiam quando o desagradavam à agonia imediata que ele usava com mais parcimônia, o tipo de dor que os deixava sem fôlego aos seus pés. Victor, no entanto, não se limitava a *causar* dor — ele também a tirava. Aprendera a oferecer a ausência de dor, a usá-la como moeda de troca. Maravilhado com o que os homens eram capazes de fazer para evitar o sofrimento, Victor havia se tornado o traficante de uma droga que somente ele podia fornecer. A prisão, de certa maneira, tinha sido agradável.

Porém, mesmo dentro da cadeia, Eli o assombrava, estragava a experiência ao não sair dos seus pensamentos, sussurrando em sua mente e acabando com sua paz de espírito. E, depois de dez anos de espera, era a vez de Victor entrar na mente de Eli e causar um pouco de destruição.

Ele abotoou a camisa de novo e as cicatrizes desapareceram da sua vista, mas não da sua lembrança.

XXVII

DEZ ANOS ANTES

UNIVERSIDADE DE LOCKLAND

Victor se apoiou no peitoril da janela e subiu nela, grato por tê-la deixado entreaberta e por morarem no primeiro andar, portanto só precisou encarar a altura dos cinco degraus que levavam da rua à entrada do prédio. Ele fez uma pausa no peitoril, sentado com uma perna fora e outra dentro do quarto, e tentou ouvir algum barulho no apartamento. O lugar estava silencioso, mas Victor sabia que Eli estava em casa. Conseguia *senti-lo*.

O coração dele palpitou ligeiramente com a empolgação do que estava prestes a acontecer, mas foi só isso, uma palpitação. Nada de pânico descompensado. Essa nova calma estava ficando perturbadora. Victor achava difícil estimar seu valor. A ausência de dor causava uma ausência de medo, e a ausência de medo causava um descaso por consequências. Sabia que escapar da cela não era uma boa ideia, assim como o que estava prestes a fazer. Era uma péssima ideia. Conseguia avaliar os próprios pensamentos melhor agora, maravilhado com a maneira como sua mente tomava atalhos que ignoravam a cautela e favoreciam o imediatismo, a violência e a impetuosidade da mesma forma que uma pessoa com deficiência coloca mais peso na perna boa. A mente de Victor sempre fora atraída para esse tipo de solução, mas sua compreensão moral de certo e errado — ou pelo menos o que ele sabia que os outros consideravam certo ou errado — o refreava. Mas agora... era simples. Elegante.

Ele se demorou o suficiente para ajeitar o cabelo na frente do espelho, aborrecido ao ver como a morte e metade da noite na cadeia o deixaram desmazelado. Então viu os próprios olhos — a nova calma os tornara ainda mais pálidos — e seu reflexo sorriu. Era um sorriso frio, diferente, quase arrogante, mas Victor não se importou. Até gostou do sorriso. Parecia coisa de Eli.

Victor saiu do quarto, andou na ponta dos pés pelo corredor e foi até a cozinha. Em cima da mesa havia um jogo de facas e um caderno de anotações, metade da página coberta com a caligrafia precisa de Eli e pontilhada de sangue. Victor viu o próprio Eli no sofá da sala, a cabeça baixa em reflexão, talvez rezando. Victor reservou um momento para observá-lo. Era estranho Eli não sentir sua presença da mesma forma que sentia a dele. Era o problema de se ter uma habilidade voltada para dentro, como a cura. Egocêntrico até o último fio de cabelo, pensou Victor, ao pegar uma faca grande e arranhar a mesa com a ponta dela, causando um chiado agudo.

Eli se virou e se levantou do sofá num movimento fluido.

— Vic.

— Eu estou decepcionado — comentou Victor.

— O que você está fazendo aqui?

— Você me entregou.

— Você matou Angie. — As palavras se demoraram um pouco na garganta de Eli. Victor ficou surpreso com a emoção na voz do amigo.

— Você a amava? — perguntou ele. — Ou só está com raiva por eu ter pegado algo de volta?

— Ela era uma *pessoa*, Victor, não uma coisa, e você a matou.

— Foi um acidente. E, sendo sincero, a culpa é sua. Se você tivesse me ajudado...

Eli passou a mão no rosto.

— Como você pôde fazer uma coisa dessas?

— Eu que pergunto: como *você* pôde fazer uma coisa dessas? — exigiu saber Victor, erguendo a faca enquanto falava. — Você chamou a polícia e me acusou de ser um EO. Eu não *te* dedurei, sabe? E podia ter dedurado. — Ele coçou a cabeça com a ponta da faca. — Por que você diria algo tão idiota a eles? Você sabia que a polícia tem uma equipe especial que aparece sempre que existe a suspeita de um EO? Um tal de Stell. Sabia?

— Você perdeu a cabeça. — Eli se esquivou, mantendo-se de costas para a parede. — Larga a faca. Você nem pode me ferir.

Victor sorriu ao ouvir o desafio. Deu um passo à frente, e Eli tentou recuar por instinto, mas deu de costas com a parede. Victor se aproximou.

A faca entrou. Foi mais fácil do que ele havia imaginado. Como num passe de mágica, num instante o metal reluzia e no outro tinha desaparecido, enterrado até o cabo no abdome de Eli.

— Sabe o que descobri — Victor se inclinou para perto dele enquanto falava — enquanto eu te observava na rua naquela noite, tirando os cacos de vidro da mão? Você não consegue se curar antes de eu tirar a faca.

Ele girou o metal, e Eli gemeu. Seus joelhos cederam e ele começou a deslizar pela parede, mas Victor o manteve de pé, segurando-o com o cabo da faca.

— Eu nem estou usando o meu novo truque ainda — comentou ele. — Não é tão extravagante quanto o seu, mas é bem eficaz. Quer ver?

Victor não esperou pela resposta. O ar zumbiu ao seu redor. Ele não se deu ao trabalho de imaginar um botão giratório. Ele simplesmente *ligou*. Era só o que importava para Victor. Eli gritou e o som deixou Victor satisfeito. Não uma satisfação do tipo o-sol-apareceu-e-a-vida-é-bela, é claro, mas de forma punitiva. Controladora. Eli o havia traído. Merecia sentir dor. Ele iria se recuperar. Quando tudo estivesse terminado, não teria nem uma cicatriz. O mínimo que Victor podia fazer era tentar causar uma boa impressão. Victor largou o cabo da faca e observou o corpo de Eli tombar no chão.

— Uma anotação para o seu trabalho — disse ele enquanto o amigo tentava respirar, caído no chão. — Você pensou que os poderes fossem de alguma forma um reflexo da nossa natureza. Deus brincando com espelhos. Mas está enganado. Não tem nada a ver com Deus. Tem a ver com a gente mesmo. Com a nossa maneira de pensar. O pensamento que é forte o bastante para nos manter vivos. Para nos trazer de volta. Quer saber como eu sei disso? — Ele voltou a atenção para a mesa, em busca de alguma coisa afiada. — Porque, quando eu estava morrendo, a única coisa em que conseguia pensar era na dor. — Ele subiu o interruptor mental e deixou os gritos de Eli preencherem a sala. — E em como queria fazer com que ela parasse.

Victor baixou o interruptor de novo e ouviu os gritos de Eli diminuírem enquanto ele se aproximava da mesa. Estava examinando a variedade de lâminas quando a sala explodiu com um barulho. Um estampido repentino e muito alto. O gesso da parede quebrou a poucos centímetros de distância, e Victor se virou, deparando com Eli, que apertava o estômago com uma das mãos e empunhava uma arma com a outra. A faca estava no chão, rodeada por uma satisfatória poça de sangue, e Victor se perguntou com uma curiosidade científica quanto tempo o corpo de Eli levaria para se regenerar. Foi então que um segundo tiro foi disparado, muito mais perto da cabeça de Victor, e ele franziu a testa.

— Você sabe usar uma arma? — perguntou ele, dedilhando uma faca longa e fina. As mãos de Eli tremiam nitidamente em torno do cabo da pistola.

— Angie morreu... — disse Eli.

— Sim, eu sei...

— ... e você também. — Não era uma ameaça. — Não sei o que você é, mas não é o Victor. Você é algo que se enfiou debaixo da pele dele. Um demônio disfarçado.

— Ui — disse Victor e, por algum motivo, a palavra o fez rir. Ele não conseguia parar de rir. Eli parecia enojado, e isso fez Victor querer esfaqueá-lo outra vez. Ele tateou às cegas pela faca mais próxima e viu os dedos de Eli se firmarem na arma.

— Você é alguma outra coisa — declarou ele. — Victor morreu.

— *Nós* morremos, Eli. E nós dois voltamos.

— Não, não, eu acho que não. Não por completo. Tem alguma coisa errada, faltando, perdida para sempre. Você não sente isso? Eu sinto — comentou Eli, e ele parecia *assustado*. Victor ficou desapontado. Tinha esperança de que talvez Eli também sentisse aquela calma, mas parece que o que ele sentia era algo totalmente diferente.

— Talvez você tenha razão — concedeu Victor. Ele estava disposto a admitir que se sentia diferente. — Mas, se existe alguma coisa faltando em mim, também está faltando em você. A vida é feita de trocas. Ou você achava que, por ter se colocado nas mãos de Deus, Ele faria de você tudo o que já era e algo mais?

— Ele fez — vociferou Eli, e apertou o gatilho.

Dessa vez, não errou. Victor sentiu o impacto e baixou os olhos para o buraco em sua camisa, feliz por ter se dado ao trabalho de desligar a dor antes. Tocou o local, e seus dedos saíram manchados de vermelho. Distante do próprio corpo, sabia que não era um bom lugar para ser baleado.

Victor suspirou, de cabeça baixa.

— Isso é um pouco hipócrita, você não acha?

Eli deu um passo na direção dele. A ferida em seu estômago já tinha sarado, e a cor voltara ao seu rosto. Victor sabia que precisava continuar falando.

— Admita — disse ele —, você também se sente diferente. A morte leva alguma coisa com ela. O que levou de você?

Eli ergueu a pistola mais uma vez.

— Meu medo.

Victor conseguiu dar um sorriso sombrio. As mãos de Eli tremiam, e sua mandíbula estava cerrada.

— Eu ainda vejo medo em você.

— Não é medo — explicou Eli. — Eu só lamento muito.

Ele deu mais um tiro. A força do disparo fez Victor recuar um passo. Seus dedos se fecharam em torno da faca mais próxima e ele a brandiu, enterrando o metal no braço estendido de Eli. A arma caiu no chão com um estrondo, e Eli se afastou rápido para evitar outro golpe.

Victor tinha a intenção de continuar, mas sua vista ficou embaçada. Só por um momento. Ele piscou, desesperado para conseguir focar os olhos.

— Você pode ser capaz de desligar a dor — disse Eli —, mas não pode parar a perda de sangue.

Victor deu um passo à frente, mas a sala começou a girar. Ele se apoiou na mesa para manter o equilíbrio. Havia muito sangue no chão. Não sabia ao certo quanto do sangue era dele. Quando ergueu o olhar de novo, Eli estava logo ali. Então Victor foi ao chão. Conseguiu ficar de quatro, apoiado nas mãos e nas pernas, mas não foi capaz de se levantar. Um dos braços dele cedeu com o peso do próprio corpo. Sua vista voltou a ficar fora de foco.

Eli estava falando, mas ele não conseguia distinguir bem as palavras. Victor ouviu a pistola arranhando o chão ao ser erguida e engatilhada. Algo atingiu suas costas, como um soco de leve, e seu corpo parou de responder. A escuridão se infiltrava pelo canto dos seus olhos, a mesma escuridão que tanto havia desejado quando a intensidade da dor na mesa fora demais para ele.

Uma escuridão profunda.

Ele começou a mergulhar na escuridão enquanto ouvia Eli se mover pela sala, falando ao telefone, algo sobre cuidados médicos. Ele distorcia a voz para parecer em pânico, mas seu rosto, mesmo o borrão que era a sua expressão, estava calmo, controlado. Victor viu os sapatos de Eli se afastarem antes de tudo sumir.

XXVIII

DOIS DIAS ANTES
HOTEL ESQUIRE

Mitch levou Sydney de volta para o quarto e fechou a porta depois que ela entrou. A garota ficou parada de pé no escuro por alguns minutos, atordoada com o eco da dor, com a foto do jornal e com os olhos pálidos de Victor, mortos antes de recobrar a consciência. Estremeceu. Foram dois longos dias. Ela havia passado a noite anterior debaixo de um viaduto, enfiada no canto entre duas paredes de concreto, tentando não ficar na chuva. O inverno se transformara numa primavera fria e úmida. Tinha começado a chover um dia antes de ela ser baleada e ainda não tinha parado.

Sydney enfiou os dedos no bolso do moletom roubado. Continuava com uma sensação estranha na pele. Seu braço inteiro estivera em chamas, era como se uma teia de dor se irradiasse do ferimento à bala, então a energia fora cortada. Foi só assim que Sydney conseguiu descrever a sensação, como se a coisa que a conectava à dor tivesse sido extirpada, deixando apenas um formigamento no lugar. Sydney esfregou a pele, esperando que a sensação voltasse. Não gostava da dormência. Fazia com que se lembrasse do frio, e Sydney odiava sentir frio.

Ela encostou a orelha na porta, em busca de algum sinal de Victor, mas a porta do banheiro continuou fechada, e, por fim, quando sua pele deixou de formigar, Sydney se arrastou de volta para a enorme cama do hotel estranho, se encolheu e tentou dormir. O sono demorou a vir e, num momento de fraqueza, ela desejou que Serena estivesse ali. A irmã se sentaria na beira da cama e faria cafuné no seu cabelo, afirmando que o gesto aquietava os pensamentos. Sydney fecharia os olhos e deixaria tudo ficar em silêncio, primeiro sua mente e então o mundo, enquanto sua irmã a fazia adormecer. Mas Sydney percebeu o que estava fazendo, entrelaçou os dedos no lençol do hotel e lembrou a si mesma que aquela Serena — a que teria feito todas essas coisas — não existia mais. O pensamento era como água gelada e deixou o coração de Sydney em chamas mais uma vez, então ela decidiu não pensar mais em Serena, e, em vez disso, tentou um truque de contar que uma das babás havia lhe ensinado. Nada de contar de modo crescente ou decrescente, só contar um-dois-um-dois enquanto inspirava e expirava. Um-dois. De forma suave e constante, como a batida de um coração, até que no fim o quarto de hotel ficou distante e ela caiu no sono.

E, quando dormiu, sonhou com água.

XXIX

ANO PASSADO

CONDADO DE BRIGHTON

Sydney Clarke morreu num dia frio de março.

Foi pouco antes do almoço, e foi tudo culpa de Serena.

As irmãs Clarke pareciam idênticas, apesar de Serena ser sete anos mais velha e dezessete centímetros mais alta. A semelhança se devia em parte à genética e em parte à adoração de Sydney pela irmã mais velha. Ela se vestia como Serena, agia como Serena, e era, de quase todas as formas, uma versão em miniatura da irmã. Uma sombra, distorcida pela idade em vez de pelo sol. As duas tinham os mesmos olhos azuis e o mesmo cabelo loiro, mas Serena fazia Sydney cortar o dela curto, para que as pessoas não ficassem encarando as duas, tamanha era a semelhança.

Por mais que elas se parecessem, as garotas não tinham nada a ver com os pais — não que eles costumassem estar por perto para proporcionar uma comparação. Serena dizia a Sydney que aqueles dois não eram de fato os pais delas, que elas apareceram na praia dentro de um pequeno bote azul vindo de algum lugar distante ou foram encontradas no vagão da primeira classe de um trem, ou sequestradas por espiões. Quando Sydney questionava a história, Serena apenas insistia que a irmã era nova demais para se lembrar. Sydney tinha quase certeza de que era tudo inventado pela irmã mais velha, mas jamais teve certeza *absoluta*; Serena era uma ótima contadora de histórias. Ela sempre foi convincente (essa era a palavra que a irmã gostava de usar em vez de "mentirosa").

Fora ideia de Serena que elas fossem caminhar até o lago congelado para fazer um piquenique. As duas costumavam fazer isso todo ano, perto do Ano-Novo, quando o lago no centro do condado de Brighton virava um bloco de gelo, mas não tiveram como daquela vez porque Serena estava na faculdade. Assim, foi num final de semana prolongado em março, perto do fim das férias de Serena e poucos dias antes do aniversário de 12 anos de Sydney, que elas, por fim, colocaram o almoço numa cesta e foram para o lago congelado. Serena fez da toalha de piquenique uma capa e entreteve a irmã caçula com sua mais nova história de como as duas receberam o sobrenome Clarke. Tinha a ver com piratas, ou super-heróis, Sydney não estava prestando atenção; estava muito ocupada guardando mentalmente imagens da irmã, imagens às quais se agarraria quando Serena fosse embora outra vez. Elas chegaram ao que Serena considerou uma boa área de lago, então a mais velha tirou a toalha das costas, esticou-a sobre o gelo e começou a descarregar a grande variedade de comida que tinha encontrado na despensa.

No entanto, o problema com março (em vez de janeiro ou fevereiro) era que, apesar de ainda estar bem frio, a camada de gelo começava a ficar menos profunda, irregular. Pequenas porções de calor durante o dia faziam o lago congelado ao lado da casa delas começar a derreter. Era impossível notar a mudança, a não ser que se estivesse em cima do gelo quando ele partisse.

O que aconteceu.

As pequenas rachaduras se formaram silenciosamente sob uma camada de neve enquanto as duas arrumavam o piquenique. Quando chegaram a ouvir o som do gelo rachando, já era tarde demais. Serena tinha acabado de começar a contar outra história quando o gelo cedeu, e as duas mergulharam na escuridão da água semicongelada.

O frio fez Sydney perder o fôlego imediatamente, e, embora Serena a tivesse ensinado a nadar, suas pernas ficaram presas na toalha quando ela caiu. Sua pele e seus olhos ardiam por causa da água gelada. Sydney tentou estender os braços para cima, para alcançar as pernas de Serena, que lutava para chegar à superfície, mas não adiantou. Continuou afundando, e continuou com os braços estendidos, e o único pensamento que ainda lhe ocorria enquanto afundava e ficava cada vez mais longe da irmã era *volta, volta, volta*. Foi então que o mundo começou a congelar ao seu redor, tão frio, até que isso também começou a sumir, deixando apenas a escuridão.

Mais tarde, Sydney descobriu que Serena *tinha* voltado, que ela a havia tirado da água congelante e a colocara sobre o que restava do gelo antes de desabar ao lado da irmã.

Alguém vira os corpos no gelo.

Quando a equipe de resgate chegou, Serena mal respirava, seu coração fazia um esforço homérico com teimosia a cada batida — até, enfim, parar —, e Sydney estava da cor de mármore branco azulado, tão imóvel quanto a irmã. As duas garotas morreram no local, mas, porque estavam tecnicamente congeladas, não puderam ser declaradas mortas imediatamente, então os paramédicos as levaram até o hospital para aquecê-las.

O que aconteceu depois foi um milagre. As irmãs voltaram à vida. Os batimentos recomeçaram, elas respiraram uma vez, depois outra — o que, na verdade, é a essência de estar vivo — e acordaram, se sentaram e falaram. Estavam, para todos os aspectos, vivas.

Havia apenas um problema.

O corpo de Sydney não esquentava. Ela estava se sentindo bem, mais ou menos, porém sua pulsação estava muito lenta e sua temperatura, muito baixa — ouviu dois médicos dizerem que, com aqueles níveis, ela deveria estar em coma —, por isso foi considerada frágil demais para deixar o hospital.

Já Serena era outra questão. Sydney achou que a irmã estava agindo de um jeito estranho, ainda mais temperamental que o normal; entretanto, ninguém — nem médicos e enfermeiras, nem terapeutas, nem mesmo os pais, que haviam interrompido sua viagem quando souberam do acidente — parecia ter notado a mudança. Serena reclamou de dores de cabeça, então lhe deram analgésicos. Ela reclamou do hospital, então a deixaram partir.

Simples assim. Sydney entreouvira os médicos falando da saúde da irmã; no entanto, quando ela se levantou e disse que queria ir embora, simplesmente abriram caminho e a deixaram passar. Serena sempre havia conseguido o que queria, mas não desse jeito. Nunca sem precisar brigar por isso.

— Você vai embora? Assim, do nada? — Sydney estava sentada na cama. Serena estava de pé na porta usando roupas comuns. Segurava uma caixa.

— Eu estou levando falta na faculdade. E odeio hospitais, Syd. Você sabe disso.

É claro que Sydney sabia. Ela também odiava hospitais.

— Mas eu não estou entendendo. Vão deixar você sair?

— É o que parece.

— Então pede para eles me deixarem ir embora também.

Serena ficou ao lado da cama de hospital e passou a mão nos cabelos de Sydney.

— Você precisa ficar mais um pouco.

Sydney perdeu a vontade de lutar e se viu concordando ao mesmo tempo que lágrimas escorriam pelas suas bochechas. Serena as secou com o polegar e disse "Eu não vou sumir". Isso fez Sydney se lembrar de quando estava afundando, do tanto que queria que a irmã *voltasse*.

— Você se lembra — perguntou Sydney — do que estava pensando no lago? Quando o gelo se partiu?

Serena franziu a testa.

— Você quer dizer além de "porra, que frio"? — Sydney quase sorriu. Mas Serena não. Ela afastou a mão do rosto da irmã. — Só me lembro de pensar *não*. Desse jeito, não. — Ela colocou a caixa que estivera segurando na mesa de cabeceira. — Feliz aniversário, Syd.

Então, Serena partiu. E Sydney ficou. Ela pediu para ir embora, mas não permitiram. Ela suplicou, implorou e prometeu que estava bem, mas não permitiram. Era o seu aniversário, e ela não queria passá-lo sozinha num lugar daqueles. Não podia passar o aniversário ali. No entanto, ainda assim, não permitiram.

Seus pais trabalhavam fora, por isso não puderam ficar.

Uma semana, foi o que prometeram a ela. Fique por uma semana.

Sydney não tinha escolha. Ela ficou.

Sydney odiava as noites no hospital.

O andar inteiro ficava silencioso demais, tranquilo demais. Era o único momento em que ela entrava em pânico, um medo irracional de que nunca mais fosse sair dali, de que nunca mais voltaria para casa. Seria esquecida no hospital, vestiria as mesmas roupas claras que todos os outros, iria se misturar a pacientes, enfermeiras e paredes, e sua família estaria no mundo lá fora enquanto ela desapareceria feito uma lembrança, feito uma camisa colorida lavada vezes demais. Como se Serena soubesse exatamente do que ela precisava, a caixa ao lado da cama de Sydney continha um lenço roxo. Era de uma cor mais vibrante que qualquer coisa que tinha em sua maleta.

Ela se agarrou ao lenço, enrolou-o no pescoço, mesmo sem estar com muito frio (bem, de acordo com os médicos, ela estava, mas não *sentia* frio), e começou a passear. Caminhou pela ala do hospital, e adorava quando as enfermeiras repousavam os olhos nela. Elas a viam, mas não a impediam, e isso fazia Sydney se sentir como Serena, capaz de abrir o mar em dois. Depois de percorrer o andar inteiro três vezes, subiu as escadas até o andar de cima. Era de um tom diferente de bege. A mudança era tão sutil que visitantes jamais a perceberiam, mas Sydney havia passado tanto tempo olhando para as paredes do seu andar que seria capaz de distinguir uma lasca de tinta de uma daquelas paredes no meio de dez mil cores e duzentos tons de branco.

As pessoas nesse andar estavam mais doentes. Sydney percebeu pelo cheiro antes mesmo de ouvir a tosse ou ver a maca sendo empurrada de um dos quartos, vazia exceto por um lençol comprido. Tinha um cheiro forte de desinfetante. Alguém gritou de um quarto no fim do corredor, e a enfermeira que empurrava a maca parou, deixou-a no meio do caminho e correu até a porta de onde o som tinha vindo. Sydney a seguiu para descobrir o motivo daquele estardalhaço.

Havia um homem nada feliz no quarto, mas ela não conseguia entender por quê. Sydney ficou parada no corredor e tentou ver alguma coisa, mas fecharam uma cortina no quarto, dividindo-o ao meio e escondendo o sujeito que gritava. Além disso, a maca estava impedindo sua passagem. Ela se inclinou por cima da maca, só um pouco, e estremeceu.

O lençol que ela tocava tinha sido posto ali para cobrir alguma coisa. Um corpo. E, quando encostou no corpo, ele fez um movimento mínimo. Sydney deu um pulo para trás e cobriu a boca para sufocar o grito. Grudada na parede bege, seus olhos foram das enfermeiras no quarto do paciente para o corpo debaixo do lençol na maca. Ele se mexeu uma segunda vez. Sydney cobriu as mãos com as pontas do lenço roxo. Ela se sentia congelada de novo, mas de um jeito diferente. Não era a água do lago. Era medo.

— O que você está fazendo aqui? — perguntou uma enfermeira num tom pouco lisonjeiro.

Sydney não sabia o que dizer, por isso simplesmente apontou. A enfermeira a pegou pelo pulso e começou a levá-la pelo corredor.

— Não — disse Syd, por fim. — *Olha*.

A enfermeira suspirou e olhou para o lençol, que se mexeu mais uma vez.

A enfermeira gritou.

Colocaram Sydney na terapia.

Os médicos disseram que era para ajudá-la a superar o trauma de ter visto um cadáver (embora não tivesse chegado a vê-lo), e Sydney teria protestado, mas, depois da visita sem supervisão ao andar de cima, havia ficado confinada ao próprio quarto e não tinha outro jeito de passar o tempo, por isso acabou aceitando. Entretanto, se absteve de contar que havia tocado o corpo um momento antes de ele voltar à vida.

Eles chamaram a recuperação do sujeito de milagre.

Sydney riu, principalmente porque tinha sido assim que chamaram a recuperação *dela*.

Ficou se perguntando se, por acaso, alguém também havia tocado nela sem querer.

Depois de uma semana, a temperatura corporal de Sydney ainda não tinha subido, mas, sob outros aspectos, ela parecia estável, e os médicos, enfim, concordaram em lhe dar alta no dia seguinte. Naquela noite, Sydney saiu de fininho do quarto do hospital e foi até o necrotério, para ter certeza de que o que tinha acontecido no corredor havia sido mesmo um milagre, um acidente feliz, um golpe de sorte, ou se ela de alguma forma teve algo a ver com aquilo.

Meia hora depois, Sydney saiu correndo do necrotério, completamente enjoada e suja de sangue seco, mas com sua hipótese confirmada.

Sydney Clarke podia ressuscitar os mortos.

XXX

ONTEM

HOTEL ESQUIRE

Sydney acordou na manhã seguinte na cama enorme do hotel estranho e, por um momento, não soube direito onde, quando ou como estava. Porém, conforme piscava para acordar, os detalhes voltaram aos poucos — a chuva, o carro e os dois homens esquisitos, que agora ouvia conversando atrás da porta.

O tom de voz rude de Mitch e o mais baixo e suave de Victor pareciam se infiltrar pelas paredes do quarto. Ela se sentou, rígida e esfomeada, então ajustou as calças grandes no quadril antes de sair para procurar comida.

Os dois homens estavam na cozinha. Mitch servia café e falava com Victor, que, distraído, cobria frases numa revista com um marcador permanente. Mitch ergueu os olhos quando ela entrou.

— Como está o seu braço? — perguntou Victor, ainda cobrindo palavras.

Ela não sentia dor, só uma dormência. Imaginou que fosse obra dele.

— Está bem.

Victor deixou o marcador de lado e jogou um saco de bagels pela bancada para ela. Havia várias sacolas de compras no canto da cozinha. Ele as indicou com a cabeça.

— Eu não sabia o que você comia, então...

— Eu não sou um bichinho de estimação — disse Sydney, contendo um sorriso.

Ela pegou um bagel e jogou o saco de volta pela bancada, onde se chocou com a revista de Victor. Sydney o observou cobrindo as frases do texto e se lembrou da matéria da noite passada e da foto que a acompanhava, o jornal que tentara pegar quando Victor havia acordado. Olhou para o sofá. Não estava mais lá.

— Algum problema?

A pergunta a trouxe de volta ao presente. Victor descansava os cotovelos na bancada, os dedos entrelaçados frouxamente.

— Tinha um jornal ali ontem à noite, com uma foto. Onde está?

Victor franziu a testa, mas pegou a página de jornal que estava debaixo da revista e a ergueu para que ela pudesse ver.

— Esse aqui?

Sydney sentiu um arrepio em algum lugar bem no fundo do seu ser.

— Por que você tem uma foto dele? — perguntou ela, apontando para a foto granulada do civil ao lado do bloco de texto quase todo coberto de preto.

Victor deu a volta na bancada a passos lentos e comedidos e segurou o artigo entre eles, a poucos centímetros do rosto de Sydney.

— Você conhece esse sujeito? — perguntou ele, com os olhos subitamente atentos. Sydney fez que sim. — Como?

Sydney engoliu em seco.

— Foi ele que atirou em mim.

Victor se inclinou até seu rosto ficar bem próximo do dela.

— Me conta o que aconteceu.

XXXI

ANO PASSADO

CONDADO DE BRIGHTON

Sydney falou para Serena do incidente no necrotério, e Serena riu.

Não foi uma risada feliz, no entanto; nem uma risada leve. Sydney achou que não foi nem uma risada do tipo ai-meu-deus-minha-irmã-sofreu-algum--dano-cerebral-ou-está-delirando-por-causa-do-afogamento. Havia algo contido naquela risada, o que deixou Sydney nervosa.

Então Serena pediu a ela num tom de voz bem calmo e suave (algo que imediatamente devia ter soado estranho para Sydney, pois Serena jamais fora uma pessoa tranquila) que não contasse a *mais ninguém* sobre o necrotério, o corpo no corredor ou qualquer coisa relacionada à ressureição de cadáveres, e, para a surpresa da própria Sydney, ela não contou. Daquele momento em diante, não sentiu a menor vontade de partilhar a estranha novidade com ninguém além de Serena, que, por sua vez, parecia não querer saber daquilo.

Com isso, Sydney fez a única coisa que podia: voltou para a escola e tentou não tocar em nada morto. Ela conseguiu manter a promessa até o fim do ano letivo. E até o fim das férias escolares... embora Serena tenha de alguma forma convencido a faculdade a deixá-la fazer uma viagem a Amsterdã em troca de créditos e não tenha voltado para casa, o que deixou Sydney com tanta raiva ao descobrir que quase quis contar a todo mundo o que era capaz de fazer, só para desobedecer à irmã. No entanto, não contou. Serena parecia ligar sempre pouco antes de Sydney perder a paciência. Elas não falavam de nada específico, apenas preenchiam as lacunas com como-você-está e como-vão-os-nossos-pais e como-está-a-escola e Sydney se agarrava ao som da voz da irmã, apesar de as palavras serem vazias. E então, quando sentia que a conversa ia terminar, ela pedia a Serena que voltasse para casa e Serena dizia que "não, ainda não" e Sydney se sentia perdida, sozinha, até que a irmã dizia "eu não vou sumir, eu não vou sumir", e Sydney se sentia um pouco melhor.

Porém, embora acreditasse nas palavras da irmã com uma fé inabalável, isso não significava que ficava feliz em ouvi-las. O coração lento de Sydney começou a se entristecer durante o outono, então o Natal chegou e Serena não veio. Por algum motivo, seus pais — que sempre foram inflexíveis a respeito de uma coisa, que era passar o Natal juntos, como se um feriado bem representado compensasse os outros trezentos e sessenta e quatro dias — pareceram não se importar. Eles mal notaram a falta de Serena. Entretanto, Sydney notou, e isso fez com que ela se sentisse como vidro rachado.

Por isso não foi à toa que, quando Serena, por fim, ligou e a convidou para visitá-la, Sydney quebrou.

— Vem ficar comigo — chamou Serena. — Vai ser divertido!

Serena havia evitado a irmã caçula por quase um ano. Sydney mantivera o cabelo curto, por algum sentimento vago de respeito, ou talvez por nostalgia, mas *não* estava feliz. Nem com a irmã mais velha nem com o batimento anormal no seu peito ao ouvir a proposta dela. Sydney se odiava por ainda venerar Serena.

— Eu tenho aula — retrucou.

— Vem nas férias — insistiu Serena. — Você pode vir e ficar até o seu aniversário. Mamãe e papai não sabem dar uma festa mesmo. Era eu que sempre planejava tudo. E você sabe como eu dou os melhores presentes.

Sydney estremeceu ao se lembrar de como havia passado o último aniversário. Como se lesse a sua mente, Serena disse:

— É mais quente aqui em Merit. A gente vai ficar sentada na varanda e relaxar. Vai ser bom para você.

A voz de Serena soava doce demais. Sydney devia ter imaginado. Ela aprenderia uma lição para toda a vida, mas, naquele momento, não fazia ideia. Justamente quando era importante.

— Tá bom — disse Sydney por fim, tentando esconder a empolgação. — Eu gostaria de ir.

— Que ótimo! — Serena parecia tão feliz. Sydney conseguia ouvir o sorriso na voz da irmã, e isso a fez sorrir também. — Eu quero que você conheça uma pessoa quando estiver aqui — acrescentou Serena, como se tivesse acabado de se lembrar.

— Quem? — perguntou Sydney.

— É só um amigo.

XXXII

ALGUNS DIAS ANTES

UNIVERSIDADE DE MERIT

Serena abraçou a irmã caçula.

— Olha só para você! — disse ela, puxando a irmã para dentro. — Você está crescendo.

Sydney não tinha crescido nada, na verdade. Menos de dois centímetros no ano desde o acidente. E não era só a altura. As unhas, o cabelo, tudo nela parecia se arrastar. Lentamente. Como gelo derretendo.

Quando Serena mencionou de brincadeira o cabelo ainda curto da irmã, Sydney fingiu que tinha acabado gostando do corte, insinuando que não tinha mais nada a ver com a irmã mais velha. Ainda assim, ela a abraçou, e, quando Serena fez o mesmo, Sydney sentiu como se fios arrebentados, milhares deles, estivessem costurando as duas de volta, unindo-as mais uma vez. Algo nela começou a derreter. Até que um homem pigarreou.

— Ah, Sydney — disse a irmã, se afastando —, eu quero que você conheça o Eli.

Serena sorriu ao dizer o nome dele. Um rapaz, com idade para ser aluno da faculdade, estava sentado numa poltrona do apartamento de Serena — do tipo que costumava ser reservado para veteranos. Ele se levantou ao ser mencionado e se aproximou. Era bonito, tinha ombros largos, um aperto de mão firme e olhos castanhos, tão animados que pareciam brilhar, quase embriagados. Sydney achou difícil não olhar para ele.

— Oi, Eli — cumprimentou ela.

— Ouvi muito a seu respeito — disse ele.

Sydney não disse nada, porque Serena nunca tinha mencionado Eli até aquela ligação, e mesmo então só o chamara de "um amigo". A julgar pela maneira como eles olhavam um para o outro, não era bem isso.

— Vem — chamou Serena. — Guarda as suas coisas para a gente poder se conhecer melhor.

Ao perceber que Sydney hesitou, Serena tirou a mochila dos ombros da irmã e saiu da sala, deixando-a sozinha com Eli por um momento. Sydney se perguntou por que se sentia como uma ovelha na toca de um lobo. Havia algo de perigoso em Eli, no seu sorriso calmo e no modo preguiçoso como se movia. Ele se recostou no braço da poltrona onde estivera sentado.

— Então — perguntou ele —, você está no oitavo ano?

Sydney fez que sim.

— E você, está no segundo ano? — perguntou ela. — Igual Serena?

Eli riu sem emitir nenhum som.

— Eu estou prestes a me formar, para falar a verdade.

— Vocês dois estão namorando faz quanto tempo?

O sorriso de Eli ficou menos intenso.

— Você gosta de fazer perguntas.

Sydney franziu a testa.

— Isso não é uma resposta.

Serena voltou para a sala trazendo um copo de refrigerante para Sydney.

— Vocês estão se dando bem?

E, no mesmo instante, o sorriso voltou ao rosto de Eli, largo o bastante para Sydney se perguntar quanto tempo levaria até que as bochechas dele começassem a doer. Sydney pegou o copo e Serena foi até Eli e se recostou nele, como se declarasse uma aliança. Sydney tomou um gole de refrigerante e ficou observando quando ele deu um beijo no cabelo da irmã, o braço envolvendo os ombros dela.

— Então — disse Serena, analisando a irmã caçula —, Eli quer ver o seu truque.

Sydney quase engasgou com a bebida.

— Eu... Eu não...

— Vamos lá, Syd — insistiu Serena. — Pode confiar nele.

Ela se sentiu como Alice no País das Maravilhas. Como se o refrigerante devesse ter uma etiqueta onde se lia "beba-me" e agora a sala estivesse encolhendo, ou ela estivesse crescendo, ou, de qualquer maneira, não houvesse espaço suficiente. Nem ar. Ou tinha sido o bolo que fizera Alice crescer? Ela não sabia...

Deu um passo para trás.

— O que foi, mana? Você estava toda ansiosa para mostrar para *mim*.

— Você me disse para não...

Serena franziu a testa.

— Bem, agora eu estou dizendo para você fazer. — Ela se afastou de Eli e foi até Sydney, envolvendo-a num abraço. — Não se preocupa, Syd — sussurrou ela ao seu ouvido. — Ele é igual a nós.

— *Nós?* — sussurrou Sydney em resposta.

— Eu não te contei? — perguntou Serena com a voz suave. — Eu também tenho um truque.

Sydney se afastou.

— O quê? Quando? Qual é?

Ela se perguntou se era aquela coisa contida na risada de Serena na noite em que havia contado à irmã sobre ressuscitar os mortos. Um segredo. Mas por que a irmã não tinha lhe contado? Por que esperar até agora?

— Na-na-ni-na-não — disse Serena, fazendo que não com o dedo. — A gente faz uma troca. Você mostra o seu, a gente mostra o nosso.

Por um bom tempo, Sydney não sabia se fugia ou se ficava exultante por não ser a única. Por ela e Serena... e Eli... terem algo em comum. Serena tomou o rosto de Sydney nas mãos.

— Você nos mostra o seu — disse ela mais uma vez, falando devagar, com voz suave.

Sydney se viu respirando fundo e assentindo.

— Tá bom. Mas a gente precisa encontrar um corpo.

Eli segurou a porta do carona para ela entrar.

— Você primeiro.

— Aonde a gente vai? — perguntou Sydney enquanto entrava no carro.

— Passear de carro — respondeu Serena.

Ela se sentou ao volante e Eli foi no banco de trás, logo atrás de Sydney. Ela não gostou nada disso; não gostava da ideia de ele poder vê-la sem que ela pudesse vê-lo. Serena perguntou distraidamente sobre o condado de Brighton enquanto os prédios da universidade davam lugar a construções menores e mais esparsas.

— Por que você não foi para casa? — perguntou Sydney baixinho. — Eu senti a sua falta. Eu precisava de você e você prometeu que não ia sumir, mas...

— Não fica remoendo o passado — disse Serena. — O que importa é que eu estou aqui agora, e você também.

As construções deram lugar a campos.

— E a gente vai se divertir muito — comentou Eli do banco de trás. Sydney estremeceu. — Não é verdade, Serena?

Sydney olhou de relance para a irmã e ficou surpresa ao ver uma sombra atravessar o rosto de Serena quando seu olhar encontrou o de Eli no espelho retrovisor.

— É, sim — disse ela, por fim.

Quando o carro parou, eles estavam no limite entre uma floresta e um campo. Eli desceu primeiro do carro e mostrou o caminho pelo campo, a grama chegando aos seus joelhos. Por fim, ele parou e olhou para baixo.

— Chegamos.

Sydney seguiu seu olhar e ficou de estômago embrulhado.

Ali, no meio da grama, havia um cadáver.

— Não é muito fácil arranjar um corpo — explicou Eli com naturalidade. — É preciso ir ao necrotério, ou ao cemitério, ou fazer um sozinho.

— Por favor, não me diga que você...

Eli riu.

— Não seja boba, Syd.

— Eli faz estágio num hospital — explicou Serena. — Ele roubou um corpo do necrotério.

Sydney engoliu em seco. O corpo estava vestido. Cadáveres não deveriam estar sem roupa?

— Mas o que o corpo está fazendo aqui fora? — questionou Sydney. — Por que a gente não foi para o necrotério?

— *Sydney* — chamou Eli. Ela não gostava nem um pouco de como ele ficava dizendo o seu nome. Como se os dois fossem próximos. — Tem *pessoas* no necrotério. E nem todas estão mortas.

— É, bem, a gente não precisava viajar meia hora de carro — retrucou ela. — Não tem nenhum campo ou terreno baldio perto da universidade? Por que a gente está tão longe...

— Sydney. — A voz de Serena cortou o ar gélido de março. — Para de reclamar.

E ela parou. A queixa morreu em sua garganta. Sydney esfregou os olhos e sua mão saiu manchada de preto da maquiagem que havia colocado no táxi enquanto ia para a Universidade de Merit. Queria impressionar Serena parecendo mais madura. Agora, porém, não se sentia madura. Agora, não havia nada que ela quisesse mais do que ficar toda encolhida ou desaparecer. Em vez disso, ficou ali de pé, imóvel, e olhou para o cadáver de um homem de meia-idade, pensando na última vez em que estivera com um corpo (o hamster morto na escola não contava porque ninguém nem sabia que ele tinha morrido e ele era pequeno e peludo e não tinha os olhos de um ser humano). A lembrança do necrotério, da pele fria e morta na ponta dos seus dedos. Sentiu um arrepio como se tivesse tomado um enorme gole de água gelada, tão enorme que o tremor desceu até o seu dedão do pé. Fora mais difícil fazê-los voltar a ficar mortos. Ela havia entrado em pânico. A mulher no necrotério tentara se levantar da mesa. Sydney não tinha pensado no que fazer em seguida, então pegou a arma mais próxima que pôde encontrar —

um bisturi, parte de um kit de necropsia — e enterrou no peito da mulher. Ela havia cambaleado e caído de volta na mesa de metal. Pelo que parecia, ressuscitar os mortos não significava que não pudessem ser mortos outra vez.

— Bem? — disse Eli, apontando para o corpo como se oferecesse um presente a Sydney e ela estivesse sendo mal-agradecida.

Ela olhou para a irmã em busca de respostas, de ajuda, mas em algum ponto do caminho entre o carro e o corpo Serena tinha mudado. Ela parecia tensa, a testa franzida de um jeito que sempre tentava evitar porque dizia que não queria ter rugas. E evitava o olhar da irmã. Sydney se virou para o corpo e se ajoelhou devagarinho ao lado dele.

Sydney não encarava o que fazia como reanimar os mortos. Eles não eram zumbis, até onde sabia — não convivera por muito tempo com suas cobaias, exceto pelo hamster, mas não tinha muita noção de qual seria a diferença de comportamento entre um hamster zumbi e um normal — e não importava do que tinham morrido. Parecia que o homem debaixo do lençol no hospital sofrera um infarto. A mulher no necrotério já havia tido os órgãos removidos. No entanto, quando Sydney os tocou, eles não somente voltaram, mas *ressuscitaram*. Estavam bem. Vivos. Humanos. E, como descobriu no necrotério, tão suscetíveis à mortalidade quanto antes, apenas não da forma que os havia matado. Aquilo deixara Sydney perplexa, até que ela se lembrou do dia no lago congelado, quando a água gelada a engolfara e ela havia tentado se segurar na perna de Serena, mas não conseguira por pouco, lenta demais para alcançá-la — *volta, volta* —, e do quanto havia desejado ter uma segunda chance.

Era isto que Sydney dava a essas pessoas: uma segunda chance.

Seus dedos pairaram sobre o peito do homem morto por um momento, enquanto ela se perguntava se ele *merecia* uma segunda chance, então se repreendeu. Quem era ela para julgar ou decidir ou conceder ou negar? Era capaz de fazer isso, mas será que deveria?

— Quando quiser — disse Eli.

Sydney engoliu em seco e se forçou a baixar os dedos na pele do homem morto. A princípio, nada aconteceu, e o pânico tomou conta dela ao pensar que afinal tinha a oportunidade de mostrar o truque a Serena e talvez não conseguisse fazê-lo. Porém, o pânico logo se desfez quando, pouco depois, o arrepio congelante inundou suas veias e o homem debaixo dela estremeceu. Seus olhos se abriram e ele se sentou; tudo tão rápido que Sydney caiu para trás na grama. O homem que estivera morto olhou ao redor, confuso e com raiva, antes que seus olhos se fixassem em Eli e seu rosto se contorcesse de raiva.

— Que merda é...

O tiro zumbiu nos ouvidos de Sydney. O homem caiu de volta na grama, com um pequeno túnel vermelho entre os olhos. Morto de novo. Eli baixou a arma.

— Isso foi impressionante, Sydney — comentou ele. — É um dom bastante peculiar.

O humor, junto com aquela animação fingida e o sorriso falso, desapareceu por completo. De certa forma, Eli não era mais tão assustador, pois desde o começo ela havia enxergado o monstro em seus olhos. Agora ele finalmente tinha se revelado. Mas a pistola e o modo como a segurava faziam com que ele ainda fosse assustador o suficiente.

Sydney se levantou. Ela adoraria que ele largasse a arma. Serena tinha se afastado vários metros e estava mexendo num pedaço de grama congelada com o pé.

— Hum, obrigada? — disse Sydney, titubeando. Seus pés deslizaram para trás na grama sem que ela quisesse. — Você vai me mostrar o seu truque agora?

Ele quase riu.

— Acho que o meu truque não é tão performático. — Então ergueu a pistola e a apontou para ela.

Naquele momento, Sydney não ficou surpresa nem amedrontada. Foi a primeira atitude de Eli que lhe pareceu *fazer sentido*. Era um ato genuíno. Apropriado. Ela não tinha medo de morrer, pelo menos achava que não. Afinal, já tinha morrido uma vez. Mas isso não queria dizer que estivesse pronta. Tristeza e confusão se contorceram dentro de Sydney, não por causa dele, mas por causa da irmã.

— Serena? — chamou Sydney baixinho, como se talvez ela não tivesse notado que o novo namorado estava apontando uma arma para a irmã caçula. Serena, contudo, tinha voltado as costas para ela, com os braços cruzados firmemente.

— Eu quero que você saiba — disse Eli, apertando mais a pistola — que essa é a minha trágica missão. Eu não tenho escolha.

— Tem, sim — sussurrou Sydney.

— O seu poder é errado e faz de você um perigo para a...

— Não sou eu que estou segurando uma arma.

— Não — disse Eli —, mas a sua arma é pior. Seu poder é *antinatural*. Você entende, Sydney? Ele vai contra a natureza. Contra Deus. E isso — disse ele, mirando nela — é por um bem maior.

— Espera! — pediu Serena, e se virou de repente. — Talvez a gente não precise...

Tarde demais.

Foi rápido.

O choque e a dor atingiram Sydney numa explosão.

A voz de Serena havia lhe dado um segundo, uma fração de segundo, e, assim que viu os dedos de Eli apertarem o gatilho, Sydney já tinha se esquivado e corria para alcançar um galho quando a pistola disparou. Conseguiu pegá-lo e atacou Eli antes mesmo de sentir o sangue escorrendo pelo braço. O galho jogou a pistola no chão, e Sydney se virou e correu para salvar sua vida. Ela alcançou a floresta antes de os tiros recomeçarem. Enquanto tropeçava no meio das árvores, pensou ter ouvido a irmã gritando o seu nome, mas dessa vez sabia que era melhor não olhar para trás.

XXXIII

ONTEM

HOTEL ESQUIRE

Victor não se mexeu enquanto ouvia a história de Sydney.

— É isso? — perguntou ele depois que Sydney terminou, embora sentisse que havia mais; que, quando o relato deixara os lábios dela, não estava completo.

Havia percebido que a menina hesitara enquanto falava para excluir a natureza específica do seu poder. No fim, ela só tinha admitido que *possuía* uma habilidade e que o novo namorado da irmã, Eli, exigira uma demonstração antes de tentar executá-la por isso — "executar", Sydney havia usado essa palavra —, mas nada além disso. *Executando os* EOs, a mente de Victor girava. O que Eli estava tramando? Será que ele matou outros? Só pode. Como aquela história no banco com Barry Lynch se encaixava no todo? Será que ele tinha forjado uma cena para matar o sujeito na frente de todo mundo?

Um herói? Victor agora desdenhava da palavra. Foi assim que o jornal tão prontamente chamara Eli. E, por um momento, Victor havia acreditado na manchete. Estivera disposto a bancar o vilão quando pensara que Eli fosse um herói *de verdade*; agora que a vida do velho amigo tinha tomado um rumo muito mais sombrio, Victor apreciaria o papel de opositor, adversário, inimigo.

— É só isso — mentiu Sydney, e Victor não ficou com raiva.

Não sentiu necessidade de machucá-la, de arrancar toda a verdade dela — não podia culpá-la pela hesitação, já que, afinal, a menina quase tinha morrido na última vez em que revelara seus poderes a alguém —, porque, mesmo sem ter contado tudo, ela havia lhe dado uma informação vital. Eli estava *logo ali*. Em Merit. Ou no mínimo estivera menos de dois dias atrás. Victor descansou os cotovelos na bancada e analisou a garotinha que havia cruzado seu caminho.

Jamais havia acreditado em destino. Esse tipo de coisa chegava perto demais da ideia de uma divindade para o gosto de Victor, perto demais dessa história de poderes superiores e da renúncia ao livre-arbítrio. Não, ele escolhia ver o mundo em termos de probabilidade, reconhecendo o papel do acaso enquanto assumia o controle sempre que possível. No entanto, mesmo Victor precisava admitir que, se algo como o Destino existisse, ele lhe era favorável. O jornal, a garota, a cidade. Se tivesse uma fração mínima do zelo religioso de Eli, poderia acreditar que Deus o estava enviando por um caminho, numa missão. Victor não estava disposto a chegar ao extremo de acreditar nisso, mas gostava da demonstração de apoio.

— Sydney... — Ele tentou reprimir a empolgação, incutindo na voz uma tranquilidade que não sentia. — A universidade da sua irmã, qual é o nome dela?

— Universidade de Merit. Do outro lado da cidade. É enorme.

— E o alojamento onde a sua irmã estava morando? Você lembra como é que faz para chegar lá?

Sydney hesitou, mexendo no bagel que ainda estava em seu colo.

Victor agarrou a bancada.

— Isso é importante.

Como Sydney não se mexeu, Victor a pegou pelo braço e fechou os dedos sobre o local em que fora baleada. Ele tinha tirado a dor dela, mas queria que Sydney se lembrasse tanto do que Eli havia feito quanto do que *ele* poderia fazer. A menina ficou paralisada sob o seu toque enquanto Victor baixava o colarinho da camisa com a mão livre, permitindo que ela visse uma das três cicatrizes feitas pela pistola de Eli.

155

— Ele já tentou matar nós dois. — Victor largou o braço dela e o colarinho da camisa. — E nós conseguimos escapar. Quantos EOs não tiveram a mesma sorte? E, se não o detivermos, quantos mais *não* vão ter?

Os olhos azuis de Sydney estavam arregalados, sem piscar.

— Você lembra onde a sua irmã mora?

Mitch falou pela primeira vez.

— A gente não vai deixar Eli te machucar de novo — avisou ele por cima do copo de achocolatado. — Só para constar.

Victor tinha aberto o laptop de Mitch e encontrado um mapa da universidade. Ele virou a tela para ela.

— Você lembra?

Depois de um longo tempo, Sydney assentiu.

— Eu sei chegar lá.

Sydney não conseguia parar de tremer.

Não tinha nada a ver com a manhã fria de março, e sim com o medo. Sentada no banco do carona, ela indicava o caminho. Mitch dirigia. Victor estava sentado no banco de trás e, distraído, brincava com algo afiado. Para Sydney, que tinha olhado de relance para trás uma ou duas vezes, parecia uma faca elegante com uma lâmina que podia ser retraída. Ela se virou para a frente e abraçou os joelhos enquanto as ruas ficavam para trás. As mesmas ruas que passaram pela janela do táxi poucos dias antes enquanto ela ia encontrar Serena. As mesmas ruas que passaram pela janela do carro da irmã enquanto ela os levava para o campo.

— Vira para a direita — indicou Sydney, concentrando-se para impedir que os dentes ficassem batendo.

No banco de trás, Victor brincava com a faca. Sydney se lembrou de como havia odiado a sensação de ter Eli atrás dela, do peso do olhar dele nas costas do seu banco, pairando sobre ela. Mas agora não se importava de Victor estar ali.

— Aqui — avisou.

O carro diminuiu a velocidade e parou perto da calçada. Sydney olhou pela janela para os prédios residenciais que dominavam a parte leste do campus. Tudo estava igual, e isso lhe pareceu errado, como se o mundo devesse ter registrado os acontecimentos dos últimos dias, devesse ter mudado da mesma maneira que *ela* havia mudado. Quando uma brisa fria soprou em seu rosto, Sydney piscou e logo percebeu que Victor segurava a porta do carro aberta para ela. Mitch estava parado no caminho para o apartamento, chutando um pedaço solto de concreto.

— Você vem? — perguntou Victor.

Ela não conseguia forçar os pés a se moverem.

— Sydney, olha para mim. — Ele descansou as mãos no teto do carro e se inclinou. — Ninguém vai te machucar. Você sabe por quê? — Ela balançou negativamente a cabeça e Victor sorriu. — Porque eu vou machucá-los primeiro.

Ele segurou a porta bem aberta para ela.

— Agora sai daí.

E Sydney saiu.

Era uma visão peculiar o trio que batia à porta do apartamento 3A: Mitch, alto e tatuado; Victor, vestido de preto da cabeça aos pés — parecendo não um ladrão, mas um parisiense, arrumado e elegante; e Sydney, no meio dos dois, de legging azul e um casaco comprido e vermelho. As roupas surgiram pela manhã e ainda estavam mornas da secadora. Até cabiam melhor nela, que gostou especialmente do casaco.

Depois de passar muito tempo batendo educadamente, Mitch tirou um jogo de ferramentas do bolso do casaco. Estava ocupado dizendo alguma coisa sobre como era fácil abrir fechaduras de faculdades, o que fez Sydney se perguntar como era a vida dele antes da prisão, quando a porta foi aberta.

Uma garota num pijama rosa e verde olhou para eles e sua expressão confirmou quão esquisito era aquele trio.

A garota, no entanto, não era Serena. Sydney ficou decepcionada.

— Vocês estão vendendo biscoitos? — perguntou ela. Mitch riu.

— Você conhece Serena Clarke? — perguntou Victor.

— Sim, claro — respondeu a garota. — Ela deixou o apartamento para mim, tipo, ontem. Disse que não precisava mais dele, e a minha colega de quarto estava me deixando maluca, então Serena me disse para ficar com esse até o fim do ano. Eu já vou me formar de qualquer jeito, graças a *Deus*, não aguento mais essa merda de faculdade.

Sydney pigarreou.

— Você sabe para onde ela foi?

— Deve ter ido ficar com aquele namorado dela. Ele é gato, mas bem babaca, pra ser sincera. É um daqueles caras grudentos que não desgrudam da namorada...

— Você sabe onde *ele* mora? — perguntou Victor.

A garota de pijama rosa e verde balançou a cabeça e deu de ombros.

— Não. Ela tem andado muito estranha desde que eles dois começaram a namorar, no outono. Eu quase não vejo a Serena mais. E a gente era inseparável! Inseparável do tipo de passar noites vendo filme e comendo chocolate quando estava na TPM. E aí ele apareceu e *bum*, é Eli pra cá, Eli pra lá...

Sydney e Victor ficaram tensos ao ouvir esse nome.

— Então você não faz a menor ideia — interrompeu Victor — de onde a gente pode encontrar os dois?

Ela deu de ombros outra vez.

— Merit é uma cidade grande, mas eu vi Serena na aula ontem, foi quando ela me deu as chaves. Ou seja, ela não pode ter ido muito longe. — Os olhos dela vagaram entre eles e pareceram parar em Sydney. — Você se parece muito com a Serena. É a irmã caçula? Shelly?

Sydney abriu a boca, mas Victor já a estava virando para sair dali.

— A gente é só amigo — declarou ele, conduzindo-a pelo corredor. Mitch os seguiu.

— Bem, se você encontrar os dois — chamou a garota —, agradece a Serena pelo apartamento. Ah, e diz pro Eli que ele é um babaca.

— Pode deixar — gritou Victor enquanto os três voltavam para o carro.

— Não tem jeito — sussurrou Sydney ao se jogar no sofá.

— Ei, calma lá — disse Mitch. — Até essa semana, Eli poderia estar em qualquer lugar do mundo. Agora, por sua causa, nós limitamos a busca para uma cidade.

— Se é que ele ainda está aqui — retrucou Sydney.

Victor andava de um lado para o outro em frente ao sofá.

— Ele está, sim.

Era um incômodo profundo. Tão perto. Queria tanto sair pelas ruas e gritar o nome do velho amigo até ele aparecer. Seria tão fácil. Rápido, eficiente... e tolo. Victor precisava encontrar um jeito de atraí-lo sem se revelar. Estava quase alcançando Eli, mas queria estar um passo à frente antes que ele percebesse sua presença. Tinha que encontrar um jeito de fazer com que Eli viesse até *ele*.

— E agora? — perguntou Mitch.

Victor ergueu o olhar.

— Sydney não foi o primeiro alvo. Aposto que ela não vai ser o último. Você pode fazer uma busca para mim?

Mitch estalou os enormes dedos.

— De que tipo?

— Eu quero encontrar EOs em potencial. Saber se ele já matou outros. E se existe alguém que ele ainda não encontrou.

— Preocupado com a segurança deles? — perguntou Mitch.

Victor estivera pensando mais em usá-los como isca, porém não disse isso — não na frente de Sydney.

— Restrinja a busca até o ano passado, dentro do estado, e procure por algum indicativo — sugeriu ele, tentando evocar a tese de Eli. Ele já havia tagarelado sobre marcadores uma vez ou outra, em meio a conversas sobre outros assuntos. — Procure fichas criminais, avaliações de trabalho, históricos escolares e médicos. Procure por qualquer sinal de uma experiência de quase morte, que deve estar classificado como trauma: instabilidade psicológica como consequência, comportamento estranho, pedido de licença, discre-

pâncias em históricos de psiquiatras, dúvidas nos relatos feitos por policias...
— Ele voltou a andar de um lado para o outro. — E, aproveitando, arranje o histórico escolar de Serena Clarke, a grade horária. Se Eli estiver ligado a ela de alguma maneira, pode ser mais fácil encontrar a garota do que ele.

— Esses dados não são confidenciais? — perguntou Sydney.

Mitch deu um sorriso largo e abriu o laptop, colocando-o sobre a bancada.

— Mitchell — disse Victor —, conta para Sydney por que você foi preso.

— Eu sou hacker — anunciou ele, animado.

Sydney riu.

— Sério mesmo? E eu achava que você era o tipo de cara que teria espancado alguém até a morte usando o próprio braço da pessoa.

— Eu sempre fui grandalhão — disse Mitch. — Não é culpa minha.

Ele estalou os dedos de novo. Suas mãos eram maiores que o teclado.

— E as tatuagens?

— Para combinar com o personagem.

— Victor não combina com o personagem.

— Depende de qual personagem você estiver representando. Ele disfarça muito bem.

Victor não estava ouvindo. Ainda andava para cima e para baixo.

Eli estava perto. Na cidade. Ou estivera. Do que será que a irmã de Sydney era capaz para que ele a considerasse tão valiosa? Se Eli estava executando EOS, por que poupou Serena? De todo modo, Victor ficava contente com isso. Serena tinha dado a ele um motivo para permanecer em Merit, e ele precisava que Eli estivesse preso a algum lugar. Os dedos grandes de Mitch corriam feito um borrão pelo teclado. Janela após janela era aberta na tela preta e elegante. Victor não conseguia parar de andar feito uma barata tonta. Sabia que a busca levaria tempo, mas o ar zumbia e ele não conseguia forçar os pés a parar, não conseguia encontrar imobilidade, paz, não agora que Eli, enfim, estava ao seu alcance. Ele precisava de liberdade.

Precisava sair.

XXXIV

ONTEM

CENTRO DE MERIT

Sydney o seguiu pelas ruas.

Victor não ouvira os passos dela por um quarteirão inteiro, mas, quando por fim olhou para trás e a viu, Sydney exibiu uma expressão cautelosa, quase com medo, como se tivesse sido pega infringindo uma regra. Ela estremeceu, e ele apontou para um café ali perto.

— Quer beber alguma coisa?

— Você acha mesmo que a gente vai encontrar o Eli? — perguntou Sydney muitos minutos mais tarde, enquanto eles desciam para a calçada, Victor segurando um copo de café e ela, um de chocolate quente.

— Acho, sim.

Mas não elaborou a resposta. Depois de um longo tempo com Sydney inquieta ao seu lado, ficou evidente que ela queria continuar a conversa.

— E os seus pais? — perguntou Victor. — Eles não vão perceber que você sumiu?

— Eu ia passar a semana com Serena — explicou ela, soprando a bebida. — Além do mais, eles viajam muito. — Sydney olhou de relance para ele e em seguida fixou o olhar no copo descartável. — Quando eu estava no hospital ano passado, eles simplesmente me deixaram lá. Eles precisavam *trabalhar*. Eles estão sempre trabalhando. Passam quarenta semanas por ano viajando. Eu costumava ter uma babá, mas ela foi demitida porque *quebrou um vaso*. Tiveram tempo de trocar o vaso, porque parece que era uma peça importantíssima da casa, mas estavam ocupados demais para achar uma nova babá, então me disseram que eu não precisava de ninguém, que ficar sozinha seria um bom treino para a vida.

As palavras saíram da sua boca de uma só vez, e ela pareceu ficar sem fôlego quando terminou de falar. Victor não disse nada, apenas deixou Sydney se acalmar e, passados alguns minutos, ela acrescentou, mais tranquila:

— Acho que os meus pais não vão ser um problema agora.

Victor entendia muito bem como era ter pais assim, então deixou o assunto pra lá. Ou pelo menos tentou. No entanto, assim que cruzaram a esquina, depararam com uma livraria. Na vitrine principal havia um cartaz enorme anunciando o novo livro do dr. e da dra. Vale, em promoção naquele verão.

Victor estremeceu. Ele não falava com os pais havia quase oito anos. Parece que ter um filho condenado — ao menos um que não demonstrava a menor inclinação para ser reabilitado, muito menos com o "método Vale" — não ajudava muito a venda dos livros. Victor havia comentado que tampouco *prejudicava* as vendas, que eles poderiam explorar aquele segmento de mercado — leitores com curiosidade mórbida —, mas seus pais não pareceram gostar muito da ideia. Victor não havia ficado lá muito angustiado com esse desentendimento; porém, fora poupado das vitrines por quase uma década. Ele tinha que dar crédito aos pais por enviarem vários livros a ele durante o isolamento, algo que apreciara, racionando a destruição para que durassem o máximo possível. Quando enfim foi integrado, descobriu que a biblioteca da penitenciária, como era de esperar, tinha a coleção completa dos livros de autoajuda dos Vales, e ele os corrigira do seu modo particular até o pessoal de Wrighton descobrir e lhe negar acesso à biblioteca.

Victor entrou na livraria, com Sydney logo atrás, e comprou um exemplar do livro mais recente, chamado *Liberte-se*, com o subtítulo *Da prisão do seu descontentamento*. Parecia uma indireta bem óbvia. Victor também comprou um punhado de marcadores permanentes do expositor ao lado do caixa e perguntou a Sydney se queria alguma coisa, mas ela fez que não com a cabeça e segurou firme o copo de chocolate quente. De volta lá fora, Victor analisou a vitrine, mas achou que as canetas não eram grossas o bastante e, além do mais, não tinha a menor intenção de ser preso logo por vandalismo, então teve que deixar a vitrine intocada. Era uma pena, pensou, enquanto seguiam pela calçada. Havia um trecho do livro ampliado e colado no vidro, e, numa passagem cheia de frases de efeito forçadas — a preferida dele era "das ruínas das prisões que nós mesmos construímos..." —, tinha visto a oportunidade perfeita para criar uma frase simples mas eficaz: "Trazemos... ruínas... a... tudo... que tocamos."

Ele e Sydney continuaram a caminhada. Ele não deu nenhuma explicação a respeito do livro, e ela não fez nenhuma pergunta. O ar fresco estava agradável, e o café era infinitamente melhor que qualquer coisa que poderia conseguir na prisão mesmo com suborno ou dor. Sydney soprava o chocolate quente, distraída, com os dedinhos segurando firme o copo para se esquentar.

— Por que ele tentou me matar? — perguntou ela baixinho.

— Ainda não sei.

— Depois que eu mostrei o meu poder, e quando Eli estava prestes a me matar, ele chamou aquilo de trágica missão. Disse que não tinha escolha. Por que ele iria querer matar EOS? Ele me disse que também era um de nós.

— Ele é um ExtraOrdinário, sim.

— Qual é o poder dele?

— Hipocrisia — respondeu Victor. Entretanto, como Sydney pareceu confusa, acrescentou: — Ele é capaz de se curar. É uma habilidade involuntária. Acho que, para ele, isso faz com que ela, de alguma forma, seja pura. Divina. Tecnicamente, ele não pode usar o próprio poder para machucar os outros.

— Não — disse Sydney —, para isso ele usa uma arma.

Victor deu uma risadinha.

— Quanto a por que ele parece achar que é seu dever pessoal se livrar da gente — Victor se endireitou —, suspeito que tenha algo a ver comigo.

— Por quê? — sussurrou ela.

— É uma longa história — respondeu Victor, parecendo cansado. — E nada agradável. Faz uma década desde a última vez que tive a oportunidade de filosofar com esse nosso amigo, mas, se eu tivesse que chutar, diria que Eli acredita que está de algum modo protegendo as pessoas de nós. Uma vez ele me acusou de ser um demônio disfarçado de Victor.

— Ele me disse que eu não era natural — comentou Sydney com suavidade. — Disse que o meu poder ia contra a natureza, contra Deus.

— Ele é um charme, não é?

Já havia passado da hora do almoço, e a maioria das pessoas tinha se arrastado de volta para o escritório, deixando as ruas estranhamente desertas. Victor parecia levá-los para cada vez mais longe da multidão, para ruas cada vez mais estreitas. Mais silenciosas.

— Sydney — disse ele algum tempo depois —, não vou obrigar você a me contar qual é o seu poder se não quiser, mas preciso que entenda uma coisa. Vou fazer tudo que puder para derrubar Eli, mas não vai ser fácil. O poder dele por si só já faz com que ele seja praticamente invencível, e ele pode até ser maluco, mas é esperto. Toda vantagem que Eli tiver dificulta ainda mais a minha vitória. O fato de ele saber qual é o seu poder e eu *não* me coloca em desvantagem. Está entendendo?

Os passos de Sydney ficaram mais lentos e ela fez que sim com a cabeça, mas não disse nada. Foi necessária toda a paciência de Victor para que ele não a forçasse a falar, mas, em pouco tempo, foi recompensado pela paciência. Os dois passaram por um beco e escutaram um gemido baixinho. Sydney se afastou dele e voltou, e quando Victor a seguiu pôde ver o que ela tinha visto.

Havia uma forma grande e preta estendida no concreto molhado, arfando. Um cachorro. Victor se ajoelhou por tempo suficiente para passar o dedo por suas costas, e o gemido diminuiu. Agora o único som que o animal fazia era da respiração entrecortada. Pelo menos ele não sentiria dor. Ele se levantou e franziu o cenho, como sempre fazia ao pensar. O cachorro parecia aleijado, como se tivesse sido atropelado e então caminhado cambaleando os poucos metros até o beco antes de desabar.

Sydney ficou de cócoras ao lado do cachorro, fazendo carinho no pelo curto e preto.

— Depois que Eli atirou em mim — disse ela num tom suave e reconfortante, como se estivesse falando com o cachorro moribundo em vez de com Victor —, eu jurei que nunca mais ia usar o meu poder. Não na frente de alguém. — Ela engoliu em seco e ergueu o olhar para Victor. — Mata o cachorro.

Victor arqueou uma sobrancelha.

— Com o que, Syd?

Ela o encarou por um tempo com um olhar severo.

— Por favor, mata o cachorro, Victor — pediu outra vez.

Ele olhou em volta. O beco estava vazio. Suspirou e tirou uma pistola pequena de algum lugar às suas costas. Pegou um silenciador no bolso e o encaixou, olhando para o cachorro ofegante por cima da arma.

— Se afasta — mandou ele, e Sydney se afastou.

Victor mirou e puxou o gatilho uma vez, um disparo limpo. Depois que o cachorro parou de se mexer, ele se virou, já desmontando a arma. Ao perceber que Sydney não o seguia, olhou para trás e a viu agachada ao lado do cachorro de novo, passando a mão ao longo do pelo ensanguentado e das costelas quebradas em movimentos curtos e suaves. E então, enquanto a observava, Sydney ficou imóvel. Sua respiração pairou numa nuvem na frente dos seus lábios, e o rosto dela enrijeceu de dor.

— Sydney... — começou ele, mas o restante da frase morreu na sua garganta quando o rabo do cachorro se *mexeu*.

Uma varrida de leve na calçada suja. E mais uma, pouco antes de o corpo se tensionar. Os ossos voltaram para o lugar, o peito se encheu de ar, a caixa torácica se recompôs e as pernas se esticaram. E, por fim, o animal se sentou. Sydney recuou enquanto o cachorro se erguia nas quatro patas e olhava para eles, balançando o rabo, hesitante. O cachorro era... enorme. E estava bem vivo.

Victor se limitou a encarar a cena, sem palavras. Até aquele momento, tivera considerações, pensamentos, ideias de como encontrar Eli. No entanto, enquanto observava o cachorro piscar, bocejar e respirar, um plano começou a tomar forma na sua mente. Sydney olhou para Victor com cautela, e ele sorriu.

— Isso *sim* é um dom.

A garota fez carinho no cachorro entre as orelhas, que chegavam quase à altura dos olhos dela.

— A gente pode ficar com ele?

Victor jogou o casaco em cima do sofá enquanto Sydney e o cachorro entravam atrás dele.

— É hora de mandar uma mensagem — anunciou ele, largando na bancada com um floreio e um baque o livro de autoajuda dos Vales que tinha comprado. — Para Eli Ever.

— De onde veio esse cachorro?! — perguntou Mitch.

— Eu vou ficar com ele — avisou Sydney.

— Isso é sangue?

— Eu atirei nele — disse Victor, procurando alguma coisa em seus documentos.

— Por que você faria uma coisa dessa? — perguntou Mitch, fechando o laptop.

— Porque ele estava morrendo.

— Então, por que ele não está morto?

— Porque Sydney o trouxe de volta à vida.

Mitch se virou para avaliar a garota pequena e loira no meio do quarto do hotel.

— Como é que é?

Ela baixou os olhos.

— Ele se chama Dol. Victor escolheu o nome — disse Sydney.

— É uma unidade de medida da dor — explicou Victor.

— Bem, isso é ao mesmo tempo mórbido e apropriado — comentou Mitch. — A gente pode voltar para a parte em que Sydney *ressuscitou* o cachorro? E o que você quer dizer com mandar uma mensagem para o Eli?

Victor encontrou o que procurava, então voltou a atenção para as janelas que ocupavam a parede inteira do hotel e para o sol logo adiante, tentando estimar quanta luz o separava da noite total.

— Quando se quer chamar a atenção de alguém — começou ele —, você acena, ou grita, usa um sinalizador. Essas coisas estão sujeitas à proximidade e à intensidade. Se estiver muito longe ou muito baixo, não há nenhuma garantia de que a pessoa vá ver ou escutar. Eu não tinha um sinalizador reluzente antes, uma maneira de assegurar que iria atrair a atenção dele sem precisar fazer uma cena, o que daria certo, mas me faria perder a vantagem. Agora, graças a Sydney, sei exatamente o método e a mensagem que devo usar. — Victor ergueu a mão segurando o artigo e as anotações que Mitch havia feito para ele a respeito de Barry Lynch, o suposto criminoso do assalto ao banco frustrado. — E vamos precisar de pás.

XXXV

NOITE PASSADA

CEMITÉRIO DE MERIT

Tchac.
Tchac.
Tchac.
A pá atingiu a madeira e ficou presa.

Victor e Sydney afastaram os últimos resquícios de terra e jogaram as pás na beira da grama em volta do túmulo. Victor se ajoelhou e destampou o caixão. O corpo ali dentro era recente, bem preservado, um homem com cerca de 30 anos e cabelos pretos penteados para trás, nariz fino e olhos muito juntos.

— Olá, Barry — disse Victor para o cadáver.

Sydney não conseguia tirar os olhos do corpo. Ele parecia ligeiramente... mais morto... do que ela gostaria. Ficou se perguntando qual seria a cor dos seus olhos quando se abrissem.

Houve um momento de silêncio, quase que reverente, antes que a mão de Victor pousasse em seu ombro.

— Sydney? — disse ele, apontando para o corpo. — Faça o seu truque.

O cadáver estremeceu, abriu os olhos e se sentou. Ou pelo menos tentou.

— Olá, Barry — cumprimentou Victor.

— Que... porra... é... essa...? — disse Barry, ao perceber que dois terços da parte inferior do seu corpo estavam presos sob a metade de baixo da tampa do caixão, no momento mantida fechada pela bota de Victor.

— Você conhece Eli Cardale? Ou talvez ele se chame Ever agora.

Era evidente que Barry ainda estava tentando compreender os detalhes exatos da sua situação. Seus olhos foram do caixão para a parede de terra, para o céu noturno, para o homem de cabelos loiros que o interrogava e para a garota sentada na beira da cova, que balançava as perninhas envolvidas por uma legging de um azul vivo. Ao olhar para baixo, Sydney ficou surpresa e um pouco desapontada quando constatou que os olhos de Barry eram de um castanho comum. Ela esperava que fossem verdes.

— Aquele merda do Ever — rosnou Barry, socando o caixão. Ele aparecia e desaparecia por um tempo, como uma projeção falhando. O ar parecia sibilar, feito explosões distantes, toda vez que Barry fazia isso. — Ele disse que era um teste! Tipo, para uma Liga de Heróis ou qualquer merda assim...

— Ele queria que você roubasse um banco para provar que era um herói? — Victor parecia cético. — E aí, o que aconteceu?

— Que merda você acha que aconteceu, seu idiota? — Barry fez um gesto para o próprio corpo. — *Ele me matou!* O desgraçado apareceu no meio da demonstração que *ele* me pediu para fazer e atirou em mim.

Então, Victor havia julgado certo a situação. Fora mesmo uma emboscada. Eli tinha disfarçado de resgate um homicídio. Ele precisou admitir que era uma boa forma de se safar de um assassinato.

— Quer dizer, eu estou morto, não é? Isso não é uma pegadinha merda?

— Você *estava* morto, sim — respondeu Victor. — Agora, graças à minha amiga Sydney, você está um pouco menos morto.

Barry balbuciava palavrões e estalava feito fogos de artifício.

— O que você fez? — cuspiu ele para Sydney. — Você me quebrou.

Sydney franziu a testa enquanto Barry dava curto-circuito, iluminando o túmulo de um jeito estranho, feito o flash de uma câmera fotográfica. Ela nunca havia ressuscitado um EO antes. Não sabia se todas as peças iriam — *poderiam* — voltar.

— Você quebrou o meu poder, sua...

— A gente tem um trabalho para você — interrompeu Victor.

— Porra nenhuma, por acaso parece que eu quero um *trabalho*? O que eu quero é sair dessa merda de caixão.

— Eu acho que você quer aceitar esse trabalho.

— Vai se foder. Você é o Victor Vale, não é? Ever me falou de você quando estava tentando me recrutar.

— Fico feliz em saber que ele se lembra de mim — comentou Victor, a paciência se esgotando.

— É, você acha que é todo-poderoso por causar dor e essa merda toda? Bem, eu não tenho medo de você. — Ele tremeluziu de novo. — Se ligou? Me deixa sair daqui e eu *te* mostro o que é dor.

Sydney viu a mão de Victor se fechar em punho e sentiu o ar zumbir à sua volta, mas Barry não pareceu sentir nada. Havia algo errado. Ela fizera tudo o que tinha que fazer, dera a ele uma segunda chance, mas ele não voltara do mesmo jeito que as pessoas comuns, não por completo. O ar parou de zumbir, e o homem no caixão deu uma gargalhada.

— A-há, viu só? Essa piranhazinha que está com você fez merda, não foi? Eu não estou sentindo nada! Você não tem como me ferir!

Ao ouvir isso, Victor endireitou a postura.

— Ah, mas é claro que posso — retrucou com prazer. — Eu posso fechar a tampa. Colocar a terra de volta. Ir embora. Ei — chamou, virando-se para Sydney, que ainda balançava as pernas ao lado da cova —, quanto tempo demora para um morto-vivo morrer de novo?

Sydney quis explicar a Victor que as pessoas que ela ressuscitava não eram *mortas-vivas*, elas estavam *vivas*, e, até onde sabia, eram tão mortais quanto qualquer outra pessoa — bem, exceto por esse probleminha com as terminações nervosas —, mas sabia aonde Victor queria chegar com aquilo e o que ele queria ouvir, de modo que baixou os olhos para Barry Lynch e deu de ombros de forma dramática.

— Nunca vi um morto-vivo voltar a morrer sozinho. Acho que dura pra sempre.

— É bastante tempo — comentou Victor. Os xingamentos e as provocações de Barry cessaram. — Que tal a gente deixar você pensar no assunto? Voltamos daqui a alguns dias.

Sydney jogou a pá para Victor, e um punhado de terra despencou sobre a tampa do caixão como se fosse chuva.

— Ei, ei, ei, tá bom, pera aí — implorou Barry, tentando se arrastar para fora do caixão e descobrindo que o pé estava preso.

Victor havia pregado a calça dele nas tábuas de madeira antes de começar. Fora ideia de Sydney, na verdade, para terem uma garantia. Nesse momento, Barry entrou em pânico, tremeluziu e choramingou, e Victor descansou a pá sob o queixo do homem e sorriu.

— Então, vai aceitar o trabalho?

XXXVI

NOITE ANTERIOR

HOTEL ESQUIRE

— O que foi aquilo do Barry, Sydney?

Victor ainda estava batendo as botas para limpar a terra enquanto subiam as escadas para o quarto de hotel — ele não gostava de elevadores —, com Sydney subindo os degraus de dois em dois ao seu lado.

— Por que ele não voltou como deveria? — acrescentou ele.

Sydney mordeu o lábio.

— Não sei — respondeu, sem fôlego por causa da subida. — Estou tentando entender. Talvez... Talvez porque os EOs já tiveram uma segunda chance.

— A sensação foi diferente? — insistiu Victor. — Quando você tentou ressuscitar o Barry?

Ela abraçou o próprio corpo com os braços e assentiu.

— Tinha algo errado. Geralmente, é como se tivesse um fio, uma coisa que dá para segurar, mas com ele foi difícil alcançar o fio. Ficava escorregando das minhas mãos e não deu para agarrar muito bem.

Victor ficou em silêncio até chegarem ao sétimo andar.

— Se você tivesse que tentar de novo...

Mas ele interrompeu a pergunta quando chegaram ao quarto. Havia vozes do outro lado da porta, soando baixas e urgentes. Victor pegou a pistola enquanto girava a chave e abria a porta para a suíte, deparando apenas com a nuca tatuada de Mitch acima do encosto do sofá em frente à TV. As vozes continuavam na tela em preto e branco. Victor suspirou, relaxando os ombros, e guardou a arma. Devia ter percebido que não era nada, devia ter sentido que não havia nenhum outro corpo lá dentro. Categorizou o lapso como distração enquanto Sydney passava por ele para entrar no apartamento, e as pessoas na tela continuavam discutindo em ternos elegantes e vozes sussurradas. Mitch gostava de clássicos. Em várias ocasiões, Victor havia providenciado para que a TV na sala de convivência da prisão, que costumava passar esportes e séries antigas, exibisse filmes em preto e branco. Ele apreciava as incongruências de Mitch. Elas o tornavam interessante.

Sydney tirou os sapatos ao lado da porta e foi lavar a terra do túmulo e a sensação reminiscente de morte das unhas. O cachorro preto enorme ao lado do sofá ergueu os olhos, abanando o rabo, quando ela passou. Em certo momento, depois de reviverem o cachorro e antes de saírem para ressuscitar Barry, Victor havia limpado o sangue e a sujeira do pelo de Dol, e o animal já quase parecia normal quando se levantou e preguiçosamente seguiu Sydney para fora do cômodo.

— Ei, Vic — chamou Mitch, acenando sem desviar os olhos dos homens de terno na tela.

O laptop estava no sofá ao seu lado, e conectado a ele havia uma impressora pequena e nova em folha que não estava ali quando eles saíram.

— Eu não mantenho você por perto para esquentar o sofá, Mitch — disse Victor ao cruzar a sala e ir para a cozinha.

— Encontrou Barry?

— Sim. — Victor se serviu de um copo de água e se apoiou na bancada, observando bolhas subirem pelo copo.

— Ele topou entregar a mensagem?

— Topou.

— Cadê o sujeito, então? Eu sei muito bem que você não deixou esse tal de Barry solto por aí.

— Claro que não. — Victor sorriu. — Fiz com que ele permanecesse onde estava para passar a noite.

— Que frieza.

Victor deu de ombros e tomou um gole.

— Vou deixar que ele saia amanhã cedo para fazer o serviço. E você, o que tem feito? — perguntou, inclinando-se para perto de Mitch. — Odeio interromper *Casablanca* para falar de negócios, mas...

Mitch se levantou e se alongou.

— Está pronto para o maior caso de "tenho boas e más notícias" da história?

— Pode mandar.

— A busca ainda está filtrando os resultados. — Ele lhe ofereceu uma pasta. — Mas aqui está o que deu para conseguir até agora. Todos esses têm marcações suficientes para que sejam considerados candidatos a EOS.

Victor pegou a pasta e começou a espalhar as folhas pela bancada. Havia oito no total.

— Essa é a boa notícia — avisou Mitch.

Victor analisou os perfis. Cada folha continha um bloco de texto, linhas de informações roubadas — nome, idade e resumo do histórico médico seguido por algumas linhas sobre os respectivos acidente e trauma, anotação psicológica, relatório da polícia, receita de analgésicos e drogas antipsicóticas. Informação condensada, vidas confusas colocadas em ordem. Ao lado do texto de cada perfil havia uma foto. Um homem com quase 60 anos. Uma garota bonita de cabelos pretos. Um adolescente. Todas as fotos eram espontâneas, os fotografados olhavam para a câmera ou em volta dela, mas nunca direto para o fotógrafo. E todas as fotos estavam riscadas com um × feito com um marcador permanente preto.

— O que o x quer dizer? — perguntou Victor.

— Essa é a má notícia. Estão todos mortos.

Victor ergueu o olhar num movimento brusco.

— Todos?

Mitch olhou com tristeza, quase com reverência, para as folhas de papel.

— Parece que você tinha razão quanto a Eli. Esses são só da área de Merit, como você pediu. Quando os resultados começaram a aparecer, abri uma nova busca e ampliei os parâmetros para incluir os últimos dez anos e a maior parte do país. Não imprimi esses resultados, porque são muitos, mas com certeza existe um padrão.

O olhar de Victor voltou para os arquivos e se fixou neles. Ele não conseguia desgrudar os olhos do × preto nas fotos. Talvez devesse se sentir responsável por soltar um monstro no mundo, pelos corpos que o monstro deixou em seu rastro — afinal, Victor fez de Eli o que ele era, encorajou-o a testar sua tese e o trouxe de volta dos mortos, tirou Angie dele —, mas, olhando para o rosto dos mortos, tudo o que sentia era uma espécie de satisfação discreta, uma confirmação. Estivera certo a respeito de Eli *o tempo todo*. Eli podia apregoar o quanto quisesse que Victor era um lobo em pele de cordeiro, mas a prova da maldade de Eli estava espalhada pela bancada, em exibição.

— Esse cara está causando um belo estrago — comentou Mitch enquanto tirava outra pilha de folhas muito menor do lado da impressora e a colocava sobre a bancada, virada para cima. — Mas eu tenho aqui um acréscimo positivo para você. — Três fotos olhavam de relance, fitavam ou encaravam Victor, inadvertidamente. Uma quarta foto estava saindo da impressora com um zumbido suave. Quando a máquina cuspiu a página, Mitch deu Pause no filme e a levou até a bancada. Nenhuma das fotos estava riscada.

— Esses ainda estão vivos?

Mitch assentiu.

— Por enquanto.

Sydney reapareceu de calça de moletom e camisa, com Dol logo atrás. Victor se perguntou distraidamente se as coisas que a garota trazia de volta sentiam uma conexão com ela, ou se Dol sentia apenas aquela afeição incondicional inerente à maioria dos caninos, apreciando o fato de ser alto suficiente para olhar Sydney nos olhos. Distraidamente, ela acariciou a cabeça dele, pegou um refrigerante na geladeira e se sentou numa das banquetas da bancada, segurando a lata com ambas as mãos.

Victor empilhava as folhas dos mortos e as colocava de lado. Não havia necessidade de Sydney olhar para eles no momento.

— Você está bem? — perguntou ele.

Ela fez que sim.

— Eu sempre me sinto estranha depois. Com frio.

— Não seria melhor você tomar uma bebida quente, então? — perguntou Mitch.

— Não. Gosto de segurar o refrigerante. Gosto de saber que pelo menos estou mais quente que a lata.

Mitch deu de ombros. Sydney se inclinou para a frente para olhar os quatro perfis enquanto o programa continuava rodando em segundo plano.

— São todos EOS? — sussurrou ela.

— Pode ser que não — respondeu Victor. — Mas, com sorte, quem sabe um ou dois deles são.

Victor deu uma lida no compilado de informações particulares ao lado das fotos. Três candidatos em potencial eram jovens, mas um era mais velho. Sydney estendeu a mão e pegou um dos perfis. Era de uma garota chamada Beth Kirk, com cabelos de um azul vivo.

— Como a gente vai saber atrás de qual deles Eli vai primeiro? Por onde a gente começa?

— A busca é limitada — disse Mitch. — Vamos ter que adivinhar. Escolher um deles e torcer para que a gente chegue antes de Eli.

Victor deu de ombros.

— Não tem necessidade. Eles são irrelevantes agora. — Ele não se importava com a garota de cabelo azul nem com nenhum deles, para falar a verdade. Estava mais interessado no que os mortos revelavam a respeito de Eli do que no que os vivos tinham a *lhe* oferecer. De qualquer forma, mesmo antes Victor só tivera a intenção de usá-los como iscas, que ele descobriria onde estavam e usaria como chamariz, mas a própria Sydney — seu dom e a mensagem que criaram com ele — fizera com que esses EOS fossem dispensáveis para o plano.

Sydney pareceu horrorizada com a resposta dele.

— Mas a gente tem que avisar a eles.

Victor tirou o perfil de Beth Kirk das mãos dela e o colocou virado para baixo na bancada.

— Você prefere que eu os avise — perguntou ele de modo gentil — ou os salve? — Observou a raiva deixar o rosto dela. — É uma perda de tempo ir atrás das vítimas e não do assassino. E, quando Eli receber a nossa mensagem, nós não vamos nem precisar caçá-lo.

— Por quê?

A boca de Victor se curvou num sorriso.

— Porque ele é que vai caçar *a gente*.

2

UM DIA ExtraOrdinário

I

HOJE DE MANHÃ

UNIVERSIDADE DE TERNIS

Eli Ever estava sentado nos fundos do seminário de história, traçando o veio de madeira da carteira enquanto esperava o fim da aula. Ela era lecionada num auditório da Universidade de Ternis, uma faculdade particular de elite a cerca de meia hora da cidade de Merit. Três fileiras à frente dele, duas carteiras para a esquerda, havia uma garota de cabelo azul chamada Beth. O cabelo azul não era nada fora do comum, mas Eli por acaso ficou sabendo que Beth só começou a tingi-lo daquela cor depois de ele ter ficado todo branco. Esse branco era produto de um trauma, um que quase a havia matado. Na verdade, tecnicamente *chegara* a matá-la. Por quatro minutos e meio.

No entanto, ali estava Beth, viva e fazendo anotações sobre a Guerra Revolucionária Americana ou a Guerra Hispano-Americana ou a Segunda Guerra Mundial — Eli nem sabia direito qual era o nome do curso, muito menos qual conflito o professor ensinava no momento — enquanto as mechas azuis caíam ao redor do seu rosto e continuavam por cima do caderno dela.

Eli não suportava história. Supôs que não devia ter mudado muito nos dez anos desde que fizera o curso, só mais um dos inúmeros pré-requisitos da

Universidade de Lockland, que pretendia transformar todo estudante num perfeito apanhado de conhecimento. Ele ficou olhando para o teto, depois para os espaços entre as anotações na letra do professor, metade cursiva, metade bastão, depois de volta para o cabelo azul e, por fim, para o relógio. A aula estava quase acabando. Seu coração acelerou quando ele tirou o dossiê fino da bolsa, aquele que Serena havia compilado para ele. O dossiê explicava, em detalhes minuciosos, a história da garota de cabelo azul, seu acidente — trágico, de verdade, a única sobrevivente de uma batida horrível — e subsequente recuperação. Ele passou os dedos pela foto de Beth, perguntando-se de onde teria vindo. Ele gostava mesmo daquele cabelo.

O relógio continuava tiquetaqueando, e Eli enfiou o dossiê de volta na bolsa e colocou um par de óculos de armação grossa — eram de vidro, sem grau, mas ele havia notado a moda no campus da Universidade de Ternis e a seguira. Aparentar a idade certa nunca foi um problema, é claro, mas os estilos mudavam, quase rápido demais para ele acompanhar. Beth podia escolher se destacar dos demais se quisesse, mas Eli fazia todo o possível para se misturar.

O professor terminou a aula alguns abençoados minutos mais cedo e desejou um bom fim de semana a todos. Cadeiras foram arrastadas no chão. Bolsas foram erguidas. Eli se levantou e seguiu o cabelo azul para fora do auditório e pelo corredor, levado por uma onda de estudantes. Quando chegaram à saída, ele segurou a porta aberta para ela. A garota agradeceu, enfiou uma mecha azul-cobalto atrás da orelha e se dirigiu ao campus.

Eli foi atrás dela.

Enquanto caminhava, por força do hábito tocou no ponto do casaco onde sua arma costumava ficar, mas o bolso estava vazio. Havia informações suficientes no dossiê para levá-lo a não confiar em nada suscetível a magnetismo, por isso tinha deixado a arma no porta-luvas. Teria que fazer aquilo à moda antiga, o que, por ele, tudo bem. Era raro se deixar levar, porém não podia negar que havia algo de simples e satisfatório em usar apenas as mãos.

Ternis era uma universidade pequena, uma dessas construções particulares convidativas compostas de prédios que não combinavam entre si e de uma abundância de caminhos cercados de árvores. Beth e ele estavam num dos caminhos mais longos que dividiam o campus, e havia vários estudantes por perto para evitar que o comportamento de Eli fosse notado. Ele atravessava o campus a uma distância segura, aproveitando a manhã, sorvendo o ar frio da primavera, a beleza do céu de fim de tarde e as primeiras folhas verdes. Uma folha se soltou de uma árvore e pousou no cabelo azul da garota, e Eli ficou admirado com a maneira como aquilo fazia as duas cores parecerem mais vivas enquanto calçava as luvas.

Quando estavam quase no estacionamento, Eli começou a acelerar o passo, reduzindo a distância entre os dois até ela estar ao alcance da sua mão.

— Ei! — chamou atrás dela, fingindo estar sem fôlego.

A garota diminuiu o passo e se virou para olhar para ele, mas continuou andando. Logo ele estava ao lado dela.

— Beth, não é?

— Isso. Você faz o curso de história do Phillips comigo.

Só as duas últimas aulas, mas ele tinha feito questão de chamar a atenção dela em ambas as ocasiões.

— Faço, sim — respondeu Eli, lançando seu melhor sorriso de garoto universitário. — Eu me chamo Nicholas.

Eli sempre gostou desse nome. Nicholas, Frederick e Peter eram os nomes que ele costumava usar na maioria das vezes. Eram nomes importantes, nomes de governantes, conquistadores, reis. Ele e Beth atravessavam as fileiras de carros do estacionamento, o prédio da faculdade cada vez menor atrás deles.

— Posso pedir um favor para você? — perguntou Eli.

— O quê? — Beth ajeitou uma mecha solta de cabelo atrás da orelha.

— Não sei onde eu estava com a cabeça durante a aula, mas não prestei atenção em qual era o trabalho de casa. Você anotou?

— É claro — respondeu ela no instante em que chegavam ao carro.

— Obrigado — disse ele, mordendo o lábio. — Acho que eu tinha coisas melhores para olhar do que o quadro.

Ela deu uma risadinha tímida enquanto colocava a mochila sobre o capô e abria o zíper, mexendo lá dentro.

— Qualquer coisa é melhor que o quadro — disse ela, tirando o caderno da mochila.

Beth havia acabado de virar de frente para Eli com as anotações quando a mão dele se fechou em torno da garganta dela e a prensou contra a lateral do carro. Ela arfou, e ele apertou mais. A garota largou o caderno e unhou o rosto dele, arrancando os óculos de armação preta e causando arranhões profundos em sua pele. Eli sentiu o sangue descendo pelas suas bochechas, mas não se importou de limpar. O carro atrás da garota começou a balançar, o metal tentando se dobrar, mas Beth era muito inexperiente e o carro era pesado demais, e ela estava ficando sem ar e sem vontade de lutar.

Houve um tempo em que ele conversava com os EOS, tentava fazer com que entendessem a lógica, a necessidade das suas ações, tentava convencê--los, antes de morrer, que já estavam mortos, já eram pó, preservados por algo sombrio, porém frágil. Só que eles não o ouviam e, no fim das contas, suas ações expressavam o que as palavras não conseguiam. Fizera uma exceção para a irmã caçula de Serena e olha só o que tinha acontecido. Não, aquilo era puro desperdício.

Sendo assim, Eli prendeu a garota de encontro ao carro e esperou pacientemente até que a luta ficasse mais lenta, fraquejasse e cessasse. Eli ficou imóvel e saboreou o momento de tranquilidade que se seguiu. Ele sempre o experimentava, naquele exato instante, quando a luz — ele até diria *vida*, mas não seria correto, aquilo não era vida, mas apenas algo que *se passava* por vida — deixava os olhos deles. Um momento de paz, quando um pouco de equilíbrio era devolvido ao mundo. O artificial tornado natural.

E então o momento passou, e ele retirou os dedos enluvados da garganta da garota e viu o corpo escorregar pelo metal retorcido da porta do carro até o chão de concreto, o cabelo azul caindo sobre o seu rosto. Eli fez o sinal da cruz enquanto os feios arranhões vermelhos nas suas bochechas se uniam e saravam, deixando uma pele limpa e lisa sob o sangue seco. Ele se ajoelhou para recuperar os óculos com lente falsa, que caíram ao lado do corpo. O celular tocou assim que Eli os endireitou no nariz, e ele fisgou o telefone do casaco.

— Disque-herói — atendeu, com uma voz charmosa. — Como posso ajudar?

Eli havia esperado a risada lenta de Serena — a parte do herói era uma piada interna —, mas a voz do outro lado era séria e, sem dúvida, masculina.

— Sr. Ever? — perguntou o homem.

— Quem é?

— Aqui é o policial Dane, do Departamento de Polícia de Merit. Nós recebemos uma ligação sobre um assalto em andamento no Banco Tidings Well, na esquina da Quinta com a Harbor.

Eli franziu o cenho.

— Eu tenho o meu próprio trabalho, policial. Não me diga que a polícia quer que eu faça o trabalho dela também? E como você conseguiu o meu número? Não foi assim que a gente combinou de se comunicar.

— A garota. Ela me passou o número. — Algo explodiu ao fundo, enchendo a linha de estática.

— É melhor que seja urgente.

— E é — disse o policial Dane. — O ladrão é um EO.

Eli coçou a testa.

— Vocês não conhecem ações táticas especiais? Sem dúvida ensinam essas coisas em algum lugar. Não é como se eu pudesse entrar lá e...

— O problema não é que ele seja um EO, sr. Ever.

— Então — disse Eli entre os dentes —, qual é?

— Ele foi identificado como Barry Lynch. Você... quer dizer, ele... ele devia estar morto.

Uma longa pausa.

— Estou a caminho — avisou Eli. — Mais alguma coisa?

— Ele está causando uma senhora confusão. Gritando o seu nome, mais especificamente. Devemos atirar nele?

Eli fechou os olhos quando chegou ao próprio carro.

— Não. Espera até eu chegar aí. — E desligou.

Ele abriu a porta e entrou no carro, apertando a discagem rápida. A voz de uma garota atendeu a ligação, mas ele a interrompeu.

— Temos um problema. Barry voltou.

— Estou assistindo no jornal. Pensei que você...

— Sim, eu matei ele, Serena. Ele estava bem morto.

— Então como...

— Como ele está assaltando um banco na Quinta com a Harbor? — vociferou Eli, acelerando. — Como ele de repente *não* está mais morto? É uma boa pergunta. Quem é que poderia ter ressuscitado Lynch?

Houve um longo silêncio do outro lado da linha antes de Serena responder.

— Você me disse que ela estava morta.

Eli agarrou o volante.

— Eu achei que sim. — Ele tinha esperado que sim, de qualquer forma.

— Do mesmo jeito que matou Barry?

— Eu tinha um pouco mais de certeza sobre Barry do que sobre Sydney. Barry estava definitiva e inegavelmente morto.

— Você me disse que foi atrás dela, que terminou...

— A gente conversa sobre isso mais tarde — cortou ele. — Agora eu tenho que matar Barry Lynch. De novo.

Serena deixou o telefone escorregar dos dedos. Caiu na cama com um baque suave enquanto se virava para a televisão do hotel, que ainda exibia a cobertura do assalto. Embora tudo se desenrolasse dentro do banco e as câmeras estivessem na rua atrás de uma tarja grossa de fita amarela, a cena causava um grande alvoroço. Afinal de contas, o assalto ao Smith & Lauder na semana anterior aparecera em todos os jornais. O herói civil tinha saído ileso do tiroteio. O ladrão, dentro de um saco.

Por isso, não era de admirar que o público estivesse desconcertado ao ver o ladrão vivo e bem o suficiente para roubar outro banco. Seu nome corria numa tarja grossa na parte inferior da tela, que anunciava BARRY LYNCH ESTÁ VIVO BARRY LYNCH ESTÁ VIVO BARRY LYNCH ESTÁ VIVO...

E isso significava que Sydney estava viva. Serena não tinha a menor dúvida de que a façanha perturbadora e estranha havia de alguma maneira sido obra da irmã.

Serena tomou um gole do café escaldante e se retraiu de leve quando o líquido queimou sua garganta, mas não parou de beber. Ela se atinha ao fato de que não exercia poder sobre objetos inanimados. Eles não tinham cérebros ou sentimentos. Não podia forçar o café a não queimá-la, assim como não podia forçar as facas a *não* cortá-la. As pessoas que seguravam os objetos pertenciam a ela, mas não os objetos em si. Serena tomou outro gole, os olhos de volta à televisão, onde uma foto do EO anteriormente morto agora preenchia a metade direita da tela.

Mas por que Sydney fez isso?

Eli tinha jurado a Serena que a irmã dela estava morta. Ela o advertira para não mentir, e ele havia olhado nos seus olhos e dito que tinha acertado um tiro em Sydney. E isso não fora exatamente uma mentira, não é? Ela estava lá parada quando ele puxou o gatilho. Serena cerrou a mandíbula. Eli estava ficando melhor em resistir, em encontrar pequenas falhas em seu poder. Redirecionamentos, omissões, subterfúgios, demoras. Não que ela não apreciasse o pequeno desafio — ela apreciava —, mas pensar em Sydney, viva e ferida na cidade, a deixava sem fôlego.

Não era para ter sido assim.

Serena fechou os olhos, e o campo, o cadáver e o rosto assustado da irmã preencheram sua visão. Sydney se esforçou ao máximo para parecer corajosa naquele dia, mas não conseguiu esconder o medo, não de Serena, que conhecia cada traço do rosto da irmã, que se sentara na cama de Sydney inúmeras noites, acariciando com o polegar cada um daqueles traços no escuro. Serena jamais deveria ter se virado e gritado o nome da irmã. Fora um reflexo, um eco da vida passada. Ela teve que lembrar diversas vezes a si mesma que a garota no campo não era a sua irmã, não de verdade. Serena sabia que a garota que se parecia com Sydney não era Sydney da mesma forma que sabia que *ela* própria não era Serena. Entretanto, isso não pareceu importar no instante anterior a Eli puxar o gatilho; Sydney pareceu tão pequena e assustada e tão *viva* que Serena esqueceu que não era ela.

Abriu os olhos devagar, só para fixá-los na manchete que continuava sendo transmitida — BARRY LYNCH ESTÁ VIVO BARRY LYNCH ESTÁ VIVO BARRY LYNCH ESTÁ VIVO — antes de desligar a TV.

Era como Eli tinha dito. Ele chamava os EOS de *sombras*, moldadas na forma das pessoas que as produziam, mas cinzentas por dentro. Era assim que Serena se sentia. Desde que havia acordado no hospital, ela sentia que algo colorido, brilhante e *vital* estava faltando. Eli então disse que era a alma dela; afirmou que *ele* era diferente, e Serena o deixou acreditar que sim, já que a única alternativa era dizer a ele que não, o que o faria acreditar de fato nisso.

Mas e se ele tivesse razão? O pensamento de que tinha perdido a própria alma deixara Serena triste de um modo distante. E pensar na pobre e pequenina Sydney toda vazia por dentro a levou a sentir uma dor profunda e fez com que fosse mais fácil acreditar em Eli quando ele disse que era misericordioso devolver os EOS à terra. Fora mais difícil quando Sydney estava parada à porta dela, corada por causa do frio e com os olhos azuis reluzentes, como se ainda houvesse luz neles. Serena havia fraquejado, tropeçado nas outras possibilidades que sussurravam em sua mente enquanto caminhavam pelo campo.

O pecado de Sydney, Eli afirmara, era duplo. Ela não apenas era uma EO, artificial e errada, como também possuía o poder de corromper outros, de envenená-los ao encher seus corpos com algo que se assemelhava à vida, mas não era. Talvez tivesse sido isso que Serena vira nos olhos de Sydney, uma luz falsa que ela havia confundido com a vida da irmã. Com a alma dela.

Talvez.

Seja lá o que havia levado Serena a hesitar, o fato é que ela hesitara, e agora sua irmã — a sombra na forma dela — tinha sobrevivido e parecia estar aqui, na cidade. Serena colocou o casaco e saiu em busca dela.

II

HOJE DE MANHÃ
HOTEL ESQUIRE

Victor aproveitou ao máximo a sensação da água escaldante do chuveiro do hotel enquanto enxaguava o que havia restado da terra do túmulo. Barry Lynch fora surpreendentemente receptivo na sua visita ao cemitério mais cedo naquele dia. Victor havia voltado pouco antes do amanhecer, removera os trinta centímetros de terra que tinha colocado sobre Lynch para fazer com que o túmulo parecesse vazio se alguém por acaso passasse por perto e erguera a tampa, encontrando os olhos aterrorizados de Barry o encarando. A dor e o medo são inseparáveis — uma lição que Victor aprendera durante seus estudos em Lockland —, mas a dor tem diversas formas. Victor podia não ser capaz de ferir Barry Lynch fisicamente, mas isso não queria dizer que não poderia fazê-lo sofrer. Enquanto isso, Barry parecia ter entendido a mensagem. Victor havia sorrido e ajudado o homem previamente morto a sair do caixão — embora detestasse a sensação da pele estranhamente sem terminações nervosas do homem na sua —, e, depois de entregar para ele o bilhete e o mandar seguir seu caminho, Victor estava certo de que Lynch concluiria a tarefa. Porém, só para garantir, dissera a ele uma última coisa.

Victor dera vários passos, como se estivesse indo embora, e então se virara para Barry e dissera, como se tivesse acabado de se lembrar:

— A garota, Sydney, aquela que trouxe você de volta, pode mudar de ideia a qualquer momento. Um estalar de dedos e você cai feito uma pedra. Ou, melhor dizendo, feito um cadáver. Quer ver? — perguntara ele, tirando o celular do bolso. Começara a discar. — É um ótimo truque.

Barry empalidecera e balançara a cabeça, e Victor o mandara seguir caminho.

— Ei, Vale! — A voz de Mitch chegou a ele através das paredes do banheiro. — Vem aqui fora.

Victor fechou a água do chuveiro.

— Victor!

Mitch ainda estava gritando seu nome quando ele saiu um minuto depois, secando o cabelo. O sol entrava pelas janelas enormes, e ele estreitou os olhos por causa da claridade. A manhã já estava no fim, pelo menos. Sua mensagem já devia estar a caminho.

— O que foi? — perguntou Victor, a princípio preocupado, mas então viu o rosto de Mitch, o sorriso largo e sincero.

O que quer que o homem tivesse feito, ele estava orgulhoso. Sydney surgiu, com Dol logo atrás, abanando o rabo preguiçosamente.

— Vem dar uma olhada nisso. — Mitch apontou para os perfis espalhados sobre a bancada da cozinha.

Victor suspirou. Havia mais de dez agora — e podia apostar que a maior parte não levaria a lugar algum. Eles não pareciam conseguir ajustar os parâmetros da busca com precisão. Tinha dedicado a noite anterior, e a maior parte da madrugada, examinando as páginas, se perguntando como Eli conseguira, se ele seguira toda e cada pista ou se sabia de algo que Victor não sabia, se via algo que Victor não estava vendo. Agora, diante dos seus olhos, Mitch começou a virar as páginas para baixo, eliminando os perfis da pilha até que só sobraram três.

— Essa aqui — disse Mitch. — Essa é a lista atual dos alvos de Eli.

Os olhos frios de Victor se iluminaram. Ele trocou o pé de apoio. Seus dedos tamborilaram sobre a bancada.

— Como você descobriu isso?

— É uma excelente história. Fica aí parado que eu conto.

Victor se forçou a parar de se mexer.

— Prossiga — disse ele, examinando os nomes e seus rostos.

— Então, eu comecei a ver esse padrão — disse Mitch. — Eu sempre acabava nos arquivos da polícia. Arquivos da polícia de *Merit*. Daí eu pensei: e se os policiais já estiverem compilando um banco de dados, certo? Talvez a gente pudesse comparar com o nosso. Há muito tempo você mencionou aquele policial que sabia dos EOS. Ou alguém que trabalhava com a polícia. E aí me ocorreu: ei, talvez eu possa pegar emprestado os dados *deles* em vez de passar por todo esse perrengue. Quer dizer, não seria nada fora da minha alçada, só levaria tempo... Mas e se eles tiverem feito um pouco do trabalho por mim? E aí eu comecei a navegar pelo banco de dados de suspeitos do Departamento de Polícia de Merit. E uma coisa chamou a minha atenção. Quando eu era criança, adorava esses passatempos de encontrar as diferenças. Eu mandava ver nessa merda. De qualquer modo...

— Eles estão marcados — disse Victor, lendo os perfis por alto.

Mitch baixou os ombros.

— Cara, você sempre estraga o fim da história. Mas, sim... E eu facilitei para você conseguir ver — avisou ele enquanto fazia uma expressão de amuado. — Virei as páginas para baixo. É fácil ver um padrão quando é só o que está na sua frente.

— O que você quer dizer com marcados? — perguntou Sydney na ponta dos pés para ver as folhas.

— Dá uma olhada — disse Victor, apontando para os perfis. — O que todas essas pessoas têm em comum?

Syd semicerrou os olhos para as páginas, mas balançou a cabeça.

— Os nomes do meio — respondeu Victor.

Sydney os leu em voz alta.

— Elise, Elington, Elissa... Todos têm "Eli".

— Exato — disse Mitch. — Foram marcados. Especificamente para o nosso amigo, Eli. O que quer dizer que...

— Ele está trabalhando com a polícia — completou Victor. — Aqui, em Merit.

Sydney baixou os olhos para a foto da garota de cabelo azul.

— Como você pode ter tanta certeza? — questionou ela. — E se for só coincidência?

Mitch fez uma cara de presunçoso.

— Porque eu fiz as minhas pesquisas. Coloquei a teoria à prova quando saquei alguns dos perfis antigos, de suspeitos agora falecidos, sendo que todos muito convenientemente tinham ido parar na lixeira digital. O que, aliás, é um sinal de alerta por si só, mas encontrei semelhanças com os assassinatos de Eli ao longo dos últimos quatro meses. — Ele jogou a pasta dos EOs mortos sobre a mesa. — Inclusive o seu amigo, Barry Lynch. Aquele que você passou a noite tirando do túmulo.

Victor tinha começado a andar de um lado para o outro.

— Fica ainda melhor — prosseguiu Mitch. — Os perfis marcados foram criados por dois policiais. — Ele deu uma batidinha no canto direito de uma das páginas. — Policial Frederick Dane. Ou detetive Mark Stell.

Victor sentiu um aperto no peito. Stell. Quanta coincidência, não? O mesmo homem que havia prendido Victor dez anos antes, que estivera encarregado dos EOS na delegacia de Lockland e, que, depois que Victor se recuperara dos múltiplos ferimentos à bala, o havia acompanhado pessoalmente até a ala de isolamento da Penitenciária de Wrighton. O envolvimento de Stell, junto com o testemunho de Eli, havia sido o motivo pelo qual Victor passara cinco anos na solitária (ele não tinha sido declarado como EO nos registros, é claro, somente como alguém que representava perigo extremo para si mesmo e para os outros, e havia passado meia década sem machucar ninguém — ao menos não de maneira consciente ou perceptível — para que fosse integrado).

— Você está me ouvindo? — perguntou Mitch.

Victor assentiu, distraído.

— Os homens que marcaram os perfis estão, ou estiveram, em contato direto com Eli.

— Exato.

Victor brindou ao ar com o copo de água, seus pensamentos a quilômetros de distância.

— Bravo, Mitch. — Ele se virou para Sydney. — Está com fome?

Sydney, porém, não parecia estar ouvindo. Ela tinha pegado a pasta com os EOS mortos e, absorta, folheava as páginas, até finalmente parar. Victor espiou sobre seus ombros e viu o que ela tinha visto. Cabelos loiros e curtos e límpidos olhos azuis a encaravam ao lado de um nome impresso com clareza: Sydney Elinor Clarke.

— Meu nome do meio é Marion — disse ela baixinho. — E ele acha que eu morri.

Victor se inclinou sobre ela e apanhou a folha. Ele dobrou o papel e o guardou no bolso da camisa, dando uma piscadela.

— Não por muito tempo — avisou ele, dando um tapinha no relógio. — Não por muito tempo.

III

HOJE DE MANHÃ

BANCO TIDINGS WELL

Eli estacionou a um quarteirão e meio da fita amarela da barreira da cena do crime e ajeitou os óculos com lentes falsas no nariz antes de descer do carro. Ele conseguia ver, enquanto abria caminho por trás da multidão de espectadores mórbidos e de fotógrafos reunidos, até chegar aos fundos do banco, que o crime não estava mais em andamento. As pessoas se demoravam ali, os flashes eram disparados, mas o relativo silêncio — nada de sirenes, nem tiroteio, nem gritos — contavam a história toda.

Ficou tenso ao avistar o detetive Stell, embora Serena tenha prometido que a barra estava limpa com ele. Ainda assim, o detetive tinha vindo para Merit alguns meses antes para investigar uma série de assassinatos na área — obra de Eli, é claro — e, mesmo com as garantias de Serena, Eli não conseguia eliminar por completo suas dúvidas a respeito da lealdade do detetive. Stell, que agora tinha o cabelo grisalho e uma ruga permanente entre as sobrancelhas, encontrou-se com ele nos fundos do edifício e ergueu a fita para que Eli pudesse passar. Ele ajustou os óculos com lentes falsas mais uma vez. Eram um pouco grandes demais.

— Que coisa mais Clark Kent — comentou Stell secamente. Eli não estava com humor para brincadeiras.

— Onde ele está?

— Morto. — O detetive o levou para dentro do banco.

— Eu disse que queria Barry vivo.

— Não tive escolha. Ele começou a atirar, ou seja lá do que você queira chamar aquilo. Não conseguia mirar em nada. Como se aquele poder dele estivesse pifado. Só que isso não o impediu de causar um estrago.

— Civis?

— Não, ele mandou todo mundo sair. — Eles foram até um lençol preto jogado por cima de uma forma vagamente humana. Stell a cutucou com a bota. — A imprensa quer saber por que um lunático que deveria estar morto entrou num banco armado, mas não tentou realizar nenhum roubo nem fazer reféns. Tudo que ele fez foi expulsar todo mundo, atirar para cima e gritar por alguém chamado Eli Ever.

— Você não devia ter deixado aquela matéria ser publicada semana passada.

— Não dá para evitar que a imprensa use os próprios olhos, Eli. Foi você que quis causar barulho.

Eli não gostou do tom de voz do homem, jamais havia gostado, jamais confiara na corrente de agressividade que corria por Stell.

— Eu precisava de uma demonstração — vociferou Eli. Ele não queria admitir que havia algo mais nisso, que ele *quisera* uma plateia. Fora ideia de Serena, podia apostar, antes de se tornar uma ideia sua.

— Uma demonstração é uma coisa — disse Stell. — Mas você precisava de um espetáculo?

— Acobertou o assassinato — retrucou Eli enquanto lançava o lençol para trás. — Como é que eu ia saber que ele não ia continuar morto?

Os olhos castanhos de Barry Lynch o encaravam, vazios e mortos. Ele ouvia os sussurros dos outros policiais ao redor, vozes abafadas se perguntando quem era ele e o que estava fazendo ali. Tentou parecer alguém com autoridade ao baixar os olhos para o homem morto.

195

— Você me trouxe até aqui para nada — acusou Eli em voz baixa. — Agora que o sujeito morreu.

— Bem, ele já estava morto antes, lembra? Além disso — acrescentou Stell —, dessa vez ele deixou um bilhete.

Stell entregou a Eli um saco plástico. Dentro havia um pedaço de papel amassado. Ele retirou o papel e o desdobrou com cuidado.

Era um desenho de bonecos de palito. Duas pessoas de mãos dadas. Um homem vestido de preto e uma garota com metade da altura dele, cabelos curtos e olhos grandes. A cabeça da garota de palito estava ligeiramente inclinada, e seu braço tinha um pontinho vermelho. Três pontinhos semelhantes, do tamanho de pontos finais, salpicavam o peito do homem de palito. A boca do homem de palito era só uma linha reta sisuda.

Abaixo do desenho havia uma única frase: "Eu fiz um amigo."

Victor.

— Você está bem?

Eli piscou, sentiu a mão do policial no seu braço. Ele se desvencilhou, dobrou o papel e o guardou no bolso antes que alguém o visse fazer isso ou dissesse para não fazê-lo.

— Se livra do corpo — disse para Stell. — Queima dessa vez.

Eli voltou por onde tinha vindo. Não parou até estar seguro dentro do carro. Na relativa privacidade da rua secundária de Merit, pressionou a mão no desenho em seu bolso e sentiu uma dor fantasma no abdômen.

Victor ergueu a faca da mesa.

— Você chamou a polícia e me acusou de ser um EO. Eu não *te* dedurei, sabe? E podia ter dedurado. Por que você diria algo tão idiota a eles? Você sabia que a polícia tem uma equipe especial que aparece sempre que existe a suspeita de um EO? Um tal de Stell. Sabia?

— Você perdeu a cabeça. — Eli se esquivou. — Larga a faca. Você nem pode me ferir.

Naquele momento, Victor sorriu. Ele parecia outra pessoa. Eli tentou recuar, mas a parede surgiu atrás dele. A faca foi enterrada no seu estômago. Sentiu a ponta arranhar a pele das suas costas. A dor havia sido aguda, persistente, se prolongando em vez de passar rápido e desaparecer.

— Sabe o que descobri — rosnou Victor — enquanto eu te observava na rua naquela noite, tirando os cacos de vidro da mão? Você não consegue se curar antes de eu tirar a faca.

Ele girou o metal e a dor pareceu explodir no fundo dos olhos de Eli, em dezenas de cores. Ele deu um gemido e começou a deslizar pela parede, mas Victor o manteve de pé, segurando-o com o cabo da faca.

— Eu nem estou usando o meu novo truque ainda — comentou Victor. — Não é tão extravagante quanto o seu, mas é bem eficaz. Quer ver?

Eli engoliu em seco e ligou para Serena enquanto engatava a primeira marcha e se dirigia para o hotel. Não esperou que ela falasse.

— Temos um problema.

IV

DEZ ANOS ANTES
UNIVERSIDADE DE LOCKLAND

Eli Ever, sentado nos degraus do seu apartamento na manhã fria, passou os dedos pelo cabelo antes de perceber que estavam cobertos de sangue. Uma fita de isolamento da polícia o cercava em tiras amarelas, vívidas demais em contraste com o amanhecer embotado de inverno. Luzes vermelhas e azuis pontilhavam o chão gélido e, toda vez que ele olhava para elas, acabava levando vários minutos para conseguir se livrar das cores, piscando.

— Se você pudesse nos contar mais uma vez... — disse um jovem policial.

Eli tocou o abdômen, e o eco da dor continuava lá muito embora a pele tivesse se curado. Esfregou as mãos e observou o sangue descascando na neve da calçada. Sua voz era dominada por uma angústia que ele não sabia ao certo se, de fato, sentia enquanto narrava tudo, desde a ligação desesperada de Victor na noite anterior, quando ele havia confessado o assassinato de Angie, até sua súbita aparição na sala de estar, empunhando uma pistola. Eli deixou as facas de fora — ele as tinha lavado e devolvido às gavetas antes que a polícia chegasse. Era estranho, o modo como seu cérebro encontrara um espaço em meio ao pânico para ajudar suas mãos e pernas a fazer o que precisava ser feito, mesmo enquanto uma voz baixa no fundo da sua mente gritava e seu melhor amigo jazia caído, cheio de ferimentos à bala, no chão da sala de estar. Algo dentro de Eli tinha desaparecido — o medo, foi o que dissera a Victor —, descendo pelo ralo junto da água gelada da banheira.

— Então você lutou pela arma com o sr. Vale? — A palavra "lutar" tinha sido usada por Eli, não pelo policial.

— Eu dei um seminário de autodefesa no verão passado — mentiu ele. — Não é tão difícil assim.

E então ele se levantou, tremendo. Estava coberto de sangue, os braços apertados com cuidado sobre as costelas para ocultar o buraco de faca na camiseta. Outros dois policiais já o haviam interrogado a respeito. Ele só contara que tinha dado sorte. Não sabia como a lâmina não o atingira. Mas era o que tinha acontecido. Era óbvio. Vejam só, um buraco na camiseta, nenhum buraco em Eli. Felizmente, os policiais estavam interessados demais em Victor perdendo todo o sangue no chão de madeira para dar muita atenção a esse truque de mágica de Eli. *Cara de sorte*, murmuraram, e Eli não soube direito se estavam falando dele ou de Victor, que até o momento tinha conseguido evitar a morte.

— E em seguida você atirou nele três vezes.

— Eu estava completamente perturbado. Ele tinha acabado de matar a minha namorada. — Eli se perguntou se estaria em choque, se era isso que o impedia de assimilar a morte de Angie da maneira que assimilara a faca. Queria se importar, queria *muito* se importar, mas havia uma lacuna entre o que ele sentia e o que queria sentir, um espaço do qual algo importante havia sido retirado. E a lacuna estava aumentando. Ele dissera a Victor que a coisa que perdera fora o medo, mas isso não era bem verdade, pois ainda sentia medo. Sentia medo daquele vazio.

— E depois? — inquiriu o policial.

Eli esfregou os olhos.

— E depois ele veio atrás de mim. Eu entrei em pânico. Não sabia o que fazer. Tentei não matá-lo. — Ele engoliu em seco, desejando ter um copo de água. — Olha só, você acha que eu posso me limpar? — perguntou ele,

apontando para as roupas arruinadas. — Preciso ver Angie... O corpo dela.
— O policial gritou para alguém do outro lado da fita amarela e recebeu a liberação. A ambulância já havia ido embora fazia bastante tempo. Tudo que restava era a bagunça. O policial ergueu a fita para deixá-lo passar.

Uma trilha vermelha serpenteava pela sala de estar. Eli parou e olhou fixamente para ela. Ele repassou mentalmente a luta de forma tão incansável quanto as luzes da polícia, forçando-se em seguida a desviar dali para o banheiro. Quando viu o próprio reflexo na fileira de espelhos, reprimiu uma risada. Uma daquelas risadas que é quase um choro. O sangue havia manchado sua camiseta. Sua calça. Seu rosto. Seu cabelo. Eli fez o melhor que pôde para limpar o sangue, esfregando os braços na pia como os médicos fazem antes de entrar na sala de cirurgia. Sua camiseta preferida, de um vermelho vivo que Victor sempre dizia que o fazia parecer um tomate maduro, estava arruinada.

Victor. Victor estava errado. Sobre tudo.

"Se existe alguma coisa faltando em mim, também está faltando em você. A vida é feita de trocas. Ou você achava que, por ter se colocado nas mãos de Deus, Ele faria de você tudo o que já era e algo mais?"

— Ele fez — disse Eli em voz alta para a pia. Ele fez. Faria. Tinha que fazer. Seja lá o que fosse essa lacuna, ela estava ali por um motivo, para torná-lo mais forte. Ele precisava acreditar nisso.

Eli lavou o rosto, jogou água no cabelo com as mãos em concha até o vermelho sair. Colocou roupas limpas, e estava prestes a passar por baixo da fita amarela quando ouviu o fim do comentário do jovem policial para o outro.

— Sim, o detetive Stell está a caminho.

Eli hesitou e andou de mansinho de volta para o outro cômodo.

"Você sabia que a polícia tem uma equipe especial que aparece sempre que existe a suspeita de um EO? Um tal de Stell. Sabia?"

Eli se virou e seguiu uma reta até a porta dos fundos, só para descobrir que o caminho estava bloqueado por um policial enorme.

— Está tudo bem, senhor? — perguntou o policial. Eli assentiu de leve com a cabeça.

— A porta está lacrada — avisou ele. — Só estou tentando não atrapalhar ninguém.

O grandalhão assentiu e liberou a passagem. Eli passou pela porta dos fundos que dava para o pequeno quintal comunitário quando o policial grandalhão alcançou o policial jovem. Ele não parecia culpado, disse a si mesmo. Ainda não.

Victor era o culpado. O Victor que ele conhecia estava morto, substituído por algo frio e cruel. Uma versão violenta e distorcida dele. Victor jamais havia sido bom ou gentil — ele sempre tivera um lado mordaz; Eli se sentira atraído por isso —, mas nunca fora assim. Um assassino. Um monstro. Afinal de contas, ele *tinha matado Angie*. Como? Como isso havia acontecido? Com dor? Seria possível? O lado médico do seu cérebro tentou analisar o ocorrido. Um ataque cardíaco? Será que a dor causava um curto-circuito, como a eletricidade? O corpo parava de funcionar? As funções congelavam? Ele enterrou as unhas na palma da mão. Estava falando de *Angie*. Não de um experimento científico. De uma pessoa. A pessoa que o fazia se sentir melhor, mais racional, que o mantinha na superfície quando sua mente começava a afundar. Será que era isso então? Será que era Angie que estava faltando? Não seria maravilhoso pensar que aquela lacuna fosse outra pessoa em vez de parte de si mesmo? No entanto, não, não era isso. Angie tinha ajudado, sempre ajudara, mas ele havia sentido o vazio antes de ela morrer, antes mesmo de *ele* morrer. Costumava ter apenas vislumbres desse sentimento — dessa *ausência* de sentimento —, como uma nuvem passando lá no alto. Porém, desde o instante em que havia acordado no chão do banheiro, a sombra se instalara nele, como um sinal de que havia algo errado.

Errado, não, ele se forçou a pensar. *Diferente*.

Eli chegou até o carro, grato por ter estacionado a dois quarteirões de distância (ali tinha menos chance de receber uma multa), e ligou o motor. Passou pelo laboratório de engenharia, desacelerando apenas o suficiente para ver a fita amarela lá, também — marcando a trilha de destruição de Victor —, e o agrupamento de veículos de emergência. Seguiu em frente. Precisava chegar ao prédio de medicina o mais rápido possível. Precisava encontrar o professor Lyne.

Eli atravessou as portas automáticas e se viu no saguão de três construções aglomeradas e reservadas para ciências médicas, com uma mochila vazia jogada no ombro. O saguão do laboratório central era pintado de um tom amarelo-claro horrível. Ele não sabia por que insistiam em pintar os laboratórios de tons tão mórbidos — talvez para preparar os estudantes de medicina para a mesma paleta de cores tristes da maioria dos hospitais onde sonhavam trabalhar, talvez por alguma noção equivocada de que palidez significasse limpeza; no entanto, a cor fazia o lugar parecer morto, principalmente agora. Eli manteve a cabeça baixa enquanto subia dois lances de escada até chegar ao escritório onde havia passado a maior parte do tempo livre desde o início das férias de inverno. Havia uma placa com o nome do professor Lyne pendurada na porta, com letras brilhantes. Eli testou a maçaneta. Trancada. Ele procurou nos bolsos algo que pudesse usar para arrombar a fechadura e encontrou um clipe de papel. Se dava certo na televisão, podia dar certo aqui. Ele se ajoelhou na frente da maçaneta.

Antes da volta de Victor ao campus, Eli levara sua descoberta ao professor Lyne, que havia passado de cético a intrigado conforme suas teorias passavam a se sustentar. Eli havia apreciado receber a atenção do professor no outono, mas aquilo não era nada em comparação com a satisfação que havia sentido ao ganhar o respeito de Lyne. A pesquisa dele, agora pesquisa *deles*, assumira um novo foco sob a orientação do professor: reinterpretar as qualidades hipotéticas dos EOs existentes — experiências de quase morte e suas consequências físicas e psicológicas — para criar um sistema com o potencial de *localizá-los*. Uma espécie de mecanismo de busca. Pelo menos esse havia sido o plano de estudo oficial até Victor voltar das férias e sugerir que, em vez disso, eles poderiam *criar* um EO. Eli nunca compartilhara essa ideia com o professor Lyne. Não tivera a oportunidade. Depois da tentativa fracassada de Victor, Eli havia ficado muito preocupado com o próprio teste, e então, depois do seu sucesso — e *era* um sucesso, apesar das peças que faltavam —, não quisera mais compartilhar nada. Ele vinha observando o interesse de Lyne passar de uma curiosidade aguçada para o fascínio de um jeito que Eli conhecia muito bem. Sem dúvida, bem o bastante para ficar desconfiado.

Agora estava grato por ter mantido a nova direção do trabalho em segredo. Em menos de uma semana, a pesquisa de Eli acabara com a vida de Angie, arruinara a de Victor (se ele sobrevivesse) e transformara a dele próprio. Ainda que a reviravolta sombria do trabalho e a destruição subsequente tenham sido culpa de Victor, as ações dele também revelaram a verdade sinistra das descobertas dos dois e para onde inevitavelmente levavam. E agora Eli sabia exatamente o que tinha que fazer.

— Posso ajudar?

Eli ergueu o olhar da fechadura, que não estava conseguindo arrombar, e deparou com um zelador inclinado sobre uma vassoura, os olhos vagando de Eli para o clipe de papel esticado. Ele forçou uma risada casual e endireitou o corpo.

— Espero que sim. Nossa, eu sou muito burro. Deixei uma pasta no escritório do professor Lyne. Ele é o meu orientador. Preciso da pasta para o meu trabalho de conclusão de curso. — Ele falava muito rápido, como os atores fazem na TV quando querem que os espectadores percebam que estão mentindo. Suas mãos suavam. Fez uma pausa, se forçando a respirar. — Aliás, você chegou a ver o professor por aí? — Inspire, expire. — Posso esperar um pouco. — Inspire, expire. — Ia ser o meu primeiro momento de descanso em semanas. — Ele parou e esperou para saber se o zelador engoliria a história.

Depois de um bom tempo, o homem tirou um molho de chaves do bolso e abriu a porta.

— Eu ainda não vi o professor Lyne por aí, não, mas ele deve chegar em breve. E, no futuro — acrescentou ele enquanto se virava para ir embora —, você tem que usar dois clipes.

Eli sorriu com alívio genuíno, agradeceu e entrou, fechando a porta com um clique. Deu um suspiro baixo e começou seu trabalho.

Existem momentos em que as maravilhas do avanço científico dinamizam os processos, tornando a vida mais fácil. A tecnologia moderna fornece máquinas capazes de pensar três ou cinco ou sete estágios à frente da mente humana, máquinas que oferecem soluções elegantes, uma seleção de planos de contingência, B e C e D para o caso do A não sair como esperado.

E existem momentos em que uma chave de fenda e um pouco de trabalho braçal são tudo o que é preciso para completar uma tarefa. Eli admitia que não era muito criativo ou esteticamente agradável, mas ainda era eficaz. A pesquisa estava armazenada em dois lugares. O primeiro era uma pasta azul na terceira gaveta do arquivo na parede, que Eli retirou e guardou na mochila. O segundo era o computador.

Ele lidou com o computador do professor Lyne da forma mais simples e à prova de falhas que conhecia: removendo fisicamente o HD e o esmagando com o pé antes de guardar os pedaços na mochila, com a intenção de atirar a bolsa em algum crematório ou máquina de serragem por precaução. Teria que torcer para que o professor Lyne não tivesse pensado em armazenar uma cópia da pasta da pesquisa em outro lugar.

Eli fechou a mochila e fez o melhor que pôde para posicionar o computador de modo que, à primeira vista, não parecesse que estava sem o HD. Ajeitou a mochila no ombro e voltou para o corredor. Estava prestes a tentar trancar de novo a porta do escritório de Lyne quando ouviu uma tosse e se virou para encontrar o professor bloqueando o caminho, com um café numa das mãos e uma pasta na outra. Eles estudaram um ao outro, a mão de Eli ainda descansando na maçaneta.

— Bom dia, sr. Cardale.

— Estou retirando a minha pesquisa — declarou Eli sem a menor cerimônia.

Lyne franziu o cenho.

— Isso significa que você vai ser reprovado.

Eli mudou a mochila de ombro e passou por Lyne.

— Eu não me importo.

— Eli — chamou o professor Lyne, seguindo-o —, o que houve? O que está acontecendo?

Eles estavam sozinhos no corredor. Sem diminuir o passo e em voz baixa, Eli respondeu:

— Essa pesquisa tem que acabar. Imediatamente. Foi um erro.

— Mas estamos só começando — retrucou o professor Lyne. Eli empurrou a porta para as escadas e pisou no patamar, com Lyne logo atrás dele. — As descobertas que você fez, as descobertas que *nós* vamos fazer... vão mudar o mundo.

Eli se virou para ele.

— Não para melhor — rebateu. — A gente não pode continuar com isso. Para onde a pesquisa vai nos levar? A gente torna possível a busca por EOS, e aí o que acontece? Eles são capturados, examinados, dissecados, explicados, até alguém decidir parar de estudá-los e começar a criá-los.

Eli ficou de estômago embrulhado. Ia ser exatamente assim, não ia? Ele era prova disso. Tinha sido seduzido pela possibilidade, pelo potencial, pela oportunidade de provar uma teoria em vez de refutá-la.

Já imaginou?

— Isso seria tão ruim assim? — perguntou Lyne. — Criar algo ExtraOrdinário?

— Eles não são ExtraOrdinários — vociferou Eli. — São *errados*.

Eli culpava a si mesmo. Victor tinha razão, ele havia brincado de Deus, até mesmo ao pedir Sua ajuda. E Deus, em Sua misericórdia e Sua bondade, havia salvado a vida de Eli, mas destruído tudo que a tocava.

— Não vou dar a ninguém as ferramentas necessárias para criar mais. Todos esses caminhos levam à ruína.

— Não seja tão dramático.

— Acabou. Para mim, chega. — Eli segurou a mochila com firmeza. Lyne semicerrou os olhos.

— Para mim, não — retrucou Lyne, estendendo a mão para o ombro de Eli, os dedos se fechando na alça da mochila. — Temos uma obrigação para com a ciência, sr. Cardale. A pesquisa deve continuar. E descobertas dessa magnitude devem ser compartilhadas. Não seja tão egoísta.

Lyne deu um puxão na bolsa, mas Eli não cedeu, e, antes que ele se desse conta do que estava acontecendo, os dois estavam brigando pela mochila. Eli empurrou Lyne para longe dele, de encontro ao corrimão, e, em algum mo-

205

mento da luta, o cotovelo do professor acertou o lábio de Eli, rasgando-o. Eli limpou o sangue e arrancou a mochila das mãos de Lyne, jogando-a para o lado, quando então percebeu que o professor tinha parado de lutar. Ele estava imóvel, de olhos arregalados, e Eli sentiu o que estava acontecendo antes mesmo de ver no reflexo dos olhos de Lyne. A pele do seu lábio tinha se fechado.

— Você... — Eli viu a expressão no rosto de Lyne passar do choque para o júbilo. — Você conseguiu. Você é um deles. — Ele já conseguia ver os experimentos, os artigos, a imprensa, a obsessão. — Você é um...

Lyne não teve a chance de terminar a frase, pois naquele momento Eli lhe deu um empurrão forte, jogando-o escada abaixo. A palavra foi substituída por um grito breve, então interrompido de repente pelo primeiro dos inúmeros baques do corpo de Lyne rolando pelos degraus. Ele atingiu o fim da escada com o som de algo se rachando.

Eli baixou os olhos para o corpo, querendo se sentir horrorizado. Não se sentiu. Ali estava de novo aquela lacuna entre o que ele sabia que deveria sentir e o que ele sentia de fato, zombando da sua mente enquanto olhava para Lyne. Eli não sabia ao certo se quisera empurrar o professor escada abaixo ou somente afastá-lo, mas, agora, o estrago já estava feito.

— Foi ideia de Victor, testar a teoria — flagrou-se dizendo enquanto descia os degraus. — O método precisou de ajustes, mas funcionou. É por isso que eu sei que tem que parar. — Lyne sofreu um espasmo. Sua boca se abriu, emitiu um som entre um gemido e uma arfada. — Porque funciona. E porque é errado. — Eli parou na base da escada, ao lado do professor. — Eu morri implorando para ter força para sobreviver e recebi essa dádiva. Mas é uma troca, professor, com Deus ou com o diabo, e eu paguei pelo meu dom com a vida dos meus amigos. Todo EO vendeu uma parte de si mesmo que nunca mais vai ter de volta. Você não entende? — Ele se ajoelhou ao lado de Lyne, cujos dedos continuavam sofrendo espasmos. — Não posso deixar ninguém pecar de maneira tão abominável contra a natureza. — Eli sabia o que precisava fazer, sentia com uma certeza estranha e reconfortante. Colocou uma das mãos debaixo da mandíbula de Lyne quase com delicadeza enquanto a outra cercava o queixo dele. — Essa pesquisa morre com a gente.

Com isso, torceu o pescoço do professor com um movimento brusco.

— Bem — continuou Eli com voz suave —, com *você*.

Os olhos de Lyne ficaram vazios, e Eli repousou sua cabeça no chão, soltando os dedos enquanto se levantava. Houve um momento de uma paz tão perfeita, do tipo que ele costumava sentir na igreja, um fragmento de paz que parecia tão... certa. Era a primeira vez que se sentia ele mesmo, como *mais* do que ele mesmo, desde que tinha voltado à vida.

Eli fez o sinal da cruz.

Em seguida, voltou escada acima, fazendo uma pausa para analisar o corpo curvado, com o pescoço quebrado de uma maneira que parecia consistente com a queda. O café tinha caído junto com o professor e deixado uma trilha nos degraus, o copo estraçalhado ao lado do cadáver destruído. Eli havia tomado o cuidado de não pisar no líquido. Ele limpou as mãos na calça jeans e pegou a mochila do patamar, mas não conseguia ir embora. Em vez disso, ficou parado, aguardando, esperando que a sensação de terror, a náusea, a culpa viessem ao seu encontro. Mas não vieram. Havia somente o silêncio.

E então um sinal tocou pelo prédio, levando consigo o silêncio, e Eli se viu com apenas um corpo e o impulso repentino de *fugir*.

Eli atravessou o estacionamento enquanto sua mente ponderava o que fazer em seguida. A paz que ele havia sentido nas escadas dera lugar a uma energia irritadiça e à voz em sua cabeça que sussurrava *vai*. Não era culpa nem mesmo pânico, mas algo que mais parecia autopreservação. Ele alcançou o carro e enfiou a chave na porta. Então, ouviu passos atrás dele.

— Sr. Cardale.

Vai, rosnou a coisa na sua cabeça, tentadora e nitidamente, mas algo mais o fez permanecer ali. Ele virou a chave na porta, trancando-a com um leve clique.

— Posso ajudar em algo? — perguntou Eli, virando-se para o homem. Ele era alto e tinha ombros largos e cabelos pretos.

— Eu sou o detetive Stell. Você estava chegando ou saindo?

Eli tirou a chave da porta.

— Chegando. Achei que devia contar ao professor Lyne. Sobre Victor, quer dizer. Eles eram próximos.

— Eu acompanho você.

Eli assentiu e deu um passo para longe do carro antes de franzir a testa.

— Vou deixar a mochila aqui — avisou ele, destrancando a porta e jogando a mochila, com a pasta, o HD e todo o resto, no banco de trás. — Não estou com disposição para assistir a aula nenhuma hoje.

— Eu lamento a sua perda — disse o detetive Stell de modo automático.

Eli contou os passos de volta ao laboratório de medicina. Ele chegou a trinta e quatro antes de ouvir as sirenes, então ergueu o olhar de súbito. Ao seu lado, Stell xingou e acelerou o passo.

O corpo de Lyne tinha sido encontrado.

Fuja fuja fuja, sibilou a coisa na cabeça de Eli. Cantava no mesmo tom e na mesma velocidade das sirenes.

E ele correu, mas não para longe dali. Seus pés o levaram para a entrada do prédio, para dentro, seguindo a equipe de emergência a caminho da base da escada. Quando Eli viu o corpo, emitiu um gemido sufocado. Stell o afastou, e Eli deixou as pernas cederem sob o seu peso, os joelhos atingindo o chão frio com um estalo. Ele estremeceu no mesmo instante em que os ferimentos surgiam e desapareciam debaixo das pernas da sua calça.

— Vamos, filho — chamou Stell, afastando-o.

O olhar de Eli estava fixo na cena, no entanto. Tudo se desenrolava como devia, como *era preciso*, as pontas soltas sendo aparadas. Até que ele viu o zelador, encostado na parede, observando, franzindo a testa como as pessoas costumam fazer quando estão tentando solucionar um quebra-cabeça.

Merda, pensou Eli, mas ele deve ter dito isso em voz alta porque Stell deu um puxão nele para colocá-lo de pé e falou:

— Merda mesmo. Vamos embora.

Mortes demais, rápido demais. Ele sabia que seria um suspeito. Tinha que ser. *Fuja*, disse a coisa na sua cabeça, com urgência, em seguida implorando, cutucando seus músculos e seus nervos. Mas ele não podia fugir. Se fugisse agora, seria perseguido.

Sendo assim, ele não fugiu. Na verdade, encenou muito bem o papel de vítima. Arrasado, com raiva, traumatizado e, acima de tudo, cooperativo.

Quando o detetive Stell sugeriu que todos ao seu redor estavam mortos ou quase mortos, Eli fez o melhor que pôde para parecer inconsolável. Ele explicou a inveja de Victor, tanto da sua namorada quanto da sua posição como melhor da turma. Victor sempre estivera um passo atrás. Devia ter surtado. Acontece.

Quando o detetive Stell perguntou a Eli sobre o trabalho de conclusão de curso, ele explicou que a pesquisa fora sua até Victor se apoderar dela, traí-lo e começar a trabalhar com Lyne. Em seguida, ele se inclinou para a frente e disse a Stell que Victor estava estranho nos últimos dias, que havia algo de diferente, de errado, e que, se ele sobrevivesse — Victor ainda estava na UTI —, seria bom todos tomarem muito cuidado.

A entrega do trabalho final de Eli foi adiada por causa do trauma. *Trauma*. A palavra o assombrou ao longo do interrogatório policial e das reuniões acadêmicas até o apartamento conjugado ser aprovado pela universidade, para onde foi realocado. *Trauma*. A palavra que o ajudara a descobrir o código, que o ajudara a localizar a origem dos EOS. *Trauma* se tornou uma espécie de passe livre. Se ao menos soubessem quanto *trauma* ele havia sofrido. Não faziam ideia.

Ele ficou de pé no novo apartamento com as luzes apagadas e deixou a mochila — nunca chegaram a fazer uma busca no carro — cair no chão ao seu lado. Era a primeira vez que estava sozinho — sozinho de verdade — desde que tinha saído da festa para procurar Victor. E, por um momento, a lacuna entre o que ele deveria sentir e o que de fato sentia se fechou. Lágrimas começaram a escorrer pelo rosto de Eli e ele caiu de joelhos no chão de madeira.

— Por que isso está acontecendo? — sussurrou no cômodo vazio.

Não sabia ao certo se estava se referindo à tristeza repentina e feroz ou ao assassinato de Lyne ou à morte de Angie ou à mudança de Victor ou ao fato de que ele continuava ali, ileso em meio a tudo isso.

209

Ileso. Era exatamente isso. Ele quisera ter força, havia implorado por isso enquanto a água gélida sugava o calor e a vida do seu corpo, mas recebera *isso*. Resiliência. Invencibilidade. Mas por quê?

Os EOS são errados, e eu sou um EO, logo devo ser errado. Era a equação mais simples do mundo; entretanto, não estava correta. De alguma maneira, *não estava correta.* Ele sabia no fundo do coração com uma estranha e simples certeza que os EOS *eram* errados, que não deveriam existir. Mas tinha a mesma certeza de que *ele* não era, não da mesma forma. Diferente, sim, inegavelmente diferente, mas não errado. Pensou sobre o que havia dito na escada. As palavras saíram por vontade própria.

Mas é uma troca, professor, com Deus ou com o diabo...

Será que essa era a diferença? Ele tinha visto um demônio vestindo a pele do melhor amigo, mas Eli achava que não havia mal algum dentro de *si*. Pelo contrário, ele sentiu mãos fortes e firmes o conduzindo quando puxou o gatilho, quando quebrou o pescoço de Lyne, quando não fugiu de Stell. Aqueles momentos de paz, de certeza, eram como a fé.

Mas ele precisava de um sinal. Nos últimos dias, Deus se assemelhara à luz de um fósforo em comparação com o sol das descobertas de Eli, mas agora ele voltou a se sentir feito um garotinho, que precisava de confirmação, de aprovação. Tirou um canivete do bolso da calça jeans e o abriu com um clique.

— O Senhor o tiraria de mim? — perguntou para o apartamento escuro. — Se eu não fosse mais uma criação Sua, o Senhor tiraria esse poder de mim, não é verdade? — Lágrimas reluziam em seus olhos. — Não é verdade?

Ele fez um corte profundo, entalhando uma linha reta do cotovelo até o pulso, estremecendo quando o sangue foi imediatamente vertido e derramado, pingando no chão.

— O Senhor me deixaria morrer.

Ele trocou o canivete de mão e entalhou uma linha igual no outro braço, mas, antes de chegar ao pulso, as feridas começaram a fechar, deixando apenas uma pele lisa e uma pequena poça de sangue.

— *Não é verdade?*

Ele fez um corte ainda mais profundo, até chegar ao osso, repetidas vezes, até o chão ficar coberto de vermelho. Até ele ter dado a vida a Deus centenas de vezes e a recebido de volta mais uma centena de vezes. Até o medo e a dúvida terem sangrado dele por completo. E então pôs o canivete de lado, as mãos trêmulas. Eli afundou os dedos na poça vermelha, fez o sinal da cruz e voltou a ficar de pé.

V

POR VOLTA DO MEIO-DIA

HOTEL ESQUIRE

Eli estacionou na rua.

Não confiava em garagens de hotel desde o incidente com um EO que causava tremores de terra, três anos antes. Ele levou duas horas inteiras para se curar, e isso só depois de conseguir sair de baixo dos destroços. Além do mais, havia os registros, os tíquetes, as cabines e as cancelas... Era impossível realizar uma fuga rápida de uma garagem. Desse modo, Eli estacionou, atravessou a rua e entrou pela portaria elegante do hotel, uma marquise de pedra e luzes que anunciava o orgulho da cidade de Merit, o Esquire. Fora uma escolha de Serena, e ele não se sentira disposto a contrariá-la. Estavam ali fazia poucos dias, desde o *contratempo* com Sydney. Tinha esperado de verdade que a garota fosse sangrar até a morte na floresta, que talvez uma ou duas das balas que havia disparado na direção dela encontrasse carne em vez de madeira e ar. Mas o desenho no seu bolso — e o encontro com Barry Lynch morto-não-morto-morto-de-novo sugeriam o contrário.

— Boa tarde, sr. Hill.

Eli demorou um segundo para se lembrar de que *ele* era o sr. Hill, então sorriu e acenou para a mulher na recepção. Serena era melhor que uma identidade falsa. Na verdade, ele não precisara apresentar identidade *nenhuma* quando fizeram o check-in. Nem um cartão de crédito. Ela era mesmo muito útil. Ele não gostava de depender tanto de outra pessoa, mas deu um jeito de distorcer aquilo em sua mente, de garantir a si mesmo que, embora Serena facilitasse as coisas, ela o poupava de um esforço que ele era mais do que capaz de fazer, caso necessário. Assim, ela não era essencial, só muito conveniente.

Na metade do caminho para o elevador, Eli passou por um homem. Ele montou um rápido perfil mental do estranho, tanto por força do hábito quanto por um instinto de que havia algo de errado nele, um tipo de sexto sentido adquirido depois de ter passado uma década analisando as pessoas como se todo mundo fosse um desenho de encontre-os-sete-erros. O hotel era caro, elegante, de modo que a maioria dos hóspedes usava terno. Esse homem vestia algo que poderia se passar por um, mas era enorme, com tatuagens aparecendo por baixo das mangas arregaçadas e do colarinho. Ele lia alguma coisa enquanto caminhava e não ergueu os olhos, e a mulher na recepção não pareceu preocupada, então Eli armazenou o rosto do sujeito em algum lugar ao alcance da mente e subiu.

Ele pegou o elevador até o nono andar e entrou. A suíte era agradável, mas esparsa, com cozinha americana, janelas que iam do chão ao teto e uma varanda com vista para Merit. Nada de Serena, no entanto. Eli jogou a bolsa no sofá e se sentou à mesa no canto, na qual havia um laptop em cima do jornal do dia. Ele ligou o aparelho e, enquanto o banco de dados da polícia era carregado, tirou o desenho dobrado do bolso e o colocou sobre a mesa, alisando as margens. O banco de dados emitiu um leve assobio e ele o acessou pela vulnerabilidade que o policial Dane e o detetive Stell haviam instalado para ele.

Em seguida, pesquisou nas pastas até encontrar o arquivo que estava procurando. Beth Kirk o encarava fixamente, os cabelos azuis emoldurando o rosto. Ele olhou para ela por um momento e então arrastou o perfil para a lixeira.

VI

DEZ ANOS ANTES
UNIVERSIDADE DE LOCKLAND

Eli estava sentado no apartamento conjugado fornecido pela universidade, jantando comida chinesa do refeitório, quando o jornal exibiu a reportagem. Dale Sykes, um zelador da Universidade de Lockland, havia sido atropelado e morto enquanto voltava a pé para casa do trabalho na noite anterior. Eli pegou mais uma garfada de brócolis. Não tivera a intenção de fazer aquilo. Quer dizer, ele não tinha saído de carro com a *intenção* de matar o zelador. Mas *tinha* descoberto a escala de serviço de Sykes, e *tinha* entrado no carro na hora que Sykes deixava o turno noturno no qual trabalhava uma vez por semana, *tinha* visto o zelador atravessando a rua e *tinha* acelerado. Mas fora uma série de circunstâncias alinhadas de tal forma que qualquer uma delas podia muito facilmente ter mudado numa questão de segundos e poupado a vida do homem. Foi a única maneira que Eli encontrou de dar uma chance ao zelador, ou, melhor dizendo, de dar uma chance para Deus intervir. Não, Sykes não era um EO, mas era uma ponta solta, e, quando o carro de Eli passou por cima dele com um *tum-tum* e aquele momento de tranquilidade preencheu o seu peito, ele soube que tinha feito a coisa certa.

Agora estava jogado numa cadeira à mesa da cozinha enquanto a morte era noticiada, olhando por cima da comida chinesa para duas pilhas de papéis adiante. A primeira consistia em suas anotações para a pesquisa, mais especificamente de estudos de caso preliminares — fotos da internet, depoimentos e coisas do tipo. A segunda pilha continha o material da pasta azul de Lyne. A teoria de Eli sobre o que tornava alguém um EO estava lá, mas Lyne havia acrescentado suas próprias anotações sobre as circunstâncias e os fatores utilizados na identificação de um EO em potencial. Além das experiências de quase morte, o professor adicionara um termo que Eli já o ouvira usar antes, transtorno de morte pós-traumático, ou seja, as instabilidades psicológicas resultantes da EQM, e outro termo que devia ser novo, princípio do renascimento, ou seja, o desejo do paciente de fugir da vida que levava antes ou de redefinir a si mesmo com base na sua habilidade.

Eli torceu o nariz para o segundo. Não gostou de se reconhecer naquelas anotações, embora tivesse um bom motivo para lê-las. Porque ao passar por cima de Dale Sykes com o carro ele sentiu a mesma coisa de quando tentou acabar com a vida de Victor. Propósito. E estava começando a entender qual era.

Ele sabia que os EOS eram uma afronta à natureza, a Deus. Eram artificiais e eram errados, mas Eli sempre seria mais forte. Seu poder era um escudo contra o deles, impenetrável. Ele podia fazer o que as pessoas comuns não podiam. Ele era capaz de pará-los.

Mas antes precisava descobrir onde estavam. E era por isso que estava passando um pente-fino na pesquisa, comparando os métodos de Lyne com os estudos de caso, na esperança de que um dos dois desse a ele um ponto de partida.

Victor sempre fora melhor com esse tipo de quebra-cabeça. Ele era capaz de dar uma olhada rápida e ver as conexões, não importa quão tênues fossem. No entanto, Eli insistiu, vasculhou os arquivos enquanto o jornal passava, terminou e recomeçou, e, por fim, encontrou. Uma pista. De uma matéria de jornal que Eli havia guardado por capricho. A família de um homem fora morta num acidente horrível, todos esmagados. Isso havia ocorrido poucos meses depois de o próprio sujeito quase ter morrido no desabamento de um prédio. Apenas o primeiro nome dele — Wallace — era informado, e o jornal, que vinha de uma cidade a cerca de uma hora de distância, o chamava de morador da região. Eli olhou fixamente para o nome por vários minutos antes de localizar uma captura de tela de um fórum da internet, um desses sites em que quase cem por cento dos participantes são oportunistas em busca de um pouco de atenção. Entretanto, Eli fora meticuloso e imprimira a página de qualquer jeito. Ele até mesmo havia encontrado uma lista dos membros do site. Um deles, um tal de Wallace47, havia comentado uma única vez num tópico que já tinha sido fechado. Datava do ano anterior, entre o acidente dele e o da sua família. Só havia uma frase escrita: "Ninguém está a salvo perto de mim."

Não era muita coisa, mas já era um começo. E, enquanto Eli jogava a embalagem de comida na lixeira e desligava a televisão, ele queria ir, correr, não para longe, mas na *direção* de algo. Tinha um objetivo. Uma missão.

No entanto, ele sabia que precisava esperar. Contou os dias até a formatura, todo o tempo sentindo a atenção de professores, orientadores e policiais sobre ele como o sol durante o verão. No início, era um olhar atento, mas, enfim, com o passar dos meses, a atenção diminuiu até que, quando chegou a hora das provas finais, a maioria das pessoas até se esquecia de parecer preocupada quando ele entrava na sala. Quando o ano por fim acabou, Eli fez as malas despreocupadamente, deu uma última passada preguiçosa pelo apartamento e trancou a porta. Pôs a chave num envelope branco com o brasão da universidade e o deixou na caixa de correio do lado de fora do posto de serviço do dormitório.

E foi então, e somente então, quando o campus de Lockland desapareceu na distância, que Eli se desvencilhou do sobrenome Cardale, assumindo o de Ever, e saiu em busca do seu propósito.

Eli não gostava de matar.

Ele gostava muito do minuto seguinte. A tranquilidade gloriosa que preenchia o ar enquanto seus ossos quebrados se recuperavam e sua pele rasgada se fechava, e ele sabia que tinha a aprovação de Deus.

Mas o assassinato em si era mais complicado do que ele havia esperado.

E ele não gostava daquele termo, "assassinato". Que tal "remoção"? "Remoção" era uma palavra melhor. Fazia os alvos parecerem menos humanos, o que não eram de fato... Uma questão de semântica. De qualquer modo, era complicado. A profusão de violência na televisão tinha feito Eli acreditar que matar era algo limpo. O estalo curto de um tiro. O golpe rápido de uma faca. Um momento de choque.

A câmera corta a cena e a vida continua.

Fácil.

E, para ser justo, a morte de Lyne *tinha* sido fácil. Assim como a de Sykes, na verdade, já que o carro havia feito o trabalho. Porém, enquanto Eli arrancava um par de luvas de látex encharcadas de sangue das mãos, ele se viu desejando que a câmera cortasse a cena para um momento mais agradável.

Wallace o enfrentara. Ele tinha quase 60 anos, mas era forte como um touro. Tinha chegado a entortar uma das facas preferidas de Eli antes de parti-la em duas.

Eli se encostou no muro de tijolos e esperou que suas costelas voltassem para o lugar antes de arrastar o corpo até a pilha de lixo mais próxima. A noite estava quente e ele verificou se tinha alguma mancha de sangue antes de sair do beco, a tranquilidade já desvanecendo e deixando uma tristeza estranha em seu rastro.

Sentiu-se perdido outra vez. Sem propósito. Mesmo com a pista, tinha levado três semanas para encontrar o EO. Era uma busca lenta e pouco eficaz. Quisera ter certeza. Precisara de provas. Afinal de contas, e se suas suposições estivessem equivocadas? Eli não tinha a menor vontade de acumular mais mortes humanas. Lyne e Sykes foram exceções, vítimas das circunstâncias, suas mortes foram um infortúnio, mas necessárias. E, se Eli fosse honesto consigo mesmo, executadas sem muito jeito. Sabia que podia fazer melhor que aquilo. Wallace havia sido um progresso. Como com qualquer outro propósito, havia um tempo de aprendizado, mas ele acreditava firmemente no velho ditado.

A prática leva à perfeição.

VII

POR VOLTA DO MEIO-DIA
HOTEL ESQUIRE

Victor e Sydney estavam no quarto do hotel, comendo pizza fria e examinando os perfis que Mitch havia separado para eles. O próprio Mitch tinha saído para resolver uma pendência, e, embora os olhos de Victor vasculhassem o perfil de um homem de meia-idade chamado Zachary Flinch, sua mente estava muito mais concentrada no celular — ligado e ao alcance do seu lado na bancada — e no nome de Stell do que nos documentos. Ele tamborilava sobre a perna. No lado oposto ao telefone, havia o perfil de um homem mais jovem chamado Dominic Rusher.

Sydney estava empoleirada numa banqueta, terminando sua segunda fatia de pizza. Victor viu quando ela olhou de relance para a foto de Eli no jornal, enfiada debaixo do terceiro perfil, que pertencia à garota de cabelo azul chamada Beth Kirk. Ele a observou estender a mão e tirar o artigo dali de baixo, olhando para ele com aqueles grandes olhos azuis.

— Não se preocupe, Syd — disse Victor. — Vou fazer com que ele sofra.

Ela ficou imóvel por um tempo, o rosto feito uma máscara. E então a máscara rachou.

— Quando veio atrás de mim — começou ela —, ele me disse que era por *um bem maior*. — Sydney cuspiu as últimas três palavras. — Ele disse que eu era artificial, uma afronta a Deus. Esse foi o motivo que deu para tentar me matar. Não achei um motivo lá muito bom. — Ela engoliu em seco. — Mas foi o suficiente para a minha irmã me entregar.

Victor franziu o cenho. A questão da irmã de Sydney, Serena, ainda o perturbava. Por que Eli ainda não a havia matado? Ele parecia determinado a matar todos os outros.

— Eu sei bem como isso é complicado — comentou ele, erguendo os olhos do perfil que segurava. — O que a sua irmã pode fazer?

Sydney hesitou.

— Não sei. Ela nunca me mostrou. Era para ela ter me mostrado, mas aí o namorado dela meio que atirou em mim. Por quê?

— Porque — respondeu ele — Eli está mantendo a sua irmã por perto. Deve ter um motivo. Ela deve ter algum valor para ele.

Sydney baixou os olhos e deu de ombros.

— Mas — acrescentou Victor —, se fosse apenas uma questão de valor, ele teria mantido você por perto. Ruim para ele, bom para mim.

O vislumbre de um sorriso atravessou a boca de Sydney. Ela jogou a borda da pizza para o cachorro preto no chão. Dol ergueu a cabeça e a apanhou antes que tocasse o chão. Em seguida, o cachorro se levantou e deu a volta na bancada até Victor, encarando a borda da pizza dele com expectativa. Victor o alimentou com a massa e deu uma coçadinha nas orelhas do cachorro — que chegavam até o seu abdômen, mesmo sentado na banqueta. Ele olhou do animal para Sydney. Estava de fato colecionando vira-latas.

O celular tocou.

Victor largou o documento e ergueu o telefone num só movimento.

— Alô?

— Peguei o cara — avisou Mitch.

— Dane ou Stell?

— Dane. E até encontrei uma sala pra gente.

— Onde? — perguntou Victor, colocando o casaco.

— Olha pela janela.

Victor andou a passos largos até as janelas enormes e apreciou a vista. Do outro lado da rua, a dois edifícios de distância, havia o esqueleto de um arranha-céu. Paredes de construção de madeira circundavam o andaime e uma faixa na qual se lia FALCON PRICE estava afixada na frente, mas não havia ninguém trabalhando. O projeto fora interrompido ou abandonado.

— Perfeito — disse Victor. — Estou a caminho.

Ele desligou, e viu que Sydney já havia descido da banqueta e estava segurando o casaco vermelho, à espera. Não pôde deixar de pensar que ela exibia a mesma expressão que Dol, de expectativa, esperança.

— Não, Sydney. Eu preciso que você fique aqui.

— Por quê?

— Porque você não acha que eu sou uma má pessoa. E não quero que você descubra que está enganada.

Victor abriu caminho pelo forro de plástico que isolava os espaços inacabados do térreo do arranha-céu, seus passos ecoando no concreto e no aço. A fina camada de poeira nos cômodos externos mais expostos do edifício sugeria um projeto recém-abandonado, porém a qualidade dos materiais e a excelente localização da construção o faziam pensar que não permaneceria abandonado por muito tempo. Construções em transição eram perfeitas para encontros como aquele.

Algumas coberturas de lona encerada depois, encontrou Mitch e um homem sentado numa cadeira dobrável. O homem na cadeira parecia indignado e, em seu âmago, aterrorizado. Victor quase conseguia sentir o medo, uma versão mais leve da reverberação irradiante provocada pela dor. O sujeito era esbelto, de cabelos curtos e pretos e mandíbula bem marcada. Suas mãos estavam presas nas costas com fita adesiva, e ele ainda estava fardado, o colarinho com alguns pontos escuros pelo sangue. O sangue vinha da sua bochecha, ou do seu nariz, ou talvez de ambos, Victor não sabia dizer ao certo. Umas poucas gotas haviam caído no distintivo no peito dele.

— Tenho que admitir — disse Victor — que estava torcendo para que fosse o Stell.

— Você disse que qualquer um dos dois serviria. Stell estava fora. Peguei esse aqui numa pausa para o cigarro — explicou Mitch.

Victor deu um sorriso bondoso enquanto voltava a atenção para o homem na cadeira.

— Fumar faz mal à saúde, policial Dane.

O policial Dane disse alguma coisa ininteligível por causa da fita adesiva sobre a sua boca.

— Você não me conhece — continuou Victor. Ele descansou a bota na parte lateral da cadeira dobrável e a inclinou. O policial Dane desabou, batendo no chão com um estalo e um gemido abafado, e Victor segurou a cadeira antes que ela caísse, virou-a com um movimento suave e se sentou. — Sou amigo de um amigo seu. E ficaria muito grato se você me ajudasse. — Ele se inclinou para a frente, apoiando os cotovelos nos joelhos. — Quero que você me conte quais são os seus códigos de acesso para o banco de dados da polícia.

O policial Dane franziu o cenho. Mitch também.

— Vic — disse ele, curvando-se para perto de Victor para que Dane não o ouvisse —, para que você precisa disso? Eu já invadi o banco.

Victor não pareceu se importar se o policial entreouvisse.

— Você me deu acesso para leitura, e eu agradeço por isso. Mas quero fazer uma publicação, e para isso preciso de uma identificação reconhecida. — Era hora de mandar outra mensagem, e Victor queria que todos os detalhes fossem perfeitos. Os perfis marcados tinham a assinatura do autor, e, como o próprio Mitch havia indicado, todos pertenciam a uma das duas pessoas: Stell ou Dane. — Além do mais — disse Victor, deslizando da cadeira para se levantar —, assim é mais divertido.

O ar no ambiente começou a chiar, o esqueleto exposto do edifício refletindo de volta a energia até que todo o espaço estivesse zumbindo.

— Você devia esperar lá fora — disse ele para Mitch.

Victor havia aperfeiçoado sua arte — era capaz de escolher uma pessoa numa multidão e fazê-la cair feito uma pedra —, mas mesmo assim não gostava de ter outros por perto. Só por precaução. De vez em quando, ele se exaltava um pouco e a dor transbordava, vazava em outras pessoas. Mitch, que o conhecia bem o bastante, não fez perguntas, apenas puxou uma cobertura de lona de plástico para o lado e foi embora. Victor o observou sair, então flexionou os dedos, como se precisasse de agilidade neles. Sentia uma pontada de culpa por envolver Mitch nisso. Não é como se o homem tivesse acabado numa prisão de segurança máxima apenas por ser um hacker, mas, ainda assim, sequestrar um policial era um delito grave. Não tão grave quanto os crimes que o próprio Victor estava prestes a cometer, é claro, mas, dada a ficha criminal de Mitch, não pegaria nada bem para ele. Victor havia pensado em dispensar o amigo assim que estivessem do lado de fora da cerca da Penitenciária de Wrighton, mas o fato era que ele não possuía força sobre-humana e precisaria de alguém que o ajudasse a se livrar dos corpos. Além do mais, havia se acostumado com a presença de Mitch. Ele suspirou e voltou a atenção para o policial, que tentava falar alguma coisa. Victor se agachou, o joelho pressionando o peito do homem enquanto descolava a fita adesiva.

— Você não sabe o que está fazendo — vociferou o policial Dane. — Você vai acabar na cadeira elétrica por isso.

Victor deu um leve sorriso.

— Não se você me ajudar.

— Por que eu deveria te ajudar?

Victor colou a fita de volta na sua boca e se levantou.

— Ah, não deveria. — O zumbido no ar ficou mais intenso, e o corpo do policial Dane sofreu um espasmo, seu grito abafado pela fita. — Mas vai mesmo assim.

VIII

HOJE À TARDE

HOTEL ESQUIRE

Eli ainda estava olhando para a tela quadriculada do banco de dados da polícia quando ouviu a porta se abrir atrás dele. Ele tocou a tela, fechando o perfil de um EO não confirmado chamado Dominic Rusher, ao mesmo tempo que um par de braços esbeltos envolveu seus ombros e lábios roçaram a sua orelha.

— Por onde você estava? — perguntou ele.

— Fui procurar Sydney.

Eli se retesou.

— E?

— Nada ainda, mas deixei uns avisos por aí. Pelo menos a gente vai contar com mais pessoas de olho. Como foi no banco?

— Eu não confio em Stell — disse Eli pela centésima vez.

Serena suspirou.

— E Barry Lynch?

— Estava morto de novo quando cheguei lá. — Ele ergueu o desenho infantil da mesa e o entregou para ela sem se virar. — Só que deixou isso.

Ele sentiu o desenho ser arrancado dos seus dedos e, pouco depois, Serena disse:

— Não sabia que Victor era tão magro.

— Não é hora de brincadeira — esbravejou Eli.

Serena girou a cadeira para que ele ficasse de frente para ela. Seus olhos estavam frios como gelo.

— Tem razão. Você me disse que matou Sydney.

— Eu achei que tivesse matado.

Serena se inclinou e tirou os óculos com lentes falsas do rosto de Eli. Ele tinha se esquecido de que ainda os estava usando. Ela os enfiou no cabelo como se fossem um arco improvisado e o beijou, não nos lábios, mas entre os olhos, no ponto onde surgia uma ruga sempre que resistia a ela.

— Achou mesmo? — perguntou ela, perto dele.

Eli forçou a pele a não se contrair sob o beijo. Era mais fácil pensar quando Serena não estava olhando para ele.

— Achei.

Ele se sentiu aliviado ao dizer isso. Uma pequena palavra — no máximo uma meia verdade —, e só. Fora difícil e ele tinha ficado exausto, mas não havia dúvida de que estava melhorando em esconder as coisas dela.

Serena se afastou o suficiente para capturá-lo com seus frios olhos azuis. Eli via a maldade neles, articulada e astuta, e pensou, não pela primeira vez, que deveria tê-la matado quando tivera a oportunidade.

IX

OUTONO PASSADO

UNIVERSIDADE DE MERIT

A música estava alta o bastante para fazer os quadros tremerem nas paredes. Um anjo e um mago se pegavam na escada. Duas gatas atrevidas imprensavam um vampiro entre elas, um cara com lentes de contato amarelas uivou e alguém derramou um copo descartável cheio de chope barato perto do pé de Eli.

Ele afanou os chifres de um demônio ao lado da porta da frente e os colocou na cabeça. Tinha visto a garota entrar acompanhada por uma Barbie e uma colegial exibindo inúmeras violações do uniforme, mas *ela* estava de calça jeans e camisa polo, os cabelos loiros soltos sobre os ombros. Ele a tinha perdido de vista por apenas um instante, e agora as amigas dela estavam ali, ziguezagueando pela multidão com as mãos dadas no alto, enquanto ela havia sumido. A garota devia se destacar com sua peculiar ausência de fantasia numa festa de Halloween, mas não a via em lugar nenhum.

Fez uma varredura pela casa, esquivando-se das várias estudantes bonitas que tentavam atrasá-lo. Ele se sentia lisonjeado, e, afinal de contas, desempenhava bem aquele papel — fazia dez anos que o interpretava —, mas estava ali a trabalho. E então, depois de várias voltas infrutíferas pelo primeiro andar, *ela* o encontrou. Uma mão o puxou para as sombras da escada.

— Olá — sussurrou a garota. De alguma forma, ele ainda conseguia ouvi-la em meio a toda a música e gritaria.

— Oi — falou ele, bem perto.

Ela entrelaçou seus dedos nos dele enquanto o conduzia escada acima, para longe da festa ensurdecedora e para dentro de um quarto que não era seu, a julgar pela maneira como deu uma olhada ao redor antes de entrar. *Universitárias*, pensou Eli alegremente. Elas são maravilhosas. Ele fechou a porta depois de entrar, e o mundo dentro do quarto ficou abençoadamente silencioso, a música abafada, transformando-se numa espécie de batuque. As luzes estavam apagadas e eles as deixaram assim — a única fonte de luz vinha da janela na forma de luar e postes de luz.

— Uma festa de Halloween e nenhuma fantasia? — perguntou Eli.

A garota tirou uma lupa do bolso de trás da calça.

— Sherlock — explicou ela.

Seus movimentos eram vagarosos, quase sonolentos. Os olhos dela eram da cor da água durante o inverno, e ele não sabia qual era o poder da garota. Não a tinha estudado por muito tempo, não havia esperado por uma demonstração — ou melhor, tinha estudado e esperado por semanas, mas não conseguira presenciar a habilidade, seja lá qual fosse, de modo que tinha decidido se aproximar. Ele sabia que era contra as próprias regras e, no entanto, ali estava.

— E você? — perguntou ela.

Eli percebeu que era muito alto para que ela conseguisse ver. Baixou a cabeça e apontou para os chifres equilibrados no topo. Eram vermelhos e cheios de lantejoulas, brilhando no quarto escuro.

— Mefistófeles — respondeu. Ela riu. Estudava literatura. Pelo menos isso ele sabia. E era apropriado, pensou. Um demônio para atrair outro.

— Que original — comentou ela com um sorriso entediado.

Serena Clarke. Era o nome nas anotações dele. Era bonita de um jeito descontraído. O pouco de maquiagem que usava parecia algo pensado de última hora, e Eli achava difícil desviar os olhos dela. Estava acostumado com garotas bonitas, mas Serena era diferente, era algo *mais*. Quando ela o puxou para perto para lhe dar um beijo, ele quase se esqueceu do clorofórmio no bolso de trás. As mãos dela deslizaram pelas suas costas até a calça jeans e ele as afastou de lá pouco antes que os dedos alcançassem a garrafa e o pedaço de pano dobrado. Ele ergueu as mãos de Serena acima da cabeça dela, de encontro à parede, segurando-as no alto enquanto se beijavam. Serena tinha gosto de água gelada.

Tivera a intenção de jogá-la pela janela.

Em vez disso, ele a deixou empurrá-lo para trás, para cima da cama de um estranho. O clorofórmio se enterrou no seu quadril, mas, quando ele desviou os olhos da garota, ela atraiu seu olhar e a atenção de volta apenas com um dedo, um sorriso e uma ordem sussurrada. Um arrepio percorreu seu corpo. Um arrepio que ele não sentia há anos. Desejo.

— Me beija — disse ela, e ele a beijou.

Eli não poderia, nem para salvar a própria vida, *não* beijá-la, e, enquanto seus lábios encontravam os dela, a garota segurou as mãos dele sobre sua cabeça de modo provocante, o cabelo loiro roçando de leve o seu rosto.

— Quem é você? — perguntou ela.

Eli havia decidido que se chamaria Gill essa noite; porém, quando abriu a boca, sua resposta foi:

— Eli Ever.

Que merda foi essa?

— Quanta aliteração — comentou Serena. — Por que você veio à festa?

— Eu vim encontrar você.

As palavras saíram antes mesmo que Eli percebesse que estava falando. Ele sentiu o corpo retesar debaixo da garota e, em algum lugar da sua mente, soube que aquilo não era nada bom, que tinha que se levantar dali. Porém, quando tentou se libertar, a garota falou com suavidade "Não vai, fica quietinho" e seu corpo o traiu, relaxando sob os dedos dela ao mesmo tempo que seu coração martelava dentro do peito.

— Você se destaca das outras pessoas — disse ela. — Eu já vi você antes. Na semana passada.

Na verdade, Eli estivera seguindo a garota havia *duas* semanas, esperando ver a habilidade em ação. Mas não tivera sorte. Até agora. Ele forçou o corpo a se mexer, mas seu corpo queria ficar deitado debaixo dela. *Ele* queria ficar deitado debaixo dela.

— Você está me seguindo? — Ela fez essa pergunta de um jeito quase divertido, mas Eli respondeu:

— Sim.

— Por quê? — perguntou ela, soltando as suas mãos, mas ainda montada em cima dele.

Eli conseguiu se erguer sobre os cotovelos. Ele se esforçou para engolir a resposta como se fosse bile. *Não diga: para te matar. Não diga: para te matar. Não diga: para te matar.* Sentiu as palavras subirem com afinco pela sua garganta.

— Para te matar.

A garota franziu o cenho, mas não se mexeu.

— Por quê?

A resposta escapou.

— Você é uma EO. Você tem uma habilidade que é uma afronta à natureza e perigosa. *Você* é perigosa.

Ela torceu a boca.

— Disse o cara que está tentando me matar.

— Não espero que você entenda...

— Eu entendo, mas você não vai me matar essa noite, Eli. — Serena disse isso de um jeito bastante descontraído. Ele deve ter franzido o cenho, porque ela acrescentou: — Não precisa ficar tão desapontado. Você pode tentar de novo amanhã.

O quarto estava escuro, e a festa soava através das paredes. A garota se inclinou para a frente e arrancou os chifres vermelhos de lantejoulas dos cabelos castanhos de Eli, pousando-os sobre os cabelos loiros ondulados. Ela era adorável, e ele precisou se esforçar para pensar direito, para se lembrar por que Serena tinha que morrer.

E foi então que Serena disse:

— Você tem razão, sabe?

— Sobre o quê? — perguntou Eli. Seus pensamentos pareciam lentos.

— Eu sou perigosa. Não deveria existir. Mas o que dá a você o direito de me matar?

— Eu posso.

— Péssima resposta — retrucou ela, percorrendo a mandíbula dele com os dedos.

E, em seguida, Serena deixou o corpo deslizar por cima do dele, jeans contra jeans, quadril contra quadril, pele contra pele.

— Me beija de novo — ordenou ela. E ele a beijou.

Serena Clarke passava metade do tempo desejando estar morta e a outra metade dizendo a todos ao seu redor o que fazer enquanto desejava que *alguém* não o fizesse.

Depois de ter pedido que deixasse o hospital, um mar de funcionários tinha praticamente se partido ao meio para deixá-la passar antes mesmo que tirassem seu soro. A princípio, a sensação de conseguir o que queria com tanta facilidade foi boa, apesar de um pouco estranha. Serena sempre fora forte, sempre pronta para lutar pelo que queria. Mas, de repente, não havia necessidade, porque as outras pessoas perderam qualquer vontade de contrariá-la. O mundo ao seu redor ficou sem graça; um olhar complacente surgia no rosto de todos que ela conhecia e com quem falava. Seus pais simplesmente assentiram quando ela disse que queria voltar para a faculdade. Seus professores não eram mais um desafio. Suas amigas se submetiam repetidas vezes a cada capricho seu. Os rapazes perdiam o ímpeto, dando a Serena tudo o que ela queria e tudo o que não queria, mas que pedia por puro tédio.

Quando antes o mundo de Serena se curvava sob o peso da sua vontade, agora ele apenas se curvava. Ela não precisava discutir, não precisava tentar.

Sentia-se um fantasma.

E, o pior de tudo, Serena odiava admitir como era fácil e viciante conseguir o que queria, mesmo quando isso a entristecia. Toda vez que se cansava de tentar fazer com que as pessoas a contrariassem, Serena se esgueirava de volta para o conforto do controle. Não era capaz de desligar a habilidade. Até quando não era uma ordem, mas só uma sugestão, um pedido, as pessoas faziam o que ela queria.

Sentia-se uma deusa.

Sonhava com pessoas que pudessem revidar, que tivessem força de vontade o bastante para resistir a ela.

E então, certa noite ela ficou com raiva — muita raiva — do rapaz com quem estava saindo, do olhar vidrado e idiota ao qual ela já estava bastante familiarizada no rosto dele, e, quando ele se recusou a resistir a ela, se recusou a lhe negar algo, porque por algum motivo irritante ela não conseguia mandá-lo fazer *isso*, o desejo de se submeter suplantando qualquer tentativa de violência, Serena falou para ele se jogar de uma ponte.

E ele se jogou.

Serena se lembrava de estar sentada de pernas cruzadas na cama ao ouvir a notícia, as amigas reunidas no edredom em volta dela — mas sem encostar nela; parecia haver um fino muro que as separava de Serena, de medo ou talvez de deslumbre —, e foi então que ela percebeu que não era nem um fantasma nem uma deusa.

Era um monstro.

Eli examinou o cartãozinho azul que a garota tinha deslizado para dentro do seu bolso na noite anterior. Num dos lados ela havia escrito o nome de um café perto da biblioteca principal da universidade — chamado Light Post — junto com um horário, "2 da tarde". Do outro lado, ela havia escrito "Sherazade" — até mesmo soletrara corretamente. Eli conhecia a referência, é claro. *Livro das mil e uma noites*. A mulher que contava histórias ao sultão à noite e nunca as terminava, para que ele não a matasse. Em vez disso, ela prolongava as histórias até o dia seguinte.

Enquanto abria caminho pelo campus da Universidade de Merit, sentiu que estava de ressaca pela primeira vez em uma década, com a cabeça pesada e os pensamentos lentos. Tinha levado quase a manhã inteira para se libertar por completo da coerção da garota, para pensar nela como um alvo. Somente um alvo.

Ele guardou o cartão de volta no bolso. Sabia que Serena não ia aparecer. Seria uma idiota se chegasse perto dele depois da noite anterior, depois de ele admitir suas intenções. E, no entanto, lá estava ela, sentada no pátio do Light Post, de óculos escuros e suéter azul-marinho, os cabelos loiros ondulados emoldurando seu rosto.

— Você quer morrer? — perguntou Eli, parado de pé ao lado da mesa.

Ela deu de ombros.

— Eu já morri uma vez. Acho que não tem mais graça. — Serena apontou para a cadeira vazia de frente para ela. Eli analisou as opções, mas não era como se pudesse matá-la no meio do campus, então se sentou. — Serena — apresentou-se, deslizando os óculos escuros para o alto da cabeça. À luz do dia, os olhos dela eram ainda mais claros. — Mas você já sabe o meu nome. — Ela tomou um gole do café. Eli não disse nada. — Por que você quer me matar? — perguntou. — E não vem me dizer que é porque pode.

No instante em que os pensamentos de Eli se formaram, já deslizavam da sua língua. Ele franziu a testa quando as palavras deixaram sua boca.

— Os EOS são artificiais.

— Você já disse isso.

— Meu melhor amigo se tornou um EO, e eu percebi a mudança. Foi como se um demônio tivesse se apoderado dele. Ele matou a minha namorada e depois tentou me matar. — Eli mordeu a língua e conseguiu interromper o fluxo de palavras. Seriam os olhos ou a voz dela que o forçavam a falar?

— Então você sai por aí culpando todo EO que encontra — disse Serena — para punir no lugar dele?

— Você não entende. Eu estou tentando *proteger* as pessoas.

Ela sorriu por trás da xícara de café. Não era um sorriso de felicidade.

— Que pessoas?

— Pessoas normais.

Serena emitiu um som de escárnio.

— As pessoas naturais — insistiu Eli. — Os ExtraOrdinários não deveriam existir. Eles não só receberam uma segunda chance como receberam uma arma sem nenhum manual. Sem regras. A sua mera existência é criminosa. Eles não são completos.

O sorriso fino desapareceu dos lábios vermelhos de Serena.

— O que você quer dizer com isso?

— Quero dizer que, quando uma pessoa ressuscita como EO, ela não volta inteira. Algumas coisas ficam faltando. — Até Eli, abençoado como era, sabia que tinha algo faltando. — Coisas importantes como empatia, equilíbrio, medo e consequências. Elas perdem essas coisas que poderiam mitigar suas habilidades. Me diz que eu estou errado. Me diz que você sente todas essas coisas como antes.

Serena se inclinou para a frente, colocando o café em cima de uma pilha de livros. Ela não o contradisse. Em vez disso, perguntou:

— E qual é a sua habilidade, Eli Ever?

— O que faz você pensar que eu tenho uma? — Ele cuspiu as palavras o mais rápido que pôde, satisfazendo a necessidade de falar. Era uma vitória tão pequena, contestá-la daquela maneira, mas ele sabia que Serena havia notado. Então o sorriso dela se alargou.

— Me conta qual é o seu poder — pediu ela.

Dessa vez, ele respondeu:

— Eu me curo.

Serena riu alto o bastante para que um ou dois estudantes olhassem para eles de mesas do outro lado do pátio.

— Não é à toa que você tem uma noção distorcida dos seus direitos.

— O que você quer dizer com isso?

— Bem, o seu dom não afeta mais ninguém. É reflexivo. Logo, na sua opinião, *você* não é uma ameaça. Mas o resto de nós é. — Serena deu uma batidinha na pilha de livros, e Eli pôde distinguir volumes de psicologia em meio aos livros de literatura inglesa. — Cheguei perto?

Eli não estava certo se gostava muito de Serena. Quis contar a ela sobre sua aliança com Deus, mas, em vez disso, perguntou:

— Como você sabia que eu era um EO?

— Tudo em você — respondeu ela, voltando a colocar os óculos escuros — é cheio de desprezo por si mesmo. Não que eu esteja julgando. Sei bem como é. — O relógio dela deu um bipe curto e Serena se levantou. Até aquele movimento simples era adorável e fluido, feito água. — Sabe de uma coisa? Talvez eu devesse deixar você me matar. Porque você tem razão. Apesar de a gente voltar, alguma coisa continua morta. Perdida. A gente esquece algo sobre quem era. É assustador e incrível e monstruoso.

Serena pareceu tão triste naquele momento, cercada pela luz da tarde, e Eli precisou resistir ao impulso de ir até ela. Algo palpitou dentro dele. Ela o lembrava de Angie; melhor dizendo, de como *ele* se sentia perto de Angie antes de tudo mudar. Antes que *ele* tivesse mudado. Foram dez anos de, diante do precipício, olhar para o outro lado, para as coisas que havia perdido, e agora, ao olhar para essa garota, era como se o precipício estivesse encolhendo, a depressão se fechando até que seus dedos pudessem quase — *quase* — roçar o outro lado. Ele queria ficar perto dela, queria fazê-la feliz, queria estender a mão para o outro lado do desfiladeiro e se lembrar. Eli mordeu a língua de novo até sentir o gosto de sangue para clarear as ideias. Sabia que aqueles sentimentos não eram dele, não por completo, não de forma natural. Não havia como voltar atrás. Havia um motivo para ele ser como era. Um propósito. E essa garota, esse monstro, possuía um dom complicado e perigoso. Não era uma mera coerção. Era uma atração. Um desejo de agradar. Uma necessidade de agradar. Aqueles eram os sentimentos dela se infiltrando em Eli, não os sentimentos dele próprio.

— Somos todos monstros — comentou Serena, erguendo os livros. — Mas você também é.

Eli mal a ouvia, mas ainda assim as palavras começaram a chegar até ele, que as afastou para longe com violência antes que pudessem criar raízes na sua mente. Ele se levantou, mas ela já estava se virando para ir embora.

— Você não pode me matar hoje — falou Serena sem olhar para trás. — Estou atrasada para a aula.

Eli estava sentado num banco do lado de fora do prédio de psicologia, a cabeça inclinada para trás. Era um dia bonito, nublado mas não cinzento, frio mas não demais, e a brisa que soprava seu colarinho e serpenteava pelo seu cabelo o mantinha alerta. Ele se sentia lúcido outra vez, agora que Serena tinha ido embora, e sabia que estava enrascado. Precisava matar a garota sem vê-la ou ouvi-la. Se ela estivesse inconsciente, ponderou, talvez ele fosse capaz de...

— Como você é inusitado. — A voz era fria e cálida ao mesmo tempo. Serena apertou os livros contra o peito e baixou os olhos para ele. — Sobre o que você estava pensando?

— Matar você — respondeu ele. Era quase libertador não ser capaz de mentir.

Serena balançou a cabeça lentamente e suspirou.

— Caminha comigo até a minha próxima aula.

Ele se levantou.

— Me conta — começou ela, dando o braço para ele. — Na festa de ontem à noite, como você ia me matar?

Eli observou as nuvens.

— Drogando você e depois jogando pela janela.

— Quanta frieza — comentou ela.

Eli deu de ombros.

— Mas é plausível. Jovens se embebedam em festas. Depois da discrição, o equilíbrio é a primeira coisa que perdem. Podem cair. Às vezes, de janelas.

— Ah, sim — disse Serena, apoiando-se nele. Seus cabelos faziam cócegas na bochecha de Eli. — Você tem uma capa?

— Você está zombando de mim?

— É do tipo mascarado, então.

— O que você está sugerindo? — perguntou ele quando alcançaram o prédio da próxima aula dela.

— Você é o herói... — respondeu ela, encontrando os olhos de Eli — ... da sua própria história, pelo menos. — Ela começou a subir os degraus. — Vejo você de novo? Você me colocou na sua agenda para uma nova tentativa essa semana? Só quero saber para que eu possa trazer o meu gás de pimenta. Dar um pouco de trabalho, pelo menos. Para ficar mais realista.

Serena era a garota mais estranha que Eli já havia conhecido. Ele disse isso. Ela sorriu e entrou.

Os olhos de Serena brilharam ao vê-lo de novo no dia seguinte.

Eli esperava por ela nos degraus do prédio no fim da tarde com um copo de café em cada mão. O crepúsculo cheirava a folhas mortas e fogueiras distantes; a respiração de Eli escapava em pequenas baforadas enquanto ele estendia um dos copos para ela, e Serena o pegou e deu o braço para Eli outra vez.

— Meu herói — disse ela, e Eli sorriu com a piada interna.

Fazia quase dez anos que Eli não deixava ninguém se aproximar. Certamente não um EO. No entanto, lá estava ele, caminhando no entardecer com uma EO. E gostando. Eli tentou se lembrar de que a sensação era falsa, projetada, tentou convencer a si mesmo de que aquilo era uma pesquisa, de que estava apenas tentando entender o dom dela e a melhor maneira de eliminá-la, mesmo quando permitiu que ela o levasse escada abaixo e para longe do campus.

— Quer dizer que você protege o mundo inocente dos EOS malvados — comentou Serena enquanto andavam de braços dados. — Como você encontra os EOS?

— Eu tenho um sistema. — Enquanto caminhavam, ele explicou o método. A redução cuidadosa de alvos baseada nos três estágios de Lyne. Os períodos de observação.

— Parece tedioso — comentou ela.

— É, sim.

— E aí, depois de encontrar os EOS você simplesmente os mata? — Ela diminuiu o ritmo. — Sem perguntas? Sem julgamento? Sem avaliar se representam um perigo ou uma ameaça?

— Eu costumava conversar com eles. Não faço mais isso.

— O que dá a você o direito de bancar o juiz, o júri e o carrasco?

— Deus. — Ele não quisera pronunciar a palavra, não quisera dar a essa garota esquisita o poder de conhecer suas crenças, de distorcê-las e subjugá--las às dela.

Serena fez um biquinho, a palavra pesando no ar entre os dois, mas não zombou dele.

— Como você mata os EOS? — perguntou ela por fim.

— Depende da habilidade em questão — respondeu ele. — O padrão é usar uma arma de fogo, mas se existe alguma preocupação a respeito de metais, ou explosivos, ou com o meu plano, tenho que encontrar outro método. Como com você. Você é jovem, e é provável que fossem sentir a sua falta, o que seria complicado, então eliminei a possibilidade de um crime. Eu precisava fazer com que parecesse um acidente.

Eles entraram numa rua secundária com pequenos prédios residenciais e casas.

— Qual foi o método mais estranho que você já usou para matar alguém?

Eli precisou pensar a respeito.

— Armadilha de urso.

Serena estremeceu.

— Não quero os detalhes.

Alguns minutos se passaram em silêncio enquanto eles continuavam andando.

— Há quanto tempo você faz isso? — perguntou Serena.

— Dez anos.

— Fala sério — disse ela, olhando de soslaio para ele. — Quantos anos você tem?

Eli sorriu.

— Quantos você acha?

Eles chegaram ao prédio dela e pararam.

— Vinte. Talvez 21.

— Bem, acho que tecnicamente eu estou com 32. Mas tenho a mesma aparência há dez anos.

— Faz parte desse seu negócio de cura?

Eli assentiu com a cabeça.

— Regeneração.

— Me mostra — pediu Serena.

— Como? — perguntou Eli.

Os olhos dela brilharam.

— Você tem alguma arma aí?

Eli hesitou por um momento, e em seguida tirou uma Glock do casaco.

— Me dá a arma — pediu Serena. Eli a entregou, mas conseguiu se controlar o suficiente para fazer uma careta de desagrado enquanto entregava a pistola. Serena se afastou alguns passos dele e mirou.

— Espera — disse Eli. Ele olhou em volta. — Talvez seja melhor não fazer isso aqui fora, na rua, não acha? Vamos entrar.

Serena o estudou por um bom tempo, em seguida sorriu e o convidou a entrar.

X

HOJE À TARDE
HOTEL ESQUIRE

— Victor mandou uma mensagem — comentou Serena, passando os dedos pelo boneco de palito de Sydney no desenho. Havia uma mancha vermelho-amarronzada no canto do papel, e ela se perguntou de quem seria o sangue. — Você vai responder?

Ela observou a resposta subindo pela garganta de Eli.

— Não sei como — disse ele em voz baixa.

— Ele está aqui na cidade.

— Assim como milhões de outras pessoas, Serena.

— E elas estão todas do seu lado — retrucou ela. — Ou podem estar. — Serena pegou a mão de Eli e o ajudou a se levantar da cadeira. Suas mãos deslizaram pelas costas de Eli, puxaram-no para perto até que a testa dele repousasse na dela. — Deixa eu te ajudar.

Serena o viu cerrar a mandíbula. Eli não podia resistir, não de verdade, mas *tentava*. Ela conseguia ver a tensão em seus olhos, no espaço entre suas sobrancelhas, enquanto ele lutava contra a coerção. Toda vez que Serena fazia uma pergunta. Toda vez que dava uma pequena ordem. Havia uma pausa, como se Eli tentasse reprocessar o comando, distorcê-lo até que fosse seu próprio. Como se ele pudesse retomar a própria força de vontade. Não podia, mas ela adorava vê-lo tentar. Isso dava a Serena algo a que se apegar. Ela se viu saboreando a resistência dele. E em seguida, para o bem de Eli, ela o forçou a se submeter.

— Eli — a voz firme e resoluta —, deixa eu te ajudar.

— Como?

Os dedos de Serena deslizaram para dentro do bolso dele e apanharam o telefone.

— Liga para o detetive Stell. Diz que a gente precisa fazer uma reunião com o Departamento de Polícia de Merit. *Inteiro.*

Victor não era o único na cidade. Sydney estava aqui, também. Se encontrassem um, encontrariam o outro — ao menos isso o desenho revelava. Eli olhou para o telefone.

— É um ato público demais — retrucou ele, os dedos digitando o número ao mesmo tempo que se esforçava para pensar. — *Nós* vamos ficar públicos demais. Eu não durei esse tempo todo ficando sob os holofotes.

— É a única maneira de fazer com que eles saiam do esconderijo. Além do mais, você não devia se preocupar. Você é o herói agora, lembra?

Ele deu uma risada seca, mas não negou de novo.

— Você quer uma máscara? — provocou ela, tirando os óculos do cabelo e colocando-os de volta no rosto dele. — Ou isso vai servir?

Eli passou o polegar pelo telefone, hesitando por um último momento. E então fez a ligação.

XI

OUTONO PASSADO

UNIVERSIDADE DE MERIT

Serena Clarke morava sozinha. Eli soube no momento em que entraram, quando ela tirou os sapatos e os deixou ao lado da porta. O lugar era limpo, calmo e organizado. Estava decorado de maneira coesa, e Serena não olhou em volta para saber se havia alguém antes de se virar para ele e erguer a pistola.

— Espera aí — disse Eli, tirando o casaco. — Esse aqui é o meu preferido. Prefiro que continue sem buracos. — Ele pegou um pequeno cilindro do bolso e o jogou para ela. — Na verdade, você sabe usar uma arma?

Serena assentiu enquanto atarraxava o silenciador.

— Anos assistindo a séries de investigação. E uma vez encontrei a Colt do meu pai e aprendi a atirar. Latas na floresta, essas coisas.

— Você atira bem? — Eli desabotoou a camisa e a tirou também, estendendo-a na mesa ao lado da porta junto com o casaco.

Serena olhou-o de cima a baixo e então puxou o gatilho. Ele arfou e cambaleou para trás, o vermelho brotando no seu ombro. A dor foi breve e intensa, a bala atravessou direto e se alojou na parede atrás dele. Eli viu os olhos de Serena se arregalando quando o ferimento começou a se fechar imediatamente, sua pele se costurando de volta. Ela bateu palmas devagar, ainda segurando a pistola. Eli esfregou o ombro e encontrou os olhos dela.

— Está feliz agora? — resmungou ele.

— Não fica ressentido — disse ela, colocando a pistola na mesa.

— Só porque eu consigo me curar — explicou ele, esticando o braço atrás dela para pegar a camisa —, não quer dizer que não tenha doído.

Serena pegou o braço dele com uma das mãos e seu rosto com a outra e o encarou. Eli se sentiu capturado por aquele olhar.

— Quer que eu dê um beijo? — perguntou ela, roçando seus lábios nos dele. — Para sarar?

Lá estava mais uma vez, aquela estranha palpitação no seu peito, como o *desejo*, empoeirado e com uma década de idade, mas ainda lá. Podia ser um truque. Aquele sentimento — tal ânsia comum e mortal — podia não vir dele. Mas, por outro lado, podia vir, sim. Podia, sim. Ele assentiu com a cabeça, apenas o suficiente para juntar os lábios nos dela, e então Serena se virou e o levou para o quarto.

— Não me mate hoje — acrescentou ela enquanto o conduzia pela escuridão. E ele sequer chegou a pensar nisso.

Serena e Eli estavam deitados num emaranhado de lençóis, virados de frente um para o outro. Ela passou os dedos pelo seu rosto, pelo seu pescoço, pelo seu peito. A mão dela parecia fascinada com o local onde o havia baleado, agora nada além de uma pele lisa brilhando na penumbra do quarto. A mão de Serena vagou pelas costelas dele e em seguida deu a volta em suas costas e repousou sobre a teia de velhas cicatrizes. Serena se sobressaltou.

— São de antes — explicou ele suavemente. — Nada mais deixa marcas em mim. — Ela abriu a boca, mas, antes que pudesse perguntar o que tinha acontecido, ele acrescentou: — Por favor. Não pergunte.

E ela não perguntou. Em vez disso, levou a mão de volta para o peito sem cicatrizes e a deixou repousar sobre o coração de Eli.

— Para onde você vai depois de me matar?

— Não sei — respondeu ele com sinceridade. — Vou ter que começar tudo de novo.

— Você vai dormir com a próxima também? — perguntou ela, e Eli riu.

— Sedução não costuma fazer parte do meu método.

— Bem, então eu me sinto especial.

— Você é.

A frase saiu sussurrada. E era verdadeira. Especial. Diferente. Fascinante. Perigosa. A mão de Serena deslizou de volta para a cama, e ele pensou que talvez ela tivesse adormecido. Gostava de observá-la dessa maneira, sabendo que poderia matá-la, mas sem querer fazê-lo. Isso lhe passava a impressão de que estava no controle outra vez. Ou perto disso. Estar com Serena parecia um sonho, um interlúdio. Fazia com que Eli se sentisse humano de novo. Fazia com que ele esquecesse.

— Deve ter um jeito mais fácil — ponderou ela, sonolenta — de encontrar os EOs... Se você pudesse ter acesso a boas redes...

— Quem dera — sussurrou ele. E, então, dormiram.

O sol se infiltrava pelas janelas, mas o quarto estava frio. Eli estremeceu e se sentou. A cama estava vazia ao seu lado. Ele encontrou a calça e passou vários minutos procurando a camisa antes de se lembrar de que a havia deixado ao lado da porta. Atravessou o apartamento na ponta dos pés. Ao ver a pistola em cima da mesa, ele a enfiou no cós da parte de trás da calça e foi para a cozinha preparar café.

Eli era fascinado por cozinhas. Pelo modo como as pessoas organizavam a própria vida, os armários que usavam, os lugares onde armazenavam comida e as comidas que escolhiam armazenar. Ele havia passado a última década analisando pessoas, e era incrível quanto era possível deduzir a partir da casa. Dos quartos, dos banheiros e dos armários, é claro, mas também da cozinha. Serena guardava o café na prateleira mais baixa do armário acima da bancada, ao lado da pia, o que queria dizer que tomava com frequência. Havia uma pequena cafeteira preta com capacidade para duas a quatro xícaras encostada na rodabanca de ladrilho, outro indício de que morava sozinha. O apartamento era luxuoso demais para uma caloura, do tipo que só se recebia por sorteio, e, enquanto pegava um filtro de papel, Eli se perguntou distraidamente se ela havia usado seus talentos para consegui-lo.

Encontrou as xícaras de café à esquerda da pia e cutucou a cafeteira, ansioso para que ela começasse a coar. Assim que o café ficou pronto, Eli encheu uma xícara e tomou um demorado gole. Agora que estava sozinho, sua mente aos poucos voltava para o assunto em pauta — como eliminar Serena —, e foi então que a porta do apartamento se abriu e ela entrou, acompanhada por dois homens. Um deles era um policial, o outro era o detetive Stell. Eli sentiu um aperto no coração, mas conseguiu dar um sorriso cauteloso sobre a xícara enquanto se inclinava na bancada para esconder a pistola enfiada no cós da calça.

— Bom dia — disse ele.

— Bom dia... — cumprimentou Stell, e Eli viu a confusão se espalhar por suas feições sob uma calma vidrada, que Eli logo reconheceu como obra de Serena.

Fazia quase dez anos, durante os quais o caso de Lockland havia esfriado, e Eli pensara em Stell constantemente, sempre olhando para trás para ver se ele o estaria seguindo. Stell não o tinha seguido, mas era evidente que o reconhecia. (Como não reconheceria? Eli era imutável feito uma foto.) No entanto, nem ele nem o policial sacaram a arma, o que era um bom sinal. Eli olhou para Serena, que estava radiante.

— Tenho um presente para você — anunciou ela, apontando para os homens.

— Ah, mas não precisava mesmo — disse Eli lentamente.

— Esses são o policial Frederick Dane e seu chefe, o detetive Stell.

— Sr. Cardale — disse Stell.

— Eu me chamo Ever agora.

— Vocês dois se conhecem? — perguntou Serena.

— O detetive Stell investigou o caso do Victor — explicou Eli. — Lá em Lockland.

Os olhos de Serena se arregalaram em reconhecimento. Eli tinha contado a ela sobre aquele dia. Havia omitido a maior parte dos detalhes e, agora, ao encarar o único homem que já tivera motivo para suspeitar dele, possivelmente suspeitar de que ele fosse um *ExtraOrdinário*, desejou ter contado a ela a história toda.

— Faz um bom tempo — comentou Stell. — Mas você não mudou nada, sr. Car... Ever. Nada mesmo...

— O que traz você a Merit? — interrompeu Eli.

— Eu pedi transferência alguns meses atrás.

— Queria mudar de ambiente?

— Segui uma epidemia de assassinatos.

Eli sabia que devia ter interrompido sua trilha, quebrado o padrão, mas estivera numa maré de sorte. Merit havia atraído uma quantidade impressionante de EOS, devido à sua população e aos inúmeros becos escuros. As pessoas vinham à cidade achando que poderiam se esconder. Só que não dele.

— Eli — interveio Serena —, você está estragando a minha surpresa. Stell, Dane e eu tivemos uma boa e longa conversa, e já está tudo acertado. Eles vão ajudar a gente.

— A gente? — perguntou Eli.

Serena se virou para os homens e sorriu.

— Sentem. — Os dois homens se sentaram obedientes à mesa da cozinha. — Eli, você pode servir o café?

Eli não sabia bem como fazer isso sem virar as costas e a pistola para os policiais, de modo que em vez disso ele estendeu a mão para Serena e a puxou para perto. Outro pequeno ato de desafio. O movimento possuía a fluidez despreocupada do abraço de um amante, mas ele a segurava com firmeza.

— O que você está fazendo? — rosnou ele no ouvido dela.

— Eu estive pensando — disse ela, inclinando a cabeça para trás, no peito dele — como deve ser tedioso tentar encontrar um EO de cada vez. — Ela nem se deu ao trabalho de baixar o tom de voz. — E então pensei: deve ter um jeito mais fácil. Acontece que o Departamento de Polícia de Merit tem um banco de dados para suspeitos. Óbvio que não foi feito para os EOS, mas a matriz de pesquisa... É assim que se chama, certo? — O policial Dane assentiu. — Sim, bem, é bastante ampla para que a gente possa usar para isso. — Serena parecia bastante orgulhosa de si mesma. — Sendo assim, fui até a delegacia falar com alguém com envolvimento na investigação dos EOS... Lembra que você me disse que alguns policiais eram treinados para isso? E o policial de plantão me levou até esses dois cavalheiros. Dane é o protegido de Stell, e ambos concordaram em partilhar o mecanismo de busca com a gente.

— Lá vem você com esse "a gente" de novo — disse Eli em voz alta. Serena o ignorou.

— Nós já organizamos tudo, eu acho. Não é, policial Dane?

O homem esguio de cabelos pretos cortados rente assentiu e pôs uma pasta fina sobre a mesa.

— O primeiro lote — explicou ele.

— Obrigada, policial — disse Serena, pegando o arquivo. — Isso vai nos manter ocupados por um bom tempo.

Nós. Nós. Nós. O que estava acontecendo? No entanto, embora estivesse com a cabeça girando, Eli conseguiu manter a mão longe da pistola às suas costas e se concentrar nas instruções que Serena dava aos policiais.

— O sr. Ever aqui vai manter essa cidade segura — disse ela aos policiais, com os olhos azuis reluzindo. — Ele é um herói, não é, policiais?

O policial Dane assentiu. A princípio, Stell apenas olhou para Eli, mas por fim também assentiu.

— Um herói — repetiram eles.

XII

HOJE À TARDE
EMPREENDIMENTO FALCON PRICE

Dane gemeu debilmente no chão.

Victor se recostou na cadeira dobrável, entrelaçando os dedos na nuca. Um canivete balançava frouxamente numa das mãos, a parte sem fio da lâmina roçando seus cabelos claros. Não era estritamente necessário, mas seu talento era mais eficaz quando intensificava uma fonte existente de dor. O policial Dane se encolheu no chão de concreto, a farda rasgada, o sangue deixando um rastro no chão. Victor estava grato por Mitch ter forrado o chão com a lona de plástico. Ele havia se empolgado um pouco, mas fazia tanto tempo desde a última vez que usara todo o seu poder, tanto tempo desde a última vez que pudera se entregar. Aquilo clareava as suas ideias. Acalmava-o.

As mãos de Dane continuavam firmemente presas nas costas, mas a fita sobre sua boca havia se soltado, e sua camisa estava grudada ao peito com sangue e suor. Ele havia entregado os códigos de acesso ao banco de dados, e bem rápido — Victor os havia testado no celular para ter certeza. Em seguida, com um pouco mais de encorajamento, ele contara a Victor tudo o que sabia sobre o detetive Stell: o começo da carreira em Lockland, a transferência no rastro de uma série de assassinatos — obra de Eli, sem dúvida — e o treinamento do próprio Dane. Pelo que parecia, nos dias de hoje todos os policiais aprendiam um protocolo sobre os EOs, fossem eles céticos ou crédulos; porém, pelo menos um homem em cada delegacia sabia mais que o básico, estudava os indicadores e ficava encarregado de toda investigação onde havia suspeita de envolvimento de um EO, por menor que fosse.

Stell fora esse homem dez anos antes, em Lockland, e era esse homem mais uma vez aqui, enquanto preparava Dane para substituí-lo. Não apenas isso, mas, de alguma forma, Eli havia convencido o detetive encarregado da investigação contra ele a *ajudá-lo*.

Victor balançou a cabeça, incrédulo, enquanto torturava Dane para fazê-lo contar os detalhes. Eli sempre o deixava impressionado. Se ele e Stell estivessem trabalhando juntos desde Lockland seria diferente, mas esse era um acordo recente — Stell e Dane vinham auxiliando Eli apenas desde o outono. Como Eli conseguira ludibriar o Departamento de Polícia de Merit para ajudá-lo?

— Policial Dane — disse Victor. O policial estremeceu ao ouvir seu nome.
— Você se importaria de me contar como foram os seus contatos com Eli Ever?

Como Dane não respondeu, Victor se levantou e rolou o homem com a ponta do sapato até ele ficar de barriga para cima.

— Então? — perguntou calmamente, apoiando-se nas costelas quebradas do policial.

Dane gritou, mas, assim que os gritos deram lugar a arfadas, ele disse:
— Eli Ever... é... um herói.

Victor deu uma risada sufocada e colocou mais peso sobre o peito de Dane.
— Quem disse isso?

A expressão do policial se transformou. Era severa, mas notadamente vazia quando respondeu:
— Serena.

— E você acreditou?

O policial Dane olhou para Victor como se não conseguisse entender muito bem a pergunta.

E foi então que Victor compreendeu.

— O que mais Serena disse?

— Para ajudar o sr. Ever.

— E você ajudou.

O policial Dane pareceu confuso.

— É claro que sim.

Victor deu um sorriso sombrio.

— É claro que sim — repetiu ele, sacando a pistola.

Victor esfregou os olhos, xingou baixinho, e em seguida deu dois tiros rápidos no peito do policial Dane. Era a primeira pessoa que ele matava desde Angie Knight (sem contar aquele homem na cadeia, quando estava aperfeiçoando sua técnica), e sem dúvida a primeira que havia matado *intencionalmente*. Não que ele ficasse intimidado com assassinatos; a questão era só que as pessoas não tinham nenhuma utilidade mortas. Afinal, dor não afetava cadáveres. Quanto ao assassinato de Dane, era algo triste (embora necessário), e o fato de que Victor só sentia uma quantidade ínfima de arrependimento a respeito poderia tê-lo perturbado mais, ou pelo menos ser digno de um momento de introspecção, caso não estivesse tão preocupado em trazer o homem *de volta* à vida.

Mitch passou ao lado da lona de plástico para entrar na sala depois de ouvir o som abafado dos tiros. Havia colocado luvas e já tinha uma lona de plástico sobressalente enfiada debaixo do braço, por precaução. Baixou os olhos para o policial e suspirou, mas, quando começou a puxar o plástico do chão, com Dane junto, Victor ergueu a mão e o impediu.

— Deixa o corpo aí — mandou ele. — E vai buscar Sydney.

Mitch hesitou.

— Não acho que...

Victor ficou furioso com ele.

— Eu mandei você buscar Sydney.

Mitch exibiu uma expressão de profunda insatisfação, mas fez o que ele mandou, deixando Victor sozinho com o corpo do policial.

249

XIII

OUTONO PASSADO

UNIVERSIDADE DE MERIT

Serena conduziu os policiais para fora do apartamento e voltou para a cozinha, onde encontrou Eli pálido e apoiado na pia. Ele estava todo retorcido; ela não via nada parecido com a tensão no rosto de Eli desde o acidente, e isso fez um arrepio percorrer o seu corpo. Ele estava com *raiva*. *Dela*. Serena ficou observando enquanto Eli tirava a pistola das costas e a colocava em cima da bancada da cozinha, deixando a mão sobre a arma.

— Eu devia te matar — vociferou ele. — De verdade mesmo.

— Mas você não vai fazer isso.

— Você é louca. Fui eu que cometi esses assassinatos que o detetive Stell está investigando, e você deixou que ele entrasse aqui.

— Eu não sabia sobre você e Stell — argumentou Serena com a voz suave. — Na verdade, isso deixa as coisas ainda melhores.

— Como?

— Porque tudo que eu quis foi mostrar para você.

— Que você perdeu a cabeça?

Ela fez beicinho.

— Não. Que eu sou mais útil **para** você **viva**.

— Achei que você quisesse morrer — retrucou Eli. — **E trazer de volta um** homem que me esforcei para evitar por uma década não me faz ver **você** com bons olhos, Serena. Você não acha que as engrenagens estão girando na mente de Stell, em algum lugar além do feitiço que você colocou nele?

— Fica calmo — foi tudo o que ela disse.

E, como esperado, Serena viu a raiva desaparecendo, viu Eli tentando se agarrar ao sentimento enquanto a raiva se dispersava até não sobrar mais nada. Ela imaginou como devia ser estar sob o seu controle.

Eli relaxou os ombros e se afastou da bancada enquanto Serena folheava a pasta que Dane havia deixado para eles. Ela retirou uma das folhas, deixando o restante cair na mesa. Seus olhos vagaram sobre a página. Um homem de 20 e poucos anos, bonito exceto por uma cicatriz que fazia um dos seus olhos ficar semicerrado e desenhava uma linha reta que descia até sua garganta.

— E a sua irmã? — perguntou Eli, servindo-se de mais café agora que suas mãos tinham parado de tremer.

Serena franziu a testa e ergueu os olhos.

— O que tem ela?

— Você disse que ela era uma EO.

Disse? Fora uma daquelas confissões murmuradas em meio ao sono, no espaço em que os pensamentos sussurrados, os sonhos e os medos escapavam sem querer?

— Tenta de novo — disse ela, esforçando-se para ocultar a tensão enquanto indicava a pasta com a cabeça.

Não gostava de pensar em Sydney. Não agora. O poder da irmã a deixava mal, não pelo dom em si, mas porque significava que ela era defeituosa assim como Serena, assim como Eli. Havia peças faltando. Ela não via Sydney desde que tinha saído do hospital. Não conseguia suportar a ideia de olhar para ela.

— O que ela é capaz de fazer? — insistiu Eli.

— Não sei — mentiu Serena. — Ela é só uma criança.

— Qual é o nome dela?

— Ela, não — vociferou. E em seguida o sorriso voltou ao seu rosto, e ela passou o perfil que segurava para Eli. — Vamos tentar esse aqui. Parece ser um desafio.

Eli olhou para Serena por um longo tempo antes de estender a mão e pegar o papel.

XIV

HOJE À TARDE

HOTEL ESQUIRE

Eli ficou sentado esperando completar a ligação enquanto observava Serena atravessar a suíte do hotel até a cozinha. Por fim, o telefone parou de tocar e uma voz atendeu bruscamente.

— Stell falando. Quem é?

— Ever — disse Eli, tirando aqueles óculos estúpidos.

Serena estava ocupada com a cafeteira, mas, pela maneira como ela inclinava a cabeça e quase não fazia barulho, tomando cuidado com cada movimento, ficava claro que estava prestando atenção.

— Senhor — disse o detetive. Eli não gostou do modo que ele pronunciou a palavra, com uma ligeira ênfase no fim. — Como posso ajudar?

Enquanto digitava o número, Eli não sabia ao certo se ligar para Stell era mesmo uma boa ideia ou se parecia ser porque tinha vindo de Serena. Agora que falava com o detetive, percebeu que não era uma boa ideia coisa nenhuma. Na verdade, era uma péssima ideia. Por nove anos e meio dos últimos dez anos, ele tinha agido feito um fantasma, conseguindo permanecer despercebido apesar do número crescente de execuções e da sua aparência imutável (não era fácil combinar anonimato com imortalidade). Havia conseguido se manter longe de Stell até Serena envolvê-lo, e, mesmo então, Eli fazia tudo sozinho. Não confiava em ninguém, em nenhuma pessoa com conhecimento nem com poder, muito menos com os dois. O risco agora era alto, possivelmente alto demais.

E o que ganharia com isso? Ao doutrinar toda a força policial, ele garantia seu apoio, com relação a Victor e aos outros alvos, assim como havia obtido permissão para continuar as execuções, as *remoções*. Mas isso significava se unir à única pessoa em quem sabia que não podia confiar, e ele não tinha como resistir. A polícia não daria ouvidos a *ele*, não mesmo. Daria ouvidos a Serena. Quando o olhar dele encontrou o dela do outro lado do aposento, Serena sorriu, oferecendo-lhe uma caneca. Ele acenou negativamente com a cabeça, um pequeno gesto que a fez sorrir. Ela trouxe a caneca para ele mesmo assim, pousou-a na mão que estava vazia e fechou os dedos dela e os dele ao redor.

— Sr. Ever? — encorajou Stell.

Eli engoliu em seco. Fosse uma boa ou uma má ideia, de uma coisa ele sabia: não podia deixar Victor escapar.

— Eu preciso marcar uma reunião — disse para o detetive — com toda a força policial. Assim que for possível.

— Vou convocar todo mundo. Mas vai demorar até reunir toda essa gente.

Eli olhou para o relógio de pulso. Eram quase quatro da tarde.

— Vou estar aí às seis. E manda esse recado para o policial Dane.

— Mando sim, se descobrir onde ele está.

Eli franziu a testa.

— O que você quer dizer com isso?

— Eu acabei de voltar da cena do crime no banco com o seu amigo Lynch, e não vi Dane em lugar nenhum. Ele deve ter dado uma saída para fumar.

— Deve ser isso — concordou Eli. — Me mantenha informado. — Ele desligou e hesitou um momento, virando o telefone várias vezes nas mãos.

— O que houve? — perguntou Serena.

Eli não respondeu. Ele conseguia resistir a responder, mas apenas porque não *sabia*. Era possível que não houvesse nada de errado. Talvez o policial tivesse tirado um intervalo, ou ido embora mais cedo. Ou talvez... Seus instintos formigaram como quando Stell dava ênfase a certas palavras. Como quando ele sabia que estava fazendo a vontade de Serena em vez da sua própria. Como quando havia alguma coisa *estranha*. Ele não questionou a sensação. Confiava no seu instinto tanto quanto confiava na tranquilidade que se seguia às execuções.

Foi por isso que digitou o número do policial Dane.

O telefone tocou.

E tocou.

E tocou.

Victor andava de um lado para o outro na sala vazia do arranha-céu em construção e refletiu sobre Serena Clarke, que, ao que parecia, era uma pessoa bastante influente. Não era à toa que Eli a mantinha por perto. Victor sabia que teria que matá-la rápido. Deu uma olhada no local e considerou o potencial daquela construção e suas opções, mas sua atenção invariavelmente se voltava para o corpo de Dane, esparramado no chão em cima da lona de plástico. Victor decidiu fazer o possível para minimizar os sinais de tortura, para o bem de Sydney.

Ele se ajoelhou ao lado do cadáver e começou a endireitá-lo, alinhando os membros, fazendo o possível para dar ao corpo uma aparência mais natural. Notou uma aliança de casamento prateada no dedo de Dane, então a retirou e colocou no bolso do policial, e em seguida dispôs os braços do homem ao longo do corpo. Não havia nada que pudesse fazer para que o corpo parecesse menos morto; essa seria a tarefa de Sydney.

Quando Mitch retornou, vários minutos mais tarde, afastando para o lado uma cortina de plástico para que Sydney entrasse, Victor estava bastante orgulhoso do resultado. Dane quase parecia estar em paz (a não ser pela farda rasgada e pelo sangue). No entanto, quando os olhos de Sydney recaíram sobre o corpo, ela ficou imóvel e deixou escapar um som baixo.

— Isso é ruim, não é? — perguntou ela, apontando para o distintivo no peito do cadáver. — Matar um policial é bem ruim.

— Só se for um policial bom — explicou Victor. — E não era o caso dele. Esse aqui estava ajudando Eli a encontrar os EOs. Se Serena não tivesse entregado você, esse homem teria feito o mesmo. — *Contanto que ele estivesse sob o feitiço de Serena*, pensou, mas não disse.

— Foi por isso que você matou ele? — perguntou Sydney baixinho.

Victor ficou sério.

— Por que eu fiz o que fiz não importa. O que importa é que você vai trazê-lo de volta.

Sydney piscou os olhos.

— Por que eu faria isso?

— Porque é importante — respondeu ele, mudando o pé de apoio. — E prometo matá-lo de novo logo depois. Eu só preciso ver uma coisa.

Sydney franziu a testa.

— Eu não quero trazer esse homem de volta.

— Eu não estou *nem aí* — vociferou Victor de repente, o ar zumbindo ao redor.

Mitch correu para a frente, colocando sua forma grandalhona diante de Sydney, e Victor se recompôs antes de perder o controle. Todos os três pareceram surpresos com a explosão, e a culpa — ou pelo menos uma pálida versão de culpa — fez Victor sentir um aperto no peito enquanto examinava os dois, o guarda-costas leal e a garota insensata. Ele não podia se dar ao luxo de perdê-los — de perder a *ajuda* deles, corrigiu-se, a cooperação —, principalmente hoje, por isso reabsorveu a energia do seu poder, estremecendo enquanto a aterrava.

— Eu sinto muito — desculpou-se ele, expirando baixinho.

Mitch deu um passo para o lado, mas não abandonou Sydney.

— Você foi longe demais, Vic — vociferou ele, numa rara demonstração de valentia.

— Eu sei — disse Victor, virando-se.

Mesmo com a energia aterrada, o desejo de machucar alguém ainda se retorcia dentro dele, e Victor precisou se forçar a contê-lo; só mais um pouco, só até ele conseguir encontrar Eli.

— Eu sinto muito — repetiu ele, voltando a atenção para a garotinha loira que continuava meio escondida atrás de Mitch. — Eu sei que você não quer fazer isso, Sydney. Mas preciso da sua ajuda para impedir Eli. Estou tentando proteger você e Mitch. E a mim mesmo. Estou tentando proteger todos nós, mas não posso fazer isso sozinho. A gente tem que trabalhar junto. Então, você pode fazer isso por mim? — Ele ergueu a pistola para que ela pudesse ver. — Não vou deixar o policial te machucar.

Ela hesitou, mas, por fim, se agachou ao lado do corpo, tomando o cuidado de evitar o sangue.

— Ele merece uma segunda chance? — perguntou ela com suavidade.

— Não encara as coisas dessa forma — disse Victor. — Ele só vai receber um momento. Somente tempo suficiente para responder uma pergunta.

Sydney respirou fundo e pressionou as pontas dos dedos nos pontos limpos da camisa do policial. Passado um instante, Dane arfou e se sentou, e Sydney saiu correndo para ficar ao lado de Mitch, segurando o braço dele.

Victor baixou os olhos para o policial.

— Me conta de novo sobre Ever — pediu ele.

O policial olhou para Victor.

— Eli Ever é um herói.

— Bem, isso foi desanimador — bufou Victor, então disparou mais três tiros no peito do policial.

Sydney se virou e afundou o rosto na camisa de Mitch enquanto Dane caía com um baque de volta no concreto coberto de plástico, tão morto quanto antes.

— Mas agora sabemos — declarou Victor, mexendo no corpo com o sapato.

Mitch olhou para ele por cima dos cabelos claros de Sydney, o rosto pela segunda vez em poucos minutos com uma expressão entre o horror e a raiva.

— Que merda foi essa, Vale?

— O poder de Serena Clarke — explicou Victor. — Ela diz às pessoas o que fazer. — Ele deslizou a pistola de volta para o cinto. — O que dizer, o que pensar. — Fez um gesto indicando o corpo. — E nem mesmo a morte parece romper a ligação. — Bem, a morte do *policial*, corrigiu-se em silêncio. — A gente terminou por aqui.

Sydney ficou completamente parada. Ela havia soltado Mitch e agora se abraçava como se estivesse com frio. Victor foi até ela, mas, quando estendeu a mão para tocar em seu ombro, ela se encolheu e se afastou. Ele se ajoelhou na frente da menina de modo que precisava olhar um pouco para cima para encontrar os olhos dela.

— A sua irmã e Eli acham que formam uma equipe. Mas eles não são nada, comparados com a gente. Agora, vamos — chamou, endireitando-se. — Você parece estar com frio. Vamos tomar um chocolate quente.

Os gélidos olhos azuis da garota encontraram os dele, e ela pareceu ter algo a dizer, mas não teve a chance, porque nesse momento Victor ouviu o telefone tocar. Não era o *seu* telefone e, pela cara de Mitch, tampouco o dele. Sydney devia ter deixado o dela no hotel, pois nem mesmo conferiu os bolsos. Apalpando o policial, Mitch encontrou o aparelho e o sacou.

— Deixa tocar — disse Victor.

— Acho que você pode querer atender — retrucou Mitch, jogando o celular para ele.

Em vez do nome de quem estava ligando, havia somente uma palavra na tela.

HERÓI.

Victor abriu um sorriso astuto e malicioso, estalou o pescoço e atendeu.

— Dane, cadê você? — esbravejou a pessoa do outro lado.

Victor sentiu o corpo todo tensionar ao som daquela voz, mas não respondeu. Fazia dez anos que ele não a ouvia, mas não importava, porque a voz, como todo o resto de Eli, não mudara nada.

— Policial Dane? — chamou Eli outra vez.

— Sinto muito, ele não está mais por aqui — respondeu Victor por fim.

Ele fechou os olhos ao falar, saboreando o momento de silêncio do outro lado da linha. Caso se concentrasse, quase conseguia imaginar a tensão de Eli ao ouvir o som da *sua* voz.

— *Victor* — disse Eli. A palavra pareceu mais uma tosse, como se as letras estivessem morando no seu peito.

— Devo admitir que é inteligente — continuou Victor — esse seu método de usar o banco de dados da polícia de Merit para encontrar os alvos. Estou um pouco ofendido por ainda não ter aparecido nele, mas dê tempo ao tempo. Eu acabei de chegar.

— Você está na cidade.

— É lógico.

— Você não vai escapar — disse Eli, uma falsa valentia abafando o choque enquanto recuperava sua voz normal.

— Nem pretendo. Vejo você à meia-noite.

Ele desligou e quebrou o telefone ao meio, jogando as duas partes sobre o corpo de Dane. O aposento ficou em silêncio enquanto ele analisava o cadáver, então ergueu o olhar.

— Me desculpe por isso. Você pode fazer a limpeza agora — disse a Mitch, que olhava para ele, boquiaberto.

— Meia-noite? — rosnou. — Meia-noite? De *hoje*?

Victor verificou o relógio. Já eram quatro da tarde.

— Nunca deixe para amanhã o que pode fazer hoje.

— Tenho a impressão de que não foi isso que Thomas Jefferson quis dizer — resmungou Mitch.

Mas Victor não estava prestando atenção. Sua cabeça passara a manhã inteira girando, mas agora que estava decidido, agora que havia somente algumas horas entre ele e Eli, a energia violenta se aquietou e a calma finalmente se fez. Ele voltou a atenção para Sydney.

— Que tal aquele chocolate quente?

Mitch cruzou os braços e ficou observando os dois irem embora, o cabelo curto de Sydney balançando enquanto ela seguia Victor para fora dali. Quando ela havia segurado o seu braço, os dedos pareciam feitos de gelo, e, por baixo do frio, a garota tremia. Aquele tipo de arrepio de gelar o sangue, que continha mais medo que frio. Ele quisera dizer alguma coisa, saber que merda Victor tinha na cabeça, dizer que não era só a vida dele que estava em jogo. Porém, quando enfim encontrou a única palavra que deveria ter dito, uma palavrinha simples e poderosa — PAREM —, já era tarde demais. Eles tinham partido, e Mitch estava sozinho no espaço revestido de plástico, de modo que fez o melhor que pôde para engolir a palavra e a sensação de desespero que desceu junto com ela, voltando-se para o corpo do policial e começando seu trabalho.

XV

MUITO ANTES
VÁRIAS CIDADES

Mitchell Turner era amaldiçoado.

Desde sempre.

Os problemas o seguiam feito uma sombra, agarrando-se a ele não importava o quanto tentasse fazer a coisa certa. Em suas mãos, coisas boas se quebravam e coisas ruins floresciam. Não havia sido de grande ajuda o fato de sua mãe ter morrido, o pai, pulado fora, e a tia, dado uma olhada nele e dito para ele desaparecer, fazendo com que Mitch pulasse de casa em casa como se fossem hotéis, registrando a entrada e então a saída, sem jamais criar raízes.

A maior parte dos seus problemas advinha do fato de que as pessoas pareciam pensar que tamanho e inteligência eram inversamente proporcionais. Elas olhavam para ele, para seu corpo imenso, e presumiam que fosse burro. Mas Mitch não era. Na verdade, ele era inteligente. E muito. E, quando se é tão grande e tão inteligente, é fácil se meter em confusão. Especialmente se for amaldiçoado.

Aos 16 anos, Mitch já havia feito de tudo, desde participar de lutas de boxe em becos e se envolver com apostas até dar surras em capangas que deviam dinheiro a pessoas que gostavam de dinheiro. E, no entanto, nenhuma dessas coisas fora o motivo para sua primeira temporada na prisão. Na verdade, ele era inocente.

A maldição de Mitch, sua *maldición*, como dizia uma das suas mães adotivas, que era espanhola, era que coisas ruins sempre aconteciam ao *redor* dele. A mulher jamais conhecera a extensão sombria da maldição (ela usava o termo mais em relação a pratos espatifados e bolas de beisebol quebrando janelas e carros arranhados), mas Mitch sofria de um caso cósmico de sempre estar no lugar errado na hora errada, e, dadas suas inúmeras e na maior parte das vezes ilegais atividades extracurriculares, não era muito fácil arrumar um álibi.

Assim, quando uma briga foi longe demais a duas ruas de onde ele estava, deixando um homem morto, enquanto os punhos de Mitch ainda estavam machucados da luta de boxe no beco vencida na noite anterior, a situação não lhe pareceu favorável. Ele se safou daquela vez, mas mal se passaram duas semanas antes que voltasse a acontecer. Outra pessoa morreu. Era incomum e perturbador e, embora Mitch odiasse admitir, um pouco emocionante. Ou seria, se Mitch não continuasse acabando no meio da confusão. Esse rastro de corpos estava se tornando um problema, porque, ainda que não fosse responsável por nenhum deles, certamente era o que parecia para a polícia, e, quando ocorreu a terceira morte, o departamento de polícia da cidade pareceu acreditar que seria mais fácil prendê-lo. Só por precaução. Um criminoso. A ralé da sociedade. Era só uma questão de tempo. O tipo de frase dita pelos homens que estavam brincando de pique-pega com a vida dele.

E foi assim que, com uma maldição e uma ficha criminal que não tinha feito por merecer, Mitchell Turner acabara na cadeia.

Quatro anos.

Mitch não achava a prisão assim tão ruim. Pelo menos ele se encaixava. No mundo real, as pessoas, ao olhar para ele, apertavam a bolsa, aceleravam o passo. Os policiais olhavam e pensavam: *ou é culpado ou logo vai ser*. Já na cadeia, os outros presos olhavam para ele e pensavam: *quero esse cara do meu lado* ou *não quero arrumar encrenca com ele* ou *ele seria capaz de quebrar a minha cabeça com as próprias mãos*, ou variações de pensamentos que valiam muito mais. Seu tamanho se tornara um símbolo de status, mesmo que negasse a Mitch as vantagens das conversas mundanas, e mesmo que os funcionários da prisão o encarassem com ceticismo quando ele pegava um livro da biblioteca e ficassem surpresos quando usava uma palavra com mais de duas sílabas. Havia passado a maior parte do tempo tentando hackear as inúmeras medidas de segurança e firewalls dos computadores da prisão, mais por tédio que por um desejo de causar algum estrago. Mas pelo menos a sua maldição o deixou em paz.

Quando Mitch, enfim, saiu da cadeia, ele parecia mais um criminoso do que nunca. O adolescente imponente se transformara num adulto grandalhão, rabiscado com a primeira de muitas tatuagens. Depois de sair, demorou um mês e meio para que a maldição voltasse a alcançá-lo. Arrumara um emprego com distribuição de alimentos, principalmente porque era capaz de descarregar quatro vezes o peso de qualquer outro cara do caminhão e também porque gostava do trabalho braçal. Ele podia ser mentalmente adequado para um trabalho de escritório, mas duvidava que *coubesse* atrás da maioria das mesas. E tudo corria bem — apartamento de merda e salário de merda, mas tudo dentro da lei — até um homem ser espancado até a morte a poucos quarteirões de onde seus colegas de trabalho descarregavam pêssegos. Os policiais deram uma olhada em Mitch e o levaram sob custódia. Não havia punhos ensanguentados e dois dos seus colegas juravam que ele estava com os braços cheios de frutas durante todo o tempo, mas nada disso importou. Mitch voltou direto para a prisão.

Seu bom comportamento e uma espantosa falta de provas o libertaram em questão de semanas, mas Mitch, numa rara demonstração de cinismo, decidiu que, se fosse para voltar para a cadeia (e graças à sua maldição, era uma questão de *quando* e não de *se*), era melhor cometer um crime, já que cumprir a pena no lugar dos outros não era um jeito muito satisfatório de passar a vida. E foi então que começou a planejar o único crime que sempre quisera cometer, por nenhuma razão em particular além de ser tema de livros e filmes, um caso clássico que precisava muito mais de cérebro que de músculos.

Mitchell Turner ia roubar um banco.

Mitchell sabia três coisas sobre um assalto a banco.

A primeira era que, por causa da sua aparência que tanto se destacava, ele não poderia *entrar* no banco em si. Mesmo que desativasse as câmeras de segurança, os clientes lá dentro o identificariam numa fileira de reconhecimento com outras cem pessoas (com a sorte que tinha, até se ele *não* estivesse na fila). A segunda era que, graças aos avanços na tecnologia de segurança — muitos dos quais ele conhecera por meio da observação na cadeia, mas que sabia serem muito mais desenvolvidos no setor privado —, uma parte fundamental do sucesso do saque dependeria de hackear o sistema do banco e os códigos para abrir o cofre, o que poderia ser feito remotamente. A terceira era que ele precisaria de ajuda. E, graças às duas sentenças de prisão que havia cumprido até o momento, Mitch acumulara uma lista razoavelmente longa de conhecidos, muitos dos quais seriam burros, desesperados ou ao menos dispostos o suficiente para pegar uma arma e entrar no banco.

O que Mitch não poderia ter previsto era que, apesar de conseguir hackear o banco sem o menor problema, seus parceiros armados fracassariam de modo espetacular, seriam prontamente presos e entregariam o nome dele mais rápido que o dinheiro. Também não contava com o desdobramento de que, ao ver Mitchell Turner com toda a sua força física, a polícia fosse acusá-lo de estar armado no assalto e os três homens menores capturados no assalto de fato e notadamente identificáveis, embora mascarados, na filmagem das câmeras de segurança, de hackear o banco. Por isso, a terceira vez de Mitch o fizera parar, não numa prisão para fraudadores de impostos e para quem vazava informações confidenciais, mas em Wrighton, uma prisão de segurança máxima onde a maioria dos detentos havia realmente cometido um crime, e onde o seu tamanho, por mais impressionante que fosse, não era nenhuma garantia de segurança.

E onde, três anos mais tarde, ele conheceria um homem chamado Victor Vale.

XVI

SEIS HORAS PARA MEIA-NOITE
DELEGACIA CENTRAL DE MERIT

Eli, recostado na parede cinza da sala de reuniões da delegacia, ajeitou a máscara. Era simples, preta, cobrindo da têmpora até a bochecha. Serena tinha zombado dele por causa daquilo, mas, enquanto mais da metade da força policial de Merit enchia a sala e o estudava (a outra metade ficaria apenas escutando), Eli ficou grato pelo disfarce. Seu rosto era a única coisa que não podia mudar, e, por mais que essa fosse uma má ideia, seria infinitamente pior se a toda a força policial tivesse a chance de memorizar suas feições. Serena, de pé no palanque, deu aquele seu sorriso lento e falou para os homens e as mulheres ali reunidos.

— O que vai acontecer hoje à meia-noite? — perguntara enquanto eles iam de carro até a delegacia.

Eli segurava o volante com tanta força que os nós dos seus dedos estavam brancos.

— Eu não sei.

Odiara dizer aquelas palavras, não apenas porque eram verdadeiras ou porque a admissão significava que Victor estava um passo à sua frente, mas porque não poderia *não* pronunciá-las — a confissão subira pela sua garganta antes que ele pudesse sequer pensar em suprimi-la. Victor desligara na cara dele apenas com a promessa da *meia-noite*, e Eli se vira lutando contra a vontade de atirar o telefone na parede.

— O homem atrás de mim é um herói — disse Serena. Eli observou os olhos das pessoas na sala ficarem ligeiramente vidrados ao ouvi-la. — O nome dele é Eli Ever. Ele tem protegido a sua cidade há meses, caçando os tipos de criminosos que vocês não conhecem e que não podem impedir. Ele tem trabalhado para manter vocês e seus cidadãos a salvo, mas agora precisa de ajuda. Quero que vocês prestem atenção ao que Eli diz e façam o que ele mandar.

Ela sorriu e se afastou do palanque e do microfone, incentivando Eli a subir com um aceno e um sorriso preguiçoso. Eli expirou baixinho e deu um passo à frente.

— Há pouco mais de uma semana, um homem chamado Victor Vale escapou da Penitenciária de Wrighton junto com seu companheiro de cela, Mitchell Turner. Se vocês estiverem se perguntando por que não ficaram sabendo da fuga pelo jornal, é porque isso não apareceu *no* jornal. — O próprio Eli não ficara sabendo até receber o bilhete de Victor, ouvir a voz dele e ligar para Wrighton. Eles se recusaram a revelar qualquer coisa para ele, mas contaram com prazer para Serena, quando Eli passou o telefone para ela, que receberam ordens de manter a fuga em segredo, devido às suspeitas a respeito da natureza de um dos detentos, suspeitas que foram descartadas até o sujeito em questão, um tal de sr. Vale, incapacitar boa parte dos funcionários de Wrighton sem encostar um dedo neles.

— O motivo pelo qual vocês não souberam da fuga — continuou Eli — é porque Victor Vale é um EO catalogado.

Várias pessoas inclinaram a cabeça ao ouvir a expressão, divididas entre a ordem de Serena para lhe dar ouvidos e seus variados graus de crença. Eli sabia que todas as delegacias recebiam um dia de treinamento obrigatório sobre o protocolo dos EOs, mas a maioria não levava isso a sério. Nem tinha como. Décadas após o termo ser cunhado, os EOs em grande parte não passavam de lendas e assunto de fóruns on-line, mantidos assim por causa de incidentes como o de Wrighton. O fogo era apagado em vez de se espalhar. Era melhor para Eli que os casos que envolviam os EOS fossem prontamente abafados em vez de se tornarem públicos — isso deixava o caminho livre; no entanto, era comum ele ficar chocado com a avidez dos policiais em fazer com que os incidentes fossem esquecidos e com a avidez das pessoas envolvidas em esquecer. É claro, sempre haveria gente que acreditava nos EOS, mas ajudava bastante o fato de a grande maioria deles não querer que as pessoas normais acreditassem na sua existência. E aqueles que queriam que acreditassem... bem, eles pouparam boa parte do trabalho de Eli.

Mas, quem sabe, pode ser que num mundo diferente os EOS já tivessem vindo a público a essa altura, e o amontoado de homens e mulheres fardados diante dele teria ouvido sem uma ponta de incredulidade, mas Eli tinha desempenhado muito bem o seu trabalho. Tivera uma década para jogar o lixo fora, reduzir a quantidade de EOS e fazer com que os monstros não passassem de histórias. Por isso, da multidão, somente Stell, que estava de pé no fundo da sala, com o olhar fixo em Eli, recebeu aquelas palavras sem se sobressaltar.

— Mas agora — continuou ele —, Victor Vale e seu cúmplice, Mitchell Turner, se encontram em Merit. Na *sua* cidade. E é crucial que eles não consigam escapar. É crucial que sejam encontrados. Esses homens sequestraram uma jovem chamada Sydney Clarke e, hoje cedo, mataram um dos seus colegas, o policial Frederick Dane.

A plateia se agitou quando ouviu isso, o choque e a raiva transparecendo de repente em seus rostos. Eles não ficaram sabendo — Stell já sabia, mas ainda estava lívido de choque —, o que serviu para atrair a sua atenção. Serena podia coagi-los, mas esse tipo de relato faria algo diferente. Deixaria os policiais agitados. Motivados.

— Fui levado a acreditar que esses homens estão planejando alguma coisa para *hoje à noite*. À meia-noite. É crucial que encontremos esses criminosos o quanto antes. Porém — acrescentou ele —, para a segurança da refém, eles devem ser capturados ainda vivos.

Há dez anos, Eli hesitara e deixara um monstro viver. Mas, hoje à noite, ele corrigiria o seu erro e acabaria pessoalmente com a vida de Victor.

— Não temos nenhuma evidência fotográfica — continuou ele —, mas vocês vão receber as descrições físicas nos seus celulares. Quero que cubram a cidade inteira, bloqueiem as estradas, façam tudo o que for preciso para encontrar esses homens antes que mais gente morra.

Eli deu um único passo para longe do palanque. Serena se apresentou e pôs a mão em seu ombro enquanto se dirigia às pessoas na sala.

— Eli Ever é um herói — disse ela de novo, e dessa vez o Departamento de Polícia de Merit ali reunido assentiu e se levantou, repetindo em uníssono:

— Eli Ever é um herói. Um herói. Um herói.

As palavras ecoaram e eles continuaram ouvindo-as mesmo fora da sala. Eli seguiu Serena pela delegacia enquanto absorvia as palavras. Um herói. Não era isso que ele era? Os heróis salvavam o mundo dos vilões, do mal. Faziam sacrifícios para conseguir isso. Ele não estava sujando as mãos e a alma de sangue para colocar o mundo nos trilhos? Não se sacrificava toda vez que tirava a vida roubada de um EO?

— E agora, para onde vamos? — perguntou Serena.

Com dificuldade, Eli voltou a se concentrar. Estavam atravessando a garagem da delegacia para chegar a uma rua lateral onde tinham estacionado o carro; ele apanhou uma pasta fina da bolsa e entregou a ela. Dentro estavam os perfis dos dois EOS que restavam na região de Merit, ou, pelo menos, dos *suspeitos* de serem EOS. O primeiro era de um homem chamado Zachary Flinch, um minerador de meia-idade que tinha se sufocado num desabamento de túnel ano passado. Ele havia se recuperado... fisicamente. O segundo era de um jovem soldado chamado Dominic Rusher, que estivera perto demais de uma mina terrestre e acabara em coma dois anos antes. Ele havia chegado ao hospital e, então, desaparecera. Literalmente. Ninguém o vira sair. Ele deu as caras em três cidades diferentes — sem deixar pistas nem rastros, só surgiu lá, sumiu e surgiu de novo em outro lugar — até aparecer em Merit há dois meses. Pelo que Eli sabia, ele *ainda* não havia desaparecido de novo.

— Victor mencionou o banco de dados na ligação — comentou Eli enquanto eles chegavam ao carro —, o que quer dizer que também tem acesso a ele. Seja lá o que Victor estiver planejando, não preciso que ele adote mais desamparados.

— Quero ir com você dessa vez — avisou Serena.

269

Eli franziu a testa sob a máscara. Ele sempre fazia essa parte sozinho. Os assassinatos, as *remoções*, não eram como golfe ou filme pornô ou pôquer, um hobby do estereótipo masculino que ele não quisesse partilhar. Eram rituais, sagrados. Parte da sua aliança com Deus. Não somente isso, mas as mortes eram o auge de dias, às vezes até de semanas, de pesquisa, missões de reconhecimento e paciência. *Pertenciam* a ele. O planejamento, a execução e a paz subsequente eram dele. Serena sabia disso. Estava pressionando-o. Ele sentiu a fúria crescer dentro de si.

Tentou distorcer a exigência em sua mente, para recuperar o controle. Sabia que não tinha tempo para apreciar essas mortes em particular. Era provável que não tivesse tempo nem mesmo de esperar por uma demonstração. Dessa vez, não tinha jeito: os rituais já seriam quebrados, violados.

Ele conseguia sentir Serena o observando enquanto lutava consigo mesmo, e ela parecia extasiada com isso. Mas não se dera por vencida. Ela pegou o arquivo das mãos dele e ergueu o perfil de Zachary Flinch.

— Só uma vez — disse ela, as palavras pensando na balança.

Eli verificou o relógio. Já passava e muito das seis. E não havia dúvida de que ela fosse acelerar o processo.

— Só uma vez — repetiu ele, entrando no carro.

Serena sorriu, embevecida, e deslizou para o banco do carona.

XVII

CINCO HORAS PARA MEIA-NOITE

HOTEL ESQUIRE

Sydney estava empoleirada no sofá com Dol aos seus pés e a pasta dos EOs executados aberta no colo quando Mitch chegou. O sol se punha além das janelas de parede inteira, e ela ergueu o olhar quando ele tirou uma caixa de achocolatado da geladeira. Mitch parecia cansado ao repousar os cotovelos — estavam sujos com algo branco que parecia giz — na bancada de granito preto.

— Você está bem? — perguntou ela.
— Cadê o Victor?
— Saiu.

Mitch xingou baixinho.

— Ele é maluco. A rua está fervilhando de policial desde que ele fez aquilo.
— Aquilo o quê? — perguntou Sydney, remexendo os papéis na pasta. — Matar o policial ou atender à ligação de Eli?

Mitch deu um sorriso sombrio.

— As duas coisas.

Sydney baixou os olhos para o rosto de uma mulher morta no seu colo.

— Ele não pode estar falando sério — disse ela em voz baixa. — Sobre se encontrar com Eli à meia-noite. Ele não está falando sério, está?

— Victor sempre fala sério — respondeu Mitch. — Mas ele não teria dito aquilo se não tivesse um plano.

Mitch se afastou da bancada e desapareceu no corredor, e, um minuto depois, Sydney ouviu a porta do banheiro ser fechada e o chuveiro sendo ligado. Voltou a ler os perfis, dizendo a si mesma que só fazia isso porque não tinha nada de bom na televisão. A verdade era que não queria pensar no que aconteceria à meia-noite, ou, pior, no que aconteceria *depois*. Odiava essas dúvidas que se infiltravam na sua cabeça toda vez que ela se desconcentrava. E se Eli vencesse, e se Victor perdesse, e se Serena... Ela nem sabia o que pensar da irmã, o que esperar, o que temer. Havia essa parte traiçoeira sua que ainda queria sentir os braços de Serena ao seu redor, mas sabia que agora precisava se afastar — e não se aproximar — da irmã.

Sydney forçou os olhos sobre os arquivos na pasta, tentou se concentrar nas vidas e nas mortes dos EOS — tentou não imaginar a foto de Victor entre eles, um X preto sobre o rosto calmo e pálido — e adivinhar quais seriam os seus poderes, embora soubesse que podiam ser qualquer coisa. Victor explicara que dependia da pessoa, do que ela queria, das vontades e dos últimos pensamentos.

O último perfil era o dela. Sydney havia imprimido de novo depois que Victor sumira com a primeira cópia, e agora seus olhos vagavam pela foto do seu rosto. Ao contrário das demais fotos espontâneas que enchiam a pasta, a dela era posada: cabeça erguida, ombros alinhados, olhos encarando diretamente a câmera. Era uma foto de fim de ano da escola do ano anterior, tirada cerca de uma semana antes do acidente, e Sydney tinha gostado imensamente dela porque a câmera, de alguma forma mágica, captara o instante anterior a um sorriso, e o queixo erguido de modo orgulhoso e a covinha leve no canto da sua boca a faziam ficar *igual* a Serena.

A única diferença entre essa cópia da foto e a original era o X desenhado sobre ela. Agora Eli já sabia que ela estava aqui, viva, e Sydney torceu para que ele tivesse ficado enjoado quando soube que o corpo de Barry estava de volta ao banco, quando ligou os pontos e percebeu que tinha sido obra dela, que alguns tiros disparados na floresta não equivaliam a uma garota morta.

Talvez devesse ficar chateada ao ver o próprio perfil na pasta de EOS mortos e, a princípio, ela ficou, mas o choque tinha passado, e a existência do perfil na lixeira digital, o fato de eles a subestimarem, presumirem que estava morta e, acima de tudo, o fato de que ela *não* estava, a fez sorrir.

— Por que o sorriso?

Ela ergueu o olhar e encontrou Mitch recém-saído do banho e vestido, com uma toalha jogada no pescoço. Não se dera conta de quanto tempo havia passado. Isso acontecia mais do que gostaria de admitir. Às vezes piscava os olhos e percebia que o sol estava numa posição diferente, o programa na TV tinha acabado ou alguém estava terminando uma conversa da qual o começo ela nem ouvira.

— Espero que Victor o machuque — disse ela, alegremente. — Muito.

— Meu Deus. Três dias e você já está falando que nem ele. — Mitch afundou numa poltrona, passou a mão na cabeça raspada. — Olha, Sydney, você precisa entender uma coisa sobre Victor...

— Ele não é um homem mau — retrucou ela.

— Não existem homens bons nesse jogo — completou Mitch.

Mas Sydney não estava nem aí para algo *bom*. Não sabia direito se acreditava nisso.

— Eu não tenho medo do Victor.

— Eu sei. — Ele pareceu triste ao dizer isso.

XVIII

CINCO ANOS ATRÁS

PENITENCIÁRIA DE WRIGHTON

Na terceira vez que Mitchell Turner foi preso, a maldição o acompanhou.

Não importava aonde ele ia ou o que fazia (ou deixava de fazer), as pessoas continuavam morrendo. Ele perdeu dois companheiros de cela nas mãos de outros presos, um companheiro de cela acabou com a vida com as próprias mãos, e um amigo, que desfaleceu no pátio durante a hora do exercício. De modo que, quando a forma esbelta e elegante de Victor Vale surgiu à porta da sua cela certa tarde, pálida no uniforme cinza-escuro da prisão, imaginou que o homem não fosse durar. Ele devia ter sido preso por lavagem de dinheiro, talvez por algum esquema de pirâmide. Algo sério o bastante para deixar as pessoas certas com raiva e mandá-lo para a segurança máxima, mas leve o suficiente para que ele parecesse completamente deslocado ali. Mitch deveria tê-lo visto como caso perdido; porém, ainda perturbado com a morte do último companheiro de cela, ficou determinado a manter Victor vivo.

Presumiu que a tarefa daria trabalho.

Victor não falou com Mitch por três dias. Mitch precisava reconhecer que tampouco tinha falado com Victor. Havia alguma coisa naquele sujeito, algo que Mitch não conseguia identificar, mas que não gostava de uma maneira primitiva e visceral, e ele se flagrava recuando ligeiramente quando Victor se aproximava. Os outros detentos também o faziam, nas raras ocasiões naquela primeira semana em que Victor se aventurara a sair entre eles. No entanto, embora Mitch se sentisse pouco à vontade, ele passou a segui-lo e escoltá-lo, procurando constantemente por um agressor, por uma ameaça. Até onde Mitch sabia, sua maldição parecia firmemente baseada na proximidade física. Quando ele estava por perto, os outros se machucavam. Entretanto, ele não parecia conseguir determinar quão perto era perto demais, quão próximo ele precisaria estar para arruinar uma vida, e pensou que podia ser que dessa vez a proximidade pudesse salvar uma pessoa, em vez de marcá-la de alguma maneira... Podia ser que assim ele conseguisse quebrar a maldição.

Victor não perguntou por que Mitch ficava tão perto, mas tampouco disse para não fazê-lo.

Mitch sabia que o ataque viria. Sempre vinha. Era uma maneira de os veteranos testarem os novatos. Às vezes, não era tão ruim, uns socos, umas pancadas. Mas, outras vezes, quando os homens estavam sedentos de sangue ou tinham alguma implicância, ou mesmo só por estarem tendo um dia ruim, as coisas podiam ficar feias.

Ele seguia Victor até a sala de convivência, o pátio, o refeitório. Mitch se sentava a um lado da mesa e Victor a outro, brincando com a comida, enquanto Mitch passava o tempo inteiro examinando o lugar. Victor nunca erguia os olhos do prato. Tampouco olhava para o prato, não de fato. Seus olhos tinham uma intensidade sem alvo certo, como se ele estivesse em outro lugar, indiferente à jaula ao seu redor ou aos monstros ali dentro.

Tal qual um predador, Mitch se deu conta por fim. Ele vira na TV da sala de convivência muitos programas sobre a natureza e sabia que as presas tinham os olhos ao lado da cabeça e estavam sempre em alerta, enquanto os predadores tinham os olhos fixos à frente, juntos e destemidos. Embora Victor tivesse metade do tamanho da maioria dos detentos e parecesse *jamais* ter entrado numa briga, muito menos vencido uma, tudo nele dizia "predador".

E, pela primeira vez, Mitch se perguntou se era mesmo Victor quem precisava de proteção.

XIX

QUATRO HORAS E MEIA PARA MEIA-NOITE

SUBÚRBIO DE MERIT

Zachary Flinch morava sozinho.

Serena podia adivinhar isso antes mesmo de pôr os olhos nele. O quintal da frente era um emaranhado de ervas daninhas, o carro na entrada de cascalho da garagem tinha duas rodas substituídas por estepes, a porta de tela estava rasgada, e uma espiral de corda amarrada a uma árvore meio morta fora mastigada por seja lá o que estivera preso ali. O seu poder, se ele *fosse* de fato um EO, não estava rendendo dinheiro nenhum. Serena franziu a testa, reconstituindo mentalmente o perfil dele. A página inteira de dados era inócua, a não ser pela inversão — o princípio do renascimento, como Eli havia chamado, uma recriação de si mesmo. Não era necessariamente positiva ou mesmo voluntária, mas era sempre marcante, e Flinch assinalara esse quadrado com um X grosso e vermelho. Logo após o trauma, tudo mudara na vida dele, e não foram mudanças sutis, mas uma reviravolta completa. Ele passou de casado com três filhos para divorciado, desempregado e com uma medida restritiva. Sua sobrevivência — ou, melhor, seu *renascimento* — deveria ter sido motivo de celebração, de alegria. Em vez disso, tudo e todos debandaram. Ou ele havia feito com que se afastassem. Flinch fora a inúmeros psiquiatras, que lhe receitaram antipsicóticos, mas, a julgar pelo estado do jardim, não estavam ajudando muito.

Serena bateu à porta, se perguntando o que teria assustado tanto um homem a ponto de ele jogar a vida fora depois de ter vencido a própria morte para continuar vivendo.

Ninguém atendeu. O sol havia descido no horizonte, e, quando ela soltou a respiração, saíram pequenas baforadas de vapor no crepúsculo. Serena bateu outra vez, e pôde ouvir o som da televisão lá dentro. Eli suspirou e se encostou na tinta descascada da lateral da entrada.

— Oi! — gritou ela. — Sr. Flinch? O senhor pode vir até a porta?

Como era esperado, logo ouvia os passos arrastados e, minutos depois, Zach Flinch surgiu na porta usando uma camisa polo velha e calça jeans. A roupa era grande demais para ele, fazendo com que parecesse que tinha definhado depois de vesti-las. Por cima do seu ombro, via a mesa de centro cheia de latas vazias e embalagens de comida congelada empilhadas no chão ao lado.

— Quem é você? — perguntou ele, olheiras escuras sob os olhos. Havia um tremor rouco na sua voz.

Serena apertou o dossiê contra o peito.

— Uma amiga. Eu só queria fazer algumas perguntas.

Flinch grunhiu, mas não fechou a porta na cara dela. Serena o encarou para que ele não visse Eli parado de pé a poucos centímetros à direita, ainda usando a máscara preta de herói.

— O seu nome é Zachary Flinch?

Ele assentiu.

— É verdade que você esteve envolvido num acidente na mina no ano passado? O desabamento de um túnel.

Ele assentiu.

Serena sentiu que Eli estava ficando impaciente, mas ainda não havia terminado. Queria saber.

— Depois do acidente, alguma coisa mudou? Você mudou?

Os olhos de Flinch se arregalaram de surpresa, mas ao mesmo tempo ele respondia com um aceno de cabeça, seu rosto preso entre a confusão e a complacência. Serena sorriu com delicadeza.

— Entendo.

— Como você me encontrou? Quem é você?

— Como já falei, eu sou uma amiga.

Flinch deu um passo à frente, sobre o umbral. Seus sapatos se embrenharam na erva daninha marrom-esverdeada que tinha se desgarrado e tentava tomar posse da varanda.

— Eu não queria morrer sozinho — murmurou ele. — Só isso. Lá embaixo, no escuro, eu não queria morrer sozinho, mas não queria nada disso. Você pode fazer eles pararem?

— Fazer quem parar, sr. Flinch?

— Por favor, faça eles irem embora. Dru também não conseguia ver nenhum deles até eu mostrar, mas eles estão em toda parte. Eu só não queria morrer sozinho. Mas eu não aguento mais isso. Não quero ver nenhum deles. Não quero ouvir nenhum deles. Por favor, faça eles pararem.

Serena estendeu a mão.

— Por que você não me mostra o que...

A frase foi interrompida quando Eli apontou a pistola para a têmpora de Zach Flinch e puxou o gatilho. O sangue espirrou na lateral da casa, salpicando o cabelo de Serena e pontilhando o rosto dela como se fossem sardas. Eli baixou a arma e fez o sinal da cruz.

— Por que você fez isso? — cuspiu Serena, lívida.

— Ele queria fazer parar — respondeu Eli.

— Mas eu não tinha terminado...

— Foi misericórdia. O homem estava doente. Além do mais, ele confirmou que era um EO — disse Eli, virando-se para o carro. — A gente não precisava mais de uma demonstração.

— Você tem um baita complexo — esbravejou ela. — Tem que estar sempre no controle.

Eli deu uma risada baixa de escárnio.

— Olha quem fala. Uma verdadeira sereia.

— Eu só queria ajudar.

— Não — retrucou ele. — Você queria *brincar*. — Ele saiu enfurecido.

— Eli Ever, *parado*.

O sapato dele ficou preso no cascalho, grudado. A arma continuava em sua mão. Por um breve momento, Serena não conseguiu controlar o temperamento e precisou morder a boca para impedir a si mesma de fazer com que Eli colocasse a arma na própria têmpora. O ímpeto arrefeceu, e ela desceu a escada, pisando no corpo de Flinch quando surgiu atrás dele. Serena passou os braços pela cintura de Eli e deu um beijo em sua nuca.

— Você sabe que eu não quero esse tipo de controle — sussurrou ela. — Agora guarda essa arma. — A mão de Eli colocou a arma de volta no coldre. — Você não vai me matar hoje.

Ele se virou para encará-la, colocou as mãos, agora vazias, em suas costas e a puxou para perto, os lábios roçando a orelha dela.

— Qualquer dia desses, Serena — sussurrou —, você vai se esquecer de dizer isso.

Ela se retesou no abraço dele, e sabia que ele podia sentir aquilo; no entanto, quando respondeu, sua voz era calma, leve.

— Hoje, não.

Ele deixou as mãos caírem ao se virar para o carro e segurar a porta aberta para ela.

— Vai me acompanhar — perguntou Eli enquanto eles saíam da entrada de cascalho — para encontrar Dominic?

Serena mordeu o lábio e fez que não com a cabeça.

— Não. Divirta-se. Vou voltar para o hotel e lavar o sangue do meu cabelo antes que fique manchado. Me deixa lá no caminho.

Eli assentiu, o alívio estampado em seu rosto enquanto ligava o motor, deixando Flinch na varanda, uma mão sem vida abrindo caminho pela erva daninha.

XX

QUATRO HORAS PARA MEIA-NOITE

CENTRO DE MERIT

Victor se dirigiu de volta ao hotel, uma sacola com comida para viagem debaixo do braço. Na verdade, aquela tarefa tinha sido uma desculpa, uma chance de fugir do confinamento do quarto, de respirar e fazer planos. Ele andava pela calçada a passos lentos, tomando o cuidado de manter a marcha casual, a expressão calma. Desde o encontro com o policial Dane, a ligação de Eli e o ultimato da meia-noite, a quantidade de policiais nas ruas de Merit havia aumentado drasticamente. Nem todos estavam fardados, é claro, mas todos pareciam alerta. Mitch havia apagado todas as fotos de Victor disponíveis na rede, desde fotos de perfil da Universidade de Lockland até as da ficha criminal de Wrighton. Tudo o que os policiais de Merit tinham como pista era um desenho de boneco de palito, a memória de Eli (dez anos desatualizada, já que, ao contrário dele, Victor *havia* envelhecido) e descrições dos funcionários da penitenciária. Ainda assim, ele não devia subestimar a polícia. Era fácil notar Mitch por causa do tamanho dele, e Sydney se destacava por ser uma criança. Apenas Victor, talvez o mais procurado do grupo, tinha um mecanismo de defesa. Ele sorriu consigo mesmo enquanto se aproximava de um policial, que nem ergueu o olhar.

Victor havia descoberto que a dor era uma sensação impressionantemente repleta de nuances. Uma grande quantidade repentina de dor poderia ferir, é óbvio, mas havia diversas aplicações práticas para ela além da tortura. Victor descobriu que, ao infligir uma quantidade sutil de dor às pessoas em determinado raio ao seu redor, podia induzir uma aversão inconsciente à sua presença. Elas não se davam conta da dor; no entanto, tinham uma ligeira tendência a recuar. Até a atenção delas parecia se desviar, imbuindo Victor de uma espécie de invisibilidade. Fora útil na cadeia e era útil agora.

Victor passou pelo canteiro de obras abandonado do Falcon Price e deu outra olhada no relógio, admirado com a estrutura da vingança, com o fato de que anos de espera, planejamento e vontade se reduziriam a horas — talvez minutos — de execução. Seu coração bateu acelerado de empolgação enquanto ele caminhava de volta para o Esquire.

Eli deixou Serena no acostamento do Esquire com uma única instrução: prestar atenção e avisar a ele caso visse *qualquer coisa* fora do comum. Victor mandaria outra mensagem, era apenas uma questão de quando, e, enquanto o relógio marcava os minutos até a meia-noite, Eli sabia que seu nível de controle dependeria quase que inteiramente de quão cedo recebesse o memorando. Quanto mais tarde, menos tempo teria para se preparar, planejar, e tinha certeza de que essa era a intenção de Victor — mantê-lo no escuro o máximo possível.

Deixou o carro estacionado na área reservada para desembarque do hotel e tirou a máscara, jogando-a no banco do carona antes de apanhar o perfil de Dominic Rusher. O sujeito estava na cidade havia poucos meses, mas já era um conhecido da polícia de Merit, ostentando uma lista de contravenções que consistia quase que exclusivamente em acusações de bebedeira e comportamento desordeiro. A grande maioria das encrencas se originara não no muquifo que era o apartamento de Dominic, no sul da cidade, mas num bar. Um bar em especial. O Three Crows. Eli sabia onde ficava. Foi dirigindo para longe do hotel, por pouco não encontrando Victor e sua sacola de comida para viagem.

Havia dois policiais parados no saguão do Esquire, com toda a atenção voltada para uma jovem loira de costas para as portas giratórias da entrada do hotel. Victor entrou sem ser notado e se encaminhou para a escada. Quando chegou ao quarto, encontrou Sydney lendo no sofá, Dol deitado aos pés dela, e Mitch, à bancada, bebendo achocolatado direto da caixa enquanto digitava os códigos com uma só mão no laptop.

— Teve algum contratempo? — perguntou Victor, colocando a comida na bancada.

— Com o corpo? Não. — Mitch afastou a caixa. — Mas quase tive problemas com a polícia. Meu Deus, Vale, tem policial por toda parte. Não é como se eu conseguisse passar despercebido na multidão.

— É para isso que serve a entrada do estacionamento. Além do mais, a gente só tem que aguentar mais algumas horas — avisou Victor.

— Quanto a isso... — começou Mitch, mas Victor estava ocupado rabiscando alguma coisa num pedaço de papel. Ele deslizou o papel pela bancada para Mitch. — O que é isso?

— O login e a senha de Dane. Para o banco de dados. Preciso que você prepare um novo perfil marcado.

— E quem você vai marcar?

Victor sorriu e apontou para si mesmo. Mitch grunhiu.

— Aposto que isso tem algo a ver com a meia-noite.

Victor concordou.

— O arranha-céu Falcon Price. Térreo.

— Aquele lugar é uma gaiola. Você vai cair numa armadilha lá.

— Eu tenho um plano — disse Victor de modo casual.

— Que tal me contar? — Victor não disse nada. Mitch resmungou. — Não vou usar uma foto sua. Levei anos para tirar todas do sistema.

Victor deu uma olhada no quarto. Sua atenção recaiu sobre o último tomo de autoajuda dos Vales que estivera rasurando. Ele o pegou e mostrou a lombada para Mitch, onde se lia VALE em letras maiúsculas e brilhantes.

— Isso vai servir.

Mitch continuou resmungando enquanto pegava o livro e começava a trabalhar.

Victor voltou a atenção para Sydney. Ele levou uma caixinha de macarrão até o sofá, afundou nas almofadas de couro e ofereceu a ela. Sydney deixou de lado a pasta dos EOS mortos e aceitou a comida, então segurou a embalagem ainda morna com as duas mãos. Ela não comeu. Nem ele. Victor ficou olhando para além das janelas enquanto ouvia Mitch digitando a comunicação. Sua mão coçava para rasurar algumas frases, mas Mitch estava com o livro, então ele fechou os olhos e tentou encontrar a tranquilidade, a paz. Não imaginou campos amplos ou o céu azul ou gotas de água. Imaginou a si mesmo puxando o gatilho três vezes, o sangue brotando do peito de Eli no mesmo padrão que brotara do dele, imaginou-se entalhando retas na pele de Eli, observando-as se fechar para que pudesse cortá-lo de novo e de novo e de novo. *Já está com medo?*, perguntaria quando o chão estivesse grudento com o sangue de Eli. *Está com medo?*

XXI

TRÊS HORAS E MEIA PARA MEIA-NOITE

HOTEL ESQUIRE

— Você tem *mesmo* um plano? — perguntou Sydney algum tempo depois.

Victor reabriu os olhos lentamente e disse a mesma coisa que dissera no cemitério, quando ela perguntou se ele havia sido solto da Penitenciária de Wrighton. As mesmas palavras no mesmo tom de voz e com o mesmo olhar.

— É claro que sim.

— É um bom plano? — insistiu Sydney. Suas pernas pendiam do sofá, as botas roçando de leve as orelhas de Dol quando ela as balançava. O cachorro não parecia se importar.

— Não — respondeu Victor. — Provavelmente, não.

Sydney fez um som entre uma tosse e um suspiro. Victor ainda não era muito fluente na língua dela, mas supunha que fosse uma espécie de afirmativa tristonha, a versão pré-adolescente de *saquei* ou *tá bom*. O relógio na parede informava que eram quase nove horas. Victor voltou a fechar os olhos.

— Não entendo — comentou Sydney alguns minutos depois. Ela coçava a orelha de Dol com a bota. A cabeça do cachorro balançava para a frente e para trás com o movimento.

— Não entende o quê? — perguntou Victor, ainda de olhos fechados.

— Se você quer encontrar Eli, e Eli quer encontrar você, pra que tudo isso? Por que vocês dois não podem simplesmente se encontrar?

Victor piscou e analisou a coisinha loira ao seu lado no sofá. Os olhos dela estavam arregalados e esperançosos, mas já perdiam a inocência. O pouco a que ela se agarrara e trouxera enquanto caminhava por aquela estrada na chuva havia desaparecido diante da execução pragmática de Victor, com suas promessas e ameaças. Sydney tinha sido traída, baleada, salva, curada, ferida, curada de novo, forçada a ressuscitar dois homens, só para testemunhar o "reassassinato" de um deles. Ela fora metida naquela confusão, primeiro por Eli e depois por Victor. Era como uma criança, mas não era uma criança, e Victor não podia deixar de se perguntar se, ao se tornar uma EO, ela havia ficado tão vazia quanto ele, quanto todos eles — sem o vínculo com algo vital e humano. Ele não a estava protegendo, não ao tratá-la feito uma criança normal. Sydney não era normal.

— Você me perguntou se eu tenho um plano — disse Victor, sentando-se voltado para a frente. — Não a princípio. Eu tinha opções, sim, ideias e considerações, mas não um plano.

— Mas agora você tem.

— Tenho. Mas por causa de Eli e da sua irmã, eu só tenho uma chance de fazer dar certo. Quem agir primeiro vai sacrificar o elemento surpresa, e eu não posso me dar a esse luxo agora. Eli está acompanhado por uma sereia, o que quer dizer que ele é capaz de hipnotizar a cidade inteira. Talvez até já tenha feito isso. Eu tenho um hacker, um cachorro meio-morto e uma criança. Não é um grande arsenal.

Sydney franziu a testa, pegou a pasta dos EOS vivos e a entregou a Victor.

— Então monta um. Ou você pode fortalecer o seu arsenal, pelo menos. Não custa tentar. Eli pensa nos EOS, na gente, como monstros. Mas você não, né?

Victor não sabia muito bem como se sentia em relação aos EOS. Até encontrar Sydney na beira daquela estrada, ele só havia conhecido um EO além de si próprio, e era Eli. Se tivesse que julgar com base nos dois, os ExtraOrdinários eram problemáticos, para dizer o mínimo. Mas esses termos que as pessoas usavam — humanos, monstros, heróis, vilões —, para Victor, não passavam de uma questão de semântica. Alguém poderia muito bem se dizer um herói e mesmo assim sair por aí matando dezenas de pessoas. Outro poderia ser rotulado de vilão por tentar impedi-lo. Muitos humanos eram monstros, e muitos monstros sabiam fingir humanidade. A diferença entre ele e Eli, suspeitava, não era a opinião que tinham a respeito dos EOS, mas a forma de reagir a eles. Eli parecia determinado a trucidá-los, mas Victor não via motivo para destruir uma habilidade útil com base apenas na sua origem. Os EOS eram armas, sim, mas armas com mentes e corpos, coisas que podiam ser torcidas e retorcidas, quebradas e *usadas*.

No entanto, havia tanta coisa que ele não sabia. Se esses EOS ainda estavam vivos. Quais eram os seus poderes. Se seriam receptivos. E, embora Victor tivesse um argumento bastante persuasivo, já que o outro lado os queria mortos enquanto ele considerava que eles tinham utilidade vivos, recrutar um EO significava introduzir elementos imprevisíveis e traiçoeiros à equação. E, além disso tudo, considerando que Eli estava provavelmente ocupado eliminando as opções de Victor, a ideia parecia dar mais trabalho do que valia a pena.

— Por favor, Victor — pediu Sydney, ainda segurando a pasta.

Então, para acalmá-la, e para passar o tempo, ele abriu a pasta, virando a capa para trás. A página com a garota de cabelo azul havia sido retirada, deixando somente dois perfis.

O primeiro era de um homem chamado Zachary Flinch. Victor havia lido a página do homem mais cedo naquele mesmo dia, enquanto esperava pela ligação de Mitch, sabendo que era perda de tempo. Todas as informações sobre o sujeito suspeito de ser um EO eram ambíguas demais — a habilidade de um EO parecia ter ao menos uma relação tangencial ou com a natureza da morte ou com o estado mental do sujeito, mas nada disso era certeza —, e o fato de todos próximos a ele terem partido após o acidente sugeria problemas. Problemas demais para que Victor perdesse tempo com eles.

Então passou para o segundo perfil, que ainda não tinha visto, leu a página depressa e parou.

Dominic Rusher tinha quase 30 anos, era um ex-soldado que tivera o azar de estar muito perto de uma mina terrestre do outro lado do Atlântico. Dominic sofrera diversas fraturas com a explosão e ficara em coma por duas semanas, mas não foi o coma ou seu recente hábito de desaparecer que atraiu a atenção de Victor. Foi a breve anotação médica no fim da página. De acordo com o histórico médico do Exército, Rusher tinha recebido uma receita de trinta e cinco miligramas de meta-hidrocodona.

Era uma dose alta de um opioide sintético razoavelmente obscuro, mas Victor havia passado um verão um tanto enfadonho na prisão memorizando a extensa lista de analgésicos disponíveis via receita médica nos dias atuais, suas indicações, as dosagens e os nomes oficiais, assim como os nomes médicos, de modo que reconheceu o medicamento de imediato. Não apenas isso como também teve certeza de que, se Eli não tivesse se dedicado ao assunto tanto quanto ele, *não* reconheceria a droga.

Parecia que a sorte voltava a sorrir para Victor.

A poucas horas do encontro à meia-noite, ele sabia que não havia tempo para construir uma relação de confiança ou lealdade, mas talvez a *necessidade* pudesse tomar o lugar dessas duas coisas. E a necessidade, como Victor aprendera, podia ser tão poderosa quanto qualquer vínculo emocional. Emoções eram neuróticas, complicadas, mas necessidades podiam ser simples, tão primitivas quanto o medo ou a dor. Necessidades podiam ser a base da lealdade. E Victor tinha exatamente aquilo de que Dominic precisava. Poderia suprir, se o poder dele valesse a pena. Só havia um jeito de descobrir.

Victor dobrou a folha com o perfil e a colocou no bolso.

— Pega o casaco, Mitch. A gente vai dar uma saída.

— De carro ou a pé?

— Carro.

— De jeito nenhum. Você não prestou atenção a tudo o que eu disse sobre os policiais? Nosso carro é roubado.

— Bem, então a gente só precisa fazer de tudo para não chamar a atenção.

Mitch balbuciou alguma coisa rude enquanto pegava o casaco. Sydney correu para buscar o dela no quarto, onde o havia largado.

— Não, Syd — disse Victor quando ela reapareceu na sala, já vestindo o casaco comprido e vermelho. — Você tem que ficar.

— Mas a ideia foi minha! — retrucou ela.

— E foi uma ótima ideia, mas ainda assim você tem que ficar.

— Por quê? — choramingou. — E não vem me dizer que é muito perigoso. Você disse isso sobre o policial e depois me arrastou para lá mesmo assim.

Victor deu uma risadinha.

— *É* muito perigoso, mas não é por isso que você tem que ficar aqui. A gente já chama bastante a atenção na multidão sem uma garota desaparecida, e eu preciso que você faça uma coisa para mim.

Sydney cruzou os braços e olhou para ele, cética.

— Se eu não estiver de volta às dez e meia — disse ele —, eu preciso que você clique em Publicar no computador do Mitch para fazer o upload do meu perfil no banco de dados. Ele já está com a janela aberta e pronta.

— Por que às dez e meia? — perguntou Mitch, abotoando o casaco.

— É tempo suficiente para que vejam, mas com sorte não o bastante para que possam se preparar. Eu sei que é arriscado.

— Não é o maior risco que você está correndo — acrescentou Mitch.

— Só isso? — perguntou Sydney.

— Não — respondeu Victor. Ele apalpou os bolsos do casaco. Enfiou a mão num deles e ela saiu com um isqueiro azul. Victor não fumava, mas aquela coisa parecia sempre ter alguma utilidade. — Às onze, eu preciso que você comece a queimar as pastas. Todas. Usa a pia. — Ele estendeu o isqueiro. — Uma página de cada vez, combinado?

Sydney pegou o objeto azul, revirando-o nas mãos.

— É muito importante — continuou ele. — A gente não pode deixar nenhuma prova, entendeu? Está vendo só por que eu preciso que você fique aqui?

Por fim, ela assentiu. Dol ganiu baixinho.

— Você vai voltar, não vai? — perguntou Sydney quando eles chegaram à porta.

Victor olhou para trás.

— Lógico. Esse é o meu isqueiro preferido.

Sydney quase sorriu enquanto a porta era fechada.

— Eu até entendo ter que queimar os documentos, mas por que uma página de cada vez? — perguntou Mitch enquanto ele e Victor se encaminhavam para as escadas.

— Para ela ficar ocupada.

Mitch enfiou as mãos no casaco.

— Quer dizer que a gente não vai voltar, não é?

— Hoje à noite, não.

XXII

TRÊS HORAS PARA MEIA-NOITE

BAR THREE CROWS

Eli se sentou num reservado nos fundos do Three Crows e esperou Dominic Rusher aparecer. Havia confirmado com o atendente — Rusher vinha toda noite por volta das nove. Eli chegara cedo, mas não tinha nada para fazer além de esperar pela meia-noite e pelo que ela traria, fosse o que fosse, portanto pediu um chope e se retirou para o reservado do canto, apreciando mais o tempo longe de Serena do que a própria bebida.

    O chope era mais para manter as aparências, de qualquer maneira, já que a regeneração anulava o seu efeito, e álcool sem embriaguez era bem menos interessante (pediram a identidade dele também, e *isso* já tinha perdido a graça há muito tempo). No entanto, manter distância de Serena era importante — vital, descobrira — para manter o pouco de controle que possuía. Quanto mais tempo passava com ela, mais as coisas pareciam ficar enevoadas, era uma intoxicação da qual o corpo de Eli não se recuperava com tanta facilidade. Ele deveria tê-la matado quando teve a oportunidade. Agora, com a polícia envolvida, era complicado. A lealdade deles era para com ela, não ele, e ambos sabiam disso.

Uma nova cidade, era disso que precisava.

Depois da meia-noite e de Victor e depois que ele ajeitasse toda essa bagunça, encontraria uma cidade nova. Para recomeçar. Longe do detetive Stell. Longe de Serena, também, se conseguisse. Ele nem ao menos se importava em ter que usar o seu antigo método, do tempo e da dedicação que eram necessários, das semanas de pesquisa em troca de meros instantes de recompensa. As coisas tinham ficado muito fáceis ultimamente, e fácil era perigoso. Fácil levava a erros. Serena era um erro. Eli tomou um gole de chope e verificou o celular para ver se havia recebido alguma mensagem. Nada.

Ele já caçara ali uma vez havia alguns anos, antes de Serena, quando ainda era um fantasma, só de passagem. O lugar era barulhento e cheio de gente, feito para quem gostava de caos em vez de tranquilidade; o som ambiente era constituído por copos, gritaria e música cuja letra era impossível entender. Era um bom lugar para ficar invisível, para desaparecer, engolido pela luz fraca e pelo rebuliço de bêbados, bebedeira e pessoas nervosas. Mas, apesar de saber disso, Eli não era nem corajoso nem tolo o suficiente para realizar uma execução pública. Serena podia ter assegurado o apoio da polícia, mas os frequentadores do Three Crows não eram muito chegados a policiais ou legalidade. Um problema poderia virar uma tragédia num lugar como esse, principalmente sem Serena para acalmar as massas.

Eli recordou *mais uma vez* como estava feliz por se ver livre da influência dela, tanto sobre os outros como sobre si próprio. Agora poderia, por vontade e necessidade, fazer as coisas do seu jeito.

Olhou as horas. Menos de três horas até... Até o quê? Victor havia estabelecido o prazo para deixá-lo desconcertado, tenso. Ele perturbava a calma de Eli feito uma criança jogando pedrinhas num lago, causando ondas; Eli o viu fazendo isso e mesmo assim sentiu as ondulações, o que o deixava ainda mais transtornado. Bem, Eli retomaria o controle — da sua mente, da sua vida e da sua noite. Ele passou os dedos pelo círculo deixado pelo copo de chope na velha mesa de madeira antes de escrever uma única palavra na camada de água.

EVER.

XXIII

DEZ ANOS ANTES
UNIVERSIDADE DE LOCKLAND

— Por que Ever?

Victor fez a pergunta do outro lado da mesa. Eli tinha acabado de morrer. Victor o trouxera de volta à vida. Agora, os dois estavam sentados num bar a poucos quarteirões do apartamento, animados por várias rodadas de chope (ao menos Victor) e pelo fato de que tiveram a sorte de sobreviver a um ataque agudo de estupidez. Mas Eli se sentia estranho. Não mal, só... diferente. Distante. Ele ainda não conseguia entender muito bem aquilo. No entanto, havia alguma coisa faltando, cuja ausência podia sentir, embora não conseguisse se dar conta da forma. Fisicamente, porém — e supunha que isso era mais importante, levando em conta tudo o que havia acontecido —, ele se sentia bem, de modo persistente e suspeito, já que por algum tempo naquela noite ele fora um objeto inanimado em vez de um ser vivo.

— Como assim? — perguntou ele, bebericando o chope.

— Você poderia escolher qualquer nome que quisesse. Por que logo Ever?

— Por que não?

Não — disse Victor, balançando a bebida. — Não, Eli. Você não faz **nada** desse jeito.

— Que jeito?

— Sem pensar. Você teve um motivo.

— Como você sabe?

— Porque eu te conheço. Eu te entendo.

Eli passou os dedos por um círculo de água na mesa.

— Eu não quero ser esquecido.

Ele disse isso tão baixinho que ficou preocupado que Victor não fosse escutar, não com o alvoroço do bar, mas ele colocou a mão no ombro de Eli. Por um momento, pareceu muito sério, mas então afastou a mão e afundou de volta na cadeira.

— Vamos fazer um trato — disse Victor. — Você se lembra de mim, e eu me lembro de você, assim a gente não vai ser esquecido.

— Que lógica de merda, Vic.

— É perfeita.

— E o que acontece quando a gente morrer?

— É só não morrer.

— Você fala como se fosse simples enganar a morte.

— A gente parece ser muito bom nisso — comentou Victor alegremente. Ele ergueu o copo. — Um brinde a nunca morrer.

Eli ergueu o copo.

— Um brinde a sermos lembrados.

Eles brindaram enquanto Eli acrescentava:

— Para sempre.

XXIV

DUAS HORAS E MEIA PARA MEIA-NOITE

BAR THREE CROWS

Dominic Rusher era um homem devastado. Literalmente.

A maior parte dos ossos do lado esquerdo do seu corpo, o lado mais próximo da explosão, tinha pinos ou parafusos ou era sintética, a pele marcada por cicatrizes sob as roupas. O cabelo — cortado rente no padrão militar por três anos — havia crescido e agora, despenteado, chegava aos seus olhos, um dos quais era falso. A pele era bronzeada e os ombros, fortes; sua postura continuava perfeita, o que impedia que ele se misturasse por completo aos frequentadores do bar e, apesar de tudo isso, ficava evidente que ele era devastado.

Eli não precisou que os arquivos lhe contassem nada disso; percebeu tudo quando o homem caminhou até o balcão, se sentou numa banqueta e pediu a primeira bebida. O tempo estava passando, e Eli segurou firme o copo enquanto observava o ex-soldado começar a noite com um copo de uísque com Coca-Cola. Precisou resistir ao impulso de abandonar o reservado e a cerveja e atirar na nuca de Dominic, só para acabar logo com aquilo. Eli se esforçou ao máximo para conter essa fagulha de impaciência; seus rituais tinham uma razão de existir, e ele fazia — como já havia feito — *concessões* de vez em quando, mas não os abandonaria por completo, nem mesmo agora. Matar sem motivo seria abuso de poder, um insulto a Deus. O sangue dos EOS podia ser lavado das suas mãos. O sangue de inocentes, não. Ele precisava tirar Dominic do bar e obter uma confissão, se não uma demonstração, antes de executá-lo. Além disso, ele daria uma ótima isca. Contanto que continuasse no bar e no campo de visão de Eli, Rusher teria tanto valor vivo quanto morto, porque, se Victor viesse procurar pelo homem devastado e chegasse aqui antes da meia-noite, Eli estaria à espera, preparado.

Victor dirigia, enquanto Mitch estava deitado no banco de trás, o mais escondido possível com o seu tamanho. A cidade passava devagar, as luzes verdes e vermelhas e o branco das janelas dos escritórios deixando um rastro enquanto Victor ziguezagueava com o carro pelas ruas dispostas feito uma rede, afastando-se do centro e seguindo para a parte antiga de Merit. Eles se mantiveram em vias que circundavam as ruas secundárias em vez de usar a estrada principal que entrava e saía da cidade, evitando qualquer caminho que acabasse num pedágio, numa ponte ou em qualquer outra barreira em potencial. Tomaram cuidado com a velocidade, acompanhando o tráfego quando os carros avançavam mais rápido porque dirigir devagar chamaria tanta atenção quanto correr. Victor conduziu o veículo roubado pelas ruas de Merit, e logo as avenidas numeradas e as estradas identificadas com letras deram lugar a ruas com nomes. Nomes de verdade, árvores de verdade, pessoas e lugares de verdade, edifícios amontoados, alguns escuros, com janelas e portas cobertas por tábuas e abandonados, outros repletos de vida.

— Vira à esquerda — disse Mitch, consultando o mapa minúsculo no celular.

Victor olhou para o relógio, contou o tempo que estavam levando para chegar ao bar e o subtraiu de meia-noite para descobrir quanto ainda tinham. Ele não podia se atrasar. Hoje à noite, não. Tentou encontrar a tranquilidade, a paz, mas a agitação tilintava dentro dele feito moedas soltas. Deu batidinhas com a mão livre na perna e suprimiu o sussurro que dizia que aquilo era uma má ideia. Era melhor do que esperar sentado. Além do mais, eles tinham tempo. Bastante tempo.

— Esquerda de novo — indicou Mitch. Victor fez a curva.

Eles passaram a primeira metade da viagem repassando o plano, e agora que estava tudo resolvido e a única coisa que faltava era colocá-lo em prática, dirigiam num silêncio pontuado somente pelas coordenadas de Mitch e pelo tamborilar inquieto de Victor, enquanto passavam por ruas e mais ruas.

Enquanto Victor dirigia, Mitch se perguntava...

Se iria sobreviver àquela noite.

Se Victor também iria sobreviver.

O que aconteceria se os dois sobrevivessem.

O que Victor faria para ocupar a mente depois que Eli se fosse. Caso Eli se fosse.

Mitch se perguntou o que *ele* faria. Nunca havia discutido a parceria com Victor, os termos e o término, mas o objetivo sempre fora esse. Encontrar Eli. Nunca houve menção alguma sobre o que aconteceria depois. Ele se perguntou se *havia* um depois para Victor.

O ponto verde que se movia em seu telefone alcançou o ponto vermelho imóvel que indicava o bar Three Crows, então Mitch se sentou no banco.

— Chegamos.

Victor parou no estacionamento do outro lado da rua, em frente ao bar, ainda que fosse apertado, estivesse cheio e impedisse uma fuga rápida, em especial numa perseguição. No entanto, com um carro roubado e a polícia de olho, ele não ousava fazer nada que pudesse chamar a atenção. Ele é que não seria preso por causa de uma multa ou de um carro roubado. Hoje à noite, não. Desligou o motor, saiu do carro e estudou o amontoado de tijolos do outro lado da rua chamado Three Crows, um trio de pássaros de metal empoleirados no letreiro acima da entrada. Havia um beco à esquerda do bar, e, enquanto os dois homens atravessavam a rua, Victor pôde distinguir a entrada lateral do bar encravada na parede de tijolos manchados. Quando chegaram ao meio-fio, ele seguiu para o beco e Mitch pegou o caminho até o bar. Em sua mente, Victor via as peças do seu jogo se alinhando no tabuleiro em formato de cidade, xadrez, batalha naval e *War*. Era a vez dele.

— Ei — chamou quando Mitch colocou a mão na maçaneta. — Toma cuidado.

Mitch deu um sorriso malandro e entrou.

XXV

CINCO ANOS ANTES

PENITENCIÁRIA DE WRIGHTON

— Quer mais leite?

Essa foi a primeira coisa que Victor Vale disse para Mitchell Turner.

Estavam sentados no refeitório. Mitch havia passado três dias se perguntando distraidamente como seria o som da voz de Victor, se um dia ele decidisse falar. Se é que ele era *capaz* de falar. Durante o almoço, Mitch chegara até a imaginar que ele não era, que debaixo do colarinho do uniforme da prisão haveria uma cicatriz horrorosa, como um sorriso indo de um lado ao outro do pescoço, ou que por trás daqueles lábios que sempre exibiam um sorriso de lado simplesmente não havia língua. Podia soar esquisito, mas a prisão era entediante, e Mitch percebia que sua imaginação seguia para lugares estranhos com bastante frequência. Então, quando Victor por fim abriu a boca e perguntou com dicção perfeita se ele queria outra caixinha de leite, Mitch se viu entre a surpresa e a decepção.

Ele ordenou as palavras com dificuldade.

— Hum. Sim. Claro. — Mitch odiou ter parecido idiota, devagar, mas Victor só deu uma risadinha e se levantou da mesa.

— É bom para manter o corpo forte — acrescentou ele antes de atravessar o refeitório até a bancada com a comida.

Assim que ele se afastou da mesa, Mitch percebeu que deveria tê-lo acompanhado. Havia passado três dias seguindo o companheiro de cela feito uma sombra, mas a pergunta o pegara desprevenido, e agora, em seu rastro, tinha a sensação desalentadora de que acabara de sacrificar a chance de quebrar a maldição. Ele esticou o pescoço para procurar Victor quando alguém deu um esbarrão nele, empurrando-o para a mesa, e passou um braço pelo seu ombro. Do outro lado do salão, o gesto poderia parecer amistoso, mas Mitch notou o metal afiado na mão de Ian Packer, a ponta virada para a bochecha dele. Mitch tinha o dobro do tamanho de Ian, mas sabia o estrago que aquilo poderia fazer antes que conseguisse se desvencilhar dele. Além disso, Packer era uma dessas pessoas que, apesar do tamanho, tinha poder ali dentro, influência. Influência demais para um lugar tão pequeno.

— Ei, ei — disse Packer, com um bafo horrível. — Brincando de cachorrinho?

— O que você quer? — rosnou Mitch, com os olhos fixos na bandeja à frente.

— Tem um ano que eu quero que você banque o cão de guarda pro meu pessoal. Eu fui muito gentil e paciente com a sua bobajada pacifista — Mitch ficou surpreso (e até impressionado) que Packer conhecesse a palavra "pacifista" —, e de repente é só esse babaca platinado aparecer que você vira o senhor guarda-costas. — Ele fez um som de desaprovação na orelha de Mitch. — Eu devia acabar com a raça dele só por desperdiçar o seu tempo e o seu talento, Turner.

Uma caixinha de leite pousou na sua bandeja, então Mitch ergueu o olhar e viu Victor parado de pé, examinando a situação com um leve interesse. Packer segurou o metal afiado com mais força quando voltou a atenção para o recém-chegado, e Mitch ficou desconsolado. Outro companheiro de cela perdido.

Victor, porém, apenas inclinou a cabeça para Packer, com curiosidade.

— Isso aí é um punhal improvisado? — perguntou ele, apoiando o sapato no banco, a mão no joelho. — Não tinha nada disso no isolamento. — *Isolamento?*, pensou Mitch. — Eu sempre quis ver um.

— Ah, eu mostro pra você bem de perto, seu merdinha.

O braço de Packer desapareceu dos ombros de Mitch. Ele arremeteu contra Victor, que não fez nada além de colocar o pé de volta no chão e fechar as mãos em punho, e Packer, na metade do caminho, desabou, encolhido e gritando. Mitch piscou os olhos, sem entender o que tinha acontecido... e o que não tinha acontecido. Victor sequer chegara a tocar no cara.

O refeitório inteiro se agitou com o grito, os detentos se levantaram e os guardas se puseram a caminho, enquanto Mitch assistia a tudo sentado e Victor, de pé, enquanto Packer gritava de dor e se contorcia no chão, a mão ensanguentada por apertar a lâmina de metal afiado enquanto se retorcia e berrava. Houve um momento, antes que alguém chegasse até eles, em que Mitch viu Victor sorrir. Um sorriso malicioso, fino e astuto.

— O que está acontecendo? — berrou o guarda quando ele e mais outro chegaram até a mesa.

Mitch olhou para Victor, que apenas deu de ombros. O sorriso se fora, substituído por uma leve ruga de preocupação entre os olhos.

— Não faço ideia — respondeu ele. — O cara veio conversar. Numa hora ele estava bem, daí... — Victor estalou os dedos, e Mitch se encolheu. — ... começou a ter essas convulsões. É melhor levar o sujeito para a enfermaria antes que ele se machuque.

Os guardas seguraram Packer no chão e arrancaram a lâmina da mão retalhada enquanto seus gritos viravam grunhidos e, em seguida, ele ficou em silêncio. O detento havia desmaiado. Em algum momento entre Packer ter atacado, Victor ter feito com que ele desabasse no chão com um olhar e os guardas terem chegado ao local, Mitch havia se afastado do banco e agora estava de pé poucos centímetros atrás do companheiro de cela, bebericando o leite e observando o desenrolar dos acontecimentos, maravilhado em parte com a cena e em parte com o fato de que, pela primeira vez, *ele* não tinha levado a culpa.

Mas que merda havia acontecido?

Mitch devia ter sussurrado a pergunta, porque Victor olhou para ele com uma das sobrancelhas pálidas erguida antes de se virar para as celas. Mitch foi atrás dele.

— Então — perguntou Victor enquanto eles caminhavam pelos corredores de concreto —, *você* acha que estou desperdiçando o seu tempo e o seu talento?

Mitch estudou o homem peculiar ao seu lado. Algo havia mudado. O desconforto, a aversão que ele sentira por três dias inteiros havia desaparecido. Todos os outros ainda pareciam se esquivar quando eles passavam, mas Mitch sentia apenas espanto e, para falar a verdade, um pouco de medo. Como chegaram à cela e ele ainda não tinha respondido, Victor parou, descansou a cabeça nas grades e olhou para ele. Não para os ombros enormes, para os punhos fortes com os nós dos dedos cheios de cicatrizes ou para as tatuagens que subiam pelo seu pescoço, mas para o rosto. Ele o olhou nos olhos, mesmo que precisasse erguer um pouco a cabeça para fazer isso.

— Eu não preciso de um guarda-costas — avisou Victor.

— Deu para perceber — retrucou Mitch.

Victor deu uma risadinha.

— Pois é. Eu não quero que ninguém mais perceba.

Mitch estivera certo. Victor Vale era um predador. E era difícil fazer com que quatrocentos e sessenta e três criminosos de carreira parecessem a presa.

— Então o que você *quer*? — perguntou.

Os lábios de Victor se curvaram naquele sorriso perigoso de antes.

— Um amigo.

— Só isso? — perguntou ele, incrédulo.

— Um bom amigo, sr. Turner, é muito difícil de achar.

Mitch ficou observando enquanto Victor empurrava as grades e entrava na cela, pegando um livro da biblioteca que estava em cima do catre antes de se deitar.

Mitch não sabia o que tinha acabado de acontecer no refeitório, mas uma década de idas e vindas à prisão o ensinara uma coisa: havia pessoas de quem era preciso manter distância, outras que envenenavam tudo que estava ao alcance delas. E havia aquelas que se queria ter por perto, pessoas persuasivas que conseguiam tudo o que queriam. E, também, havia as de quem se devia ficar ao lado, para, desse modo, não se colocar no caminho delas. E seja lá quem Victor Vale fosse, seja lá o que fosse e o que estivesse planejando, a única certeza de Mitch era que *não* queria ficar no caminho dele.

XXVI

DUAS HORAS PARA MEIA-NOITE

BAR THREE CROWS

Eli tocou no celular para acender a tela e ficou tenso ao ver as horas. Nada de Victor ainda, e Dominic parecia fazer parte da mobília do bar. Eli franziu o cenho e ligou para Serena, mas ela não atendeu. Quando caiu na secretária eletrônica, desligou, querendo logo apertar o botão de Finalizar antes que as palavras lentas e melódicas dela pudessem proferir alguma instrução. Ele pensou na ameaça de Victor. "É inteligente esse seu método de usar o banco de dados da polícia para encontrar os alvos. Estou um pouco ofendido por ainda não ter aparecido nele, mas dê tempo ao tempo. Eu acabei de chegar."

Eli entrou no banco de dados, esperando encontrar alguma pista, mas já passava das dez horas e o único perfil marcado era o do sujeito no balcão, que tomava vagarosamente seu terceiro copo de uísque com Coca-Cola. Eli franziu o cenho e guardou o celular. Sua isca não parecia estar atraindo peixe nenhum. A banqueta ao lado de Dominic ficou vazia — havia sido ocupada e abandonada três vezes na última hora — e Eli, cansado de esperar, terminou o chope e deslizou para a beira do reservado. Estava prestes a abrir caminho até o alvo quando um homem apareceu, aproximou-se do balcão e se sentou na banqueta.

Eli ficou imóvel, pairando sobre a beirada do reservado.

Já tinha visto aquele sujeito, no saguão do Esquire, e, embora a sua presença aqui fosse menos surpreendente — ele se encaixava muito mais entre os clientes do Three Crows do que entre a clientela elegante do hotel quatro estrelas —, sua aparência deixava Eli desconcertado. Havia algo mais nesse homem. Não se tocara disso ao vê-lo da outra vez, mas ali, logo depois da conversa com o Departamento de Polícia de Merit, parecia óbvio. Não havia nenhuma foto de Mitchell Turner, o cúmplice de Victor, mas havia descrições genéricas do capanga: alto, forte, careca, tatuado. Dezenas de homens se encaixariam na descrição, mas quantos cruzariam o caminho de Eli duas vezes em poucos dias?

Eli tinha abandonado a ideia de coincidência havia muito tempo.

Se aquele homem fosse Turner, então Victor devia estar por perto.

Vasculhou o bar, procurando o cabelo loiro dele, seu sorriso astuto, mas não viu ninguém que se encaixasse, e, quando voltou a atenção para o balcão, Mitchell estava conversando com Dominic Rusher. O grandalhão se inclinava sobre o ex-soldado como uma sombra, e, embora o barulho no bar abafasse a conversa em si, Eli pôde ver os lábios se movendo com rapidez e Dominic ficando tenso em resposta. E então, pouco depois de ter se sentado, Mitch voltou a se levantar. Sem pedir uma bebida, nem dizer mais nada. Eli o viu examinando o bar, viu os olhos do sujeito passarem por ele sem registrá-lo e se fixarem na placa onde se lia BANHEIRO num néon amarelo. Mitchell Turner abriu caminho, andando entre Dominic e o restante do aposento, a forma gigantesca por um momento — um piscar de olhos — escondendo o homem do seu campo de visão. Quando ele por fim passou pelo ex-soldado, Dominic não estava mais lá.

E Eli se levantou.

A banqueta do bar que, pela maior parte de uma hora, abrigara o seu alvo, estava vazia de repente, e não havia nenhum sinal de Dominic Rusher. *Não é possível*, o cérebro de Eli poderia ter pensado. Mas ele sabia que era possível, era *muito* possível. A questão sobre a*onde* o homem tinha ido foi suplantada pela questão de *por que* ele tinha ido, e essa pergunta tinha apenas uma resposta. Ele ficou assustado. Ele foi *advertido*. O olhar de Eli deu a volta no bar até ele ver a porta do banheiro masculino se fechar com a passagem de Mitchell Turner.

Ele deixou uma nota em cima da mesa ao lado do copo vazio e o seguiu.

XXVII

UMA HORA E MEIA PARA MEIA-NOITE

HOTEL ESQUIRE

Sydney estava empoleirada na cadeira da mesa, os braços envolvendo os joelhos, a atenção dividida entre o relógio da parede, o relógio do computador (o da parede estava um minuto e meio adiantado) e o botão de Publicar verde no programa aberto na tela de Mitch. Logo acima do botão estava o perfil que eles elaboraram. "Victor Vale" fora digitado no topo, com "Eli" listado como seu nome do meio. No lugar da data de nascimento aparecia a data atual. O espaço reservado para o último endereço conhecido estava preenchido com o endereço do projeto de arranha-céu Falcon Price. Todos os outros espaços — reservados para informações conhecidas, histórico, anotações policiais — foram preenchidos com uma palavra, repetida em cada lacuna: "meia-noite".

À esquerda do perfil havia uma foto, ou o lugar onde a foto deveria estar. Em vez disso, a fonte em negrito da lombada do livro corria verticalmente, na qual se lia VALE.

O livro que eles usaram para a foto, aquele que Victor comprara durante o passeio um dia antes, estava debaixo da pilha de documentos que Sydney deveria começar a queimar em breve, o isqueiro azul era um ponto colorido no alto. Ela pegou o livro enorme de baixo das pastas e passou o polegar pela capa. Já o tinha visto antes, ou outro bem parecido. Seus pais tinham uma coleção no escritório (não lidos, é claro). Sydney abriu o livro e virou a primeira página, mas estava toda em preto. Ao folhear, ela viu que cada uma das trinta e três primeiras páginas havia sido sistematicamente rasurada de preto. O marcador permanente alojado entre as páginas trinta e três e trinta e quatro sugeria que a única razão pela qual as páginas restantes haviam sido poupadas era porque Victor ainda não tinha chegado a elas. Foi somente ao folhear de trás para a frente essas trinta e três páginas que Sydney notou duas palavras isentas da rasura.

"Para" e "ever".

As palavras estavam a muitas páginas de distância, separadas e circundadas por um mar de tinta preta. Não só isso, mas "ever" era parte de uma palavra maior alterada, cuidadosamente coberta, o que queria dizer que Victor não havia cometido um erro, cobrindo mais do que queria quando encontrou a palavra "prever" no texto.

Ele claramente fez uma espécie de dedicatória.

Para.

Ever.

Ela correu os dedos pela página, achando que ficariam manchados, mas não. Dol ganiu baixinho debaixo da sua cadeira, onde, de alguma forma, havia espremido o corpo — ou ao menos uma boa parte da metade da frente dele —, e Sydney fechou o livro e olhou de volta para o relógio. Já passava das dez e meia de acordo com os relógios de parede e do computador. Seu dedo indicador pairou sobre o teclado.

Ela sabia o que ia acontecer quando clicasse no botão.

Mesmo sem saber qual era o plano de Victor, ela sabia que se clicasse em Publicar não haveria mais volta: Eli encontraria Victor, pelo menos um deles morreria, e amanhã tudo voltaria a ficar horrível.

Ela ficaria sozinha.

De um jeito ou de outro, sozinha. Uma EO com o braço machucado e uma irmã que a queria morta, com um dom estranho e doentio e pais ausentes, e talvez ela fugisse ou talvez ela morresse — nada disso parecia muito agradável.

Sydney pensou em *não* publicar o perfil. Podia fingir que o computador tinha dado pau, podia ganhar mais um dia. Por que Victor tinha que fazer isso? Por que ele e Eli tinham que se encontrar? No entanto, soube a resposta assim que fez a pergunta. Soube porque seu coração ainda se acelerava quando ela pensava em Serena, porque, embora a razão lhe dissesse que fugisse para o mais longe possível da irmã, a gravidade do querer puxava Sydney de volta. Ela não conseguia se livrar daquela órbita.

Mas podia evitar a queda. Será que Victor não poderia fazer o mesmo, ao menos por um tempo? Será que eles não poderiam evitar se matar e continuar vivos? Mas então o aviso de Mitch ecoou na sua mente — "não existem homens bons nesse jogo" — e, quando ela fechou os olhos para bloquear tudo, viu Victor Vale, não como estava na chuva naquele primeiro dia, nem mesmo como ele ficou quando ela o acordou sem querer, mas como ele estava hoje à tarde, de pé sobre o corpo do policial, a dor estalando no ar à sua volta enquanto ele mandava que ela trouxesse o homem morto de volta à vida.

Sydney abriu os olhos e clicou em Publicar.

XXVIII

UMA HORA E QUINZE PARA MEIA-NOITE

BAR THREE CROWS

Victor estava recostado na fria parede de tijolos da lateral do bar que dava para o beco, consultando o perfil de Dominic Rusher, quando um homem que correspondia à foto saiu cambaleando do nada para a passagem estreita entre os prédios. Victor ficou impressionado, ainda mais levando em conta que a porta do bar não tinha sido aberta, mas fez o máximo que pôde para ocultar a surpresa, mantendo uma postura superior no encontro.

Dominic, por sua vez, deu uma olhada em Victor — ele tinha um olho castanho e o outro azul, de acordo com o perfil, mas o azul era falso — e continuou em frente, cambaleando com dor, apertando a lateral do corpo, até desabar, o joelho batendo no chão de concreto. Não era obra de Victor. O homem estava em péssimo estado, e o truque de desaparecimento que ele havia feito com as sombras não ajudara nada para melhorar isso.

— Sabe de uma coisa, sr. Rusher? — disse Victor, fechando a pasta. — Você não devia de jeito nenhum misturar meta-hidrocodona com álcool. E, se está mal assim com trinta e cinco miligramas, não é uma bebida que vai ajudar.

— Quem é você? — arfou Dominic.

— Cadê o meu amigo? — perguntou Victor. — Aquele que fez a advertência?

— Ainda está lá dentro. Ele só disse que tinha um homem...

— Eu sei o que ele disse. Falei para ele dizer isso. Tem um homem querendo te matar.

— Mas por quê?

Victor não gostava tanto de persuasão quanto de coerção. Levava muito mais tempo.

— Porque você é um EO — respondeu ele. — Porque você não é natural. Algo do tipo. E devo deixar claro que esse homem não só quer matar você. Ele *vai* matar você.

Dominic se levantou com dificuldade e retribuiu o olhar de Victor.

— Como se eu tivesse medo de morrer. — Havia certa teimosia em seu olhar.

— Bem — disse Victor —, não deve ser muito difícil, certo? Você já morreu uma vez. Mas não ter medo é diferente de não querer morrer. E eu não acho que você *queira*.

— E como você sabe? — vociferou ele.

Victor jogou o perfil em cima de uma lata de lixo.

— Porque você já teria feito isso por conta própria. Você está péssimo. Sente dor constantemente. Aposto que vinte e quatro horas por dia, mas você não dá um fim à sua vida, o que é um testemunho ou de resiliência ou de estupidez, mas também da sua vontade de viver. E porque você veio até aqui. — Ele fez um gesto para o beco. — Mitch disse para você que viesse aqui se quisesse continuar vivo. Você poderia ter ido embora e correr o risco, embora quem sabe quão longe ia chegar nessas condições. O importante é que você não foi embora. Veio aqui fora. Por isso, ainda que eu não duvide que você fosse capaz de encarar a morte outra vez com toda a honra de um soldado, não acredito que esteja disposto a fazer isso. — Enquanto falava, ele imaginava o tabuleiro do jogo, as peças se movendo para dar lugar a um talento que só vira de relance, mas que já sabia que desejava. — Eu ofereço uma escolha a você: você pode voltar lá para dentro e esperar a morte chegar. Ou pode ir para casa e esperar a morte chegar. Ou pode ficar comigo e sobreviver.

— Por que você se importa?

— Eu não me importo — disse Victor, direto. — Não com você, quero dizer. Mas sabe o homem que quer matar você? Eu quero *ele* morto. E você pode me ajudar.

— Por que eu faria isso?

Victor suspirou.

— Além da evidente autopreservação? — Ele estendeu a mão vazia, com a palma voltada para cima, e sorriu. — Vou fazer com que valha a pena.

Como Dominic não pegou a sua mão, Victor a pousou no ombro dele. Pôde tanto sentir como ver a dor sair do corpo de Dominic, observou enquanto ela deslizava dos membros, da mandíbula, da testa e dos olhos, que então ficaram arregalados com o choque.

— O que... O que você...?

— Meu nome, sr. Rusher, é Victor Vale. Eu sou um EO, e posso tirar a sua dor. Toda. Para sempre. Ou... — Sua mão escorregou do ombro do rapaz, e, no momento seguinte, o rosto de Dominic se contorceu conforme a dor voltava em dobro. — Posso devolvê-la e deixá-lo aqui, para que você viva em agonia ou morra nas mãos de um estranho. Não é a morte mais digna para um soldado.

— Não — sibilou Dominic entre os dentes cerrados. — Por favor. O que eu preciso fazer?

Victor sorriu.

— Uma noite de trabalho em troca de uma vida inteira sem dor. O que você está *disposto* a fazer? — Como Dominic não respondeu, Victor aumentou a dor enquanto observava o homem se retrair, se curvar.

— Qualquer coisa — arfou o sujeito por fim. — Qualquer coisa.

Mitch estava de pé na pia do banheiro, arregaçando as mangas do casaco para lavar as mãos. Ele abriu a torneira e ouviu a porta se abrir, mesmo com o barulho da água. Sua forma ocupava todo o espelho, de uma ponta à outra, de modo que ele não conseguia ver o homem atrás de si, embora não precisasse. Pôde ouvir Eli atravessando a soleira e fechando o ferrolho da porta, trancando o mundo lá fora. Trancando os dois ali dentro.

— O que você disse para ele? — veio a voz de Eli por trás dele.

Mitch fechou a torneira, mas continuou na pia.

— Para quem?

— O homem no bar. Você estava falando com ele, e então o cara desapareceu.

As toalhas de papel estavam fora de alcance, e Mitch sabia que era melhor não fazer movimentos bruscos, sendo assim, secou as mãos no casaco e se virou para encarar o outro.

— Isso aqui é um bar — disse ele, dando de ombros. — As pessoas entram e saem.

— Não — vociferou Eli. — Ele literalmente desapareceu.

Mitch forçou uma risada.

— Olha só, cara — disse ele, passando por Eli e indo até a porta, como se não tivesse notado o ferrolho fechado. — Acho que você bebeu um pouco além da conta...

Ele ouviu Eli sacar a pistola do casaco, interrompeu a frase e diminuiu o passo até parar. Eli engatilhou a arma. Mitch soube que era uma automática pelo chiado metálico da parte superior quando ela foi puxada para trás e preparada para atirar. Ele se virou lentamente para o som. A pistola estava na mão de Eli, com o silenciador já atarraxado; entretanto, em vez de apontada para Mitch, a arma pendia ao lado de Eli. Isso deixou Mitch mais nervoso — a forma casual com que ele segurava a arma, sem nenhuma firmeza, os dedos não apenas confortáveis com a pistola, mas sob controle. Ele parecia se sentir no controle da situação.

— Eu já vi você antes — declarou Eli. — No Esquire do centro da cidade.

Mitch inclinou a cabeça e deu um sorrisinho de canto de boca.

— Eu lá tenho cara de alguém que frequentaria um lugar desses?

— Não. Justamente por isso você chamou a minha atenção. — O sorriso de Mitch sumiu de seu rosto. Eli ergueu a arma e olhou para ele pela mira. — Alguém apagou as fotos dos arquivos da prisão e dos registros policiais, mas eu aposto que o seu nome é Mitchell Turner. Agora, cadê o Victor?

Mitch pensou em fingir ignorância, mas por fim decidiu não correr o risco. Nunca fora muito bom em mentir, de qualquer maneira, e sabia que teria que fazer com que as poucas mentiras que precisava contar valessem a pena.

— Você deve ser Eli. Victor me falou de você. Disse que você gostava de matar inocentes.

— Eles não são inocentes — rosnou Eli. — Cadê o Victor?

— Não sei dele desde que a gente chegou à cidade e se separou.

— Não acredito.

— Não tô nem aí.

Eli engoliu em seco, os dedos vagando na direção do gatilho.

— E Dominic Rusher?

Mitch deu de ombros, mas recuou um passo.

— O rapaz sumiu.

Eli avançou um passo, pousando o dedo no gatilho.

— O que você disse para ele?

O canto da boca de Mitch estremeceu com um sorriso.

— Eu disse para ele fugir.

Eli semicerrou os olhos. Ele girou a arma na mão, segurando-a pelo cano, então deu uma coronhada forte na cabeça de Mitch. A pancada abriu um rasgo na testa dele, e sangue surgiu do corte acima do seu olho, escorrendo para sua vista, enquanto Eli erguia a bota com força e lhe dava um chute, jogando-o para trás, no chão do banheiro. Eli girou a arma de novo e mirou no peito de Mitch.

— Cadê o Victor? — inquiriu ele.

Mitch semicerrou os olhos em meio ao sangue.

— Vocês dois vão se ver em breve. Já é quase meia-noite.

Eli exibiu os dentes e baixou a cabeça, e Mitch achou tê-lo visto balbuciar em silêncio as palavras "me perdoe" antes de erguer o olhar e puxar o gatilho.

Victor olhou para o relógio de pulso. Já eram quase onze horas, e Mitch ainda não tinha saído.

Dominic estava ali perto se alongando, girando a cabeça e os ombros e balançando os braços para a frente e para trás e de um lado para o outro, como se tivesse acabado de tirar um fardo pesado dos ombros. Victor supôs que, de certa forma, isso era verdade. Afinal de contas, Victor conhecia a dor o bastante para saber quanta Dominic sentia e estava sinceramente impressionado com a tolerância do sujeito. Mas, embora ele fosse capaz de funcionar com dor, era evidente que seus poderes não floresciam sob a influência dela. Então, Victor tinha acabado com a dor. Com toda a dor. No entanto, havia deixado o máximo de *sensação* possível, o que era complicado, já que as duas coisas eram intimamente ligadas, mas não seria nada vantajoso que seu novo recurso sangrasse até a morte só porque não tinha notado um corte.

A atenção de Victor se dividia entre o relógio e o ex-soldado, que estava ocupado se examinando. As pessoas não davam valor ao seu corpo e à sua saúde. Mas Dominic Rusher parecia apreciar cada flexão indolor das mãos, cada passo livre. Estava claro que ele entendia o valor do presente que havia recebido. *Muito bom*, pensou Victor.

— Dominic — chamou ele —, eu posso desfazer o que fiz. E, só para constar, eu não preciso tocar em você para fazer isso. Foi para só causar um efeito, entendeu? Eu posso devolver o que tirei num piscar de olhos, a uma cidade de distância, ou a um mundo inteiro de distância. Então, não me provoca.

Dominic assentiu com seriedade.

Na verdade, Victor só poderia influenciar a tolerância à dor de uma pessoa se ela estivesse no seu campo de visão. O mais longe que ele conseguira na prisão foi derrubar um homem do outro lado do pátio do tamanho de um campo de futebol, com nada além do dedo indicador imitando uma pistola. Certa vez conseguira fazer com que um detento desmoronasse do outro lado do bloco de celas, com apenas a mão dele visível entre as grades, mas já era alguma coisa. Fora do seu campo de visão, a precisão rapidamente era perdida. Só que Dominic não precisava saber de nada disso.

— Como o seu poder funciona? — perguntou Victor.

— Não sei bem como explicar. — Dominic baixou os olhos para as mãos, flexionando e esticando como se estivesse exercitando uma dormência prolongada. — É, ainda que eu andasse pelo vale da sombra da morte...

— Sem referências bíblicas, por favor.

— Depois que a mina explodiu, foi ruim. Eu não conseguia... Aquela dor não era humana. Era brutal, estava por toda parte. E eu não queria morrer. Deus, eu não queria, mas queria tranquilidade e escuridão e... É difícil explicar.

Ele não precisava explicar. Victor sabia como era.

— Eu me senti dilacerado. Eu fui dilacerado. Eles me trouxeram de volta à vida, mas parece que não conseguiram me trazer por inteiro, não por completo. Passei semanas em coma. Durante todo aquele tempo, eu conseguia sentir o mundo. Conseguia ouvir. Jurava que conseguira ver o mundo, também, mas era como se tudo estivesse muito longe. Turvo. E não era capaz de me mover, não era capaz de tocar em nada. E depois eu acordei, e tudo ficou tão nítido e iluminado e cheio de dor de novo... e tudo o que eu queria era encontrar aquele lugar embaçado e tranquilo. E então eu encontrei. Eu chamo o que faço de andar pelas sombras, porque não consigo descrever de outro jeito. Eu entro na escuridão e consigo me mover de um lugar a outro sem ser visto. Sem que o tempo passe. Sem nada. Acho que parece um teletransporte, mas eu sou forçado a me mover fisicamente. Eu poderia atravessar uma cidade no tempo que você leva para piscar os olhos, mas para mim levaria horas. E eu teria que ir andando. Além disso, é difícil. É como andar na água. O mundo resiste quando você quebra as regras.

— Você pode levar outras pessoas junto?

Dominic deu de ombros.

— Nunca tentei.

— Bem — disse Victor, segurando o braço de Dominic e ignorando o momento em que o homem se esquivou no seu íntimo, — pode considerar isso um teste.

— Para onde a gente vai?

— O meu amigo ainda está lá dentro — respondeu Victor, indicando o bar. — Ele devia ter saído logo depois de você. Mas não saiu.

315

— Aquele cara grandão? Ele disse que ia me dar cobertura.

Victor franziu o cenho.

— De quem?

— Do cara que quer me matar — explicou Dominic, franzindo a testa. — Eu tentei contar, aquele cara se sentou do meu lado e me disse que tinha um homem que queria me matar e que ele estava *no bar*.

Victor apertou a manga de Dominic com força. *Eli.*

— Me leva lá para dentro. *Agora.*

Dominic respirou para se acalmar e pôs a mão sobre a de Victor.

— Eu nem sei se isso vai...

O restante da frase sumiu, não diminuindo aos poucos, mas despencando para o silêncio enquanto o ar ao redor deles estremecia e se partia para permitir a passagem dos dois. No instante em que Dominic e Victor atravessaram a fronteira, tudo se calou, escureceu e ficou imóvel. Victor podia ver o homem cujo braço ele tocava, assim como podia ver o beco à sua volta, mas tudo estava envolto por uma espécie de sombra, não como a noite, mas como se o mundo tivesse sido fotografado em preto e branco e então a foto tivesse envelhecido, ficado gasta, acinzentada. Quando eles andavam, o mundo ondulava como se fosse denso, o ar era viscoso. O mundo fazia pressão sobre eles, esmagava-os com seu peso. Quando chegaram à porta do bar, ela resistiu ao puxão de Dominic até por fim — bem devagar — ceder.

Lá dentro, o mundo de fotografia continuava. Pessoas congeladas no meio de um gole de bebida, no meio de uma tacada de sinuca, no meio de um beijo, no meio de uma briga, e no meio de dezenas de outras coisas, todas presas entre uma respiração e outra. E todo o som fora congelado também, de modo que o espaço era preenchido por um silêncio pesado e tenebroso. Victor mantinha a mão no braço de Dominic feito um cego, mas não conseguia desviar os olhos do lugar. Ele vasculhou tudo, examinando os rostos congelados da multidão.

E então o viu.

Victor parou de repente, fazendo Dominic voltar com um tranco. O ex-soldado olhou por sobre o ombro e perguntou qual era o problema, as palavras se formando em sua boca, mas não pronunciadas. E, de qualquer modo, não importava, porque Victor não viu seus lábios se moverem. Ele não via nada além do homem de cabelo escuro no meio de uma caminhada pela multidão, seguindo para a porta do bar, a mão estendida para tocar a maçaneta. Victor se perguntou como conseguia reconhecer aquele homem sem ver o rosto dele. Era a postura, os ombros largos e o jeito arrogante com que os mantinha retos, a extremidade da mandíbula marcada visível conforme ele se virava para o outro lado.

Eli.

A mão de Victor começou a escorregar do braço de Dominic. Eli Ever estava *bem ali*. A meio aposento de distância. De costas para ele. Com a atenção em outro lugar e o corpo preso entre os segundos. Victor podia fazer o que precisava. O bar estava lotado, mas, se ele derrubasse todas as pessoas de uma só vez, teria uma chance — *não*. Foi necessária toda a força de vontade de Victor para continuar segurando a manga de Dominic. Ele havia esperado. Esperado por muito tempo. Não desistiria do plano, da vantagem, do controle. Não ia dar certo, não ali, não do jeito que tinha que ser. Ele afastou os olhos das costas de Eli com dificuldade e se forçou a procurar pelo resto do bar, mas não viu sinal de Mitch. Vasculhou o bar com os olhos e, por fim, encontrou os banheiros. Havia uma placa pendurada no banheiro masculino. EM MANUTENÇÃO em negrito e sublinhado por linhas retas feitas à mão para dar ênfase. Ele empurrou Dominic para a frente através do ar pesado até que chegassem à porta, e entrou.

Mitchell Turner estava esparramado no chão de linóleo, o rosto rodeado por uma pequena poça de sangue que vinha de um corte na sua têmpora. Victor soltou o braço de Dominic e se encolheu enquanto o lugar voltava à vida ao seu redor de uma só vez, numa onda de cor, barulho e tempo. O próprio Dominic apareceu pouco depois, de braços cruzados, olhando para o corpo.

— Puxa... — comentou ele baixinho.

Victor se ajoelhou com cuidado ao lado de Mitch e reconsiderou a decisão que havia tomado de deixar Sydney no hotel.

— Ele está... — começou Dominic enquanto Victor estendia a mão e tocava com a ponta dos dedos o buraco de bala no casaco de Mitch.

A mão saiu seca. Ele soltou o ar e deu tapinhas no queixo de Mitch. O homem gemeu.

— Filho... da puta...

— Vejo que você conheceu Eli — disse Victor. — Ele sempre teve um apreço enorme por atirar nas pessoas.

Mitch rosnou conforme se sentava e tocava a cabeça, um galo crescendo sob o sangue seco. Seus olhos recaíram sobre Dominic.

— Vejo que você ainda está vivo. Boa escolha.

Ele tentou se levantar, e se ergueu sobre um joelho antes de parar para respirar.

— Pode me dar uma mão? — pediu ele, encolhendo-se de dor. Os lábios de Victor tremeram e o ar zumbiu de leve por um momento antes de sumir, levando consigo a dor de Mitch. O homem se levantou, balançou e se equilibrou na parede com a mão ensanguentada antes de ir até a fileira de pias para se lavar.

— Então ele é, tipo, à prova de balas? — perguntou Dominic.

Mitch riu e então puxou o casaco para o lado para mostrar o colete.

— Quase isso — respondeu. — Mas não sou um EO, se é isso que você está perguntando.

Victor molhou um punhado de toalhas de papel e fez o melhor que pôde para limpar o sangue de Mitch do chão e da parede enquanto o outro terminava de lavar o rosto.

— Que horas são? — perguntou Victor, jogando as toalhas sujas na lixeira.

Dominic olhou para o seu relógio.

— Onze. Por quê?

Mitch fechou a torneira.

— A gente está em cima da hora, Vic.

Mas Victor apenas sorriu.

— Dominic — disse ele —, vamos mostrar para o Mitch o que você pode fazer.

XXIX

UMA HORA PARA MEIA-NOITE
HOTEL ESQUIRE

Serena secou o cabelo com a toalha, segurando as mechas perto da luz do banheiro para se assegurar de que não tinham ficado manchadas por causa de Zachary Flinch. Ela precisou tomar banho três vezes para se livrar com a sensação de miolos e sangue da pele e, mesmo agora, com a carne viva de tanto se esfregar e com o cabelo possivelmente danificado pelos repetidos enxágues, ela ainda não se sentia *limpa*.

A limpeza evidentemente não se resumia à pele e aos cabelos quando o assunto era matar.

Foi apenas a segunda execução a que ela estivera presente. A primeira havia sido a de Sydney. Serena estremeceu ao pensar nisso. Talvez por isso ela quisera ir, para afastar da cabeça a lembrança do quase assassinato da irmã, substituí-la com um horror mais recente, como se uma cena pudesse ser pintada em cima da outra.

Ou talvez ela tenha pedido para ir junto porque sabia que Eli odiaria isso — sabia o quanto aquelas remoções eram importantes para ele, o quanto eram *dele* — e que resistiria. Às vezes, esses momentos em que Eli tentava resistir a ela, quando conseguia ver a faísca do desafio nele, eram os únicos em que se sentia viva. Odiava viver num mundo tão passivo, cada olhar vidrado e aceno casual um lembrete de que nada importava. Começaria a deixá-lo mais livre, e então Eli revidaria e a forçaria a retomar o controle. Perguntou-se, animada, se algum dia ele conseguiria se libertar.

Por fim, satisfeita ao ver que não tinha restado nenhuma mancha de sangue, ela secou o cabelo, vestiu um robe, foi até a sala de estar e ligou o computador. Entrou no banco de dados da polícia e preencheu o campo para "Nome do meio" do formulário de busca com ELI, esperando que não desse nenhum resultado, pois Eli já devia ter despachado Dominic a essa altura, mas a busca retornou com dois perfis. O primeiro era de Dominic.

E o segundo era de *Victor*.

Ela leu o perfil três vezes, mordendo o lábio, e depois revirou o quarto em busca do telefone, que havia jogado em cima da cama quando entrou. Ela o encontrou debaixo de uma pilha de roupas e toalhas, e estava digitando o número de Eli quando parou.

Faltava menos de uma hora para meia-noite.

Era uma armadilha. Eli também perceberia, é claro, mas iria mesmo assim. Por que não? Seja lá o que fosse que o inimigo de Eli estivesse planejando, só havia uma maneira de essa noite acabar, e era com Victor Vale num saco preto. E Sydney? Serena sentiu um aperto no peito. Sua determinação falhara na primeira vez; ela não sabia se tinha forças para ver Eli tentar novamente. Mesmo que não fosse a sua irmã de verdade, e, sim, uma mera sombra da garotinha que se agarrara a ela por 12 anos, uma impostora na forma da irmã. Mesmo assim.

Os dedos dela pairaram sobre a tela. Podia arrastar o arquivo para a lixeira. Eli não o encontraria a tempo. Mas estaria apenas adiando a execução. Victor queria encontrar Eli e Eli queria encontrar Victor e, de um jeito ou de outro, isso iria acontecer. Olhou para o perfil de Victor uma última vez e tentou imaginar o homem que um dia havia sido amigo de Eli, que o trouxera de volta à vida, fizera dele quem era, salvara a irmã dela... e por um momento, enquanto Serena terminava de digitar o número de Eli, ela quase desejou que ele tivesse alguma chance de vencer.

XXX

CINQUENTA MINUTOS PARA MEIA-NOITE

BAR THREE CROWS

Eli saiu enfurecido pela porta da frente do Three Crows enquanto ligava para o detetive Stell e pedia a ele que mandasse uma viatura até o bar para dar um jeito num incidente.

— Era um EO, não era? — perguntou Stell, e a pergunta, assim como a sombra de dúvida que permeava a voz do policial quando ele a fez, deixou Eli bastante perturbado.

Mas ele não tinha tempo para lidar com a relutância do detetive, não agora, não com seu tempo se esgotando.

— É claro que era — vociferou e desligou.

Eli fez uma pausa debaixo dos corvos esculpidos em metal na marquise do bar, passou os dedos pelo cabelo e vasculhou a rua por qualquer sinal de Dominic Rusher ou Victor Vale, mas tudo o que viu foram bêbados, vagabundos e carros passando tão rápido que não dava para ver nem os motoristas nem os passageiros. Ele xingou e chutou a lata de lixo mais próxima com o máximo de força possível, sentindo prazer com o surgimento e o desaparecimento da dor, qualquer dano que ele havia causado sendo reparado, ossos, tecido e pele se fechando sem demora.

Eli não devia ter matado Mitchell Turner.

Sabia disso. Mas não era como se Mitchell fosse inocente, não de fato. Eli vira os arquivos policiais. O sujeito havia pecado. E aqueles que se unem a monstros são pouco melhores que os próprios. No entanto, não houvera nenhum silêncio, nenhum momento de paz, depois do ato, e Eli sentiu um aperto no peito quando lhe fora negada a calma, a garantia de que ele não havia se desviado do caminho.

Eli baixou a cabeça e fez o sinal da cruz. Estava apenas começando a se acalmar quando o telefone tocou.

— O que foi? — esbravejou ao celular, encaminhando-se para o carro no estacionamento do outro lado da rua.

— Victor fez uma publicação no banco de dados — respondeu Serena. — Aquela construção do Falcon Price. No térreo. — Ele ouviu o som da porta de vidro da varanda se abrindo. — É logo ali, do outro lado da rua em frente ao hotel. Você cuidou de Dominic Rusher?

— Não — vociferou ele. — Mas Mitchell Turner está morto. O prazo ainda é meia-noite?

A raiva arrefecia enquanto ele caminhava, a concentração remendando-o por dentro da mesma maneira que o corpo remendava a sua pele. As coisas estavam seguindo o cronograma. Não o cronograma *dele*, mas *um* cronograma.

— Sim, meia-noite — disse Serena. — E a polícia? Devo ligar para Stell? Pedir que ele mande alguns homens para o prédio?

Eli tamborilou sobre o carro e pensou na pergunta de Stell, no tom de voz dele.

— Não. Não antes de meia-noite. Turner está morto, e Victor é meu. Manda os policiais para lá meia-noite, não antes disso, e ordene que fiquem do lado de fora até tudo estar terminado. Diz que não é seguro. — Ele entrou no carro, a respiração embaçando as janelas. — Estou indo para lá. Devo te buscar? — Ela não respondeu. — Serena?

Depois de mais uma longa pausa, ela por fim disse:

— Não, não. Eu ainda não estou pronta. Encontro você lá.

Serena desligou.

Ela estava debruçada na varanda, e quase não notava o frio cortante do parapeito de ferro sob seus cotovelos, pois estava muito ocupada observando um rastro de fumaça.

Dois andares abaixo e a vários quartos de distância, havia fumaça saindo pela varanda, soprando na direção dela. O cheiro era de papel queimado. Serena sabia disso porque durante o ensino médio ela e os amigos costumavam acender uma fogueira na primeira noite das férias de verão e jogavam os trabalhos e as provas dentro, colocando o ano velho nas chamas.

No entanto, por melhores que fossem as suítes do Esquire, nenhuma delas tinha lareira.

Ela ainda estava conjecturando a respeito da fumaça quando um cachorro preto enorme saiu para a varanda. Ele começou a se enfiar entre as grades do parapeito quando a voz de uma garota o chamou de volta.

— Dol — gritou a menina. — Dol! Volta pra dentro.

Um arrepio percorreu o corpo de Serena. Ela conhecia aquela voz.

Logo em seguida, a garotinha loira que tantas pessoas acharam que fosse irmã gêmea de Serena pôs a cabeça para fora da porta e puxou o cachorro pelo pescoço.

— Vem comigo — chamou Sydney. — Vamos entrar.

O cachorro se virou e foi atrás dela, obediente.

Qual é o quarto? Serena começou a contar. Dois andares abaixo. Três quartos para a direita.

Ela deu meia-volta e entrou no quarto.

XXXI

QUARENTA MINUTOS PARA MEIA-NOITE

BAR THREE CROWS

Dominic segurou Victor e Mitch e os guiou em silêncio e nas sombras para fora do banheiro, atravessando o bar e chegando ao beco ao lado.

Victor acenou com a cabeça, e Dominic o soltou, o mundo voltando à vida ao redor deles. Até mesmo o beco abandonado era uma cacofonia em comparação com o silêncio pesado daquele espaço entremundos; Victor relaxou os ombros e olhou para o relógio.

— Isso foi... estranho — comentou Mitch, cujo humor parecia ter piorado consideravelmente desde que foi baleado.

— Foi perfeito — retrucou Victor. — Vamos.

— Então eu passei no teste? — perguntou Dominic, ainda flexionando as mãos.

Victor via o medo nos olhos dele, a profunda esperança de que a ausência de dor fosse permanente. Ele apreciava a transparência dos anseios de Dominic. Deixava as coisas simples.

— A noite ainda não acabou — respondeu ele. — Mas até agora você está indo bem.

Mitch resmungou algo sobre o buraco no seu casaco enquanto eles caminhavam até a entrada do beco. Victor sabia que tinha sido a primeira coisa que Mitch havia comprado desde a prisão, um casaco bem-feito, forrado com penas de ganso tingidas de preto, que agora vazavam em pequenos tufos enquanto ele ia até o meio-fio.

— Olha pelo lado bom — disse Victor. — Você está vivo.

— A noite é uma criança — retrucou Mitch baixinho enquanto eles atravessavam a rua.

Ele disse mais alguma coisa, ou começou a dizer, porém foi interrompido pelo barulho repentino de uma sirene.

Uma viatura virou a esquina e seguiu na direção deles, com suas luzes vermelhas, brancas e azuis e retumbando com sua sirene. Mitch se virou, Victor se retesou, e o tempo passou mais devagar. E, então, *parou*. Victor sentiu a mão descendo pelo seu braço pouco antes de o som e a cor desaparecerem da noite. O carro de polícia ficou congelado, suspenso entre os segundos em meio à camada de sombras de Dominic. A outra mão do ex-soldado repousava no pulso de Mitch, e todos os três estavam agora na escuridão do espaço entremundos, congelados como se eles também estivessem presos no tempo. Victor poderia até admitir — se *pudesse* admitir, se suas palavras pudessem tomar forma e som — o quanto Dominic Rusher estava sendo útil, mas, como não podia, ele se limitou a indicar o carro estacionado, e os três homens chafurdaram no ar denso até o outro lado da rua.

Victor sabia que eles tinham um dilema.

Dominic, embora estivesse muito melhor, não teria condições de arrastá-los por toda a cidade. Precisavam do carro. Mas eles não podiam usar o carro enquanto estivessem nas sombras, e, assim que saíssem, a realidade seria reiniciada e a viatura continuaria pela rua até o Three Crows. Victor abriu caminho para o sedã roubado, os outros dois seguindo em fila logo atrás dele, e, assim que chegaram, fez um gesto para que se agachassem no espaço entre o carro deles e o seguinte, de onde conseguiam ver a aproximação congelada da viatura, que antes era um conversível e agora era uma caminhonete consideravelmente maior. Ele respirou fundo uma última vez e xingou baixinho, o que era o mais perto que Victor chegava de uma oração, e então acenou para Dominic, cuja mão sumiu do seu ombro, arrancando a imobilidade e mergulhando o mundo de volta no caos.

A viatura freou bruscamente na entrada do bar, com as sirenes retumbando. Victor prendeu a respiração, pressionou o corpo na lateral de metal do carro e espiou pelo espaço estreito entre o para-choque da frente do sedã e o da caminhonete quando as sirenes pararam de súbito, deixando um zumbido nos seus ouvidos.

Dois policiais desceram e se encontraram na porta do bar.

Um deles sumiu porta adentro, mas o outro ficou na calçada e confirmou a chegada pelo rádio. Alguma coisa a respeito de um corpo. Estavam aqui por causa do corpo de Mitch. O que era um problema, já que não havia corpo *nenhum*, um fato que logo ficaria bastante evidente.

Entra, implorou ele ao segundo policial.

O policial não saiu do lugar. Victor tirou a arma do coldre e a apontou para o sujeito, subindo a mira até a cabeça do policial. Era um tiro fácil. Ele puxou o ar e prendeu a respiração. Victor não sentia culpa nem medo, nem mesmo um senso de consequência, não como as pessoas normais. Todas essas coisas estavam mortas — ou pelo menos entorpecidas a ponto de serem inúteis — havia anos. Porém, treinara a mente para reconstituir esses sentimentos de memória o melhor possível e reuni-los numa espécie de código. Nada tão elaborado quanto as regras de Eli, mas um simples desejo de evitar matar observadores casuais, na medida do possível. Não parecia errado puxar o gatilho, mas a mente dele fornecia a palavra "errado". Victor baixou a arma um pouquinho, ciente de que ao sacrificar um tiro certeiro também sacrificaria a certeza da fuga.

Ele soltou o ar ao mesmo tempo que o rádio emitiu um estalido, e, embora Victor não conseguisse entender a mensagem, pôde ouvir a resposta do policial — "Que tipo de problema?" —, e, logo depois: "O que você quer dizer com isso? De acordo com Ever e Stell... Deixa pra lá. Espera aí."

E, assim, o segundo policial se virou para a porta. Victor baixou a arma e seus olhos vagaram para o céu, onde nuvens cinzentas e espessas atenuavam a escuridão da noite. Ele nunca acreditara em Deus, nunca tivera o fervor de Eli, nunca precisara de sinais, mas, se essas coisas existissem, se o Destino ou algum poder maior existisse, talvez ele também tivesse um problema com os métodos de Eli. O segundo policial seguiu o primeiro para dentro do bar, e Victor, Mitch e Dominic se levantaram e entraram no carro antes que as portas do bar tivessem se fechado.

Uma multa num papelzinho amarelo se agitava no para-brisa, presa sob uma pá do limpador de vidro, e Victor se inclinou para fora da janela, arrancou-a dali e amassou o papel, jogando-o no chão. O vento o levou de imediato, e a multa voou para longe.

— Jogando lixo no chão — comentou Mitch enquanto Victor dava a partida no carro.

— Espero que não seja o pior crime que eu vá cometer hoje à noite — disse Victor enquanto eles saíam da vaga, afastando-se do Three Crows e da viatura e seguindo de volta para o centro da cidade enquanto os minutos os aproximavam da meia-noite. — Liga para Sydney. Vê se está tudo bem por lá.

Uma ambulância passou por eles, seguindo na direção do bar. Não seria necessária.

— Se eu não te conhecesse — disse Mitch, digitando o número —, até pensaria que você se importa.

XXXII

MEIA HORA PARA MEIA-NOITE
HOTEL ESQUIRE

Queimar os documentos demorava mais do que Sydney imaginava, e, na sétima ou na oitava folha, destruir algo perdera a graça e tudo que havia agora era um tedioso senso de obrigação. Ela estava à pia, em cima do livro de Victor para dar mais altura, e alimentava uma página de cada vez às chamas do pequeno isqueiro azul, esperando até que cada uma virasse uma camada de cinzas na pia antes de começar a folha seguinte e suspeitando fortemente de que Victor lhe dera a tarefa só para mantê-la ocupada. Para ela, não fazia muita diferença. Era melhor do que esperar sem fazer nada, olhando para o relógio e se perguntando quando eles estariam de volta.

Isso *se* eles voltassem.

Dol estava ao seu lado, ele quase era capaz de repousar o focinho na bancada junto aos papéis que faltavam, e gania baixinho toda vez que ela encostava a chama do isqueiro numa folha. Esperava o máximo de tempo que ousava antes de soltar o papel queimado dentro da pia — um pouco mais de tempo a cada vez — e então observava os rostos das vítimas de Eli marcados com um X se enegrecerem e curvarem, o fogo lambendo o nome, as datas, a vida de cada uma.

Sydney estremeceu.

O cômodo estava gelado com as portas da varanda abertas, e Dol já havia saído uma vez, incomodado com o fogo, mas ela precisava deixá-las assim por causa da fumaça, que subia dos restos chamuscados. Durante a tarefa, Sydney não parava de pensar que o alarme soaria a qualquer momento. Teve que resistir ao ímpeto de queimar o restante do conteúdo da pasta de uma vez só e acabar logo com isso, mas a preocupação com o alarme a fazia continuar lenta e metodicamente. A quantidade de fumaça gerada por uma única folha parecia ser muito pouca para ativar o sistema, mas incendiar a pasta inteira de uma vez certamente dispararia alguma coisa.

Dol logo perdeu o interesse na tarefa e voltou a sair para a varanda. Sydney não gostava que ele ficasse lá fora e o chamou de volta, quase chamuscando os dedos ao se esquecer de largar a última página.

O celular no bolso de Sydney tocou.

Victor havia comprado o aparelho para ela. Melhor dizendo, Victor havia comprado e então dado para Sydney depois de ter visto o que ela era capaz de fazer. O telefone era, na opinião de Sydney, um convite para ficar. Ela, Mitch e Victor tinham o mesmo modelo, o que, de certa forma, deixava Sydney feliz. Era como pertencer a um clube. Ela queria fazer parte de um clube na escola, mas nunca foi muito boa em nenhum esporte nem se importava com política estudantil (que não passava de uma piada no ensino fundamental, de todo modo), e, depois de ressuscitar o hamster da aula de ciências, ficou um pouco hesitante em participar do clube da natureza que se reunia depois da aula. Os clubes do ensino médio seriam mais divertidos de qualquer modo, concluiu.

Se ela sobrevivesse até lá.

Quando o celular voltou a tocar, Sydney deixou o isqueiro de lado e tirou o aparelho do bolso.

— Alô?

— Ei, Syd. — Era Mitch. — Tudo bem por aí?

— Estou quase terminando aqui com a papelada — respondeu ela, pegando o isqueiro e ateando fogo a outra folha. Era o perfil da garota de cabelo azul.

Quase do mesmo tom de azul do próprio isqueiro. Sydney observou o rosto da garota se distorcer até sumir. — Vai pensar em mais alguma tarefa para me manter ocupada?

Mitch riu, mas não parecia muito contente.

— Você é uma criança. Vai ver um pouco de TV. Mais tarde a gente volta.

— Ei, Mitch — disse Sydney, num tom mais suave. — Você... Você vai voltar, certo?

— O mais rápido possível, Syd. Eu prometo.

— Acho bom. — Ela queimou outra folha. — Senão eu vou beber todo o seu achocolatado.

— Nem pense nisso — disse Mitch, e ela quase conseguia ouvir o sorriso na sua voz antes de ele desligar.

Sydney guardou o telefone e colocou fogo na última folha. Era a dela própria. Encostou o isqueiro no canto e segurou o papel no alto de modo que o fogo lambesse um dos lados antes de engolir a foto, a versão franzina da garota de cabelos loiros e curtos e olhos azuis feito água. O fogo a queimou de uma vez só e então não havia mais nada. Ela deixou o fogo roçar seus dedos antes de largar a folha dentro da pia. Então, sorriu.

Aquela garota estava morta.

Alguém bateu à porta, e Sydney quase deixou o isqueiro cair.

Bateram uma segunda vez.

Ela prendeu a respiração. Dol se levantou, emitiu um som parecido com um rosnado e se posicionou entre ela e a porta do hotel.

O som das batidas veio uma terceira vez, e então alguém falou:

— Sydney?

Mesmo na ponta dos pés, Sydney não conseguiria espiar pelo olho mágico, mas isso não era preciso. Ela conhecia a voz, mais até que a sua própria. Ergueu a mão e tapou a boca para abafar um suspiro de surpresa, a resposta, o som da sua respiração, como se não pudesse confiar nos seus lábios para nada.

— Sydney, por favor — veio a voz de Serena através da porta, calma, suave e baixa.

Por um instante, Sydney quase se esqueceu do hotel, do tiro, do gelo partido, e foi como se elas estivessem em casa brincando de pique-esconde. Sydney era boa demais nisso enquanto Serena desistia ou ficava entediada, então implorava para que a irmã caçula desistisse também e saísse do esconderijo. Se estivessem em casa, Serena diria que tinha biscoito, ou limonada, ou por que não iam assistir àquele filme que Sydney queria ver? Elas podiam fazer pipoca. Nada disso seria verdade, é claro. Mesmo naquela época, Serena dizia qualquer coisa para convencer a irmã caçula a sair, e Sydney não se importava, não de verdade, porque tinha vencido.

Mas elas não estavam em casa.

Estavam bem longe de casa.

E esse era um jogo de cartas marcadas, porque a irmã não precisava mentir nem subornar nem trapacear. Tudo o que ela precisava fazer era pronunciar as palavras.

— Sydney, vem abrir a porta.

Ela deixou de lado o isqueiro, desceu do livro de Victor e atravessou a suíte, colocando a mão na madeira por um instante antes que seus dedos traiçoeiros fossem até a maçaneta e a girassem. Serena estava parada à soleira usando um casaco verde e uma legging que desaparecia dentro das botas pretas de salto, as mãos apoiadas uma de cada lado do umbral. Uma estava vazia, e a outra empunhava uma pistola. A mão armada escorregou da soleira da porta com um chiado metálico e repousou ao lado da perna dela. Sydney se encolheu, tentando se afastar da arma.

— Olá, Sydney — cumprimentou ela enquanto batia de levinho com a pistola na legging, distraída.

— Oi, Serena — disse a irmã.

— Não foge — pediu Serena.

Não havia ocorrido a Sydney a ideia de fugir. No entanto, ela não sabia ao certo se o pensamento estivera lá e depois sumira ao ouvir as palavras da irmã, se ela era tão corajosa a ponto de nem ter pensado em fugir ou se era apenas inteligente o bastante para saber que não conseguiria escapar duas vezes, principalmente sem uma floresta e uma vantagem.

Seja lá qual fosse a razão, Sydney ficou parada, quietinha.

Dol rosnou ao ver Serena entrar no quarto de hotel, mas, quando ela o mandou se sentar, ele obedeceu, as patas traseiras se dobrando com relutância. Serena passou pela irmã caçula, examinando as cinzas na pia e a caixa de achocolatado na bancada (que Sydney silenciosamente havia decidido beber, pelo menos um pouco, caso Mitch não voltasse logo), antes de se virar para ela.

— Você tem um telefone?

Sydney assentiu, a mão involuntariamente descendo para o bolso e pegando o aparelho que Victor lhe dera. O celular era igual ao dele e ao de Mitch. O celular que fazia deles uma equipe. Serena estendeu a mão e a mão de Sydney se estendeu, colocando o aparelho na palma da irmã. Então Serena foi até a varanda, cujas portas ainda estavam abertas para ventilar a fumaça, e atirou o telefone por cima do parapeito, deixando-o ser engolido pela noite.

Sydney ficou triste ao ver o retângulo de metal caindo. Ela havia se apegado àquele aparelho.

Em seguida, Serena fechou as portas que davam para a varanda e se empoleirou na parte de trás do sofá, de frente para a irmã, a arma repousada no joelho. Ela se sentou do mesmo jeito que Sydney se sentava; melhor dizendo, Sydney se sentava do mesmo jeito que *Serena* sempre se sentou, apenas se recostando, como se fosse precisar se levantar a qualquer momento. Porém, enquanto o jeito de sentar de Sydney parecia predatório, Serena de alguma maneira fazia o ato parecer casual, até mesmo lânguido, apesar da arma.

— Feliz aniversário — disse ela.

— Não é meia-noite ainda — replicou Sydney baixinho. *Você pode vir e ficar até o seu aniversário*, Serena havia prometido. Ela sorriu com tristeza.

— Você costumava ficar acordada até dar meia-noite, mesmo que mamãe dissesse para você não fazer isso porque ia acabar cansada no dia seguinte. Você ficava sentada, lia, esperava e, quando o relógio dava meia-noite, acendia uma vela que tinha guardado debaixo da cama e fazia um desejo. — Havia um casaco jogado por cima do sofá, o vermelho, que Sydney largara depois de Victor ter dito que ela tinha que ficar no hotel. Serena brincava com um dos seus botões. — Era como uma festa de aniversário secreta — acrescentou ela com delicadeza. — Só para você, antes que os outros pudessem se juntar e comemorar.

— Como você sabia disso? — perguntou Sydney.

— Eu sou a sua irmã mais velha. É meu dever saber essas coisas.

— Então me diz — pediu Sydney. — Por que você me odeia?

Serena a encarou.

— Eu não te odeio.

— Mas você quer que eu morra. Você acha que eu sou errada de alguma forma, que eu estou quebrada.

— Eu acho que todos nós estamos quebrados — disse Serena, jogando o casaco vermelho para ela. — Coloca isso.

— Eu não me sinto quebrada — retrucou Sydney baixinho enquanto arregaçava as mangas compridas demais para ela. — E, mesmo que esteja, eu posso consertar as outras pessoas.

Serena analisou a irmã.

— Você não pode consertar os mortos, Syd. Os EOS são uma prova disso. E, além do mais, você não deveria tentar.

— Você não deveria controlar a vida dos outros — esbravejou Sydney.

Serena ergueu uma sobrancelha, divertindo-se.

— Quem te ensinou a bater de frente assim? A pequena Sydney que eu conheço mal conseguia responder alguém.

— Eu não sou mais aquela Sydney.

O rosto de Serena ficou sério. Ela segurou firme a arma.

— Vamos dar um passeio — disse ela.

Sydney deu uma olhada no quarto enquanto seus pés seguiam Serena até a porta com a mesma obediência casual que tomara conta das suas mãos e a fizera entregar o celular à irmã. Membros traiçoeiros. Queria deixar um bilhete, uma pista, alguma coisa, mas Serena ficou impaciente e a agarrou pela manga, empurrando-a para o corredor. Dol permaneceu sentado no meio do quarto, ganindo quando elas passaram por ele.

— Posso levar ele junto?

Serena parou e removeu o carregador da pistola para verificar a quantidade de balas.

— Tá bom — disse ela, voltando a inserir o carregador. — Cadê a coleira dele?

— Ele não tem.

Serena segurou a porta aberta e suspirou.

— Vai atrás da Sydney — disse para Dol, e o cachorro se levantou de pronto e foi atrás da garota, se espremendo ao lado dela.

Serena levou Sydney e Dol pela escada de concreto que descia ao lado do elevador até chegarem à garagem, uma estrutura ampla pressionada contra a coluna central do Esquire. O lugar tinha cheiro de gasolina, a luz era fraca, o ar estava gélido, e um vento encanado soprava em rajadas curtas e cortantes.

— A gente vai de carro para algum lugar? — perguntou Sydney, apertando mais o casaco em torno do corpo.

— Não — respondeu Serena, voltando-se para a irmã.

Ela apontou a pistola para a testa de Sydney, encostando-a na sua pele, entre os olhos azuis como água. Dol rosnou. Sydney levantou a mão e a colocou nas costas do cachorro para acalmá-lo, mas não tirou os olhos da irmã, embora fosse difícil focalizar a visão em torno do cano da arma.

— Nossos olhos costumavam ser iguais — comentou Serena. — Os seus são mais claros agora.

— Até que enfim a gente é diferente — disse Sydney, reprimindo um arrepio. — Eu não quero ser você.

Houve um silêncio entre as irmãs. Um silêncio repleto de peças em movimento.

— Não preciso que você seja como eu — disse Serena, por fim. — Mas preciso que você seja corajosa. Preciso que você seja forte.

Sydney fechou os olhos bem fechados.

— Eu não estou com medo.

Serena ficou parada na garagem com o dedo no gatilho, o cano encostado no espaço entre os olhos de Sydney, e se viu paralisada. A garota do outro lado da arma era e não era a sua irmã. Talvez Eli estivesse errado e talvez nem todos os EOS fossem quebrados, pelo menos não do mesmo jeito. Ou quem sabe Eli estivesse certo e a Sydney que ela conhecia não existisse mais; entretanto, ainda assim, a nova Sydney não era vazia, não era sombria, não estava morta de verdade. Essa Sydney estava viva de uma maneira que a antiga jamais estivera. A vida brilhava através da sua pele.

Os dedos de Serena relaxaram na pistola, que escorregou do rosto da irmã. Sydney manteve os olhos bem fechados. O cano tinha deixado uma marca na testa dela, uma pequena depressão causada pela pressão que Sydney havia feito inclinando a cabeça para a frente. Serena estendeu a mão e com o polegar alisou a marquinha. Foi só então que Sydney abriu os olhos, a força que havia neles vacilando.

— Por que... — começou ela.

— Eu preciso que você me escute agora — interrompeu Serena com o seu tom de voz calmo, aquele que ninguém, nem mesmo Eli, sabia como resistir. Um poder absoluto. — Eu preciso que você faça o que eu mandar. — Ela colocou a arma nas mãos de Sydney e, em seguida, a pegou pelos ombros e apertou. — Foge.

— Para onde? — perguntou Sydney.

— Para algum lugar seguro.

Serena a soltou e deu um empurrãozinho na irmã, afastando-a de si, um gesto que um dia podia ter sido brincalhão, normal. Mas a expressão em seus olhos, a arma nas mãos de Sydney e a noite fria que se enrijecia à sua volta servia como um lembrete claro de que nada mais era normal. Sydney enfiou a pistola no casaco, mas não tirou os olhos da irmã, nem se mexeu.

— *Vai!* — vociferou Serena.

Dessa vez, Sydney fez o que Serena mandou. Ela se virou, segurou Dol pela nuca, e os dois dispararam por entre os carros. Serena ficou observando até a irmã não passar de um borrão vermelho e então sumir. Pelo menos ela teria uma chance.

Foi nesse momento que o celular tocou no bolso do casaco de Serena. Ela esfregou os olhos e atendeu.

— Estou aqui — disse Eli. — Cadê você?

Serena se endireitou.

— Já estou a caminho.

XXXIII

VINTE MINUTOS PARA MEIA-NOITE

EMPREENDIMENTO FALCON PRICE

Sydney correu.

Ela cortou caminho pela garagem do Esquire até uma rua lateral que dava a volta pelos fundos e chegava à frente do hotel, terminando poucos metros à esquerda da porta do saguão. Havia um policial parado perto da entrada, de costas para ela enquanto tomava café e falava ao celular. Sydney sentiu o peso da pistola no bolso — como se a arma de fogo oculta fosse chamar mais a atenção que uma garota desaparecida de casaco vermelho-vivo segurando um enorme cachorro preto pelo pescoço —, mas o policial não chegou a se virar. Estava tarde, havia poucos carros na via principal, o tráfego diminuía enquanto a noite avançava, e Sydney e Dol atravessaram a rua correndo, despercebidos.

Ela sabia exatamente aonde estava indo.

Serena não tinha dito a Sydney que fosse para *casa*. Não dissera a ela que fugisse *para longe*. Ela dissera que tinha que ir para algum lugar *seguro*. E, no transcorrer da última semana, *seguro* deixara de ser um lugar para Sydney e passara a ser uma pessoa.

Mais precisamente, *seguro* passara a significar Victor.

Foi por isso que Sydney fugiu para o único lugar onde ela sabia que Victor estaria (pelo menos de acordo com o perfil que ela havia publicado no banco de dados da polícia naquela noite, o mesmo perfil que tinha lido de cabo a rabo uma dúzia de vezes enquanto esperava e depois enquanto criava coragem para clicar em Publicar).

O projeto de arranha-céu Falcon Price.

Atravessando o quarteirão, o local era um ponto escuro na cidade, como uma sombra entre os postes de luz. Havia um tapume de madeira que cercava o arranha-céu abandonado, com dois andares de altura, do tipo que as pessoas adoram vandalizar por serem ao mesmo tempo temporários e bastante visíveis. O tapume estava coberto por pôsteres e placas, marcado aqui e ali com arte de rua, e, abaixo de tudo isso, algumas licenças de construção e o logotipo da empreiteira.

Para fins oficiais, havia uma única entrada para o canteiro de obras, por meio de um portão — também feito de placas de madeira — que havia passado os últimos meses trancado a cadeado.

No entanto, mais cedo naquele mesmo dia, quando Mitch a levara ali para ressuscitar o policial Dane, ele revelara outra entrada, não pelo portão fechado com corrente, mas dando a volta pelos fundos da construção, atravessando um ponto do tapume onde dois largos painéis de madeira estavam ligeiramente sobrepostos. Ele havia aberto uma brecha entre os painéis para permitir que eles passassem, que depois se fechou com um estalo logo atrás deles. Sydney sabia que podia se espremer para entrar no canteiro de obras sem precisar encostar na madeira, já que mesmo quando os painéis estavam próximos um do outro havia um espacinho em formato de triângulo perto do chão. Ela soltou o pescoço de Dol e receou que o cachorro saísse correndo, mas ele não fez isso — apenas ficou ali vendo Sydney rastejar pela brecha. Dol parecia ao mesmo tempo angustiado com a decisão de Sydney e determinado a segui-la. Depois de ela atravessar e se levantar, enquanto limpava a poeira da calça, o cachorro se agachou e se espremeu entre os painéis.

— Bom garoto — sussurrou Sydney.

Do outro lado do tapume havia uma espécie de pátio, uma ampla extensão de terra com pedaços de metal, madeira compensada e sacos de concreto espalhados. O pátio era escuro, e as inúmeras sombras faziam com que caminhar do muro até a construção fosse perigoso. O arranha-céu em si assomava inacabado, um esqueleto de aço e concreto drapeado com camadas de lona de plástico como se fosse gaze.

Porém, no térreo, dentro de várias camadas de plástico, Sydney pôde distinguir uma luz.

Estava tão difusa que, se o pátio não estivesse tão escuro, provavelmente ela não a teria percebido. Mas percebeu. Dol se espremeu ao lado dela. Sydney ficou parada no pátio, sem saber o que fazer. Será que Victor já tinha chegado? Ainda não era meia-noite, era? Ela não estava com o celular, não teria como dizer as horas só de olhar para a lua mesmo se soubesse *como* ler a lua, pois não havia lua no céu, mas apenas uma camada espessa de nuvens, brilhando de leve com a luz refletida da cidade.

Quanto à luz dentro do arranha-céu, ela era estável, contínua, mais parecida com uma lâmpada do que com uma lanterna, e de algum modo isso tranquilizou Sydney. Alguém havia colocado aquela luz lá, preparado, planejado. Victor planejava as coisas. Só que, quando ela deu um passo para perto da construção, Dol barrou o caminho. Quando ela deu a volta no cachorro, a mandíbula dele envolveu o antebraço dela e segurou firme. Ela tentou se desvencilhar, mas não conseguiu, e, embora o cachorro tivesse tido o cuidado de não mordê-la, o aperto era forte.

— Me solta — silvou ela. O cachorro não se mexeu.

E então, do outro lado da construção, depois do tapume de madeira, a porta de um carro se fechou. Dol soltou o braço de Sydney enquanto esticava a cabeça na direção do barulho. O som, agudo e metálico, lembrou um tiro para Sydney, e seu coração disparou, a palavra *seguro seguro seguro* martelando junto com o sangue nos seus ouvidos. Ela saiu em disparada para a construção, para a lona, o aço e o abrigo, tropeçando numa barra de ferro fora do lugar antes de chegar à estrutura oca do arranha-céu. Dol foi atrás dela, e os dois desapareceram dentro do Falcon Price enquanto, em algum lugar do lado oposto do tapume, alguém abria o portão.

Mitch bateu a porta do carro e ficou observando Victor e Dominic dirigirem para longe. Ele tinha planejado dar a volta pelos fundos do arranha-céu, puxar o painel de madeira solto e entrar por lá, mas quando foi até o portão, viu que já não era necessário. As correntes haviam sido cortadas e estavam caídas, enroladas aos seus pés. Já havia alguém lá dentro.

— Ótimo — sussurrou Mitch, sacando a pistola que Victor havia lhe dado.

Aliás, Mitch sempre odiou armas de fogo, e os acontecimentos da noite não lhe fizeram ter nem um pouco mais de apreço por elas. Ele empurrou o portão, retraindo-se ao ouvir as dobradiças aparafusadas na madeira responderem com um rangido metálico. O pátio estava escuro e, até onde ele conseguia ver, vazio. Removeu o carregador da pistola, verificou o interior, colocou-o de volta e, nervoso, deu uma batidinha com o cano da arma na palma da mão enquanto caminhava até o meio do canteiro, a metade do caminho entre o tapume e o esqueleto de aço do arranha-céu, chegando a um trecho de terra o mais aberto possível.

Uma luz fraca que vinha do arranha-céu pouco fazia para deixá-lo iluminado, mas, dados o seu tamanho e a total ausência de outras pessoas, Mitch tinha plena confiança de que seria notado, e em breve. Havia uma pilha de vigas de madeira, enceradas para prevenir a deterioração do tempo, a poucos metros de distância, e Mitch se sentou em cima dela, verificou a arma uma segunda vez e esperou.

O telefone de Serena tocou outra vez enquanto ela atravessava a rua, passando pelo quarteirão agora quase vazio até o arranha-céu.

— Serena — disse o homem do outro lado da linha. Não era a voz de Eli.

— Detetive Stell — cumprimentou ela. Serena pôde ouvir a porta de um carro ser aberta e fechada.

— Estamos a caminho agora — avisou.

A linha ficou abafada por um momento enquanto ele cobria o microfone do celular com a mão e dava ordens.

— Lembre-se — disse ela — de ficar do lado de fora...

— Eu sei quais são as ordens — interrompeu ele. — Não foi por isso que eu liguei.

Serena avistou a sinalização do canteiro de obras e diminuiu o passo.

— O que foi então?

— O sr. Ever me fez mandar policiais para um bar para fazer a limpeza depois de um incidente. Era para ter um homem morto lá.

— Sim, Mitchell Turner.

— Só que eu acabei de receber uma ligação dos policiais. Não tinha nenhum homem morto. Nem sinal de um. — As botas de Serena diminuíram o passo até parar. — Eu não sei o que está acontecendo, mas é a segunda vez que as coisas não se encaixam muito bem e...

— E você não ligou para Eli — interrompeu ela, com suavidade.

— Lamento se isso foi errado...

— Por que você ligou para mim e não para ele?

— Eu confio em você — respondeu ele, sem hesitar.

— E em Eli?

— Eu confio em você — repetiu Stell, e o coração de Serena ficou um pouco mais leve, tanto por causa da pequena evasiva do policial, do desafio presente nessa atitude, quanto também do seu controle sobre ele. Ela voltou a andar.

— Você fez bem — disse, chegando aos muros de madeira da construção. E ali, por entre a brecha no portão arrombado, ela avistou a forma grandalhona de Mitch. — Eu vou cuidar disso — e sussurrou —, pode confiar em mim.

— Eu confio — respondeu o detetive Stell.

Serena desligou e abriu o portão.

XXXIV

DEZ MINUTOS PARA MEIA-NOITE

EMPREENDIMENTO FALCON PRICE

Mitch pensou ter ouvido algo vindo da construção atrás dele, mas, quando prestou mais atenção, os sons que captou foram tão fragmentados e baixos que poderiam ter sido causados pelo vento passando pela lona de plástico ou por um cano solto. Ele poderia ter ido verificar, mas as ordens de Victor foram explícitas, e, mesmo que se sentisse disposto a desafiá-las, foi nesse instante que o portão da frente voltou a se abrir, rangendo, e uma garota entrou no pátio.

Ela se parecia com Sydney, pensou Mitch, se Sydney crescesse uns trinta centímetros e fosse alguns anos mais velha. O mesmo cabelo loiro e ondulado acima dos olhos que, de alguma forma, eram brilhantes e azuis, mesmo na escuridão. Tinha que ser Serena.

Quando ela viu Mitch à espera, cruzou os braços.

— Sr. Turner — disse Serena, dando um passo à frente, as botas pretas cortando o caminho com facilidade entre os destroços do canteiro de obras —, o senhor tem uma resistência impressionante à morte. Isso é obra de Sydney?

— Pode me chamar de gato — retrucou Mitch, levantando-se das tábuas. — Eu ainda tenho sete vidas para gastar. E, só para você ficar sabendo — acrescentou ele, erguendo a pistola —, eu gosto de pensar que existe um lugar especial no inferno para garotas que dão as irmãs caçulas de comida para os lobos.

O rosto de Serena ficou sério.

— Você devia tomar mais cuidado ao brincar com armas — disse ela. — Cedo ou tarde vai acabar levando um tiro.

Mitch engatilhou a pistola.

— Isso deixou de ser engraçado depois que o seu namorado brincou de tiro ao alvo no meu peito.

— E ainda assim aqui está você — disse Serena. A sua voz tinha uma doçura lenta, quase lânguida. — Está claro que a mensagem dele *não* foi impactante o suficiente.

Mitch segurou a pistola com firmeza e a apontou para ela.

Serena apenas sorriu.

— Vamos mirar isso para uma direção mais segura. Aponta a arma para a sua têmpora.

Mitch fez todo o possível para manter a mão parada, mas era como se ela não pertencesse mais a ele. O cotovelo afrouxou, o braço se dobrou e os dedos se curvaram, mudando de posição até repousar o cano da pistola na lateral da sua cabeça.

Ele engoliu em seco.

— Existem jeitos piores de se morrer — comentou Serena. — E coisas piores do que morrer. Prometo que vai ser rápido.

Mitch olhou para ela, essa garota tão parecida com Sydney e ao mesmo tempo tão diferente. Ele não podia olhar nos olhos dela — mais brilhantes que os da irmã, mas vazios de um jeito ruim, mortos —, então observou os seus lábios pronunciarem as palavras.

— Puxa o gatilho.

E ele puxou.

Sydney e Dol estavam na metade do caminho para o centro iluminado do térreo do arranha-céu quando ela ouviu o som de passos — não dela nem do cachorro, mas mais pesados — e ficou paralisada. Ela estava com Victor e Mitch havia poucos dias, mas fora tempo suficiente para se familiarizar com os ruídos que os dois faziam. Não somente suas vozes, mas os sons que faziam quando não estavam falando, a maneira como respiravam, riam e se moviam, o modo como preenchiam um espaço e vagavam por ele.

Mitch era enorme, mas seus passos sempre foram cuidadosos, como se ele tivesse consciência do próprio tamanho e não quisesse quebrar nada por acidente. Victor era quase silencioso, os passos tão suaves e quietos como tudo o mais a seu respeito.

Os passos que Sydney ouvia agora através de várias camadas de lonas de plástico eram mais altos, o barulho orgulhoso de sapatos caros. Eli usava sapatos caros. Apesar do frio e de namorar uma universitária, ele calçava sapatos de couro com calça jeans quando ela o conheceu. Sapatos que faziam um barulho agudo quando ele caminhava.

Sydney prendeu a respiração e tirou a arma de Serena do bolso do casaco, removendo a trava de segurança. Serena havia lhe ensinado como usar uma pistola certa vez, mas essa era um tanto grande demais para a sua mão, muito pesada e com o peso desbalanceado por causa do silenciador atarraxado ao cano. Ela olhou para trás e se perguntou se conseguiria descobrir como voltar por aquele labirinto de cortinas de plástico até o pátio antes que Eli...

Seus pensamentos foram interrompidos quando ela percebeu que os passos haviam parado.

Ela examinou as cortinas de cada lado à procura de alguma sombra em movimento, mas não viu nada, então seguiu em frente por outra lona de plástico, a luz mais clara ali, somente umas poucas lonas entre ela e a fonte. Victor já devia ter chegado. Ela não conseguia ouvi-lo, mas isso porque ele era muito silencioso, disse a si mesma. Ele era sempre silencioso. E seguro.

Sydney, olha para mim, dissera ele. *Ninguém vai te machucar. Você sabe por quê? Porque eu vou machucá-los primeiro.*

Seguro. Seguro. Seguro.

Ela afastou a última lona para o lado. Tinha apenas que encontrar Victor, e ele a manteria em segurança.

Eli estava sentado numa cadeira no meio do aposento, e uma mesa feita de tábuas de madeira dispostas sobre blocos de cimento exibia o que parecia ser uma coleção de facas de cozinha, todas reluzindo sob a luz de uma luminária. A luminária não tinha cúpula, e a lâmpada iluminava a sala inteira, de uma lona a outra, com Eli no meio. Uma arma balançava frouxamente na sua mão, e seus olhos estavam distantes, sem foco.

Até ele avistar Sydney.

— O que é isso? — perguntou ele, se levantando. — Um monstrinho.

Sydney não esperou. Ela ergueu a pistola de Serena e disparou um tiro no rosto de Eli. A arma era pesada e sua mira, não muito boa, porém, embora a arma tenha caído da sua mão com a força do recuo, a bala ainda acertou a mandíbula de Eli e o fez cambalear para trás, com a mão no rosto, sangue e ossos entre os dedos. Ela deu meia-volta e tentou fugir dali, mas ele estendeu a mão e a pegou pela manga, e, apesar de não conseguir segurá-la, a mudança repentina de direção a fez cair de quatro no chão de concreto.

Dol arremeteu enquanto Sydney rolava para ficar sentada e Eli se endireitava, a mandíbula estalando e se curando, deixando apenas uma mancha de sangue na sua pele enquanto ele erguia a arma e puxava o gatilho.

Clique.

Um som baixo depois de Mitch puxar o gatilho, causado pela mola interna que fez com que o percutor atingisse a trava mecânica em vez de uma bala. Porque não havia bala nenhuma.

A pistola estava descarregada.

Mitch sabia disso; ele havia verificado três vezes para ter certeza.

Agora ele via a surpresa se espalhar pelo rosto de Serena, via a surpresa se transformar em confusão e começar a mudar para algo pior, mas ela jamais conseguiu completar a transformação, porque foi nesse momento que a escuridão se partiu. As sombras atrás de Serena Clarke se agitaram e se separaram, e dois homens surgiram do nada. Dominic ficou parado, segurando um galão vermelho de gasolina, enquanto Victor deu um único passo atrás de Serena, levou uma faca ao pescoço dela e cortou uma linha de um lado a outro.

Houve um florescer vermelho, e os lábios dela se abriram, mas Victor havia cortado fundo e nenhum som saiu da sua garganta.

— E Ulisses tapou os ouvidos contra o canto da sereia — recitou Victor, tirando os protetores de ouvido enquanto Serena desabava no chão —, porque ela era a morte.

— Meu Deus — disse Dominic, desviando o olhar. — Ela era só uma garota.

Victor baixou os olhos para o cadáver. O sangue se acumulava numa poça sob o rosto de Serena, reluzente e escuro.

— Não a insulte — disse ele. — Ela era a mulher mais poderosa da cidade. Exceto por Sydney, é claro.

— Falando em Sydney... — disse Mitch, olhando para a garota morta. Desse ângulo, ela parecia menor e, com o rosto virado como estava, o cabelo preso na gola do casaco, a semelhança era perturbadora. — O que a gente vai fazer com isso?

Dominic colocou o galão plástico de gasolina no chão ao lado do cadáver.

— Queima o corpo — ordenou Victor, fechando o canivete. — Não quero que Sydney veja a irmã. E menos ainda que ponha as mãos nela. A pior coisa que poderia acontecer seria Serena voltar à vida.

Mitch tinha acabado de pegar o galão de gasolina quando uma arma disparou dentro da construção, iluminando a estrutura do arranha-céu como o flash de uma câmera fotográfica.

— Que merda foi essa? — rosnou Victor.

— Parece que Eli já chegou — comentou Mitch.

— Mas se eu estou aqui fora — perguntou Victor —, então em quem Eli está atirando? — Ele agarrou o ombro de Dominic. — Me leva lá para dentro. Agora.

O som do tiro de Eli ecoou pelo concreto enquanto o corpo de Dol desabava no chão, e, embora o cachorro não parecesse sentir dor, ele se deitou de lado, arfando. Seu peito subia e descia e subia e descia, até que... parou. Eli viu a garota estender a mão para o cachorro, mas engatilhou a arma de novo e a apontou para ela.

— Adeus, Sydney.

E então a escuridão se moveu à sua volta, e um par de mãos surgiu do nada e a puxou para trás, engolindo-a no nada. Eli puxou o gatilho e acertou a lona de plástico atrás de onde a garota estivera.

Ele deixou escapar um som frustrado e disparou outros dois tiros no espaço que fora Sydney. Mas ela já não estava mais lá.

XXXV

MEIA-NOITE

EMPREENDIMENTO FALCON PRICE

Sydney sentiu alguém a segurando e puxando para a escuridão.

Num instante ela estava olhando para o cano da arma de Eli e no instante seguinte estava de mãos dadas com o homem do perfil que havia entregado a Victor. Sydney olhou ao redor, mas não o soltou. Eles permaneciam no mesmo lugar, mas ao mesmo tempo já não estavam mais lá. Era como ficar do lado de fora da vida, presa num mundo tão imóvel que a assustava mais do que ela jamais admitiria. Via Eli, a bala disparada pairando no ar onde ela estivera, Dol sem vida no chão.

E Victor.

Ele não estava ali um momento antes, mas agora estava parado a alguns passos de Eli, às costas dele e ainda despercebido, com uma das mãos ligeiramente esticada, como se estivesse prestes a pousá-la no ombro de Eli.

Sydney tentou dizer ao homem que a segurava que precisava buscar Dol, mas seus lábios não emitiam som, e ele nem mesmo olhava para ela, limitando-se a arrastá-la pelo mundo pesado, voltando pelas cortinas de plástico até chegarem ao lugar onde a construção cedia espaço para o pátio com chão de terra. Havia uma luz brilhante do outro lado do pátio, lançando sombras que subiam pelos ossos de metal do arranha-céu, mas o homem a puxou na outra direção, levando-a para um canto escuro nos fundos do canteiro de obras. Eles voltaram para o mundo, a bolha de silêncio explodiu para a vida e para o som ao seu redor. Até mesmo o som da respiração, do tempo passando, era ensurdecedor em comparação com a quietude das sombras.

— Você tem que voltar — vociferou Sydney, ajoelhando-se na terra.

— Não posso. Ordens de Victor.

— Mas você tem que buscar o Dol.

— Sydney... É Sydney, certo? — O homem se ajoelhou na frente dela. — Eu vi o cachorro. Eu sinto muito. Já era tarde demais.

Ela o encarou, assim como Serena fizera com ela. Calma, fria e sem piscar. Sabia que não tinha o dom da irmã, o controle, mas, mesmo antes disso, Serena conseguia o que queria, e ela era irmã de Serena e precisava fazer com que ele entendesse.

— Volta — declarou ela com firmeza. — Vai. Buscar. O Dol.

E deve ter dado certo, porque Dominic engoliu em seco, assentiu e desapareceu no nada.

Eli descarregou a pistola no ar, mas não havia mais sinal deles. Ele grunhiu e removeu o carregador, que retiniu no chão enquanto enfiava a mão no bolso à procura de outro, cheio.

— Eu olho para você, e é como olhar para duas pessoas diferentes.

Ele se virou ao ouvir a voz e encontrou Victor encostado numa coluna de concreto.

— Vic...

Victor não hesitou. Disparou três vezes no peito de Eli, imitando o padrão das cicatrizes no seu próprio corpo, exatamente como havia imaginado que faria nos últimos dez anos.

E foi *bom*. Estivera preocupado com a possibilidade de que, depois de tanta espera e tanta vontade, atirar em Eli de verdade não fosse tão bom quanto nos seus sonhos, mas foi. O ar zumbiu ao redor deles e Eli gemeu e se equilibrou na cadeira conforme a dor aumentava várias vezes.

— Foi por isso que eu deixei você ficar — continuou Victor. — Por isso eu gostei de você. Todo aquele charme por fora, todo esse mal por dentro. Havia um monstro aí, muito antes de você morrer.

— Eu não sou um monstro — rugiu Eli enquanto arrancava uma das balas do ombro e atirava o metal ensanguentado no chão. — Eu sou um filho de Deus...

Mas Victor já estava perto dele, enterrando um canivete no peito de Eli. Acertou o pulmão; soube disso pela arfada. A boca de Victor estremeceu, o rosto paciente, mas os nós dos dedos brancos ao redor do cabo do canivete.

— Chega disso — disse Victor. No fundo da sua mente, ele girou o botão. Eli deu um grito de dor. — Você não é nenhum anjo vingador, Eli. Não é abençoado, nem divino, nem tem uma missão. Você é um experimento científico.

Victor arrancou a faca. Eli caiu apoiado num joelho.

— Você não entende — arfou Eli. — Ninguém entende.

— Se *ninguém* entende, é um bom sinal de que você está errado.

Eli ficou de joelhos com dificuldade, estendendo o braço para a mesa improvisada enquanto sua pele se curava.

Victor desviou o olhar para a mesa, observando a fileira de facas. Exatamente como naquele dia.

— Como você é nostálgico.

Ele pôs um pé sobre a mesa e a chutou, espalhando as armas pelo chão de concreto. O corpo do cachorro, ele percebeu, tinha desaparecido.

— Você não pode me matar, Victor. Você sabe disso.

O sorriso de Victor se alargava enquanto ele mergulhava a faca entre as costelas de Eli.

— Eu sei — disse em voz alta. Ele tinha que falar alto para se fazer ouvido acima dos gritos. — Mas você vai ter que satisfazer a minha curiosidade. Eu esperei muito tempo para tentar.

Um segundo depois, Dominic reapareceu, meio que carregando e meio que arrastando o enorme cachorro morto. Ele desabou no chão empoeirado ao lado do corpo, a respiração pesada. Sydney se aproximou, agradeceu a ele, e em seguida pediu que saísse da frente. Dominic caiu para trás e ficou observando enquanto ela passava a mão de modo reconfortante pela lateral do corpo do cachorro, roçando de leve a ferida. Sua mão saiu vermelho-escura, e ela franziu a testa.

— Eu avisei — disse ele. — Sinto muito.

— Shhh — disse ela, pressionando as mãos, com os dedos esticados, no peito do animal.

Ela hesitou ao respirar quando o frio subiu pelos seus braços.

— Vamos — sussurrou ela. — Vamos, Dol.

Mas nada aconteceu. Ela sentiu um aperto no coração. Sydney Clarke dava uma segunda chance para os outros. Mas o cachorro já tivera a dele. Ela o consertara uma vez, porém, não sabia se podia repetir o procedimento. Ela apertou com mais força e sentiu o frio sugando algo dela.

O cachorro continuava morto e duro feito as tábuas no canteiro de obras.

Sydney estremeceu e soube que não devia ser tão difícil assim enquanto o tocava não com as mãos, mas com algo diferente, como se ela pudesse encontrar uma faísca de calor ali dentro e se apossar dela. Sydney o tocava passando por pelo, pele e imobilidade enquanto suas mãos doíam, seus pulmões se apertavam e ela continuava procurando.

E então sentiu a faísca e se apoderou dela, e entre um instante e outro, o corpo do cachorro ficou macio e relaxado. Os membros se contorceram e seu peito subiu uma vez, fez uma pausa, desceu e, pouco depois, subiu de novo, antes de o animal se alongar e se sentar.

Dominic se levantou.

— *Dios mío* — sussurrou ele, fazendo o sinal da cruz.

Sydney se sentou, recuperando o fôlego, e descansou a cabeça no focinho de Dol.

— Bom garoto.

Victor sorriu. Ele estava se divertindo imensamente matando Eli. Toda vez que pensava que seu amigo tinha desistido, ele se recompunha e dava a Victor uma chance de tentar de novo. Gostaria que aquilo pudesse continuar por mais tempo, mas pelo menos tinha certeza, conforme o corpo de Eli se dobrava de dor, de que tinha sua atenção *irrestrita*. Eli arquejou e cambaleou até ficar de pé, quase escorregando no sangue.

O chão estava grudento de sangue. A maior parte de Eli, como Victor bem sabia. Mas não tudo.

Escorria sangue de um dos braços de Victor e do abdômen, ambos cortes superficiais feitos por uma faca de cozinha perigosa que Eli conseguira recuperar do chão na última vez que Victor atirou nele. Ambas as pistolas estavam sem balas agora, e os dois homens estavam de pé, sangrando, um na frente do outro, armados — Eli com uma faca serrilhada, Victor com um canivete.

— Isso é perda de tempo — disse Eli, ajeitando a faca na mão. — Você não tem como vencer.

Victor inspirou longamente, estremecendo um pouco. Teve que diminuir o próprio limiar de dor porque não podia se dar ao luxo de sangrar demais, ainda não, e muito menos sem perceber. Conseguia ouvir as sirenes distantes das viaturas. O tempo estava acabando. Ele investiu contra Eli e chegou a passar a lâmina por sua camisa antes que o outro se esquivasse do golpe e enfiasse a própria lâmina na perna de Victor, que sibilou quando seu joelho cedeu sob seu peso.

— Qual era o seu plano? — ralhou Eli, estendendo a mão, não na direção de Victor, mas para a cadeira, para algo enrolado em cima dela, algo que Victor não tinha notado até as mãos de Eli se apossarem do objeto. — Está ouvindo a polícia? Eles estão todos do meu lado aqui. Ninguém vai vir salvar *você*.

— Essa é a ideia — tossiu Victor enquanto seus olhos se fixavam na coisa que Eli segurava. Arame farpado.

— Você e suas ideias — sibilou Eli. — Bem, eu também fiz planos.

Victor tentou se equilibrar, mas foi lento demais. Eli fez uma espécie de garrote com o arame, lançou-o no ar e envolveu o pulso de Victor que segurava o canivete, então o baixou com força. O arame farpado se cravou em seu pulso, cortando a pele e arrancando sangue, forçando-o a largar a lâmina, que caiu com um estrépito no chão de concreto. Eli segurou a mão livre de Victor num aperto esmagador e passou o arame em volta dela também. Victor tentou evitar, mas tudo que conseguiu foi fazer com que o arame cortasse mais fundo em sua pele.

O arame farpado, como ele então se deu conta, estava enroscado na própria cadeira, que Eli devia ter prendido ao chão, porque ela não tinha saído do lugar, nem durante a luta, nem agora que Eli dava um puxão na ponta do arame e apertava o laço, forçando as mãos de Victor a ir de encontro às barras no encosto da cadeira. O sangue escorreu dos seus pulsos, rápido demais. Sua cabeça estava começando a girar. Ele conseguia ouvir as sirenes agora, alto e claro, e achou que até mesmo conseguia ver as luzes vermelhas e azuis através das lonas de plástico. Cores dançavam diante dos seus olhos.

Ele deu um sorriso sombrio e desligou os últimos resquícios de dor.

— Você nunca vai me matar, Eli — provocou.

— É aí que você se engana, Victor. E dessa vez — disse Eli, apertando o arame farpado —, vou assistir à vida se esvair dos seus olhos.

Mitch observou o corpo de Serena queimar e tentou não prestar atenção ao som dos disparos que vinha de dentro do esqueleto do arranha-céu. Ele precisava confiar em Victor. Victor sempre tinha um plano. Mas onde ele estava? E onde Dominic havia se metido?

Ele voltou a se concentrar no corpo e na tarefa em curso até avistar as luzes vermelhas e azuis refletindo além do tapume, as cores lançadas na construção na penumbra. Aquilo não era nada bom. Os policiais ainda não estavam no pátio, mas era uma questão de tempo até que invadissem o lugar. Mitch não podia se arriscar a passar pelo portão arrombado, por isso deu a volta na construção, seguindo para a brecha no tapume e encontrou Sydney curvada sobre um Dol quase morto e Dominic de pé sobre ambos, rezando em silêncio.

— Sydney Clarke — esbravejou ele. — Que merda você está fazendo aqui?

— Ela me mandou ir para um lugar seguro — sussurrou Sydney, afagando Dol.

Ela, pensou Mitch. A mesma *ela*, sabia, que ardia em chamas do outro lado da construção.

— E você veio para *cá*?

— O cachorro estava morto — sussurrou Dominic. — Eu vi... Estava completamente morto... E agora...

Mitch pegou Dominic pela manga.

— Tira a gente daqui. *Agora*.

Dominic desviou o olhar da garota e do cachorro, e ele pareceu notar pela primeira vez as luzes que subiam pelos muros de madeira e chegavam ao arranha-céu. Ouviram o som de portas de carros sendo batidas, botas na calçada.

— *Merda*.

— Pois é, exatamente.

— E Victor? — perguntou Sydney.

— A gente tem que esperar por ele em algum lugar. Não aqui, Syd. Nunca foi parte do plano a gente esperar aqui.

— Mas e se ele precisar de ajuda? — protestou ela.

Mitch tentou sorrir.

— A gente está falando do Victor. Ele consegue lidar com qualquer coisa.

No entanto, conforme Sydney segurava Dol, Dominic segurava Sydney, Mitch segurava Dominic e todos eles desapareciam nas sombras, Mitch teve um pressentimento terrível de que estava errado, de que a sua maldição o seguira até ali.

Eli ouviu os passos, os homens berrando ordens enquanto abriam caminho até eles atravessando camadas e mais camadas de lonas de plástico. Victor desabou no chão, a área em torno da cadeira escorregadia com o sangue dele. Seus olhos estavam abertos, mas perdendo o foco. Eli queria que essa morte fosse dele, não do Departamento de Polícia de Merit, muito menos de Serena.

Dele.

Ele avistou a faca de Victor no chão a alguns metros de distância e a pegou, ajoelhando-se na frente dele.

— Que grande herói é você — ele ouviu Victor sussurrar com seu último fôlego.

Eli pousou a ponta da lâmina com cuidado entre as costelas dele.

— Adeus, Victor.

E cravou a faca.

Dominic desabou sobre o próprio peso.

Ele caiu de quatro num beco a quatro quarteirões do arranha-céu, uma distância segura do enxame de policiais, da garota em chamas e das armas de fogo. Dominic gritou e, ao mesmo tempo, Sydney apertou o braço e Mitch esfregou as costas machucadas. A dor tomou conta dos três como uma onda, uma respiração, algo que estivera represado e que agora voltava. E então, um de cada vez, eles perceberam o que isso significava.

— Não! — gritou Sydney, voltando-se para o arranha-céu.

Mitch a pegou pela cintura, encolhendo-se enquanto ela se debatia, gritava e pedia para que ele a colocasse no chão.

— Acabou — sussurrou Mitch enquanto Sydney lutava. — Acabou. Acabou. Eu sinto muito. Acabou.

Eli viu os olhos de Victor se arregalarem e, em seguida, ficarem vazios; sua testa deslizando para a frente nas barras de metal da cadeira. Morto. Era tão estranho que logo Eli tivesse pensado que Victor fosse invencível. Estivera errado. Eli arrancou a faca do peito de Victor e ficou ali naquele lugar encharcado de sangue, aguardando a calma sugestiva, o momento de paz. Ele fechou os olhos, inclinou a cabeça para trás e esperou, e ainda estava esperando quando os policiais invadiram o aposento, liderados pelo detetive Stell.

— Se afasta do corpo — ordenou Stell, erguendo a arma.

— Está tudo bem — disse Eli. Abriu os olhos e deixou o olhar recair sobre eles. — Acabou.

— Mãos na cabeça! — gritou outro policial.

— Larga a faca! — ordenou mais um.

— Está tudo bem — repetiu Eli. — Já não tem mais perigo.

— Mãos pro alto! — exigiu Stell.

— Eu cuidei dele. Victor está morto. — Eli começou a ficar indignado enquanto indicava o chão encharcado de sangue e o morto preso por arame farpado às barras da cadeira. — Vocês não estão vendo? Eu sou um *herói*.

Os homens apontavam as armas para ele, gritando, olhando para Eli como se ele fosse um monstro. E então percebeu. O olhar deles não estava mais vidrado. Não havia feitiço.

— Onde está Serena? — inquiriu Eli, mas a pergunta foi abafada pelas sirenes e pelos gritos dos policiais. — Cadê ela? Ela vai explicar tudo!

— Larga a *faca*! — exigiu Stell, a voz mais alta que o barulho.

— Ela vai explicar tudo. Eu sou um herói! — gritou ele em resposta, jogando a faca para longe. — Eu salvei vocês todos!

No entanto, no instante em que a faca atingiu o chão, os policiais avançaram e o derrubaram no concreto. Eli pôde ver o rosto morto de Victor daquele ângulo, e parecia estar sorrindo para ele.

— Eli Ever, você está preso pelo assassinato de Victor Vale...

— Esperem! — gritou ele enquanto o algemavam. — O corpo.

Stell leu os direitos dele enquanto dois policiais o colocavam de pé. Outro policial correu até o lado de Stell e disse alguma coisa sobre um incêndio no pátio.

Eli lutou contra as algemas.

— Vocês têm que queimar o corpo!

Stell fez um sinal e os policiais arrastaram Eli pelas cortinas de plástico.

— Stell! — gritou Eli de novo. — Você tem que queimar o corpo de Vale!

Suas palavras ecoaram pelo concreto enquanto era levado para longe do detetive, da sala encharcada de sangue e do cadáver de Victor, até não conseguir mais vê-los.

XXXVI

DUAS NOITES DEPOIS

CEMITÉRIO DE MERIT

Sydney ajustou a pá no ombro.

Fazia frio, mas a noite estava clara, a lua lá no alto iluminava as lápides quebradas e as depressões na grama enquanto ela ziguezagueava pelo cemitério, com Dol trotando ao seu lado. Fora mais difícil trazê-lo de volta à vida na segunda vez, mas agora o cachorro a acompanhava como se a vida dele estivesse realmente ligada à dela.

Mitch seguia logo atrás, carregando outras duas pás. Ele havia se oferecido para levar a dela também, mas Sydney achava que era importante carregá-la ela própria. Dominic estava vários metros atrás deles, dopado de analgésicos e uísque e tropeçando a cada dois passos num monte de ervas daninhas ou numa pedra. Não gostava dele nesse estado — ficava inútil por causa de toda aquela bebida e cruel por causa de toda aquela dor —, mas tentou não pensar no assunto. Tentou não pensar na própria dor, tampouco, do tiro que ainda ardia no seu braço, enquanto a pele e os músculos se recuperavam aos poucos. Torcia para ficar com uma cicatriz, do tipo que ela poderia ver e que a faria se lembrar do momento em que tudo mudou.

Não que Sydney achasse que algum dia pudesse esquecer.

Ela ajeitou a pá no ombro mais uma vez e se perguntou se Eli ia viver para sempre e o quanto da eternidade alguém poderia lembrar dentro dos limites da razão, ainda mais quando nada deixava uma marca.

Eli, aliás, tinha bombado bastante na imprensa.

Ela e Mitch haviam acompanhado tudo no jornal. O lunático que assassinara duas pessoas no prédio inacabado da Falcon Price enquanto o tempo todo afirmava ser uma espécie de matador de monstros, de *herói*. A imprensa disse que ele havia matado uma jovem mulher no pátio da construção e queimado seu corpo antes de torturar e, em seguida, matar um ex-detento no térreo. A identidade da mulher não tinha sido tornada pública — teriam que pesquisar pela arcada dentária —, mas Sydney sabia que era Serena. Ela sabia antes mesmo de fazer com que Mitch hackeasse o relatório da necropsia. Sentia a ausência da irmã, o lugar nela onde os laços estiveram. O que ela não sabia era por que Eli teria feito isso. Mas pretendia descobrir.

A imprensa não estava nada interessada em Serena comparado a como estava em Eli.

Parece que Eli havia ficado lá de pé sobre o corpo de Victor, todo coberto de sangue, ainda segurando a faca e gritando que era um herói, que havia salvado a todos. Como ninguém acreditou naquela ladainha, ele tentou alegar que tinha sido uma luta. Porém, como seu oponente estava dilacerado enquanto ele não exibia um único arranhão, essa história também não caiu muito bem. Considerando os documentos encontrados na bolsa de Eli no quarto de hotel — ficou claro que ele não tivera a prudência de Victor de queimar tudo que pudesse ser interpretado como prova — e os perfis no seu computador, a contagem de corpos de Eli logo saltou para dois dígitos. O jornal jamais mencionou o envolvimento do Departamento de Polícia de Merit numa boa quantidade dos assassinatos recentes, mas Eli agora aguardava julgamento e uma avaliação psiquiátrica.

Não havia nenhuma menção sobre ele ser um EO, é claro, mas também por que haveria? Tudo que aquilo significava para Eli era que, se alguém o esfaqueasse na prisão, ele sobreviveria para passar por isso de novo. Se tivesse sorte, eles o colocariam no isolamento, como tinham feito com Victor. Só que Sydney esperava que não fizessem isso. Ela achava que talvez, se descobrissem que ele podia se curar sozinho, machucá-lo se tornaria o esporte mais popular da prisão.

Sydney fez uma anotação mental para vazar o detalhe onde quer que ele fosse parar.

Estava muito silencioso no cemitério, a quietude interrompida apenas pelo som dos passos abafados pela grama na escuridão, então Sydney tentou cantarolar enquanto caminhava, como Victor havia feito quando eles foram desenterrar Barry. Só que o som parecia errado na sua boca, esquisito e triste, e, assim, ela parou de cantarolar e se concentrou em encontrar o caminho no mapa desenhado com marcador permanente nas costas da sua mão. O porém era que o Cemitério de Merit, como a maioria das coisas, parecia diferente à noite.

Por fim, avistou o túmulo recente e acelerou o passo. O túmulo não tinha nenhuma marcação a não ser pelo livro de Victor, que Sydney havia colocado no lugar da lápide no topo do monte de terra mais cedo, de manhã, aguardando nas sombras de um anjo de pedra os coveiros terminarem e irem embora. Aquele detetive, Stell, também estivera ali. Ficara tempo suficiente para ver o caixão simples de madeira ser baixado no túmulo e coberto com terra.

Mitch a alcançou, e os dois baixaram os olhos para o túmulo por um momento antes que Sydney afundasse a pá na terra e começasse a trabalhar. Dol vagava pelos lotes ali perto, mas nunca perdia Sydney de vista, e Dominic por fim se aproximou e se sentou numa lápide, ficando de vigia enquanto os outros dois cavavam.

Tchac.

Tchac.

Tchac.

Eles afundaram as pás na terra até o ar parecer mais quente; a noite, mais diáfana; e a luz tocar os cantos mais distantes do céu, onde ele se encontrava com os prédios de Merit. Em algum momento antes do amanhecer, a pá de Sydney atingiu alguma madeira, eles rasparam os resquícios de terra do topo do caixão e ergueram a tampa.

Sydney olhou para o corpo de Victor. Em seguida, se empoleirou na beirada do caixão e pressionou as mãos no peito dele, tocando o mais fundo possível. No instante seguinte, o frio subiu pelos seus braços e chegou até a sua respiração, e, sob as mãos de Sydney, um coração palpitou, enquanto Victor Vale abria os olhos e sorria.

AGRADECIMENTOS

Para a minha família, por não me olhar atravessado quando contei a eles que queria escrever.

Para a minha agente, Holly, por não me olhar atravessado quando contei a ela o que eu havia escrito.

Para Patricia Riley, por amar cada membro da minha gangue (principalmente Mitch e seu achocolatado).

Para Ruta Sepetys, que me ouviu tagarelar e então me disse de um jeito bem sério para *terminar esse livro.*

Para Jen Barnhardt, por me acompanhar a todos os filmes baseados em quadrinhos, mesmo aqueles que não foram muito bons.

Para Rachel Stark, por sempre fazer perguntas difíceis e me incentivar a fazer o mesmo.

Para Matthew Leach e Deanna Maurice, pelo conhecimento médico.

E para Sophie, pelo termo EO.

Para os meus leitores, por me seguir por pântanos e corredores escuros e agora até o coração da cidade de Merit.

E para a minha editora, Miriam, por tornar maravilhosa cada etapa dessa viagem. Do primeiro esboço até a última discussão no meio da madrugada sobre moralidade, mortalidade e vilania, não há mais ninguém com quem eu gostaria de fazer esse livro.

Este livro foi composto na tipografia
ITC Stone Serif Std, em corpo 9,5/16, e impresso
em papel off-white no Sistema Cameron da
Divisão Gráfica da Distribuidora Record.